결혼 전 밤길 데이트중 찍힌 스냅사진.

조지훈 시비 앞에서 부인 유홍희 여사와 함께.

거실을 온통 수석으로 채워놓는 수석광이었다.

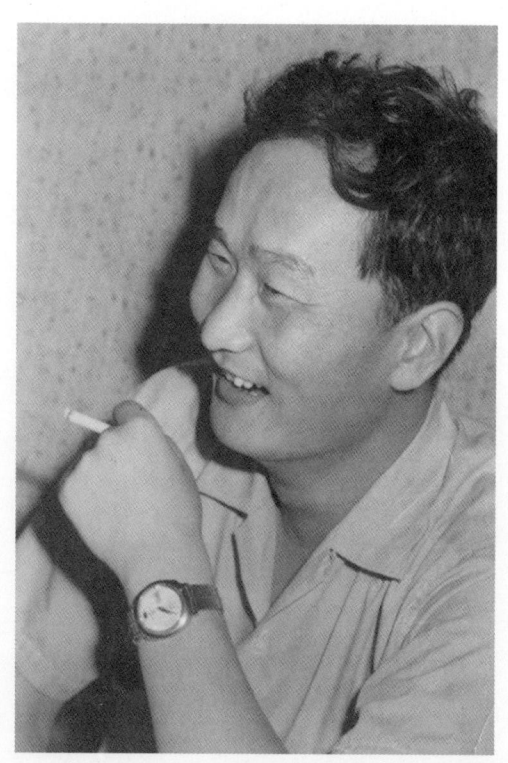

젊은 시절의 전봉건. 그의 손에서는
담배가 떠날 날이 없었다.

동료 문인들과 함께. 왼쪽부터 김종길, 최세훈, 한승원, 전봉건, 주문돈, 박남수.

전봉건 시전집

전봉건 시 전집

全鳳健

詩

남진우 엮음

문학동네

■ **일러두기**

●『전봉건 시전집』은 시인 사후 최초로 나온 본격적인 시전집으로, 시인의 전 작품을 망라하고 있다. 시인이 생전에 낸 시집과 시선집에 실린 작품 외에도, 미처 시집으로 엮이지 못한, 후기의 「6·25」 연작 등을 포함하고 있다.

● 대상으로 한 시집으로는 『사랑을 위한 되풀이』(춘조사, 1959) 『춘향연가』(성문각, 1967) 『속의 바다』(문원사, 1970) 『피리』(문학예술사, 1979) 『북의 고향』(명지사, 1982) 『돌』(현대문학사, 1984)이 있으며, 시선집으로는 『꿈속의 뼈』(근역서제, 1980) 『새들에게』(고려원, 1983) 『전봉건 시선』(탐구당, 1985)이 있다. 이밖에 초기의 장시만을 묶은 시선집 『사랑을 위한 되풀이』(혜진서관, 1985)를 비롯해서 『트럼펫 천사』(어문각, 1986) 『아지랭이 그리고 아픔』(혜원출판사, 1987) 『기다리기』(문학사상사, 1987) 등의 시선집이 있으나 이는 앞서 명기한 시집, 시선집에 실린 작품들과 중복된다.

● 전봉건 시인은 작품 집필순이나 발표순으로 시집을 내지 않고 불규칙하게 시집과 시선집을 냈기 때문에 시집·시선집 발간순으로 전집을 편찬하기에는 어려움이 따랐다. 그렇다고 시집을 해체해서 개개 작품을 발표순으로 재편집하는 데는 그 당시 발표 지면을 일일이 확인해야 한다는 현실적 어려움 외에도 시인이 시집과 시선집을 냈을 때 가졌던 기획과 생각을 전면 부정하는 결과를 빚게 된다. 그래서 시인이 생전 펴낸 시집·시선집의 구성을 고려하되 시인의 작품세계의 변천을 비교적 용이하게 파악할 수 있는 순서에 따라 시집과 시선집을 배열했다. 상대적으로 발간연도가 늦은 시선집 『꿈속의 뼈』가 서두에, 『새들에게』와 『전봉건 시선』이 『피리』 앞에 위치한 것은 그 때문이다. 단 『전봉건 시선』에 실린 기념시나 행사시 성격의 시는 본 전집에 포함시키지 않았다.

● 전봉건 시인은 생전에 시집을 펴낸 뒤에도 거기 실린 작품을 지속적으로 손질했다. 그 결과 시집이나 시선집에 실린 작품들은 동일 작품인데도 불구하고 상당히 다른 형태를 하고 있는 경우가 적지 않다. 본 전집에선 되도록 시인이 마지막으로 수정한 형태의 작품을 정본으로 확정하고 수록했다.

● 시의 본문 속의 한자는 의미가 불분명하지 않은 경우 한글로 표기했으며, 한글만으론 뜻의 추정이 어렵다고 여겨지는 단어에 한해 괄호 속에 한자를 병기했다. 맞춤법이나 띄어쓰기, 외래어 표기는 현재 통용되는 규칙을 따랐다. 하지만 시인 고유의 어감이 투영된 단어나 표현은 원래 표기된 그대로 두었다.(예 : 꽃보라→꽃보래, 온몸→왼몸)

차례

일러두기 · 4

꿈속의 뼈 · 15

1. 願 1950~1952
한 소절小節 · 17 | 무제 · 18 | 원願 · 19 | 사월 · 20 | 축도祝禱 · 21 | 장
난 · 23 | BISCUITS · 24 | 그리고 오른쪽 눈을 감았다 · 25 | ONE
WAY · 27 | 0157584 · 28

2. 옥수수 환상가 1960~1966
옥수수 환상가 · 31 | 의식 1 · 34 | 의식 2 · 35 | 의식 3 · 36 | 의식 4 ·
37 | 의식 5 · 38 | 의식 6 · 39

3. 태양 1963~1976
미끄럼틀 · 41 | 풍경 · 42 | 별 · 43 | 춤 · 44 | 빛 · 45 | 꿈보다 먼저 ·
47 | 진주 · 48 | 피아노 · 49 | 불 · 50 | 아라베스크 · 51 | 너 · 52 | 유
방 · 53 | 손 · 54 | 새벽 · 55 | 해적 · 57 | 태양 · 58

4. 말 1970~1973

북 1 · 59 | 북 2 · 60 | 북 3 · 61 | 북 4 · 62 | 북 5 · 63 | 북 6 · 64 | 북 7 · 66 | 북 8 · 67 | 북 9 · 68 | 말 1 · 69 | 말 2 · 70 | 말 3 · 71 | 말 4 · 72 | 말 5 · 74 | 말 6 · 75 | 여섯 개의 바다 · 76

5. 꿈속의 뼈 1966~1972

코스모스 · 81 | 제비 · 82 | 가을 나그네 · 83 | 손 · 84 | 동물원 · 85 | 그림 · 87 | 여자 · 88 | 꽃과 하강 · 89 | 꿈속의 뼈 · 91

사랑을 위한 되풀이 · 93

꽃 · 천상의 악기 · 표범 · 95 | 마지막에 누구도 · 97 | 나비여 메뚜기여 · 99 | 평화 · 100 | 바다가 되는 낮은 목소리 · 102 | 흙에 의한 시 세 편 · 104 | 고전적인 속삭임 속의 꽃 · 110 | 강하江河 · 124 | 사랑을 위한 되풀이 · 125 | 구라파의 어느 곳에서 · 147 | 완충지대緩衝地帶 · 149 | 암흑을 지탱하는 · 152

춘향연가 · 155

속의 바다 1959~1966 · 199

새들에게 · 229

1. 어느 토요일 1952~1958

JET · DDT · 231 | 어느 토요일 · 232 | 1954년의 사월은 왔다 · 239 | 꿈과 포켓 · 241 | 음악 · 244 | 오늘 · 245

2. 장미의 의미 1955~1958

희망 · 246 | 장미의 의미 · 248 | 지금 아름다운 꽃들의 의미 · 250 | 강물이 흐르는 너의 곁에서 · 252 | 개미를 소재로 한 하나의 시가 씌어지는 이유 · 255 | 은하를 주제로 한 바리아시옹 · 258

3. 이 가을의 하늘 1960~1969

아직 멀다 · 264 | 겨울 사중주 · 265 | 시월의 소녀 · 268 | 빛에 대하여 · 270 | 바다의 편지 · 272 | 겨울 야수野獸 · 274 | 챔피언 · 275 | 전부 동화 같은 · 277 | 동화 · 278 | 아침의 여자 · 281 | 새끼 새 한 마리 · 283 | 산 · 286 | 이 가을의 하늘 · 288 | 눈 · 290 | 장맛 · 291

4. 새들에게 1970~1979

그 여자에게 · 292 | 석류 · 293 | 아주 작디작은 · 294 | 팔월 · 296 | 불 · 298 | 열일곱 살 난 바람아 · 299 | 신정新正 · 301 | 그림 · 302 | 둘의 손으로 우리 손으로 · 303 | 샘 · 305 | 나물 이야기 · 306 | 여름 여자 · 308 | 황진이의 정강이 · 309 | 젖소 · 310 | 햇살 · 312 | 새들에게 · 314 | 여름 예수 · 316 | 나의 사월 · 317

5. 다시 도화리 기행 1974~1980

물새 · 319 | 도화리 기행 · 320 | 다시 도화리 기행 · 322

전봉건 시선 · 325

1. 50년대 1954~1959

치맛자락 · 327 | 설매화雪梅花 · 328 | 이월 · 329 | 저 바람이 · 330 | 무늬 · 331 | 녹색의 두 가지 연애시 · 332 | 이 밤에 · 335

2. 60년대 1960~1969

잠들고 · 336 | 봄 · 337 | 달 이야기 · 338 | 소묘 · 340 | 트럼펫 천사 · 341 | 우리는 갔다 · 343 | 신록新綠 · 345 | 능금 · 346 | 사랑 · 348 | 풍경 · 349 | 서정抒情 · 350 | 당신 · 351 | 모래알에도 · 353 | 달게 빛나면서 · 356 | 잠시 · 358 | 이월의 노래 · 359 | 삼월의 노래 · 360 | 하얀길 · 361 | 종이새 · 362 | 꽃은 · 363 | 마른 나뭇잎 · 364 | 하느님이 · 365 | 과수원과 꿈과 바다 이야기 · 367 | 빗방울 · 369 | 소년 · 370

3. 70년대 1970~1979

꽃배 · 372 | 살과 피 · 373 | 산장山莊 · 375 | 나비 한 마리 · 376 | 갈매기 · 377 | 달 뜨기 전 · 378 | 구월 · 379 | 작은 지붕 위에 · 380 | 작은 노래 · 381 | 불 · 382 | 첫 달의 보름달 · 383 | 산계리山溪里 · 384 | 물빛 햇빛 · 386 | 푸른 이야기 · 387 | 가을 · 388 | 입맞춤 · 390 | 해바라기 · 391 | 과일주 · 392 | 코스모스 · 394

4. 80년대 1980~1984

봄날 하루 · 396 | 봄 이제二題 · 397 | 빛에 대하여 · 398 | 포롱 포롱 포롱 · 400 | 아침 진달래 · 401 | 노을 · 402 | 하늘가의 · 404 | 꽃과 마음 · 405 | 사진 · 406 | 불타는 산 · 407 | 하얀빛 자줏빛 연분홍빛 · 409 | 한 아름 · 411 | 코스모스 · 412 | 새를 기다리며 · 414 | 집 · 415 | 만나지도 못함 · 416 | 피울음 · 418 | 여름에 · 421 | 가을에 · 422 | 겨울에 · 423 | 봄에 · 424 | 사월 하루 · 425 | 노래 · 426 | 개울과 언덕 · 427 | 하얀 길 · 428

피리 · 429

1. 마카로니 웨스턴

마카로니 웨스턴 · 431 | 다시 마카로니 웨스턴 · 432 | 또다시 마카로니 웨스턴 · 433 | 마지막 마카로니 웨스턴 · 434 | 마카로니 웨스턴 습유拾遺 · 435

2. 鎭魂歌

봄 편지 · 442 | 조춘早春 · 444 | 겨울 이야기 · 445 | 겨울 편지 · 446 | 한 해가 저무는 저녁 무렵에 · 448 | 마지막 달에 내리는 눈은 · 450 | 눈 내리는 날 · 452 | 눈 나라 · 453 | 진혼가鎭魂歌 · 455

3. 요즈음의 시

아침시간에 · 457 | 폐렴 · 459 | 봄 감기 · 460 | 춘몽春夢 · 462 | 여름 ′77 · 464 | 여름 · 465 | 돌밭에 오면 · 466 | 모래밭 · 468 | 가을에 · 469 | 가을 · 470 | 무제 · 471 | 요즈음의 시 · 472 | 물감 · 474 | 마술 · 476 | 다시 마술 · 477

4. 새에 대하여

너화 · 478 | 황새 · 479 | 원앙이사촌 · 480 | 노랑부리백로 · 481

5. 피리

섬 · 482 | 이야기 · 483 | 여울물 · 484 | 종다리 · 485 | 꽃빛 · 486 | 꽃 한 송이 · 487 | 노래 · 488 | 불 · 489 | 대낮 · 490 | 죽음 · 491 | 피리 · 492

북의 고향 · 493

1. 고향
여섯시 · 495 | 꽃 · 496 | 꿈길 · 497 | 눈 · 499 | 성묘 · 500 | 죽어서
야 · 501 | 찬바람 · 502 | 뼈저린 꿈에서만 · 504 | 어머님 · 506

2. 다시 고향
삼십 년 · 508 | 한 치쯤 떠서 · 509 | 꿈 · 510 | 눈물 · 512 | 창문 · 513 |
눈동자 · 516 | 국어사전 · 517 | 나의 바다 · 519 | 아무렴 · 521

3. 또다시 고향
길 · 522 | 구름 · 523 | 발자국 · 524 | 강에서 · 526 | 눈발만 희끗희
끗 · 527 | 봄이 오는 사월에 · 528 | 내 어둠 · 529 | 이른 봄 한 저녁 ·
530 | 오래도록 · 532 | 그렇습니다 · 534 | 가서 보고 섞고 죽어 그리고
다시 태어나리 · 536

4. 새 날에
노래의 쑥밭으로 · 543 | 조상의 큰 눈 · 545 | 길 · 547 | 함박눈 · 550 |
다시 비 오니 · 551 | 새 길 · 553

5. 마지막 날에
대화 · 556 | 섣달 그믐밤에 · 557 | 돌아가야죠 · 559 | 저무는 날의 ·
561 | 내리라 가득하라 · 563

6. 8·15 그날에
스물한 살의 노래 · 566 | 처음으로 열리는 · 568 | 우리가 말했다 · 570
| 아직도 저 길만은 열지 못합니다 · 572 | 다시 8·15에 · 576

돌 · 579

1. 돌

돌 1 · 581 ｜ 돌 2 · 582 ｜ 돌 3 · 583 ｜ 돌 4 · 585 ｜ 돌 5 · 587 ｜ 돌 6 · 588 ｜ 돌 7 · 589 ｜ 돌 8 · 590 ｜ 돌 9 · 591 ｜ 돌 10 · 592 ｜ 돌 11 · 593 ｜ 돌 12 · 595 ｜ 돌 13 · 597 ｜ 돌 14 · 598 ｜ 돌 15 · 599 ｜ 돌 16 · 600 ｜ 돌 17 · 601 ｜ 돌 18 · 602 ｜ 돌 19 · 603 ｜ 돌 20 · 605 ｜ 돌 21 · 606 ｜ 돌 22 · 609 ｜ 돌 23 · 611 ｜ 돌 24 · 613 ｜ 돌 25 · 615 ｜ 돌 26 · 616 ｜ 돌 27 · 618 ｜ 돌 28 · 619 ｜ 돌 29 · 620 ｜ 돌 30 · 621 ｜ 돌 31 · 622 ｜ 돌 32 · 623 ｜ 돌 33 · 625 ｜ 돌 34 · 627 ｜ 돌 35 · 628 ｜ 돌 36 · 631 ｜ 돌 37 · 633 ｜ 돌 38 · 635 ｜ 돌 39 · 637 ｜ 돌 40 · 639 ｜ 돌 41 · 641 ｜ 돌 42 · 643 ｜ 돌 43 · 644 ｜ 돌 44 · 645 ｜ 돌 45 · 646 ｜ 돌 46 · 647 ｜ 돌 47 · 649 ｜ 돌 48 · 650 ｜ 돌 49 · 651 ｜ 돌 50 · 652 ｜ 돌 51 · 653 ｜ 돌 52 · 655 ｜ 돌 53 · 656 ｜ 돌 54 · 657 ｜ 돌 55 · 658 ｜ 돌 56 · 659

2. 물

눈과 눈 · 660 ｜ 물 · 666

6·25 · 667

6·25 *1* · 669 | 6·25 *2* · 670 | 6·25 *3* · 671 | 6·25 *4* · 672 | 6·25 *5* · 673 | 6·25 *6* · 674 | 6·25 *7* · 675 | 6·25 *8* · 677 | 6·25 *9* · 679 | 6·25 *10* · 680 | 6·25 *11* · 681 | 6·25 *12* · 682 | 6·25 *13* · 683 | 6·25 *14* · 684 | 6·25 *15* · 685 | 6·25 *16* · 686 | 6·25 *17* · 687 | 6·25 *18* · 688 | 6·25 *19* · 689 | 6·25 *20* · 690 | 6·25 *21* · 692 | 6·25 *22* · 693 | 6·25 *23* · 694 | 6·25 *24* · 695 | 6·25 *25* · 696 | 6·25 *26* · 697 | 6·25 *27* · 698 | 6·25 *28* · 700 | 6·25 *29* · 701 | 6·25 *30* · 703 | 6·25 *31* · 704 | 6·25 *32* · 705 | 6·25 *33* · 706 | 6·25 *34* · 708 | 6·25 *35* · 709 | 6·25 *36* · 710 | 6·25 *37* · 711 | 6·25 *38* · 712 | 6·25 *39* · 713 | 6·25 *40* · 715 | 6·25 *41* · 716 | 6·25 *42* · 717 | 6·25 *43* · 718 | 6·25 *44* · 720 | 6·25 *45* · 721 | 6·25 *46* · 722 | 6·25 *47* · 723 | 6·25 *48* · 724 | 6·25 *49* · 725 | 6·25 *50* · 726 | 6·25 *51* · 727 | 6·25 *52* · 728 | 6·25 *53* · 729 | 6·25 *54* · 730 | 6·25 *55* · 731 | 6·25 *56* · 732 | 6·25 *57* · 733 | 6·25 *58* · 734 | 6·25 *59* · 736

해설 | 남진우 에로스의 시학 — 전봉건의 시사적 위상 · 737
참고 문헌 · 771
작가 연보 · 772

詩

━ 꿈 속 의 뼈 ━

한 소절(小節)

새
랑 나비
랑 새
랑 너
랑 나비
랑 새
랑

무제

저고리
하이얀
가슴에
나부낀
장밋빛
고름……

원(願)

—저는 꿈이라도 좋아요 • 알리엣 오드라

부드러움을 한없이 펴는 비둘기같이
상냥한 손을 주십시오.

빛나는 바람 속에서 태양을 바라
꽃피고 익은 젖가슴을 주십시오.

샛말간 들이랑 하늘이랑…… 바다랑
그런 냄새가 나는 입김을 주십시오.

불타는 사과인 양
즐거운 말을 주십시오.

오! ……나에게 내 자신의 모습을 주십시오.

사월

무언지 눈이 부신 듯
수줍어만 하는 듯
자꾸 마음이 안 놓이는 듯
바쁘고 그저 바쁜 듯.

마치 새 옷을
입으려고
다 벗은 색시의
샛말간 살결인 양!

축도(祝禱)

말끔히 문풍지를 떼어버렸습니다.

언덕 위에 태양을
거리낌없이 번쩍이게 하십시오.

풋색시의 젖꼭지처럼 부풀은
새싹을 만지게 하십시오.

어느 나뭇가지 우묵한 구멍에서 꾸불거리며 나오는 새파란 버러지를
보게 하십시오.

그리고 이제 사람들에게 꽃병을 하나씩 마련할 것을 명하십시오.

나는 흙으로
빚어 만드리다.

그리고 파아란 바람을 보내시어
그 속에 꽃들을 서광처럼 솟아오르게 하시어
쌍바라지도 들창도 유리창도
집마다 거리마다··········

모다
맑은 미소같이 풀리게 하십시오.

     *

오! 수없는 나비와 꿀벌의 나래를
이제 온 주위에서 서슴지 말고 펴십시오.

꽃향 무르녹은 나무 사이사이에
펄럭펄럭

승리의 깃발처럼 치마폭
휘날리시어

종다리처럼 나의 푸름을
오! 소스라쳐오르게 하십시오.

장난

나는 나무를 겨누어본다
꼭대기의 잎사귀를 겨누어본다
그리고 돌멩이를 겨누어본다
그러다 싫어지면 쑥 총구를 높여서
개머리판에 뺨을 비비면
하늘이 가늠쇠구멍 속에 들어온다
M1 가늠쇠구멍 속에 하늘이 벌어진다
M1 가늠쇠구멍 속에 하늘이 작다
그 하늘 밑에 내가 있다
나는 하늘을 본다
작은 하늘은 눈에 해롭다
가늠쇠구멍이 흐려진다
나는 장난을 그만둔다

BISCUITS

5시나는호(壕)속에있다수통수류탄철모봉대(繃帶)압박붕대대검그리고M1나는내가호속에서틀림없이만족하고있다는사실을다시한번생각해보려고한다BISCUITS를씹는다오늘은이상하게5시30분에또피리소리다9시방향13시방향나는BISCUITS를다먹어버린다6시밝아지는적능선으로JET기가쉽게급강하한다나는잠자지않은것과BISCUITS를남겨두지않은것을후회한다6시20분대대OP에서연락병이왔다포켓속에뜯지않은BISCUITS봉지가들어있다6시23분해가떠오른다나는야전삽으로호가장자리에흙을더쌓아올린다나는한뼘만큼더깊이호밑으로가라앉는다야전삽에가득히담겨지는흙은뜯지않은BISCUITS봉지같다

그리고 오른쪽 눈을 감았다

산골짜기에서 자랐다고 하였다.
그는 이따금 난처한 얼굴을 하고 있었다.
나는 위로해주려고 했다.
그러면 그는 말하였다.
　"소새끼가 죽었을 게야……"
나는 그를 위로해주려고 했다.

탄대의 빈자리가 메워졌다.
몇 번이고 그는 철모 밑으로 숲을 들여다보았다.
서로 가지를 펴는 나무와 나무 사이와
반사하는 금속과 일광도 보았다.

호(壕)들을 발견하였다.
그는 오른쪽 포켓에서 연필과 수첩을 끄집어내었다.

　　　*

85밀리였다.
불발탄 한 알이 굴러내렸다.
나는 진출하였다. 11시 방향으로 40분간이 지나고…… 나는 정면 낮
은 능선 위에서 가만히 낙하하는 따발총을 보았다.
나는 다시 왼쪽 눈을 감았다. 숨을 그쳤다.
손가락이 다시 내가 모르게 방아쇠를 당겼다.
제1보초선으로 보였다.
나는 또 한번 160야드의 사정을 재어보았다.
나는 그와 격발 요령에 대해서 이야기하였다.

*

얼굴에 흙과 풀뿌리와 돌조각이 와 닿았다.
가쁜 숨소리가 가까워졌다가 멀어졌다.
야간포격이 끝난 아침에 비행운이 걸려 있었다.
피리와 탱크와 지뢰원 주변에서 바람이 곤두섰다.

*

그는 이렇게 말하였다.
　"소새끼가 죽었을 게야……"
헬리콥터가 남으로 기울어져갔다.
그는 그의 산골짜기가 북으로 7마일가량 남았다고 하였다.
19시 반쯤이었다.
그는 재미나는 추격전에서 웃으며 달리다가
꼬꾸라졌다. 저격이었다.
눈을 감았다.
그는 왼쪽 눈을 감았다.
그리고 오른쪽 눈을 감았다.

ONE WAY
―이 길로는 가기만 합니다

 나는 세고 있다. 하나다. 그것은 바바리코트 왼쪽 어깨에 BISCUITS 두 개보다 작은 세로 네모진 철판 맨 가운데 위치하였으며 동그랗다. 엷은 금빛인 그것은 반짝거릴 것인데 지금은 눈이 거기에 퍼붓는다. 그것은 스테인리스다.

 때로는 위장이 가까운 피부 위에 늘어져 있기도 하는 나의 군번과 또 스푼도 스테인리스다. 길이 굽어지며 미끄러지며 달린다. 눈이 좀 느직하게 쌓이는 곳에 나무가 섰고 그 밑에 꺼뭇하게 쭈그린 것은 그 옆에 또하나 꺼뭇하게 쭈그린 것과 같은 것이다. 얼어서 죽은 집단 피난민의 묻히지 못한 등허리.

 나는 발을 구른다. 대대 끝을 달리는 GMC와 반방향으로 달리는 AMBULANCE에는 발이 군화와 동결된 포로가 실렸다고 한다. 점점 격화되는 포성이 혼돈한 주변 일대에 더욱 세차게 퍼부어지는 눈보라. 나는 갑자기 아홉부터 다음을 뭐라고 세는지를 모른다. GMC들은 헤드라이트를 켠다. 눈이 퍼붓는다. GMC들은 피곤하다. 커브. GMC들은 미끄러지며 달린다. 눈이 퍼붓는다. GMC들은 균형을 잃어버린다. 핸들이 흔들리고 눈이 퍼붓고 뒤틀리는 헤드라이트 속에 MP처럼 직립하는 NO PARKING. 그리고
 ONE WAY

0157584

1

아이브로우 크림 콤팩트의 광고사진 그리고 파우더 루주.

9분 전.

넓적다리 같은 베이컨과 덩어리 베이컨 같은 엉덩이. 나는 원색판 LIFE를 접는다. 딴딴한 눈이다. 햇살이 부딪친 야광시계의 유리판……
여자 장교 포로의 팬티가 무슨 색깔인지 나는 생각지 않으려고 한다.

보초병 철모 위에 떠 있는 구름들의 가장자리가 맑다. 그 아래로 산이 있다는 것과 브레스트 밴드를 생각한다. 무수한 그것들은 벙커다.

소대장이 돌아섰다.
다시 열한시 방향.
나는 허리를 굽힌다.
차폐물이 없는 슬로프.

2

100야드 나는 포복하였다.
90야드.
나는 사정을
80야드로
압축시켰다.
65야드.
나는 60야드로
압축시켰다.
나는 저격병의 정조준 위에 놓였다.
나는 마지막 수류탄을
던졌다.

....
따발 맥심 자동소총의 일제 사격이 내 심장 높이를
통과하는
45야드.

나는 머리를 들었다.

압축.

    3

아침
얼룩진 시트의 냄새가 풍기는 능선.
나는 콧등을 눈으로 문질러대고 싶다.
대공표식 위에서 여태 곤한 계집의 눈초리와도 같이 맴도는 정찰기.
나는 문득 소리지른 토일렛 페이퍼를 생각한다.
구겨진 토일렛 페이퍼 같은 얼굴에서 구겨진 토일렛 페이퍼 같은 얼
굴로 옮겨가는 위생병.
수염과 속눈썹에 눈이 서린 단독호로부터 하방
장총이 거꾸로 꽂힌 800야드에 얼룩진 찢겨진 흩어진 슈미즈 모양으로
얼어붙은 강.
나는 오줌이 마렵다.

    4

계속되는 무한궤도의 자국과 전화선.
혓바닥에 교착하는 BISCUITS.
지난밤엔 사정이 고정되어가는 화망 위에 은하수가 흘렀다.

그리고 수통이 사방으로 날았다.

시속 120마일로 종군 목사의 JEEP이 옆구리를 스친다.
내 수통은 비었다.
하얀 나뭇가지 아래서 실룩거리는
만주산 말의 엉덩이.
나는 탱탱한 팬티를 생각하며 미끄러지는 군화에 중량을 보탠다.

산허리에 반사하는 일광.
BAR의 연사.
비둘기의 똥냄새 중동부전선.
나는 유효사거리권 내에 있다.
나는 0157584다.

옥수수 환상가

1

옥수수의 잎사귀가 날린다.
다산형 공주님을 지키는 늙은 무사의
큰 칼날이다.

2

나는 여러 가지의 마음을 가졌다.
한 대의 옥수수가 그 많은
씨앗을 가졌듯이.

3

옥수수가 익자
길은 바다로 트이고
그 위에 낙인처럼
찍힌 그림자.
포플러나무의 진한 그림자에
넘쳐나는 푸름.
나는 거기서도
샘물 소리를 보았다.

4

내가 먹은 옥수수도
번갯불과 장마와 아침 달이 만들었다.
돌 부스러기, 벌레, 대낮의 해가 만들었다.

썩은 개 뼈다귀와 저녁 별,
그리고 모든 종류의 바람이 그랬다.
한량없는 꿈과 어둠을 먹고 살찌는
한량없는 욕정의 흙이 만들었다.
내가 먹은 옥수수는.

5

무엇을 줄까.
어느 것일까.
가장 성스러운 잔인함으로 하여
너의 미각을 꽃잎처럼 피어나게 하고
눈부시게 할 것이.
진주의 목걸이와
한 대의 옥수수와.

6

한 사람의 여자 속에 들어 있는
한 사람의 남자.
한 사람의 남자 속에 들어 있는 한 사람의
여자 속에 들어 있는 한 대의
옥수수.

7

태양은 몇 개나 있어서
매일 아침 새것이 뜨는 것이었을까.

어떻든 옥수수 한 대의 옥수수 씨알마다
태양은 하나씩
빛나고 있었다.

          8

옥수수가 사라진 자리에
남은 것은
밤길이었다.
한 사람의 여자가
한 사람의 남자에게
말했다.
  "비가 내렸으면
   자고 갈 건데……"
검은 밤길에 잠시
젖빛 같은 것이 번졌다.

          9

움직일 수 있을 것만 같은 것이
움직이고 있을지도 모른다.
그것이 바람 한점 없는 옥수수밭의
옥수수 알들일지도 모른다.

의식 1

현실의 벽에는
가끔 거짓말같이 또는 상흔과 같이
틈새가 난다.
아주 작아서
보일 듯 말 듯한
그 틈새는 꿈으로 이어진다.
수천 년을 두고
수천억만의 노랑 눈 검은 눈
푸른 눈을 별보다 곱게 뜨이게 한 틈새.
거기에서
너는 나를 부른다.
어둠으로 기울어지는 산마루에 날리는
어둠 속에 뒤척이는 바다 위에 날리는
꽃가루빛의 목소리다.

의식 2

여름날
하느님과 함께 놀았다.
조그만 하느님의
조그만 입술과 코 언저리는
언제나 우유 냄새.
뜨거운 대낮에도
뜨거운 저녁에도
그래 바람과 풀벌레와 매미와 날빛이 다 내는 음악의 벽은 우릴 두르고.
뛰어들면서
나는 하느님의 안으로
하느님은 나의 안으로 기어들면서
우리는 알몸으로 놀았다.
시곗바늘은 춤을 추면서 거꾸로 돌아갔지.
조그만 하느님의 여린 젖꽃의 중심에서
열중한 우리 벌거숭이 장난은 하늘의 끝과
땅의 끝을 분질러다 훨훨 불을 질렀지.
그때다 겹쳐서 펄떡이는 불의 알몸뚱이 돛, 조그만 나의 하느님과 나
의 어깨를 삼키며
우윳빛 바다가
밀려오고
또 밀려오고
밀려온 것은.

그날 밤
먼 억천만 개의 별은
아 억천만 개로 자욱한
우윳방울이었다.

의식 3

나는 너의 말이고 싶다.
쌀이라고 하는 말.
연탄이라고 하는 말.
그리고 별이라고 하는 말.
물은 흐른다고
봄은 겨울 다음에
오는 것이고
아이들은 노래와 같다 라고 하는
너의 말.
또 그 잘 알아들을 수 없는 말.
불꽃의 바다가 되는
시트의 아침과 밤 사이에
나만이 듣는 너의 말.
그리고 또 내게 살며시 깜빡이며
오래
잊었던 사람의 이름을 대듯이
나직한 목소리로 부르는
평화라고 하는
그 말.

의식 4

나는 모래이고 싶다.

너는 바다에서 올라와서 맨발로 나를 밟겠지. 너의 맨살의 발자국이 내 온갖 곳에 찍힐 테지. 나를 당황케 하기도 하고 황홀케 하기도 하는, 그 순한 소금 냄새 나는 너의 손은 나를 휘젓고 파헤치면서 집이랑 성이 랑 짐승이랑 그리고 천사랑 그런 것을 만들 것이다.

싫증이 나면 너는 좀더 깊이 나를 파헤치고 들어, 속으로 안으로 기어 들어서 이윽고 나를 덮고 잠들 것이다.

저 태양의 무수한 빛살이 바다를 쏘는 짙푸른 불의 소리 전부를 삼키 는 깊고 큰 잠을.

나는 신이 내버린 모래이고 싶다.

의식 5

나는 눈이고 싶다.
하늘에서 부어내리면서 전부
너의 눈에 내리고
너의 입술에도 내리는 눈.
너의 귀밑뿌리에도 나는 내리고
나는 너의
가슴의
희고
큰
푸짐함 속에
내려서 쌓인다.
그리고 꿈꿀 것이다.

먼 바다 기슭에 버려진 첼로 하나,
그것이 스스로 일어나서 빛처럼 울려나는 것을.

의식6

나는 금요일이나
토요일이다.
어쩌면 수요일
월요일이다.
그날 오후의 좀 늦은 시간이다.
해 지는 무렵이다.
해 지는 무렵의 좀 어두운 계단이다.
너는 나를 밟고 소리를 내면서
올라온다.
대개 열려 있는 도어.
너는 들어선다.
그때는 이미 좀 어두운 계단에서
너를 앞질러온 내가 의자에 앉아 있다.
너는 정확하다. 내 앞에 와서 앉는다.
앉으면서 너는 미소가 된다.
나는 부드럽고 고운 손길에 안긴다.
나는 좀 나른하고 어지러운 어린애가 된다.
이상한 일이다. 네 발은 의자의
다리께에 곱게 모아져 있는데, 이상한 일이다.
내 안에서는 아직도 네가 밟고 올라오는 소리가 울리고 있다.
나는 네 어린애가 된다.
나는 어린애. 어린애는 눈을 감는다.
보고 싶은 것을 보기 위해서.
거기서 만지고 싶은 것을 한껏 만지기 위해서.
거기서 가지고 싶은 것을 하나도 놓치지 않기 위해서.
나는 네 어린애. 이상한 일이다. 아니다. 조금도 이상한 일은 아니다.
나는 네 어린애.
이윽고 나는 멀리서 발 구르는 소리를 듣는다.

졸리고 나른한 내가 불만인 너의 투정.
다시 맞은편 의자 다리께에 네 발은 곱게 모아져 있다.
오 어린애에게 투정을 부리는 젊은 어머니.

나는 내가 어린애가 되는 수요일이다.
네 어린애가 되는 월요일이다.
지구 위에서 네가 정확하게 내 앞에 와서 앉는 금요일이다.
오 네가 어린애에게 투정을 부리는
젊은 어머니가 되는 토요일이다.

미끄럼틀

놀이터나
교정에 서 있는
미끄럼틀보다
더 높은 것이
아이들에게는 없다.

그림을 그리게 하면
삼층 교사의 지붕보다
더 높은 키의 미끄럼틀을 그린다.

하나 둘
셋 넷……
차례차례 미끄럼틀을 타고 내려오는
아이들 웃는 얼굴 입에는
물린 태양이 있다.

그들은
하늘 꼭대기에서
내려오고 있는 것이다.

풍경

한 쌍의
천하대장군
지하여장군이 발도 없이
서 있는 곁에, 하얀 털 서양개가
네 발로 섰다.
좀 떨어져서
까만 머리의 아기 업은
까만 머리의 큰 아기가 제 키만한
물빛 항아리와 마주 섰는데, 물빛
항아리와 붙어서 물빛 항아리의 키만큼
서 있는 금방울 달린 장고.
금귀고리 단 흑인 아가씨는
놀란 듯, 동그란 눈을 하고
또 좀 떨어진 곳에 섰고,
저만치 갓 쓰고 가는 아저씨의
하얀 두루마기 소매 곁에서 살며시
뒤돌아보는 동그란 달
얼굴 아주머니의 긴
물빛 치마.

별

낮의
밝음이 지워지고
온 땅과 하늘이
깜깜한 어둠으로 메워집니다

그리고 비로소
별은 하나둘 돋아납니다
그리고 비로소
사랑은 그 맨살을 드러냅니다

그리고 비로소
시의 말은 하나둘 걸어나오기
시작합니다

춤

봄에
만났습니다
당신은
손길 고운
아지랑이더군요

여름에
만났습니다
당신은
다리 고운
여울이더군요

가을에
만났습니다
당신은
허리 고운
바람이더군요

겨울에
만났습니다
당신은
등허리 고운
눈발이더군요

빛

점심때
우리는
나무젓가락을 쪼갠다.

전복
민어
삼치
홍합
문어
회를 먹는다.
생오이
토마토
참외가
곁들인다.

점심때
나무젓가락을 움직이는
네 손에는
네 살빛하고
같은 빛깔의
보석.
그건
먹지 못한다.

(그런데
나는 먹고 있었다)
그
보석하고

같은 빛깔
네 입술은 살아서
움직이는 빛깔을
먹고 있었다.
여름 낮
점심때에.

꿈보다 먼저

아무도
말 안 했습니다.

아무도
눈짓 안 했습니다.

꿈
꾸지도 안 했습니다.

말보다
먼저

눈짓보다
먼저

꿈보다도
먼저

내 빈 뜰의
마른 나뭇가지에

파란 핏방울 같은 것이
하나 번졌습니다.

진주

사랑하는 것의
구릿빛 등허리에
박힌
한 줄기 빛인
손가락의 반지의
그 은은
내가 캔 것이다.
그 진주도
내가 키운 것이다.

피아노

피아노에 앉은
여자의 두 손에서는
끊임없이
열 마리씩
스무 마리씩
신선한 물고기가
튀는 빛의 꼬리를 물고
쏟아진다.

나는 바다로 가서
가장 신나게 시퍼런
파도의 칼날 하나를
집어들었다.

불

나무의 가지가 흔들리고
나무의 잎새들이 흔들린다
하늘이 흔들린다
나는 네 오른손에 있고
너는 내 왼손에 있다
바람이 있어도
하늘은 흔들리는
일이 없는 것인데
하늘이 흔들린다
우리의 자리가 잘못된 것일까
너의 전부가 내 입술에 있고
나의 전부가 네 입술에 있다
합쳐진 전부의 입술은 불의 입술
불의 입술의 불길 속에서는
하늘이 흔들린다
나무의 잎새들이 흔들린다
하늘이 흔들린다
나무의 가지가 흔들린다
흔들리는 하늘의
낮은 곳에
물방울을 떨구며
지나가는
소리 하나가 있다
아아

아라베스크

빛
물
빛과 물의 거리
빛과 물의 모퉁이
구름이라고 하는
새라고 하는
그리고 당신이라고 하는
사랑이라고 하는 말이
오늘은 빛과 물 속을 지난다
오늘은 어느 길을 가도 너와 만난다
길은 모두 빛과 물의 길
빛과 물의 말
빛과 물인 너
어디선가 또하나의 꽃이 소리없이 열리며
빛과 물을 휘저어놓는다.

너

조개 껍질을 깨면
손가락이 조갯살에 박힌다.
어쩌다 만져지는 것은
진주다.

꽃잎을 헤치면
손가락이 꽃술에 묻힌다.
오늘도 만져지는 것은
너다.

유방

사과는 내 손에 넘친다.

수밀도는 내 손에 넘친다.

솜구름이 지나가면서

금의 바늘로 건드린다.

아프고

간지러운

손바닥.

둥근 하늘은

내 손에 넘친다.

네 유방은 내 손에 넘친다.

손

하느님은
손을 가지고
있다.

그 손을
하느님은
이따금
하나의 꽃에 대어본다.
그래서 꽃은
불붙는 빛덩이가 된다.

나도
손을 가지고
있다.

그 손을
나도
이따금
네 살 하나에 대어본다.
그래서 너는
꽃 같은 빛덩이가 된다.

새벽

바람은 하늘의 손이다.

언제든 가만있질 않는다.

깜깜한 밤에도

저렇게 감청의 불로

굽이치는 바다.

동트는

동해 깊은 만에선

살찐 해초와 조개의 살도

뒤설렌다.

저렇게 만지고 싶을까.

나는 너의 무엇을 만질까.

새벽안개를 사르며

이미 감청의 불로 굽이치는

바다인 너.

해적

밤에도
남빛으로
굽이치는
파도를 가르는
해적선을
몰고
나는
가장 풍요한 샘물을 지닌 땅에
큰
닻을 내린다.

아침에
꿀과
황금의 검이
휩쓴
자리에서 일어나
창문을 젖히는
여자는
어젯밤
털보 해적처럼
사납게 눈부신 것을
본다.

불덩어리를.

태양

장미를 하얀빛이게 하는 것이 무엇인가
나를 바다로 가게 하는 것이 무엇인가
장미를 빨간빛이게 하는 것이 무엇인가
바다를 무수히 현란한 칼날이게 하는 것이 무엇인가
장미를 노란빛이게 하는 것이 무엇인가
내가 바다 칼날에 맞아 피 뿜게 하는 것이 무엇인가
장미를 검은빛이게 하는 것이 무엇인가
피 뿜으며 바다 속 어두운 주검의 자리 거기 떠 있는 내 전부에 아직
도 무수한 현란의 칼날을 내리게 하는 것이 무엇인가
장미를 노란빛이게 하는 것이 무엇인가
내가 죽어서 더욱 진한 바다 속 어두운 주검의 자리 비로소 그 주검의
목젖을 찢고 진주 하나를 생기게 하는 것이 무엇인가
그때 장미를 빨간빛이게 하는 것이 무엇인가
그때 바다를 하늘의 목젖 가르며 솟아오르는 수없이 현란한 칼날이게
하는 것이 무엇인가
장미를 하얀빛이게 하는 것이 무엇인가
나를 또다시 바다로 가게 하는 것이 무엇인가

북1

꽃
하나 씹었더니
이빨에
피가 엉긴다

새
하나 씹었더니
이빨에
살이 묻는다

젖
하나 씹었더니
이빨에
북이 튕긴다

뛰는
북 씹었더니
이빨에
불이 붙는다.

북2

산에 귀를 대어보고 알았다
산은 북 하나를 가지고 있었다

강에 귀를 대어보고 알았다
강은 북 하나를 가지고 있었다

숲에 귀를 대어보고서 알았다
숲도 북 하나를 가지고 있었다

바다에 귀를 대어보고서 알았다
바다도 북 하나를 가지고 있었다

밤에 내가 헤치는 네 가슴에서 쏟아지는 한 아름 어둠
산 강 숲 바다의 북이 거기 한꺼번에 살고 있었다

북3

바람 부는 풀숲이
네 어깨에 무성하게 해야지
그걸 헤치며 꿩이 뜰 게야

바람 부는 풀숲이
네 가슴에 무성하게 해야지
그걸 헤치며 노루가 뜰 게야

바람 부는 물살이
네 무릎을 흐르게 해야지
그걸 헤치며 붕어가 뜰 게야

다시 바람 부는 풀숲이
발가벗은 네 허리에 무성하게 해야지
그걸 헤치며 멧돼지가 뜰 게야

다시 바람 부는 물살이
네 가슴을 흐르게 해야지
그걸 헤치며 북소리가 뜰 게야

북4

네 허리의
잘록한 가장자리에서
갑자기 팽팽하게 솟으면서
퍼지는 삽질 잘 되는
땅을 팠더니
구만구천구백구십구 정보쯤 되는
과일밭을 질펀히 적실 만큼의 물과
그리고 내가 죽어서 하늘나라에
가서도 놓을 수 없는
북 하나가 나오더라

북5

동해에
일러
그대 위해
여름 내내
아홉 개의 파도가
빛보래로
술렁이게 하리라.

여덟 개의
파도로는
알몸인 그대
열 개의 손가락이
물 젖은 태백의 질긴 허리나
설악의 가파른 어깻죽지에 가서
산호처럼 꼿꼿이 꽂혀들게 하리라.

그리고
나머지 한 개의 파도로는
북을 만들어
그대 귓속 불길로 일렁이는
짙푸른 소용돌이에 던져
둥 소리 소리 소리 소리 두둥둥
아홉 가지 색깔로 터져나게 하리라.

북6

봄에는 꽃보다 꽃을 여는
바람을 더 좋아하는 여자를 좋아하고
여름에는 바다보다 바다를
번쩍번쩍번쩍 거무티티하게 태우는
햇덩일 더 좋아하는 여자를 좋아하고
가을에는 살찐 과일보다 살찐 과일
터지게 진한 단물 뿜어올리는 땅덩일
더 좋아하는 여자를 좋아하고
겨울에는 남자의 뜨거운 살갗보다
남자의 뜨거운 살갗 아래 팽창한
어둠에서 시뻘건 불의 눈을 뜨고
황황히 들끓는 말 이전의 말을 더
좋아하는 여자를 아주 좋아하면서
하루에 한 번쯤은
머리 위의 하늘을 쳐다볼 줄도 아는
내가 아니 이 세상의 모든 남자가
나 같기만 하여서
만일에 이 세상의 대포의 수보다도
더 많은 북을 만들어
이 세상의 대포가 울리는 소리보다
더 큰 소리를 울린다면
만일에 이 세상의 대포가 울리는 소리를
더 큰 북소리의 울림으로
왼통 잡아먹고 만다면
봄 여름 가을 없이 겨울도 없이
이 세상의 모든 여자는 춤을 출 게고
그리하여 봄 여름 가을 없이
겨울도 없이 이 세상은

왼통
꽃춤
바람춤
햇덩이춤
바다춤
살 터지는 과일 춤
진한 단물 뿜는 땅덩이춤
뜨거운 살갗의 춤
시뻘건 불의 눈의 춤으로
덮일 것이 아닌가

여자여

북7

사람의 손에서
칼이 떠나지 않고
사람의 살에서
칼이 떠나지 않는
세상에서는 먹어야 산다
세상에도 이상한 것을
짐승처럼 사납게 먹어야 산다
이를테면 네 눈이다
한 번 볼 때 옥빛 가루 뿌리고
두 번 볼 때 남빛 가루 뿌리는
크고 검은 네 눈이다
　"내가 들여다보지 못하는
　네 눈 속엔 빛을 뿌리는 이상한
　북이 꼿꼿하게 서 있다"
사람의 손에서
칼이 떠나지 않고
사람의 살에서
칼이 떠나지 않는
세상에서는 세상에도
이상한 것을 먹어야 산다
굽지도 않고 삶지도 않고
생것대로 먹어야 산다

북8

더펄
더펄
덥수룩한
아이가
갈대밭에
북을 메고 온 아이가
갈대마다 몇 개씩
이 빠진 칼날 쥐여주고
둥 두둥
마른 북 소리 울렸더니
왼통 갈대밭이
칼싸움 벌여
놀란 때까치 비껴가는
서쪽 낮은 하늘엔
시뻘건 불이 붙는다.

북9

목에
창 맞은
고구려 세 마리
말이
강을 건넌다

강 위에
세 겹으로 걸리는
무지개

어디선가
북이 세 번 울린다

말 1

우리가 만나는 것은
왜 언제나 해 질 때인가
우리가 가는 강변사로(江邊四路)는
왜 언제나 밤인 것인가
강변사로에 늘어선 가로등은
왜 하나도 꺼진 것이 없는가
내가 잡는 네 손은
왜 불빛보다 밝은 것인가
강변사로에 서성거리는 물은
왜 눈이 멀어서 검은 것인가
우리가 가는 강변사로는
왜 언제나 밤인 것인가
우리가 헤어지는 것은
왜 언제나 어둠 속인가

말 2

어둠 속에는 서 있는 눈이 있다
어둠 속에는 서 있는 귀가 있다
어둠 속에는 서 있는 젖이 있다
어둠 속에는 서 있는 털이 있다
어둠 속에는 서 있는 물이 있다
어둠 속에는 서 있는 바람이 있다
어둠 속에는 서 있는 어둠이 있다

말3

봄은 어둠 속으로 오라
내가 불붙는 불이 되기 위해서
봄은 어둠 속으로 오라
내가 불붙는 불이 되어 너를 보기
위해서 봄은 어둠 속으로 오라
어둠 속으로 오는 너는 불
내가 불붙는 불이 되어 너를 잡기
위해서 어둠 속으로 오라 내가 불붙는
불이 되어 봄이기 이전에 불붙는 불인
너를 잡고 너를 헤쳐
불붙는 네 속에서
너와 하나로 불붙는
불이 되기 위해서
어둠 속으로 오라 자면서도 거품 무는
파도 설레는 사타구니에 빠져 흠뻑
젖은 맨발로 밤 인천 소금 깔린
검은 골목쯤으로 오라
봄은 어둠 속으로 오라

말4

남자가 밝은 곳으로 나설 때
여자는 어둔 곳으로 들어선다
그대로 둘 수밖에는 없는 일이다
남자가 밝은 곳에서
쇠단추를 낄 때 여자는 어둔
곳에서 옷고름을 푼다 그대로
둘 수밖에는 없는 일이다
남자가 밝은 곳에서 칼을 잡고
땅에 붙을 때 여자는 어둔
곳에서 속옷도 다 벗어버린다
그대로 둘 수밖에는 없는 일이다
남자가 밝은 곳에서 총에
맞아 피 쏟는 몸을 땅에서
떼어낼 때 아니 푸들거리는
손을 들어 죽는 제 눈을
제가 감길 때 여자는 어둔
곳에서 하얀 알몸서 흐르는
달 찬 피에 손을 담근다
그대로 둘 수밖에는 없는 일이다
남자가 밝은 곳에서 자취도
없이 사라진 뒤 그 밝음
만이 땅에 남아 서 있을 때
여자는 핏속에서 손을 건져
아무것도 잡지 못한 손가락
새빨간 것을 편다 하나 펴고
둘 펴고 셋 펴고 넷 편다……
그대로 둘 수밖에는 없는 일이다
그것이 어둔 곳에 돋아

나는 꽃 같기도 하다
그대로 둘 수밖에는 없는 일이다

말5

겨울 전장
전방구호소에
허옇게 눈을 뜨고
죽어 돌아온 병사에게서
쏟아지는 피는
이상하게도 사타구니 한 곳을 향해
흘러내리더니 찬 음모에 엉기고 엉겨
거기서 뭔가 자꾸 꼬리 무는
말을 분주하게 하고 있었다
그중의 피 한 줄기는
발가락 사이까지 빠져 내려가더니
거기서 뭔가 자꾸 끊어지면서
말라붙는 말을 더듬거리고 있었다

죽은 자의
피는 말을 하고 있었다

말6

잘 가라

네가 말없이
돌아선 그 자리
그 어둠 속에 서 있는
네 입술만큼 한 핏덩이 하나

여섯 개의 바다

하나

아침마다
마른땅에서
날아오르는
종달새는
이내
보이지 않는다
아침마다 날아오르는
종달새를 삼키는 바다
노래를 먹고사는 바다는
언제나
아침마다
우리가 알지 못하는 곳에
있다

둘

들먹이는
검은 구름을
찢고 가르는
번개의
불의 손
이윽고
땅과 하늘에 와서 고이는
기름진 비의 바다

들먹이는
살의 덩어리를
찢고 가르는
나의
불의 손
비로소
나의 네게 와서 고이는
바다여
새 바다여
이름 없는 바다여

셋

이 세상
온갖 곳에
소금을 퍼내는
바다처럼
너를 사랑하면서
나는 이 세상
온갖 곳에
꽃 터지는 새벽안개를
퍼낸다

넷

새벽이
엷은 빛살을 들어
어둠을 헤쳐
솟는 나무와
내닫는 육지를
캐낼 때

그보다 조금 앞서
나는 하늘의 온갖
별이 내려앉은 손으로 너를 헤쳐
싱그런 해초를 떠올리며
부글거리는 바다를
캐낸다

다섯

나는 이십 년 전에 평안도를 버렸습니다. 그후로 나는 내가 버린 평안
도의 어둠에 갇혀서 살았습니다. 그 얼마 뒤의 일이지요. 나는 눈 덮인
강원도의 산비탈에서 총을 쏘다가 피를 흘렸습니다. 피는 피를 불러 강
원도 덮은 눈을 피로 덮었습니다. 피는 붉은 것이 아니고 검은빛이더군
요. 그후로 나는 피의 어둠에도 갇혀서 살았습니다.
어둠에는 햇살도, 어둠에는 지워집디다. 그런데 이상한 일이 생겼습
니다. 햇살 지워버리는 어둠 속에서 나를 향해 살아서 움직이는 것이
있음을 알게 되었습니다. 그것이 무엇인지 차차 똑똑히 내 눈으로 보게
도 되었습니다. 한 그루 사과나무의 살과 물이었습니다. 사과나무는 사

과나무에 내리는 햇살보다 더 진한 살과 물을 가졌던 것인가봅니다. 이윽고 사과나무는 경상도 어느 큰 절 앞 풀 젖는 샘터 가까이에서 하나의 사람으로 변하더군요. 그래서 나는 햇살도 지워버리는 어둠 속에서 나를 향해 살아서 움직여 오는 사람 하나를 보게 되었습니다. 똑똑히 똑똑히 보았습니다. 드디어 그의 살과 물은 나에게 와 닿아 나를 잡고 덮고 삼키더니 오오오 경기도의 형상으로 몸부림치는 파도 충청도 전라도의 형상으로도 몸부림치는 파도가 되었습니다. 함경도 제주도 독도의 형상으로 그침 없이 사납게 울부짖는 파도가 되었습니다.

이때부터입니다. 내 평안도의 어둠과 피의 어둠이 사과나무의 살과 물보다 더 진하고 많은 그의 향내 나는 살과 섞이고 물과 섞이게 된 것은. 이때부터입니다. 햇살을 지워버리는 어둠에도 지워지지 않는 바다가 하나 사과나무에도 있고 그리고 그에게도 내게도 있다는 것을 알게 되었습니다.

여섯

물의 살을
비집고 들어갔더니
불이더군

불의 살을
비집고 들어갔더니
금이더군

금의 살을
비집고 들어갔더니
빛이더군

빛의 살을
비집고 들어갔더니
거긴 너였어

너의 살을
비집고 들어갔더니
어둠이더군

어둠의 살
비집고 들어갔더니
거기 있더군

아아
종횡무진 궁구는
아흔아홉 햇덩이 바다

코스모스

　여름이 끝나는 데서, 거기서부터는 코스모스가 길을 열고 있어요. 코스모스는 길 좌우 가장자리에 언제까지나 연달아 피어 있고, 당신이 가고 내가 갑니다. 가면서 나는 내 키만한 갈대가 되고, 당신은 당신의 키보다도 더 많이 큰 포플러가 돼요. 어째서 그런가요. 어째서 코스모스는 안 보이는 끝까지 연달아 피어 있는가요. 코스모스는 길 좌우 가장자리에 언제까지나 피어 있는데, 어째서 당신과 나는 걸어가는 풀이 되고 나무가 되나요. 당신에게서 떨어지는 당신의 마른 잎새. 잎새가 내리네요. 잎새는 나에게로, 나에게로 내리네요. 그런데 당신은 보았을까요. 걸어가는 갈대 곁에, 포플러 곁에, 또 저렇게 걸어가는 사람들이 있습니다. 소년이 있고, 청년이 있고, 노인도 있네요. 노인의 곁에는 소녀가 있고, 청년의 곁에는 처녀가 있고, 소년의 곁에는, 보세요, 할머니가 있어요. 그런데 청년은 군복을 입고 있습니다. 처녀는 꿈같은 신부 차림입니다. 모두 말이 없네요. 마른 잎새를 떨구며 걸어가는 나무, 당신처럼. 스치는 마른 잎새에도 떨리는 갈대, 나처럼. 아직도 코스모스는 길 좌우 가장자리에 언제까지나 연달아 피어 있어요.

제비

해가 집니다. 당신의 이마에서 해가 집니다. 논두렁에서도 해가 집니다. 해는 당신의 눈썹에서도 집니다. 해는 먼 데까지 한켠으로 한켠으로 뉘어지는 벼이삭에 엷은 이불을 덮어주면서 집니다. 당신의 눈에도 덮이는 엷은 이불이 있습니다. 돌아서 보세요. 해가 집니다. 당신의 어깨에서도 해가 집니다. 당신의 어깨는 차갑습니다. 됐어요. 이제 돌아서세요. 당신의 가슴의 단추, 거기서도 해가 집니다. 해가 지는 당신의 가슴의 단추. 그 가까이에 당신의 심장이 있습니다. 내 입술은 그 가까이에 있습니다. 해는 내 입술에서도 집니다. 하지만 해가 지는 내 입술은 이렇게 빨갛고 뜨겁습니다. 먼 남쪽 나라, 그곳의 전쟁처럼…… 정말이에요. 내 입술이 당신의 단추를 물어 으깨어, 당신의 옷도 물어뜯어 발리고, 그 아래 살도 물어, 살점을 헤친다면, 심장도 물 수가 있습니다. 나는 그렇게 하고 싶습니다. 내 입술은 당신의 심장을 물고, 어쩌면 질근질근 씹기도 할 것입니다. 놓쳐서는 안 돼. 놓쳐서는 안 된다. ……놓쳐서는 안 된다. 나는 놓칠 수가 없는 것을, 질근질근 씹어서, 분명 씹히는 것을 확인할 것입니다. 그래서 내 입술의 이빨과 이빨은 당신을 물고, 심장을 물고, 당신의 가슴에 묻혀서 잠이 듭니다. 저무는 가을 길에 아쉬움도 한스러움도 없이 잠이 듭니다. 나는 그렇게 하고 싶습니다. 그러면 당신의 가슴께는 왼통 먼 남쪽 나라, 그곳의 전쟁터와 같아집니다. 해는 당신의 손끝에서도 지고, 이제는 산에서도 집니다. 노을이 탑니다. 바람들은 당신과 내가 가는 이 길에 모여들어, 당신의 머리칼 속으로 찾아듭니다. 이제는 내 눈에도 덮이는 엷은 이불. 하지만 당신은 봅니다. 내 눈에 덮이는 것을 사르며 타는 노을을. 노을을 물고 푸들거리는 일군의 가을 제비를.

가을 나그네

남인천 조그만 역은 춥고 낡은 잿빛 속에 던져져 있습니다. 당신과 나는 여기에 왔습니다. 여기서 수원으로 좁은 레일이 던져져 있고, 그 위에 녹슨 기차가 던져져 있어요. 기차는 연기를 날리면서 가는데, 당신은 자꾸 눈시울을 비벼요. 우리의 머리 위를 덮고 날리는 검은 연기가 당신의 눈을 아프게 합니다. 바람은 찹니다. 바깥에서 보면 유리가 빠진 창틀 가득히 당신과 나의 머리칼이 날리고 있습니다. 더러는 비뚤어진 창틀입니다. 거기로 어두운 길이 던져져오고, 초가지붕이 던져져옵니다. 웅덩이와 갯벌은 벌써 검습니다. 검은 바다도 던져져옵니다. 삐걱이는 나무의자에서 흔들리는 당신과 나의 무릎 위에, 던져진 해안선이 꺼뭇꺼뭇 널려 있어요. 이제는 해가 던져집니다. 던져져오는 해가 너무 큽니다. 나는 당신의 눈을 봅니다. 당신의 눈에는 눈물이 있어요. 당신의 눈물이 너무 큽니다. 모든 것이 던져지는 낡고 추운 잿빛, 그것이 어둠으로 기우는 쓸쓸하고 무서운 때. 그때에 당신의 큰 눈물이 던져져오는 큰 햇덩이를 받아서 안습니다. 그래서 당신의 눈을 넘쳐나는 당신의 큰 눈물. 내 손 안에 떨어진 당신의 큰 눈물. 수원역은 어둠 속에 던져져 있습니다. 우리는 여기에 왔습니다. 깜깜하고 찬바람 부는 역 광장입니다. 그러나 나는 춥지 않습니다. 아직도 내 손이 받쳐들고 있는 당신의 큰 눈물. 당신의 큰 눈물은 받아서 안은 큰 햇덩이의 진한 피로 얼룩져 있습니다.

손

　당신은 키가 크고, 나는 키가 작아요. 그래서 우리는 나무 같기도 하고 풀 같기도 해요. 정말 당신은 걸어다니는 잎 떨어진 포플러 같이도 보이는 것을. 당신의 손을 잡고 가는 나는 작은 갈대만큼 보일는지도 모르는 것을. 당신은 다리가 길어서, 나는 더 많이 걸어야 해요. 당신의 곱은 더 걸어야 하는 것이기에, 내가 더 많이 세상을 아는 듯한 생각이 들기도 해요. 그래서 나는 자랑스레 얼굴을 들지만, 거기 항상 당신은 나보다 더 나이가 많고, 주름진 쓸쓸한 눈이에요. 그럴 때면 어느덧 내가 당신의 커다란 손 안에 묻혀 있어요. 언젠가 싸움터에서 뼈가 으스러진 당신의 손. 사람은 나이가 들면 눈에 주름이 잡히고, 쓸쓸해지고, 손이 커지고, 그리고 싸움터에 나가고, 큰 손은 으스러지는 것인가요. 어릴 때, 산등성이에 누우면 묻혀버리는 것만 같았어, 하늘 속으로. 지금 내가 묻힌 당신의 손은 그 하늘만큼 커요. 그 하늘이 묻힌 이 가을만큼도 커요. 이제는 짐작이 가요. 그 하늘도 이 가을도 당신의 큰 손처럼 으스러진 뼈를 보이지는 않게 가만히 싸쥐고 있는 것인지도 몰라요.

동물원

나는
데스크에 발을 올려놓고
꿈을 꾸었어.
모든 것은 정상적이고 또 확실했지.
꿈속에서 나는 공작새였어.
동물원의 공작새.
철책에 갇힌 그 새.
모든 것은 정상적이고 또 확실했어.
귀엽게 생긴 아이들이 많이 와서
나를 구경하고 있었지.
동물원의 하늘은 푸르렀다.
모든 것은 정상적이고 또 확실했어.
전화가 울리고, 나는 깨었어.
동물원의 친구였지.
나는 동물원으로 갔다.
그곳의 하늘은 푸르렀어.
아이들이 많이 와 있었어.
철책 속에는 공작새.
모든 것은 정상적이고 또 확실했다.
나는 귀엽게 생긴 아이들 틈에 끼어,
꿈속의 나와 조금도
다르지 않은 공작새를 보았지.
따뜻한 봄날.
철책에 피어오르는 아지랑이.
동물원 담에 피어오르는 아지랑이.
모든 것은 정상적이고 또 확실했다.
그래 확실했어.
공작새를 가둔 철책이

동물원 담보다 더 높았어.
그래, 검은 철책의 키가
봄 하늘만큼이나 높았어. 그래,
모든 것은 정상적이고 또 확실했어.
동물원의 친구는
아무 데도 보이지 않았어.

그림

    고물가게의 그 그림의 서명은 희미해서 판별이 되지 않았다. 그늘에서 집어올리자 이름자리인 듯한 거기서도 가벼운 먼지가 떨어져내렸다. 나무로 틀을 짜서 사방을 두른 그 바탕은 끊임없이 사나워지고 깊어지고 또 넘쳐나는 흑색. 말하자면 무변한 뒤틀림의 어둠이었는데, 그 한가운데 피를 흘리듯 하나의 해가 타고 있었다. 아니다. 해는 분명히 피를 흘리면서 언제까지나 타고 있었다. 밝음이 아니고 어둠에 있으려면 해는 피를 흘려야만 했던가. 언제까지나 어둠 속에 있는 해. 나무가 사방을 두른 어둠. 나무는 어둠의 사방에 접해 있고, 해는 언제까지나 어둠 속에 있었다. 피를 흘리면서, 언제까지나 그런 일이 있을 수 있단 말인가. 그렇다, 그것은 있을 수 있는 일이다. 밤에 한 사람의 남자와 한 사람의 여자가 언제까지나 걸어가고 있었다. 그렇다, 그것은 있을 수 있는 일이다. 총알에 뚫린 병사의 눈시울에는 언제까지나 따뜻한 어머니의 손이 있었다. 그것도 있을 수 있는 일이다. 한 사람의 소설가는 언제까지나 주사기를 들고 페스트가 점령한 오랑 시(市)에 있었다. 그림에서는 또한 번 가벼운 먼지가 떨어져내렸다. 나는 그림을 그늘에 놓고 고물가게를 나섰다. 해는 중천에 있었고 한 사람의 여인이 걸어오고 있었다. 단단히 밟는 확실한 보행. 이윽고 여인의 크고 검은 치마가 나를 막아서면서 다가왔다. 검은 복부는 만월이었다. 큰 눈의 그 여인은 마리아였다. 그리고 나는 들었다. 여인 마리아의 검은 복부에서 피를 흘리면서 하나의 해가 타고 있는 소리를. 여인 마리아의 검은 복부는 나를 막아서면서 다가왔다. 사방에 감람나무를 거느린 검은 복부의 여인 마리아는 언제까지나 나를 막아서면서 내게 덮여오고 있었다. 그렇다. 나는 그 그림의 판별이 되지 않는 서명을, 가벼운 먼지만이 떨어져내리는 그 이름자리를 다시 희미하게 보고 있었다.

여자

자네는 여자를 보았나. 덕수궁으로 가게. 박물관에는 옛날 불상이랑 기왓장이 있네. 그것들은 금이 가거나 어디가 떨어지거나 아무튼 상해 있다. 그리고 여자들이 있지. 앉기도 하고 서기도 하고 눕기도 하면서. 그런데 허리로부터 하반신뿐인 그 여자들은 모두 알몸이라네. 살 튼 알몸. 그러나 별조각보다 더 많은 조각으로 살 튼 그 틈 사이로 얼마나 깊고 맑은 윤이 배어나는 것인지 손을 대면 촉촉한 백잣빛 청잣빛이 묻어날 것만 같은 여자들. 여자들은 살아서 있네. 땅으로 살아서 얼기설기 당초를 자라게 하고 하늘로 살아서 높고 높이 학의 날개를 뜨게 하고 바다로 살아서 크고 작은 물고기들을 헤엄치게 하면서 살아 있다네. 덕수궁으로 가게. 백년의 어둠을 사르고 다시 백년의 어둠을 사르고 오늘도 또한 날과 밤의 어둠을 사르는 무한 정욕에 그 허리로부터 하반신이 바다가 되고 하늘이 되고 땅이 된 여자들이 있네. 어디가 떨어지거나 금이 간 옛날 기왓장이랑 불상이랑 함께 있으면서 왼통 별조각보다 더 많이 살 튼 알몸인 여자들. 박물관 바깥을 서성거리는 살 안 튼 여자들보다 영롱하게 풍요롭게 살고 있는 여자들은 허리로부터 하반신이 알몸으로 그지없이 넉넉하게 앉아 있거나 서 있거나 누워서 있다. 자네는 여자를 보았는가.

꽃과 하강

나를 노린 총알은 그 정글의 가장 크고 기름진 잎사귀에서 날아왔다. 등허리를 때리며 박혀드는 사나운 충격. 나의 전신은 활처럼 휘면서 핑 그르르 돌았다. 돌면서 보았다. 나를 노린 그 짙푸른 잎사귀가 한껏 떠오른 햇살을 받아 이글이글하는 것을. 다음에 나는 뜨뜻한 액체가 질척이는 아랫도리를 틀면서 천천히 넘어져갔다. 그리고 지금은 헬리콥터가 나를 실어나르고 있다. 헬리콥터는 하강중이다. 나도 하강중이다. 난도 질당한 빛을 타고 하강중이다.

얼마나 내려갔을까. 그리고 나의 하강은 언제 끝났던 것인가. 거기서부터 냄새가 있었고 소리가 있었고 성한 빛이 있었다. 길게 드러누운 내 발끝에는 하얀 슬립을 걸친 여자가 웃고 있었다. 매끄러운 어깨로 내리는 검은 머리. 크고 검은 눈동자. 소리나는 빛의 향기로운 빛의 섹스와도 같은 입술. "눈을 뜨셨군요." 여자는 말하면서 내 얼굴 앞으로 와서 앉았다. 무릎 위로 말려올라간 슬립. 하얀 허벅지 깊숙한 곳에 프릴이 달린 물빛 팬티. 그 일대는 상아와 수밀도 흑수정과 포도 그리고 가장 햇살이 많은 바닷가처럼 꿀과 크림이 흐르는 바닷가처럼 풍요롭게 숨쉬고 있었다. "여기는 어디요?" "그런 것 아실 것 없어요. 쉬셔야 해요, 이제 겨우 쉬시게 되신 것을, 쉬셔야 해요, 정말." "이름은?" "꽃이에요."

나는 손을 뻗었다. 그때에도 나는 앞으로 손을 뻗쳤다. 꽃이 있었다. 나는 소년이었다. 바람과 빛과 냇물이 흐르고 있었다. 소리와 향기가 있는 곳에 꽃이 있었다. 나는 손을 뻗쳤다. 꽃은 내 손가락에 잡히고 꽃은 내 손안으로 들었다. 꽃은 겹겹이 포개진 꽃잎. 꽃은 겹겹이 포개진 꽃잎. 나는 꽃잎 하나를 헤쳤다. 꽃은 슬립을 벗었다. 나는 꽃잎 하나를 헤쳤다. 꽃은 유방을 드러내었다. 나는 꽃잎 하나를 헤쳤다. 꽃은 프릴이 달린 물빛을 벗었다. 꽃은 팬티를 벗었다. 그리고 나는 꽃잎 하나를 헤쳐 내 가슴을 무릎을 등허리를 넣었다. 가장 짙고 여린 꽃잎을 헤쳐 내 두 손을 넣었다. 오오 꽃 속에서 나도 또한 꽃의 향기, 꽃의 소리, 꽃의 빛이었다. ……그때였다. 갑자기 꽃의 등허리가 활처럼 휘면서 눈부신 머리칼은 사납게 흩어지고 내 등허리엔 때리며 박혀드는 충격이 왔다.

틀리는 아랫도리에 질퍽한 액체. 질척이는 액체. 질척이는 하강.

  오오 하강. 그렇다, 나는 하강중이다. 헬리콥터는 하강중이다. 그 커다란 프로펠러를 숨가쁘게 돌리면서 하늘의 빛을 왼통 휘저어 난도질을 하면서 하강중이다. 내가 하강중이다.

꿈속의 뼈

나는 보았습니다
나는 전장을 보았습니다
나는 전장에서 죽는 죽음을 보았습니다
전장에서 죽는 죽음은 죽어서도 죽지 못하여 터진 살에서 불거져나온
하얀 뼈를 들어 밤새껏 검은 바람을 할퀴는 시체 곁에 쭈그리고 앉아 있
는 것을 보았습니다.
쭈그리고 앉아서 꿈을 꾸는 것을 보았습니다.
나는 그 꿈을 보았습니다
나는 그 꿈속을 보았습니다
꿈속의 뼈를 보았습니다

꽃의 목뼈를 물살의 정강이뼈를 햇살의 손가락뼈 소나기의 발가락뼈
바다의 등뼈와 갈비뼈를 또 불의 엉덩이뼈를 보았습니다.

쭈그리고 앉아 있는 죽음의 사타구니에 한점 먼 별빛처럼 젖은 희끄
무레한 것을 보았습니다.

詩

— 사랑을 위한 되풀이 —

꽃 · 천상의 악기 · 표범

눈 내린 광장을
한 마리 표범의 발자국이 가로질렀다.
너는 그렇게 나로부터 출발해갔다.
만월이 된 활처럼 팽창한 욕망,
너는 희한한 살기를 뿌리면서
내달았다. 검은 한 점(點)이었다.
나의 모든 꿈의 투기(投企)인 너.

그후
나는 몇 번인가 너를 보았다.
창이 무너져내리는 전쟁의 거리에서도
너는 귀마저 벌어져서 웃고 있었다.
그때마다 돌멩이가 꽃을 낳았을 것이다.
모래밭은
꽃밭을 낳았을 것이다.

죽음을 역습하였을 것이다.
눈부신 연애가
햇살처럼 지구를 지배하는 시간을 위하여서
너의 천상의 악기가
불붙는 암흑 속에서
—죽음을.

나는 알지 못한다.
'하늘에 핀 꽃' 그러한 것이
모든 사람들의 눈동자 속에서
피어날 것인가 어떤가. 허나 나는 알고 있다.
아 젊은 표범처럼

불붙는 암흑을 갈기갈기 찢어발기며
언제나 언제까지나 내닫고 있는 너를.

마지막에 누구도

7월도 8월도 온다는데
오늘도 지구에선 숱한 사람들이
총 맞은 나뭇잎처럼 떨어져 죽는다고
— 우리들 마지막엔 아무도
증명할 수 없는 회상이 될 것인가.

한 사람의 동물학자가 말을 할 때
1931년 오스트리아 비엔나 시의 하늘엔
날개를 접고 떨어지는 수많은 제비의 떼가 어지러웠다.
사나운 기류가 남쪽으로 옮아가는 제비들의 희망을
찬바람의 벽으로 때려부수는 것이었다.
날개를 접고 비엔나 시의 하늘에서 떨어지는 8만9백여 마리의 제비.
허나 오스트리아 사람들의 네 대의 자동차 한 대의 비행기
또 열차가 흰 눈이 뒤덮은 알프스 산맥을 넘어
따뜻한 이태리 포근한 베니스의 하늘까지
제비들의 퍼덕이는 날개가 되었던 것이다
라고 말을 할 때,
아직도 우리들 글썽일 줄 아는 눈물이 우리들 눈동자 속에 아리고 뜨
거운 태양을 뛰쳐들게 하는 이 사실도
— 그러나 우리들 마지막엔 아무도
증명할 수 없는 회상이 될 것인가.

내 사랑이 겨울밤 텅 빈 가장자리에 나무를 세워
그 검은 꿈의 두 팔을 뻗쳐서 얼어붙은 하늘 떠받치게 하는 이 사실도
— 우리들 마지막엔 아무도 누구도 또한 나 자신도
증명할 수 없는 회상이 될 것인가.

사막에 사보텐이 살고 사보텐꽃이 꽃 핀다는 얘기는 도시 아무것도

아닌 말이라던가.

지푸라기가 혹시 피를 흘릴지도 모른다는 그런 생각은 도시 아무것도 아닌 일이라던가.

나비여 메뚜기여

지구 바깥으로 빠져나간 인공위성이 머나먼 옛날 삼천 년이 더 넘는 머나먼 옛날 그 어느 날부터 나와 내 바깥을 드나들면서 뱅글뱅글 맴돌고 있는 시와 만나서 달이랑 해랑 여러 별 사이를 뱅글뱅글 맴돌기 시작했다.

내 가장 오랜 조상의 할아버지가 털 난 그 젊은 어머니가 동굴 속에 살던 그때부터 벌써 나의 것이면서 분명히 나의 것이 아니던 시, 날 선 바람에 날리는 내 머리칼 속이나 서리 밟는 산양의 발바닥이나 낮은 별자리에 웅크린 거지 계집애 속눈썹 그늘…… 모든 것에 자리잡는 어둠에도 멍들지 않는 눈을 뜨고 이 세상에 부랑하는 온갖 먼지도 타고 놀다가, 더러는 그 날개 내 살 속에 잦아드는 무서운 외로움으로 적시기도 하다가, 홀쩍 날아올라 달이랑 해랑 여러 별 사이를 뱅글뱅글 맴도는 나비여, 나는 살아서 가서 밟고 만질 수 없는 내 하늘에서 푸르게 반짝이는 메뚜기여, 시여.

그 하늘에 인공위성은 이제 나를 데려다주겠지. 그러면 이상한 나비여 메뚜기여 너는 다시 훨훨 날개를 펴거나 깡충깡충 뛰어서 내가 나의 살아 있는 그림자와 더불어 푸르게 물들 수 없는 또 어느 먼 하늘로 가서 뱅글뱅글 맴도는 그 오래고 희한한 재주를 부리겠지. 그러한 너의 피는 아리게 눈부시게 영롱하겠지. 아무튼 그리하여 삼천 년이 더 넘는 미나먼 옛날 동굴 속에 살던 그때부터 내내 무섭고 외로워서 결코 지워지지 않는 눈뜨고 사는 나를 위하여 나와 내 바깥을 드나들면서 지금처럼 내가 노래로 부르는 단지 그 하나의 이름이 되라.

평화
―조르주 피에르 신부(神父)에게

사랑하는 여자와 남자의 아름다움
그 아름다움을 위하여서 다하는 목숨엔
아무런 후회도 회한도 없는 것이다 라고
노래한 시인 벨하렌의 나라
당신은 벨기에의 사람.

당신이 태어난 디낭은
불란서말로 생활하는 므즈 강반(江畔)의
도시라는데―어쩌면 세계에서 가장
아름다운 시인 벨하렌도
불란서말로 노래를 하였던 것이던가.

　　"……평화여"

'구라파의 심장'이라는 모임의
맑고 부드러운 목소리의 사람들과
함께 지내는 당신에게
세계의 심장은
찬가를 드렸다.

마침 그때 당신은 얘기를 하고 있었다.
신을 학살하는 자들의 땅으로부터
자유와 사랑을 찾아 죽음을 넘어서
찾아온 어린아이들과 함께
따뜻한 신의 손길을.

　　"오 평화여……"

오 평화여!
인류의 양식이 보내드린
커다란 꽃다발에 묻혀서도
당장 긴요한 것은 이십 가구(家口)의
이름 없는 피난민들이
살림을 이룰
조그마한 부락 그것을
세우는 일이다 라고 말하는
당신의 맑고 부드러운 목소리,
당신의 목소리는 샘이었다.

　"오 평화의 샘이여!"

바다가 되는 낮은 목소리
—어머님 영전에

"내가 대신 앓게 해주십사……"

당신이 가신 뒤
나는 보았습니다.
세상에서
가장 낮은 목소리가
바다가 되는 것을.

가시는 당신의
두 눈을 짚고서도
나는 미처 할 줄
몰랐던 말.
어머님 그 말을

오늘 백일도 안 된
당신 손자의 머리맡에서
당신이 나의 차가운 머리맡에 앉아서
그랬던 것처럼
내가 말하였습니다.

"내가 대신 앓게 해주십사……"

이제 당신으로부터 비롯하는
당신의 모든 손자들은
서로 이어 가지는
당신의 목소리 속에서 살고 죽고
또 태어날 것입니다.

오늘 나는 보았습니다.
마른 나뭇잎이
나무를 중심하고 떨어지는 공간을
견고하게 지탱하는 낮은 목소리를.
그 목소리의 빗살을 그 빗살의 큰 물결을.

　　"내가 대신 앓게 해주십사……"

어머님 나는 보았습니다.
당신의 낮은 목소리가 빗살의 바다가 되는 것을.
당신의 수많은 자손들을 적시면서 퍼지면서
마침내 사랑의 중심을 무지개로 만든 가야금처럼
그렇게 울리는 빗살의 바다가 되는 것을.

흙에 의한 시 세 편

1. 꽃이 노래한다는 즐거움

비는 하늘에서 내렸다.
흙은 비에 젖었다.

그러니까
열한 살 때.

나직한 풍금 소리가 교정의 포플러를 기어올라가며 자꾸자꾸 반짝이
던 때, 모형 글라이더가 든 누런 우편소포를 받아안고 기절할 것만 같은
기쁨에 휩싸였던 그때, 고운 노을의 이야기를 줄지어 잡는 연필의 검정
알갱이가 혓바닥에 사탕처럼 달디달기만 하던 때.

아마 그때
절반은 울면서 달래를 집어먹던 나.
그날의 내가 가장 순수하게 나를 낳고 나를
키워주는 나의 흙과 더불어 살면서 충일된 나였다.
역사적으로는 빼앗긴 땅,
빼앗긴 흙.

허나
겨울엔 따뜻하고
여름엔 얼음 같은 물줄기가 되는
파란 냇물 흘리는 거무칙칙한 흙은
나무제비를 하는 나를 떨어뜨려
손바닥의 살이 터지게 했고
뒤뚱거리는 자전차 탄 나를 쓰러뜨려서
무릎을 깨 피를 흘리게 했다.

그리고 피로써 맞비벼대고 살로써 맞비벼대는
흙과 나의 친화에 다가서거나
그 속에 발이나 얼굴을 들여놓는 것은
새가 노래한다는 즐거움이거나
꽃이 노래한다는 즐거움이거나 그러한 것이었다.
아무튼 그래서 나는 이따금
내가 곧 흙이기도 했던 것이다.

도망치는 산돼지와 뒤쫓는 개들의 발자국은 나의 가슴팍에 왼통 어지러운 꽃무늬로 박혔다. 개구리와 나비는 배꼽이나 잔등에 앉기도 하고 뜀박질도 하고 살짝 스쳐다니기도 하여서 근지럽고 웃음 터져 못 견디게 했다. 언제나 심심치가 않았다. 과실나무 꽃나무들은 옥이의 다리와도 같았고 혹은 어떤 그림책에서 본 그 얼굴 예쁜 색시의 허리와도 같았다. 하루 종일 물장난을 치다가 지쳐 그 자리에 넓적하니 퍼져서 잠이 들면 모래무지가 꼬리쳐 나의 갈빗대 사이로 파고들기도 했다. 가끔은 메기의 혓바닥이 나의 잠든 목덜미를 핥아서 눈을 뜨기도 했다. 그런데 눈떠보면 그것이 기실은 수천 마리 카나리아의 혓바닥이었다. 카나리아의 혓바닥은 노래했다. 일제히 노래하는 카나리아의 혓바닥 수만큼의 꽃들도 피어나서 함께 노래했다. 그 가운데 노래하는 네댓 송이의 꽃은 나의 머리털 속에서 피어난 것이었고 빌톱 속에서도 피어난 것이었다.

일 년에 몇 차례 말끔히 씻긴 나의
몸에선 김이 피어올랐다. 그것은
아지랑이 때로는 안개.
그것들은 하늘로 올라갔다가 다시 내게로 내려와서 잦아들었다.
하늘에서 내리는 비가 실은 나 자신이라는 것을 안 것도 그때의 일이다.

비는 하늘에서 내렸다.

흙은 비에서 젖었다.
나는 하늘에서 내리는 비이고
그러니까 비에 젖는 흙이기도 했다.

2. 1950년

―허나
나는 하늘에서 내리는 비가 아니었고
그러니까 비에 젖는 흙도 아니었다.

들에 날으는 것은 들새가 아니었다.
강을 건넌 것은 물새가 아니었다.
하늘에서 내리꽂히는 것은 매가 아니었다.

언덕에 퍼덕인 것은 꿩이 아니었다.
마을 어귀의 백년 묵은 홰나무 꼭대기에 터진
큰 번쩍임 그것은 번갯불이 아니었다.

총탄이요 포탄이요 폭탄이었다.
그해 6월은 짜도 짜도 피 먹은 걸레였다.

가을이 와도 가을이 아니었다.
숯검정이가 자욱한 하늘. 그 하늘엔 어느 구석에도
탐스런 목걸이로 걸리는 여문 머루알의 가지가 없었다.
산도 산이 아니었다. 치솟은 숯검정이의 더미 그것이었다.
더러는 시뻘겋게 타는 산이 있었으나 그것은 풍풍(楓風)이 아니었다.
산을 숯검정이 하늘에 닿는 숯검정이 큰 더미로 만드는 불길이었다.

총탄이요 포탄이요 폭탄이었다.
그해 6월부터는 짜도 짜도 피 먹은 걸레였다.

재가 내렸다.
하늘에서는 재가 내렸다.
재는 집을 덮고 길을 덮고 어린 아기 어머니의 젖꼭지도 덮고
또 그 아기의 고사리 같은 손도 덮었다.
어찌하랴 동서남북의 지평은 죄다 탄막(彈幕)이었다.
재만 내렸다.

총탄이요 포탄이요 폭탄이었다.
이듬해 6월 또한 짜도 짜도 피 먹은 걸레였다.

—그리하여
나는 새들의 날개깃도 적시며 하늘에서 내리는 비가 아니었고
그러니까 꿀벌의 꿀통과 함께 비에 젖는 흙도 아니었다.

3. 외기권(外氣圈)의 항아리

달이나
혹은 금성으로
여행을 떠날 때
나는 너를 닮은 작은 항아리
하나를 지닐 것이다.

불타는 돌멩이 금속 얼음덩어리

수없이 떠도는 그러한 것들 헤쳐가는 멍멍한 외기권에서
빌리 씨가 성서의 뚜껑을 들치고
왕추란(王秋蘭) 양이 호주머니 속의 꽃씨를 어루만지고
압둘 나슈 씨가 염주알을 골라잡을 때
나는 항아리의 살냄새를 들이마실 것이다.
흙을 빚어서 만든 항아리의 살냄새는 흙냄새.
나는 그 흙냄새를 몸속 깊이 마음속 깊이 들이마실 것이다.

이윽고 빌리 씨의 이마에서 고목가지 같은 주름살이 풀리고
왕추란 양의 얼굴이 꽃잎처럼 방실거리고
압둘 나슈 씨의 가뭄 때 웅덩이 같은 두 눈에
맑은 물기가 잔잔하게 고일 때
내가 깊이 들이마신 흙냄새는 내 오장육부를 흠뻑 적실 것이다.
내가 깊이 들이마신 흙냄새는 내 넋 또한 흠뻑 절일 것이다.
오 마침내 나는
흙이 될 것이다.

버들강아지가 돋아날 때의 그 부드러운 우윳빛이기도 하고
연한 잿빛이기도 한 흙.
종다리가 보리밭에 알을 까는 그때의 파란빛 흙.
진달래가 필 때의 연분홍빛 흙.
작약 목단 맨드라미 채송화 피고 고슴도치의 바늘이 풀숲에 나타났다
숨었다 하고
연못의 연꽃 또 분꽃 해바라기가 한창일 때의
이글이글 불타는 무지갯빛 흙.
달빛에 수놓인 단풍나무와 돌배나무 가지에
모가지 긴 새의 울음 걸리는 때의 고운 핏빛인 흙.
나는 그 모든 빛깔의 흙이 될 것이다.

그리하여
비로소 멍멍한 외기권에서 내 귀는 열리어
저 사랑과 삶 또 목숨의 심짓불인 한마디 소리가
낭랑한 가락으로 울리는 것을 들을 것이다.
왼통 외기권이 낭랑한 가락으로 울리는 것을 들을 것이다.
  "가시난닷
  도셔
  오쇼셔……"

달이나
혹은 금성으로
여행을 떠날 때
나는 너를 닮은 작은 항아리
하나를 지닐 것이다.

고전적인 속삭임 속의 꽃

1

시
한 줄기의
태어남을 위해서
누구도 보지 못하는
손짓으로
나는 말똥을
휘젓기도 하였다.
아마
신의 곁눈질에나
그것은 잠시
비치었을까.

2

수염을
때로
미풍 같은 웃음이
신의 수염을
간지럽게 했겠다.
때로
물 위에 아롱진
나의 모습보다
더 황홀한 것을
나는 몰랐다.
아무튼
때로

한
웃음은 조금은 잔인하다.
신의 수염 속에서도⋯⋯

3

내가 없으면
뜻이 없다는 것을
당신은 아는가.
기실
산이나 언덕은 나 때문에 있고
강물이나 강나루도 나 때문에 있고
바다와 그리고 물론 당신 또한
나 때문에 있다.
부는 바람도
날으는 새도 그렇다.
당신은 아는가, 요컨대
나는 지구의 펄럭이는 뜻인 것이다.
이제 당신은 알았겠지.
당신은 본 적이 있을 것이다.
　"생시가 아니라면 꿈에서라도⋯⋯"
일곱 가지 색깔로 펄럭이는
지구의 꽃댕기를.
그러니까
펄럭이는
나 때문에 있는 것이다.
지구의 가장자리로부터
비롯하는

하늘도.

4

그
총구는
나를 향해 있었을까.
나의 곁에서 재재거리는
두 마리의 새를
향해 있었을까.
아니면 나를 보듬고
재재거리는 두 마리의 새를 보듬은
하늘의 푸름을 향해 있었을까.
번쩍!
총구에서 햇살이 부서졌다.
허나
어찌 된 영문이던가.
나는 아무 일도 없었고
재재거리는 두 마리의 새도 아무 일도 없었고
하늘의 푸름도 아무 일이 없었다.
다만 좀 핼쑥한 눈길로
저만큼 걸어가는
열두어 살 난 아이의 어깨 위에 빛나는
황금색 장난감 총신(銃身)을 물끄러미 바라보고 있었다.
번쩍!

5

오늘 아침 신문에서
나는 먼 나라에 사는
한 사람의 뒷모습을 보았다.
철모를 쓰고 총을 멘
그의 등에는 한 마리의 어린
당나귀가 얹혀 있었다.
알지에
외인부대의 한 병사가
바람 부는 모래언덕을 넘어가고 있었다.
그의 친구와 함께 넘어가고 있었다.
역시 총을 메고 철모를 쓴
그의 친구는 바로 그의 뒤를
따르면서 무엇이 그리도 즐거운지
발걸음도 가벼웠고,
다리가 아파 사람의 등에 업힌
어린 당나귀의 눈망울은
초랑초랑하였다.
아무튼
나는 오늘 아침 신문에서
사람의 뒷모습이 그리도 훤하게 대견스럽고
그리도 훤하게 아름다운 것을
첨 보았다.

6

그런데
당신은 나의 목소리를 들은 적이 있는가.
나는 말하지도 노래하지도 않는다.
그러한 나의 목소리를 들었다면
당신은 그때 그 목소리를 어디서 들었던 것이었을까.
당신이 가본 적 없는 어느 깊은 산골짝 그런 곳이었을까.
당신이 가본 적 없는 어느 넓은 한 들판 그런 곳이었을까.
혹은 그 어느 선장도 비행사도 만나본 적 없는 깊은 안개 속
그런 곳이었을까.
만일 당신이 새였더라면 — 그때 당신은
극지에 들이찬 빙산 위에 날개 접은 검은 한 점이기도 했겠지.
아무튼 당신이 나의 목소리를 들었다면
아마도 그러리라 짐작되는 그 모든 곳이었으며
당신이 들은 나의 목소리는 외침이었다.
나면서부터 죽을 때까지 말하지도 않고
노래하지도 않는 나의 목소리는 나의 외침이었다.
그렇다 당신은 그것을 들었던 것이다.
시퍼런 칼날 맞은 산양의 목줄기에서 솟는 그것보다도 더 검붉은 목
소리.
총알에 맞은 하늘의 한 귀퉁이가 부서지는 소리보다도 더 짙푸른 목
소리.
그렇다 분명한 곳이 있다.
당신이 나의 목소리를 들은 것은 그때 당신의 어깨와 맞닿은
하늘의 두 어깨도 사시나무처럼 전율한 바로 그곳이다.
혹은 당신이 결코 보인 적 없는 눈물방울이
떨어져 보석처럼 아롱진 바로 그곳이다.

7

나와
당신은
어디서고
만난다.
그렇게
당신이
원한다면
나는 어디고 없이
흩어져 있는
이끼 낀
돌멩이다.
더욱이 경주의 밭고랑 사이 같은 데서는 그렇다.
천년도
아무렴
나와 당신이 만나면
당신이 나에게 와 닿으면
오 천년도 일순(一瞬)이다.
그 일순에 당신은
천년 어둠을 사르는 큰 번갯불이 된다.
천년 무변한 하늘 푸름의 원소가 된다.
천년 꽃다운 가락 맑은 피리 소리가 된다.
이제
다 말을 하자.
나는 바로
천년도 먼 옛날에 한 사람의 손이
어둠을 죽이고 죽음도 죽인 손자국

이끼 낀 한 돌멩이에 새겨진
그 손자국인 것이다.

8

에베레스트
그
산허리에 들어붙은 등산대
좀
멀리서
보는
눈엔
…………
몇 마리의
개미일 게다
그렇게 있기 비롯하면서부터
얼음덩어리
낭떠러지에
매어달린 개미들
실은 기어오르는 개미들
한 마리의
발이 헛디디면
일기 시작한
새하얀 눈보라를 뚫고 얼음의
낭떠러지를 개미들은 새까맣게
그렇게 떨어진다
그 가운데
개미의 눈이

깜박하였다면
그 순간에
개미는 무엇을
생각하였을까
죽음이었을까
한 줄기의 자일을 스스로 선택하였을 때
이미 등산하는 그 사람의 마음은
죽음으로 가득 찬다고 한다
그런데 이런 일이 있었다
산허리에서 거꾸로 떨어져 눈 위에 부서진
선글라스의 조각을 주워모아 맞추었더니
발을 헛디뎌 떨어져 죽은 그 사람이 죽으면서 지닌
마지막 망막(網膜)이 찍혀 있었는데
글쎄 거기엔
더없이
흐드러지게 핀
꽃잎 위에 기어오르는
한 마리의 개미가
또 찍혀 있었다

웬일이었던가

        9

나는
뱀을
용서해주기로 했다.
젊은 여자의 허리는

당신에게 사과를 준
그 뱀보다도 더 지혜롭고 날래고
그 사과보다도 더 달디단
뱀이다.
햇살도
젊은 여자의 허리에선
자꾸 몸을 가누지 못해한다. 미끄러진다.
보라!
핫
하하……

내가
제일
조개껍질을 좋아한다면
아마 당신에겐
여간 놀라운 일이 아닐 게다.
실은 언제나 나는 조개껍질을
피로써 구멍 뚫은 귓불에 달고 있었는데.
젊은 여자의 눈시울은
일곱 가지 색깔의
조개껍질이 구울러 있는 바다 기슭이다.
벌거숭이 사랑은
젊은 여자의 눈시울에서
이글이글 타고 끓고 아우성친다.
그것을 당신은 본 적이 있었던가
내 귓불에 달린 조개껍질도.

당신은

장미란 이름을 아는가.
내 얼굴의
한 이름이다.
때로 하얀 지평선이 못 견디게 그리운 나는
내 얼굴에 장미란 그 이름을
새기고 싶어하는 나다.
젊은 여자의 팔은 지평선이다.
온 세계를 끌어안듯이
오직 그렇게 사랑하는 사람의 등허리에 감기고
목덜미에 감기는 젊은 여자의 하얀 팔.
그때 장미 얼굴인 나는 장미의 향기가 되어
그 여자의 귀여운 손목시계 속으로 스미어든다.

오
세계를 껴안고 사랑을 껴안은
다시없이 따뜻한 그 하얀 지평선을 위해서
다만 일순이라도 시간을 죽이려는
나의 헌신(獻身)을
누가 알던가.
"장미의 향기로 하여 어떠한 윤활유도 삭아버린다는 것을 과학은 증
명한다"

한 송이 장미의 향기가 피어날 때
장미란 이름인 나는 죽고 있는 거다.

10

—영감!
내리덮인 시베리아의 어두운 구름
얼음 벌판에 창백한 해가 기운다

—헤헤 영감?
또다시 이는 눈바람
산봉우리께 아직은 얼어붙지 않은 구름이
흰 안개처럼 날린다

—영감님?
—또 자네군
—헤헤
먼 계곡에 폭포처럼 쏟아져내리는 눈사태

—허 없네그려, 어제가 마지막이었어
—그 금으로 된 이빨 말씀입네까?
—그러이 이제 자네 먹다 남은 흑빵 부스러기하고 바꿀 것이 아무것
도 없단 말이야
—그게 아닙네다
—뭐? 아니라? 허 여보게 난 졸리우이
산도 호수도 빙원도 사라졌다
보이는 것이란 천지사방 날뛰는 눈보라
—헤헤 예 나도 졸립습네다 그런데 자꾸 헤헤 그 꿈같은 놈이 생각나
서 말씀입네다 그래서 왔읍네다
영감님……
눈제비가 한 마리 눈보라를 뚫고 날았다

—영감님 여기 오신 게 언제였습네까?

—4월이었지

—4…… 그렇습네까?

—암 4월이었어

—예 말씀하시라구요 영감님

—풀렸었네, 그땐 고향의 강물이

—예! 바루 그것입네다! 예! 영감님! 내 고장두 그랬습네다!

—강둑엔

—아아…… 아지랑이

—푸른 풀들은 돋아나고

—예!

—푸른 풀들이었어

—생각납네다! 영감님 이제 생각이 납네다!

—…………

—됐습네다! 예에! 푸른! 푸른! 푸른 풀의 푸름입네다! 그놈의 한마디가 글쎄 이놈의 머리통이 콱 맥혀가지구서라니 생각이 나질 않았습네다 됐습네다 영감님 고맙습네다 영감님 이제 이놈두 돌아가서 눈 좀 붙이가시오

11

당신이
나를 부르고
천지가
나를 부르고
온 사람이
다 나를 부르고

온 천지가
다 나를 불러도
담겨지지 않는다.
그 목소리에
내 이름은
담겨지지 않는다.
1950년
6월의 어느 날
동틀 때 날아온 총알 맞아 죽은
한 어린 아기
나는 이름 없는 그 아기의
썩은 살
썩은 피
먹고
핀
꽃인 것이다.

12

신이
눈물을 흘린다면
그야 티끌 하나가
신의 눈시울에
들어가 박혔기 때문이다.
사람이라는 티끌
짐승이라는 티끌
혹은 사람이기도 하고
짐승이기도 한 그런 티끌

하나.

아무튼
신도 눈시울엔
티끌 하나가 들어가 박히면
손을 들어 매우 거북스럽고 불편한
그 눈시울을 비벼댈밖에
다른 도리가 없다.
그리하여 마침내
티끌 하나는 신의 눈물과 함께
신의 눈에서 눈 밖으로 떨어져나온다.
더러는 신의 눈의 피도 섞인
눈물이랑 함께 섞여서.
그렇게 섞여서 떨어진 티끌 하나가 잘 썩으면
이윽고 잘 썩은 그 자리에 돋아나는 것이 생긴다.
꽃.

강하(江河)

하늘에
자유 사랑과 평화의 나라 프랑스가
군화를 뿌렸을 때,
바다를
장미의 나라 영국이
함포(艦砲)의 일제사격으로 산산이 부쉈을 때,
아, 땅덩어리를
인민의 나라 소련이
전차의 캐터필러로 뒤집어놓았을 때,
푸른 아름다운 다뉴브 강은 피를 흘리고
수에즈 운하도 피를 흘렸다.

그리고 우리도 흘렸다.
우리는 눈물을 흘렸다.
숯검정이 지구의 일각에서 우리는
날개 찢긴 비둘기처럼 울었다.

사랑을 위한 되풀이

우리의 목숨이
현실보다도 꿈보다도
풍성하고 아름답기 위하여
아직은 너와 나의 눈길이 만나고
그리고 나는 노래한다.
총알
맞은 손
세워들고
나의 조국
나의 폐허
아직은 내가 노래한다.

     *

눈물과 피와 총알이 엮은 쇠줄기의 망(網)
길이 155마일의 검은 쇠가시와 가시 사이로
해는 뜨고 지고
달은 뜨고 지고
바람은 네 가지의 계절과 오고 또 가고
다시 첫닭이 홰 치는 새벽 안개는
나의 눈시울을 적신다.
적시어 물 먹은 풀잎처럼 눈뜨게 한다.

나는 본다.
오늘 무너진 다릿목에
우물가 나루터 논두렁에
그리고 길모퉁이에 나는 본다.
저 6월엔 없었던 이파리

저 무서운 핏방울이 낮과 밤을 불태운
6월엔 없었던 이파리들
돋아서
피어서
나풀거리며
재잘거리며
뛰고 구르고 달리고
고함 소리 웃음소리
지르고 터치는
저 이파리들
꽃이파리들.

저것들
살찐 꽁치 두어 마리 사러
시장 가는 언니 등에 업힌 저것.
깨어지고 부서진 기와 조각에
구름이랑 해랑 산과 나무랑 그림 그리며 노는
성황당 뜰의 저 어린것.
전찻길도 마구 건너뛰는 숨바꼭질
왼통 넋 잃은 저 어린것들을 본다.

구멍난 셔츠 벗어던지고
배꼽 드러낸 채 잠자다가
더러는 왕자님처럼 보채기도 하다가
허술한 판자지붕 틈새로 떨어지는 달빛에
병아리 같은 강아지 같은 노래와 같은 잠꼬대 섞는
저 나이 여섯 살 안팎의

어린것들은 무엇인가.

오늘 1957년의 밤
잠든 아빠와 엄마의 고단한 가슴에
꽃이파리처럼 안긴 저 어린것들은 무엇인가.

무엇인가.
내가 오늘 보는 저것들
저 이파리들 꽃이파리들
여섯 살 안팎의 저 어린것들은
무엇인가 무엇이겠는가.
그렇다 무엇이겠는가
저것들은 무엇이겠는가
내가 오늘 보는 저것들은
아 오직 그것 아니고 무어이겠는가
사랑의 증거 그것 아니고 무엇이겠는가.

그러니까 칠 년 전
1950년 6월의 25일 해 뜨기 전 어스름
살기살기 씻겨서 불타오를 때
그때 함께 불타오른 입맞춤의
증거가 아니고 무엇이겠는가
미친 대포가 하늘 부수고
미친 전차의 캐터필러가 땅 부수는 그때에
오 전차의 캐터필러보다도 완강하게 파고들어
오 대포 소리보다도 사납게 힘차게 터지고 터진
사랑의 증거가 아니고 무엇이겠는가.
파편 무수히 맞은 바람보다 더 많이 떨려난 사지(四肢). 파편 무수히 맞은 바람 핏물 들인 피보다 더욱 진하고 뜨거운 땀에 절은 진달랫빛 고운 젖꽃판.

오 그날 그때
죽음 가운데서 이룩한
죽음 불사른 껴안음의 증거
사랑의 증거가 아니고
무엇이란
말인가.

*

자세히 보라.
그러면 저 언덕 아래 나뒹군
대포의 녹슨 포신(砲身)이나
저 밭머리에 처박힌 전차의
녹슨 캐터필러에도
오늘 아침 이슬은 아롱아롱 맺혀 있고
이슬마다 태양은 가득히 고여
빛나고 있음을 알 수가 있다.

저기 흐르는
강물도 보라.
전쟁이 소용돌이치던
바로 그 자리 전쟁을 지우고 또 지우면서
그렇게 흐르고 또 흐르는 저 푸름을 보라.
푸른 강물 기슭을 거니는 젊은이들을 보라.
자세히 보라.

그러면 젊은이들은 흐르는 강물의 푸름 속에서도
손잡고 거닐고 있는 것을 알 수가 있다.

강물 기슭 버드나무 그늘에서
잠시 머뭇거리다가 한 쌍으로 어우러져서 앉은
너와 나.
너는 가지런히 모은 발끝에서 녹슨 총알의 파편을 뽑아낸다.
그러면 마치 요술처럼 그 자리에
돋아나서 얼굴 드는 작은 꽃 한 송이.
그 꽃송이 너머로 나는 네가 뽑아낸 녹슨 총알의 파편을 던진다.
강물 속으로 던진다.

둥글게
일렁이고 일렁이는
푸른 물결 무늬
자세히 보라.
저 물결 푸른 무늬 타고 함께 분명히 춤추듯이 일렁이고 일렁이는 우
리의 하늘과 햇빛
버드나무와 그리고 너와 나와
얼굴 든 작은 꽃 한 송이.

어찌 노래가
아닐 것이랴.

우리의 부모 형제 자매가
우리의 이웃과 친구들이
1950년 6월부터
1953년 7월까지

미국 영국 프랑스 그리스
캐나다 벨기에 콜롬비아
네덜란드 뉴질랜드 오스트레일리아
터키 에티오피아 이태리 타일랜드
필리핀 중국 또 남아연맹 사람들과 함께 죽고
함께 죽고
수없이 자꾸 죽어간 여기
세계의 가장자리를 적시면서 흐르는 강물.
오늘 그 강물 푸른 물결 무늬
춤인 듯 일렁이며 일렁이며 밀려드는 기슭에서
녹슨 총알 파편 박혔던 그 자리
작은 꽃 한 송이가 얼굴 든 기슭에서
어찌 아닐 것이랴.

내가 어찌 노래가 아닐 것이랴.

              *

노래하리라.

너여
향기여
따뜻함이여
넉넉한 촉촉함이여
부드러움이여.

물
흐르게 하고

바람
일게 하는 너여
향기여.

나무들
눈뜨게 하고
흙 곳곳마다
꽃 피게 하고
흙 곳곳마다
꽃 피게 하는 너여
따뜻함이여.

나를 무성한 나뭇가지
그리고 나를 살랑살랑 하늘가에
춤추는 잎새이게 하고
숨쉬면서 반짝이는 돌멩이게도 하는 너여.

나를 오직
풀 많고 벌레 많고 이슬 많은
푸른빛으로만 이어지고
또 이어지는 지면이게 하는
너여
넉넉한 촉촉함이여.

노래하리라.

철조망
155마일

무수한 쇠가시에 에워싸였으나
해는 해이고 달은 달이고
별은 별이라 믿게 하고
내일은 내일이라 믿게 하는
너여.

그 내일에
일하는 인간의
아름다움과
창유리 맑은 공장과 함께 있고
풍만한 과일 넘쳐서 쏟아지는 과수원과
함께 있음을 믿게 하는
너여.
마침내 땅 삼천리 가락처럼 굽이칠 것임을
믿게 하는
너여.
향기로운 따뜻함이여
따뜻하고 넉넉한 촉촉함이여
넉넉하니 촉촉하고 따뜻하고
향기로운 부드러움이여.

오
오늘 벌써 이렇게 나를
눈물처럼 바다처럼 떨리고 설레게 하는
너여.

너로 하여 노래하리라.

가난한 누구보다도 더 가난하고
상한 누구보다도 더 끔찍하게 상하였으되
노래하리라
사랑을.

총알 맞아
산산이 부서진 손금
산산이 부서진 손금의 손 깃발처럼
높이 들고
오 나의 조국
나의 폐허에서 하리라
노래하리라
사랑을.

     *

오늘
우리의 키보다
더 높이 커서
우리의 눈 가는 데까지
저 끝까지 줄줄이 이어지는
쇠줄기 쇠가시에 부는 바람은
찢기고 그슬린 바람이구나.

그러나
그 바람 속에서
네 눈시울은 금가루 묻은
아침이슬과도 같구나.

무슨 보드라운 꽃이파리와도
같구나.

뿐이랴
저 나무는
불바다를 헤쳐나온 사람같이
그리도 끔찍한데
타다 남은 가지 끝에
손톱만한 이파리 하나
흔들고 있구나.

아주
아주 작은
푸름 한점
흔들고 있구나.

그
푸름 한점
바라보는 내 눈은 젖는구나.
내 눈 촉촉이 적시는 것은
눈물이더냐 아니면
저 한점 푸름이더냐
알 수가 없구나.

알지 못하는 채
젖은 눈 들어 다시 바라보니
하늘엔 날개 치는 새들이로구나.
하늘엔 날개 치는 새들의 지저귐이

보석처럼 박혀 있구나
반짝이고 있구나.

아
문득 나도
날개 펴더니 날아올라
몇 차례 방사능의 비구름 앉았던
자리 그 언저리에서
종다리처럼
반짝이누나.

이윽고
해 질 무렵
날개 접고 내려선 땅은
검은 철조망이구나.
쇠가시 무섭게 돋친 쇠줄기
155마일에 부는 바람은
찢기고 그슬린 바람이구나.

그러나
그 바람 어둠 속
어둠에도 보이는 나의 날개처럼
아주 작은 나비 날개처럼
팔락이는
빛
한점
별이로구나.

뿐이랴
그 바람 어둠 속
어둠에도 똑똑히 보이는
눈
네
눈도
빛
한점
별이로구나.

뿐이랴
빛
한점
별
네
눈
커지더니
자꾸 커지더니
어둠 속 어둠만큼이나 커지더니
세일 수 없이
많은 빛 뿌려지누나
많은 별 뿌려지누나.

뿐이랴
오 그 많은 별 가운데서
내 나이만큼의 별들
네 나이만큼의 별들
스무 개하고 한두 개 더

스무 개하고 너댓 개 더
그만큼의 별들 몰려와서
내 손에도 묻고
네 손에도 묻는구나.

털어도 털어도
별들 묻어서 떨어지지 않는
네 손은 밤새
내 등허리에서 빛나고
내 손은 밤새
내 가슴의 달처럼 둥근
거기에서 빛나는구나.

뿐이랴
털어도 털어도
별들 묻어서 떨어지지 않는
내 손은 밤새
네 가슴의 달처럼 둥근
거기에서 떠나지 않으면서
꿈꾸는구나.

불탄 벽돌과 벽돌 틈새에 내리는 비.
어제 물오른 봉오리 오늘 풀리게 하는 비.

전차도 대포도 미쳐서 날뛰던 밭과 논바닥에 내리는 장대비. 그러다
가 바다 가까운 하구에선 교향악처럼 쏟아지는 비.

혹은 하늘가에 앉은 아이들이 사탕하고 바꾸어 먹고, 만화책하고도

바꾸어 먹는 반짝반짝 번쩍번쩍 빛나는 구름 몇 덩이.

혹은 구름과 구름 사이 그 흰 계곡에 흐르는 푸름. 그 푸름 속 뜀박질
곤두박질 숨바꼭질하면서 크낙한 떼를 지었다가 흩어지는 개구리 수천
마리 개구리 등에서 불타는 해 덩어리 수천 덩어리.

혹은 눈이 부신 신. 신의 눈도 눈부신 과수원 울타리의 쇠가시. 그 쇠
가시 울타리에 넘친 신의 눈도 눈부신 무수한 사과의 동그라미.

그리고 호화로운 네 허리. 신의 눈도 태양의 눈도 눈부신 비길 데 없
이 호화로운 네 허리.

그리고 내 이빨과 잇몸도.
즉 연한 분홍빛 또는 젖빛 살찐 꽃잎 씹기 신들린 이빨.
즉 갖가지 꽃들 무지개처럼 일제히 만발하는 잇몸.

그리고 시 몇 줄.
— 장미꽃 이파리
　　채집첩 속의 장미
　　꽃이파리 그 속의 나의
　　마음 위에 뜬 구름
　　가장자리에
　　또 피는
　　장미 한 송이
　　혹은 네 얼굴
　　하나.

아 희뿌연 안개 걷으면서 성큼 한 발자국 다가서는 사람. 알기 쉽고

친하기 쉽고 고분고분하고 착한 사람. 어질고 굳세고 콧날 달콤한 사람. 언제나 바람 속에서 꺼지지 않고 반짝이는 물방울 같은 사람. 아 백 번 천 번 결혼하고 싶은 그 사람. 내가 천 번 만 번 결혼해야만 하는 단지 그 한 사람.

　　털어도 털어도
　　별들 묻어서 떨어지는 않는
　　네 손은 밤새
　　내 등허리에서 빛나고
　　내 손은 밤새
　　네 가슴의 달처럼 둥근
　　거기에서 떠나지 않으면서
　　꿈꾸는구나.

　　다름이 아니구나.
　　우리 사랑은 털어도 털어도
　　별들 묻어서 떨어지지 않는 너와 나를 섞어
　　마침내 파도치는 별바다이게 하는 저 눈부신 신이
　　지금 어디엔가 살아서 존재하는 것을
　　음악처럼 살아서 존재하는 것을 믿는
　　사랑이로구나.

　　그래서
　　너와 나의 언어가
　　음악이 되는 사랑이로구나.
　　태어난 곳이
　　아무리 끔찍이 깨어져서 박살난 하늘
　　아무리 끔찍이 갈라져서 박살난 땅이라 할지라도

마침내 후회도 회한도 없이
죽어 그곳에 묻힐 사랑이로구나

오 넘실넘실 넘실
보람 굽이치고
자랑 소용돌이치는
사랑이로구나.

*

손아
총알 맞은
손아

금도끼로
찍어다가
은도끼로
다듬어서

손아
총알 맞아
손금 산산이 부서진
손아

달나라의
계수나무
금도끼로
찍어다가

은도끼로
다듬어서
내조국에
폐허위에
기둥세워
창문내고
부모형제
살고지고
천년만년
살고지고

손아
총알 맞아
산산이 부서진
손금의
손아

금도끼로
찍어다가
은도끼로
다듬어서
손아
총알 맞은
손아

달나라의
계수나무

*

불붙는
나무 밑에서
총알
맞은

불붙는
샘터에서
총알
맞은

불붙는
강나루에서
총알 맞은
토끼

불붙는 산맥
불붙는 들판에서
총알 맞은
토끼

불붙는
수풀 속에서
총알 맞은
토끼를
위하여

피 흘리면서
피 흘리면서
총알 맞은
토끼

총알 맞고
155마일의
쇠가시 돋친 쇠줄기로
묶인 토끼를
위하여

아니 쇠가시
돋친 쇠줄기 155마일에 묶여
깜깜한 어둠에
갇힌 토끼를
위하여

썩은
피걸레처럼
깜깜한 어둠 속에
갇힌 토끼를 위하여
노래한다.

나아갈 미래도
번지어드는
광망(光芒)도 없는
토끼를
위하여

아
토끼의
아직은 감기지 않은 눈에
한 가닥 구름 흰 자취를
비끼게 하고

아직은
벌름거리는 코가
땅 위에 수만 가지 색색가지
무늬 현란하게 아로새기던 햇살의 냄새와
나무숲의 푸른 냄새 그리고 그
한가운데로 뚫린 작은 길도
다시 생각해낼 수 있게 하기 위하여
노래한다.

그리하여
돌 나무 바위가
숨쉬는 조상처럼 섰는 늪 가까이와
바람 부는 언덕을
천연색 사진첩이 날리고 또 날리는 철로를
색종이로 덮인 산비탈의 아스팔트길을
또한 오고 가는 여객기의 날개가

음악처럼 스치는 공원과 고층 아파트 사잇길을 꿈꾸고
포도주 같은 입김 감도는 테라스의 해 질 무렵을
그리고 해 뜨는 새벽은
오직 산뜻하고 곱기만 한 이야기의

실마리 풀림처럼 그렇게만 밝기를
꿈꾸게 하기 위하여
노래한다.

그리하여
아 토끼로 하여금
썩은 피걸레처럼
깜깜한 바다 속에 갇힌 스스로를
똑똑히 보는 슬기를 가지게 하고
죽음은 거부하고 생활과 평화 찾고 그리는 마음
가지게 하기 위하여 노래한다.

그리하여
욕망을 가지게 하기 위하여 노래한다.
아무렇게나 주는 눈길 머문 거기에
가슴 높이로 꽃 피는 식물
혹은 네댓 길 위에서 쏟아지는 폭포
마른땅 질척거리게 하는 구름떼
끊임없이 창조하는 바람떼
나뭇가지와 햇살로만 엮은 지붕
잘 익은 머루넝쿨처럼 서로 얽히는 몸과 마음
터져서 만발하는 기쁨과 놀라움을 생산하는 육욕
또 혹은 거듭 목메어 울게 하는 환희거나
나비 날개 한 장이 지나갈 수 있을 만큼
그렇게 입술 열리는 미소
그러한 것들에 대한 간절한 욕망
가지게 하기 위하여
노래한다.

아 천 번 만 번 오직 그 한 가지
쇠가시 돋친 쇠줄기 155마일에 묶여
썩은 피걸레처럼 깜깜한 어둠 속에 갇힌
그러나 아직은 벌름거리는 토끼의 코가
풀의 냄새
물의 냄새
하늘의 냄새
젖꼭지와 배꼽의 냄새를
다시 생각해낼 수 있게 하기 위하여
노래한다.

그렇다
우리의 목숨이
현실보다도 꿈보다도
풍성하고 아름답기 위하여
아직은 너와 나의 눈길이 만나고
그리고 나는 노래한다.
총알 맞아
산산이 부서진 손금
산산이 부서진 손금의 손
깃발처럼 세워들고
오 나의 조국
나의 폐허에서
아직은 내가 사랑을 노래한다.

구라파의 어느 곳에서

다뉴브 강의 기슭의 어느 곳에서

오늘 나 어린 소년과 소녀 들은
노래한다― 자유는 우리의 것.
붉은 탱크도 붉은 전투기도 피로 부르는
이 노래를 막을 수는 없다.
그것은 지구처럼 큰 노래 하늘처럼 큰 노래
끝나지 않는 한없는 노래.

오늘 나 어린 소녀와 소년 들은
노래한다.
이제 낚시질 못 가는, 나무들이 선 채로
불타는 길 위에서 아버지의 시체를 바리케이드로 하고.
이제 숨바꼭질 놀 수 없는, 무너져내리는
길모퉁이
어머니의 젖가슴도 바리케이드로 하고.

  오 자유여 헝가리여 조국이여!
  오 조국이여 헝가리여 자유여!

이 나 어린 소녀들의 치마를 찢어발기는 것이
이 나 어린 소년들의 이마를 까부수는 것이
인류의 번영을 꾸민다는 바르샤바 조약을 지키는 일이라면
이것은 얼마나 엉터리없는 수작인가.
멎으라 뒤돌아서라 붉은 탱크여 전투기여
물러나라.

그리고 사라지라.

"무구한 어린이들을 짐승의 손으로 학대하여
그로써 이 세상의 죄를 씻을 따름이라면 나는 인생을 거부하겠다"라고
그렇게 말한 도스토예프스키는 어느 나라의 사람이었던가.
꺼지라 사라지라 돌려주라.
그들에게 그들의 학교와 새들을
햇볕 든 길모퉁이 일요일 강아지를
또 묵직한 포도넝쿨과 10월을
낚시질 숨바꼭질 뜀박질을.

그리하여 그들을 오직
즐거움 그 한 가지로 지치게 하라.
그리하여 지구처럼 큰 자유 하늘처럼 큰 자유
끝나지 않는 한없는 자유의 품안에서
웃으며 잠들어 고운 꿈 꾸게 하라.

다뉴브 강 기슭의 어느 곳에서.

완충지대(緩衝地帶)

1

죽어서 말하는 자의 목소리는 들리지 않는다.
그러나 여기서는 그 목소리가 들린다.
죽어서 말하는 수십만 명의 목소리가 들린다.

하늘은 날개 치는 새들을 위하여 그 자리로 돌아가라.
옛말은 눈 초롱초롱한 어린이들을 위하여
그 자리로 돌아가라.
그리고 마을들은 푸르고 큰 버드나무 사이로
돌아가라 돌아가라고
그 목소리는 말한다.

2

그러나 여기서 보이는 것은 철조망
철조망에 찢긴 바람 갈기갈기 찢긴 바람에서
휘딱휘딱 날리는 무정란(無精卵)의 잿빛 티끌뿐이다.
여기서는 돌멩이를 던져도 날을 줄을 모르고
불타서 죽은 나뭇가지는 언제까지나 불타서 죽은 나뭇가지.
여기서는 어디고 가는 길이 없다.
다리는 무위(無爲)와 허망(虛妄)의 사이에만 걸려 있다.
여기서는 사람이 옷을 벗어도 그 맨살에
와서 감기는 바람이 없다.
갈기갈기 찢긴 바람은 휘딱휘딱
무정란의 잿빛 티끌을 날릴 뿐,
여기서 보이는 것은 철조망
오직 그것뿐이다.

3

그러나 여기서는 들리는 목소리가 있다.
부러지고 꺾어지고 깨지고 부서져 박살난 햇살이란
모든 햇살
들고 이고
끼고 지고
또한 먹고 무성한
풀숲 그 황막(荒漠)하고 크낙한
풀숲에서 들리는 목소리가 있다.
죽어서 말하는 수십만 명의 목소리가 있다.
　"우리는 젊었었지 그리고 죽었다.
　아무튼 우리의 죽음은 우리의 것이 아니다.
　사랑하는 여자의 허리가 얼마나 깊이 휘어지는지 모르겠더라고 그
렇게 시시덕거리기도 하면서 싸우다가 죽은 우리의 죽음은
　자네들의 것이다.
　그것은 자네들의 새로운 창조를 의미하라.
　그리하여 말해달라.
　우리는 말할 수 없는 이야기를.
　우리의 목숨과 우리의 죽음은 아무것도 아닌 것이던가 어떤가.
　평화나 새로운 희망을 위한 것 그런 것이 아니던가 어떤가.
　우리의 죽음에 의미를 주어달라."

4

여기서는 보이는 것이 있다.
부러진 햇살 꺾어진 햇살 깨어진
햇살 부러진 햇살 박살난 햇살

그 햇살이란 모든 햇살 들고 이고
끼고 지고 또한 먹고 무성한 풀숲.
여기에 든 죽은 자를 삼키고 여기에 드는 산 자도 삼키는 풀숲.
보아도 보아도 바라보는 눈에 넘치고 다시 넘치는 무덤
크낙하고 황막한 무덤 아닌 무덤이 있다.

암흑을 지탱하는

그날 총알에 뚫린 가슴으로 피를 뿜는 친구를 어깨에 걸쳐메고 나는 부러진 총부리와 시체가 여기저기 흩어져 불타는 거리를 더듬어 가끔씩 생각난 듯 눈먼 유탄(流彈)이 와서 박히는 한 건물의 어둠 속으로 들어갔다. 깜깜한 문지방을 넘으니 발바닥에 마루인 듯한 널판자가 밟혔고 널판자는 숨죽인 신음 소리 같기도 하고 비명 소리 같기도 한 그런 소리를 냈다. 나는 어깨 위에서 꿈틀거린 그를 고쳐메고 소리나는 어둡고 긴 마루를 지나 마침내 방인 듯한 곳에 이르렀으나 그곳도 역시 어두워 안 보이는 눈을 껌벅거리며 한동안 우두커니 서 있을 수밖에 없었다. 이윽고 깜깜하던 어둠이 차차 엷어지면서 희뿌연 밝음 속에 하나둘 나타나는 것들이 보이기 시작했다. 책 의자 대야 부엌비 그런 것들이었고 또 호미 변기 사진 이불장 옷장 경대 그런 것들이었다. 아 등신대 크기의 경대에 반쯤만 남아서 붙은 거울 거기 비친 내 몰골 피 흘리는 몸뚱이 하나 어깨 위에 짊어멘 내 몰골은 마치 망령과도 같았다. 발끝에 걸리는 것이 있어 자세히 살펴보았다. 그것은 저고리 치마 속옷 그런 것들이 아무렇게나 널린 두툼한 이부자리였다. 나는 그 위에 조심스러이 몸을 구부려 어깨에 걸쳐멘 그를 내려뉘었다. 이미 임종이 가까운 그의 두 눈은 그저 크게 뜨여 힘없이 벌어져 있을 뿐이었다. 아무런 흔적도 없었고 또 자취도 없었다. 그런데 어찌 된 것이었던가. 텅 비어 있음에 다름아니던 그의 두 눈에 빛이 고이고 바람도 이는 것이 아닌가. 뿐만이 아니었다. 하늘이 깃들이고 그 푸름도 깃들였다. 성좌(星座)가 아롱지는가 했더니 강물이 흘렀고 나뭇잎을 흔드는 숲이 들이차기도 했다. 훤하게 트인 길을 거느린 해안과 산맥이 굽이치기도 했다. 나는 그러한 그의 두 눈을 홀린 듯이 들여다보았다. 이제 그의 두 눈은 잔잔한 미소마저 띠고 있는 것이었다. 그리고 다시 그의 두 눈에 듬뿍 이슬 머금은 꽃덤불로 둘러싸인 샘물이 떠올라 넘칠 듯 넘칠 듯한 바로 그때였다. 그는 검붉은 피 엉겨 찌든 손가락을 들어 어슴푸레한 방 한구석을 가리키는 것이었다. 나는 그가 가리키는 곳으로 눈길을 옮겼다.

거기엔 무엇이 있었던가. 내가 본 것은 무엇이었던가. 그것은 항아리
였다. 항아리 하나가 거기서 어슴푸레한 어둠 속에서 회고 맑은 젖빛 스
스로의 살빛을 풀어내고 있었다. 나는 그것을 똑똑히 확인하기 위하여
두 눈을 지그시 감았다가 다시 떠보았다. 그런데 모를 일이었다. 내가
다시 눈떠 본 것은 항아리가 아니라 한 여자였다. 가느다란 모가지 고운
젖무덤 늘씬한 허리 풍만한 엉덩이 한 젊은 여자가 거기서 어슴푸레한
어둠 속에서 회고 맑은 젖빛 스스로의 살빛을 풀어내고 있었다. 풀어내
는 스스로의 살빛으로 피냄새 절은 어슴푸레한 어둠을 조금씩 밀어내고
있었다. 그런데 더욱이 모를 것은 넘칠 듯 넘칠 듯한 샘물을 둘러싸고
어우러진 꽃덤불 듬뿍 이슬 머금은 꽃덤불의 짙은 꽃향기가 내 가슴팍
에 젖어들고 아랫배에 젖어드는 일이었다. 이윽고 무지개처럼 광채 영롱
한 성욕이 내 정수리를 눈부시게 꿰뚫은 그때였다. 나는 등뒤에서 날카
롭게 뜨겁게 솟구치는 절규 한마디를 들었다. 그였다. 하지만 나는 그
한마디가 무슨 소리였는지 그것을 똑똑히 알아들을 수는 없었다. 나는
그를 자세히 살펴보았다. 그는 또 한번 절규를 하려는 듯이 급하게 숨을
몰아쉬면서 안간힘을 써 입을 벌렸다. 그러나 그의 입은 잠시 뒤틀리고
일그러졌을 뿐 절규를 내뱉지는 못하였다. 총알에 뚫린 가슴의 상처가
울컥 검붉은 한줌 핏덩이를 쏟아냈을 뿐이었다. 그것이 그의 최후였다.
나는 그 방을 나오면서 어슴푸레한 어둠의 한구석으로 다시 눈길을 옮
겼다. 거기서는 항아리 하나가 회고 맑은 젖빛 스스로의 살빛을 품어내
고 있었다. 그리하여 피냄새 절은 어슴푸레한 어둠을 조금씩 조금씩 밀
어내고 있었다. 그리고 바로 그때였다. 내 귀는 다시 등뒤에서 나는 목
소리를 들었다. 그것은 이제 절규가 아니라 그지없이 평화스럽고 다정한
목소리였다. 그러나 그 목소리가 무슨 말이었는지 나는 그것을 확실하게
알아들을 수는 없었다. 아무튼 그 목소리 그 한마디가 한 여자의 아름다
운 이름에 다름아니었음은 분명했다.

그뒤로부터 나는 확신 하나를 가지게 되었다. 우리의 흙 우리의 땅덩

어리가 아무리 처절한 죽음과 엄청난 피로써 얼룩진 암흑이라 할지라도 철 따라 과목을 꽃 피게 하고 열매도 맺게 하는 것은 그것이 희고 맑은 젖빛 스스로의 살빛을 풀어내는 항아리 또는 항아리와 같은 것으로 해서 지탱되어 있는 까닭이라는.

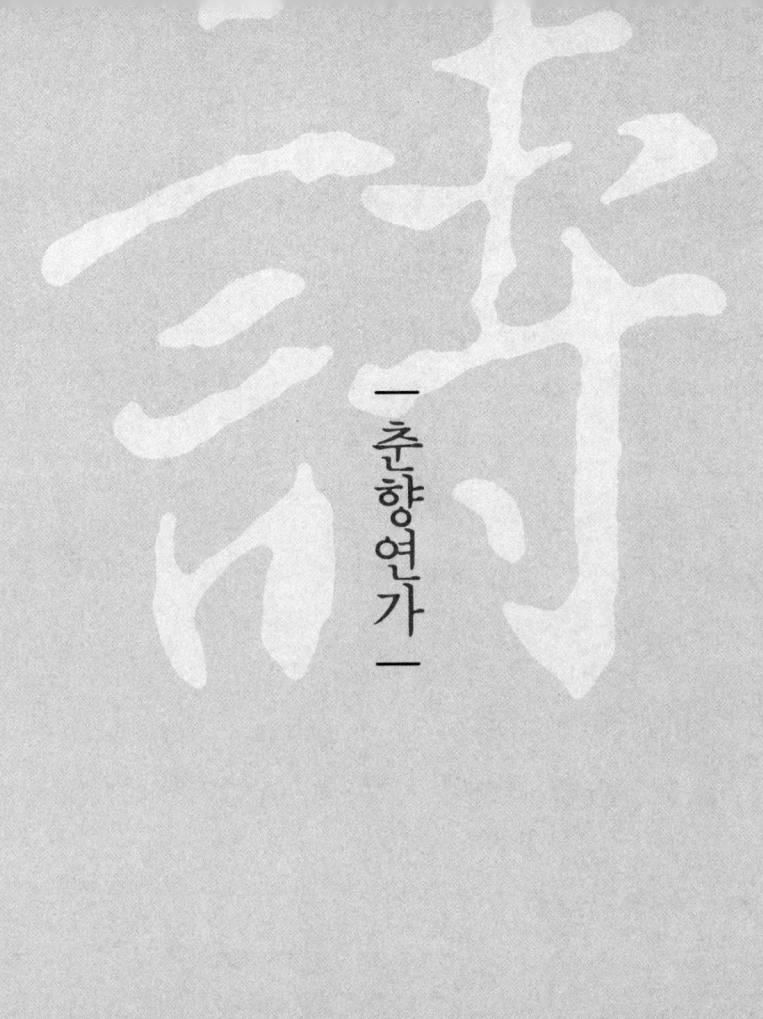

詩
— 춘향연가 —

춘향연가

1

여자예요
그래요 나는 여자예요
그런데 나는 옥(獄)에 갇혀 있어요
여자는 아기를 낳아요
나도 낳을 수 있어요
어머니가 나를 낳은 것처럼
그런데 나는 갇혀 있어요 옥 속이에요
어머니의 이름은 월매
아버지의 성은 성(成)씨
그래서 나는 성춘향
어머니는 숲을 헤치고 아버지는
냇물을 더듬어서 산에 올랐어요
봉우리에 단(壇)을 차려 빌었어요
한밤의 꿈 청학 탄 선녀가 어머니를 찾아왔어요
화관채의(花冠彩衣)의 선녀는 꽃 핀 계화(桂花) 가지
하나를 들고 있었어요. 열 달이 지났어요
온 방에 채운(彩雲)이 영롱한데
어머니는 구슬을 낳았어요
그것이 나였어요
그런데 나는 옥에 갇혀 있어요
나도 낳는다면 구슬을 낳고 싶어
구슬 같은 아기를
그런데 나는 갇혀 있어요 옥 속이에요
어릴 적에는 새가 나는 것을
제비가 나는 것을 나비가 나는 것을
한 마리 또 한 마리 그렇게 세었어요

지금은 안 그래요 한 마리 한 마리가
기실은 쌍을 지어 나는 것을 알고 있어요
그래서 두 마리씩 한 쌍 또 두 마리씩 한 쌍
한 쌍이라고 세어요 꼭 그렇게 세어요
그런데 나는 옥에 갇혀 있어요
뿐인가요 남산에 피는 꽃은 내 가슴에 피는 꽃
북산에 물드는 분홍빛은 내 온몸에 물드는 분홍빛
그런데 나는 갇혀 있어요 옥 속이에요
버드나무 천사만사(千絲萬絲)로 늘어진
푸른 가지 사이에서 우는 황금조는
내 마음 설레는 이랑 눈부신 이랑 이랑
누비면서 날으는 새
그런데 나는 지금 옥에 갇혀 있어요
나는 사랑하고 있어요
그런데 나는 지금 갇혀 있어요 옥 속이에요
그런데 오 나는 사랑하고 있어요

여기서요
광한루 여기서 만났어요
지금도 나는 여기 있어요
나는 사랑하고 있는걸요
이제는 우거진 숲에 들어도 무섭지 않고
햇살이 안 드는 어둔 곳이 오히려 정다워요
풀잎에 손이 닿으면 슬며시 허리께가 부끄러워져
나는 사랑하고 있는걸요
그래요 나는 여기 그날처럼 앉아 있어요
그이도 그날처럼 저만치에 서 있어요
흰 돌 쓸리는 물에 목욕하다가

문득 놀란 물새 한 마리
그 새가 그날의 나였어요
아 지금도 나는 놀라워 보세요
내 입술 놀라움에 반쯤은 열려 있는 걸
물에 젖어서 반쯤만 흔들리는 연꽃이에요
나는 사랑하고 있는걸요
보세요 나는 이렇게 앉아 있는데
저만치 환하게 섰는 그이
육분당혜(肉粉唐鞋) 신은 발은 극상세목(極上細木) 겹버선
남갑사(藍甲紗) 대님에 영초단(影綃緞) 허리띠
가슴엔 도포 받친 흑사(黑絲)띠
보세요 세백저(細白苧) 상침바지
모초단(毛綃緞) 도리낭 당팔사(唐八絲) 중치막
육초단(六秒緞) 겹배자(褙子)의 밀화(密花) 단추
곱게 빗어 밀기름에 잠재운 머리
맵시 있는 궁초(宮綃) 댕기.
보세요 저 얼굴 선풍(仙風) 어린 저 얼굴
그렇구말고요 선풍 어린 저 얼굴을 보세요
그런데 무어라고요 안 보인다고요
없다고요 아무도 없다고요 저만치 서 있는
아무도 없다고요 아무도 아무도 아무도
나는 이곳에 앉아 있는데
없다고요 없다고요 없다고요
그래요 나는 이렇게 이곳에 앉아 있는데
아니 보인다고요 아니 보인다고요 아니 보인다고요
무어라고요 이곳은 광한루가 아니라고요
무어라고요 나는 지금 칼을 썼다고요
나는 지금 이곳에 칼을 쓰고 앉아 있다고요

칼을 쓰고 칼을 쓰고 칼을 쓰고
저만치 서성거리는 것은
목매달아 죽은 귀신
지금은 궂은 비 퍼붓는
깊은 밤 삼경(三更)이라고요
또 저것은 난장(亂杖) 맞아 죽은 귀신
또 저것은 형장(刑杖) 맞아 죽은 귀신이라고요
　"이년
　잡아내리라!
　형틀에 올려매어
　물고(物故)를 내어라!
　매우 쳐라! 매우 쳐라!"
어머니 어머니 어머니
이 몸은 꺾이고 찢기고 갈라지고 부러지나요
모가지는 꺾이고 팔다리는 찢기고
어머니 어머니 어머니 젖가슴은 갈라지고
허리는 부러지나요
하지만 나는 죽지를 않아
그렇고말고 나는 결코 죽지를 않아
그이는 살아 있는데 어머니
어머니 그이는 살아 있는데
어찌 내가 죽는단 말인가요 죽을 수가 있단
말인가요. 내 팔다리 네 가닥으로 찢기고
내 모가지 꺾이고 허리 부러지고 젖가슴 갈라져도
갈라진 젖가슴은 젖가슴대로
꺾어진 모가지는 모가지대로 부러진 허리는
또 허리대로 가요. 네 가닥으로 찢긴 네 팔다리는
네 팔다리 네 가닥대로 가요 그이에게로 가요 가고 말아요

어머니 나는 사랑하고 있는걸요
한 번 아니라 육천 번을 당하여도 매한가지
육천 마디로 얽힌 사랑인 것을
육천 마디로 맺힌 마음인 것을
　"큰 칼 씌워 하옥하라!
　큰 칼 씌워 하옥하라!"
보세요 저것은 부서진 죽창(竹窓)
보세요 이것은 무너진 벽
보세요 이것은 썩어 문드러진 자리
보세요 어머니 매맞아 터진 살 에이는 낭자(狼藉)한 바람
하지만 어머니 나는 보아요
나는 이곳에 앉아 있어도
나는 옥중에 갇혀 있어도
나는 광한루 앉아 있는 것
육천 마디로 맺힌 마음인 것을
육천 마디로 얽힌 사랑인 것을
보세요 저만치에 섰는 그이
환하게 섰는 그이
어머니!

채찍 내리쳐
모진 바람은 일어
말 탄 당신은 갔네
한점 구름이었네
흩어진
베개
원앙새
산호병(珊瑚瓶)

오동병(梧桐瓶)은

부서지고

깨진

천은(天銀) 알안자

적동자(赤銅子)

포도주

자하주(疵霞酒)는

엎질러졌네

채찍 내리쳐

적동화로(赤銅火爐)의

불 꺼지고

소리없는

금잔(金盞)

옥잔(玉盞)

뒤집힌 연엽선(蓮葉船)

찢어진 파초선(芭蕉扇)

채찍 내리쳐

메마른 바람과

누런 티끌은

땅을 휩쓸고

나는 빛을 잃었네

치맛자락도 빛을 잃었네

해도 빛을 잃었네

　"어머니 이제 향(香) 사루어 책 읽는

　　밤은 오지 않아요. 바람의 고운 가락을 지닌

　　봄날의 대나무를 나는 또

　　언제나 볼 것인가요"

채찍 내리쳐

산산이 흩어진 버들잎
떨어진 등롱(燈籠) 떨어져 꺼진 등롱의 불꽃
마디마디 다 부러진 두 손의 열 손가락
채찍 내리쳐
이슬 깨지고 연잎은 부서지고
내 두 눈도 깨지고 봉미초(鳳尾草)의 속 눈도 부서졌네
채찍 내리쳐
무너진 대문(大門) 안에
무너진 내 가슴 위에 또
무너져내린 중문(中門)
한낮에도 어둠은
두루미와
계화(桂花)를 삼켰네
두 마리의 물오리는 한낮에도
어둠이 삼킨 내 무릎 위에
목을 얹고 죽었네
　　"이제 그 발자국은 삼문을 나오지 않아요 나에게로 오면서 버들가지
　　꺾어들지 않아요 푸른 바람도 없고 꽃과 꽃 사이로 난 길도 없어요
　　어머니 나는 또 언제나 칠현금(七絃琴)
　　비껴안는 남풍가(南風歌)의 밤을
　　맞이할 것인가요"
채찍 내리쳐
모진 바람은 일어
말 탄 당신은 갔네
한점 구름이었네
채찍 내리쳐
온 산에
새 날으는

그림자
그쳤네

나는
텅 빈 달이에요
금간 거울이에요
하지만 당신의 말을 잊지는 않아요
진달래 꺾어 머리에 꽂고
질끈 꺾은 함박꽃은 함숙 입에 물고
버들가지 사이로 오면서 걸어오면서
꾀꼬리를 날리는 여자로구나
하지만 나는 손 묶이고
입 막히고 발도 묶인 몸
진달래 함박꽃 꺾지 못해요
머리에 꽂지 못해요 함숙 입에 물지 못해요
당신에게로 가지 못해요
버들가지 사이로 가지 못해요
가면서 꾀꼬리 날리지를 못해요
하지만 당신의 말을 잊지는 않아요.
계수(桂樹) 자단(紫檀) 목단(牧丹) 벽도(碧桃)에 취한 산은
강물에 들어 질펀한 푸름 풀어내는데
꾀꼬리의 날개는 금빛이로구나
하지만 나는 날개가 없어
그 산 큰 품속 날아들지 못해요
안기지를 못해요 안겨서 질펀한 푸름에 취하지를 못해요
하지만 당신의 말을 잊지는 않아요
네 홍상(紅裳)자락 네 백현사(白絃紗) 속겉가리 그리고
네 박속같이 흰 살결 춘향아

너는 꽃이로구나 구름이로구나 이슬이로구나
춘향아 단청백홍(丹靑白紅)이 고물고물한 가운데로 왔느니라
내 네게로 왔느니라
하지만 나는 당신을 보지 못해요
깜깜한 옥에 갇힌 깜깜하게 먼 눈이
보는 것은 깜깜한 옥 문에 매달린 저 섬뜩한 허수아비
당신의 말을 잊지는 않아요
하지만 깜깜한 옥에는 깜깜한 어둠뿐
꽃도 없어요 구름도 없어요 이슬도 없어요
고물고물한 단청백홍도 없어요
마주 앉고 서고 눕는 백년
삼만육천의 날이 없어요 날빛이 없어요
나는 깜깜한 어둠이에요
텅 빈 달이에요
깜깜한 어둠 바닥에 떨어진
금간 거울이에요

빛을 삼키면서
빛을 지워버리면서
봄 여름 가을 겨울 첩첩(疊疊)던
빛을 지워버리면서
나를 지워버리면서
나를 삼키면서
밀려드는 이것은 무엇일까
이것은 안개일까
웬 안개일까
내 무릎을 삼키네요
내 두 손을 지워버리네요

아무리 지켜보고
해진 저고리 치마 들춰보고 또 보아도
내가 자꾸 없어지네요
나를 삼키고
나를 지워버려
봄 여름 가을 겨울 첩첩(疊疊)던
빛과 함께 나를 지워버려
내가 나를 못 보는 이 깜깜한 안개는
오작교 광한루에 서리던 안개가 아니네요
도화(桃花) 불붙던 그 안개가 아니네요
이곳은 어디일까
지금은 언제일까
마침내 귀도 지워버리네요
나를 왼통 삼키네요
나를 왼통 지워버리네요
하지만 저것 보세요
지워지지 않는 것이 있네요
벌도 나비도 없건만
황금조도 두견도 없건만
저것 보세요 지워지지 않는 웬 날개가
저기 반짝반짝 떠 있는 것을
흐르는 물은 없건만
저것 보세요 지워지지 않는 웬 물이
저기 반짝반짝 흐르고 있는 것을
난도 목단(牧丹)도 없건만
저것 보세요 지워지지 않는 웬 향기가
저기 반짝반짝 번져서 있는 것을
내가 없건만 저것 보세요

지워지지 않는 머리칼
내 삼단 같은 머리칼 저기
반짝반짝 누워서 있는 것을
그리고 또 보세요
이 깜깜한 안개 속엔 아무도 없건만
저것 보세요 지워지지 않는 웬 목소리가
저기 반짝반짝 물방울처럼 듣고 있는 것을
저기 불긋불긋 핏방울처럼 듣고 있는 것을
　　"저리 가거라
　　이리 오너라……"
　　"방긋 웃고……"
　　"우지 마라
　　우지 마라"
　　"잡아내리라!……"
　　"큰 칼 씌워 하옥하라!
　　큰 칼 씌워 하옥하라!
　　큰 칼 씌워……"
　　"이리 와
　　업히거라……"
　　"사랑
　　사랑
　　내 사랑아……"
도련님
도련님
천리라고요
한양길 천릿길
나는 못 가는 길이라고요
하지만 나는 가야 해

천리 아니라
만리의 길이어도 가야 해
높디높은 동선령(洞仙嶺)도 나는 아니 쉬어 넘고
가야 해 신발 벗어들고 버선 벗어들고
나는 가야 해
그런데 어머니 내 무릎은 어디에 있나요
그런데 도련님 내 무릎은 어디에 있나요
나는 가야 하는데 안 보여요
내 무릎이 안 보여요 없어요 도련님
내 무릎이 안 보여요 없어요 어머니
어머니 깜깜한 안개예요
도련님 깜깜한 안개예요
깜깜해요
깜깜해요
지금은 언제일까
이곳은 어디일까
저것은 무엇일까
아득히 먼 곳의 빛 소리 같은
저 소리 목소리
　　"나무 아래 강물 흐르고
　　강물 위에 걸린 다리
　　다리 위에는 서로 보내지 못하는
　　손과 손이라……"
도련님 내 손은 어디에 있나요
어머니 내 손은 어디에 있나요
나는 잡아야 하는데 없어요
도련님 당신의 손을 잡아야 하는데 안 보여요
내 손이 안 보여요 없어요 어머니

168

내 손이 안 보여요 없어요 도련님
오 참 도련님 당신의 손은
길길이 뛰는 말이 물고 갔어요
마루는 공중으로 떠올랐지요
당신의 옷자락은 사나운 물결
내 손에는 잡히질 않았지요
그때부터예요 내 손에는
잡히질 않더군요
두 그루 행자목(杏子木)도
얽힌 다래나무 줄기도
얽힌 으름나무 줄기도
오 참 그래요
도련님 당신은 말했어요
다리 아래 강물에 지는 해를
쓸쓸히 비껴서 핏덩이처럼 타는 구름을
아주 먼 곳에 서성거리는 한 사람을
끝 간 데 없는 길을 그리고 또⋯⋯
무어라고요 도련님 무어라고요
안 들려요 안 들려요 안 들려요 안 들려
이곳은 어디일끼
지금은 언제일까
저것은 무엇일까
빛을 삼키면서
빛을 지워버리면서
봄 여름 가을 겨울 첩첩(疊疊)던
빛을 지워버리면서
나를 지워버리면서
나를 삼키면서

밀려드는 이것은 무엇일까
이것은 안개일까
웬 안개일까
내 무릎을 삼키네요
내 두 손을 지워버리네요
아무리 지켜보고
해진 저고리 치마 들춰보고 또 보아도
내가 자꾸 없어지네요
나를 삼키고
나를 지워버려
내가 나를 못 보는 이 깜깜한 안개
내가 없네요
광한루가 없네요
오작교가 없네요
연꽃도 없네요
이곳은 어디일까
지금은 언제일까
이곳은 깜깜한 어둠
지금은 깜깜한 어둠
그런데 저것은 무엇일까
날개 소리 같은 저것은 무엇일까
날고 있는 것일까
이 깜깜한 어둠 속을 한 마리의 기러기가
날고 있는 것일까
날고 있는 것이라면
그렇다면 저 기러기는 기억이 있는 것일까
뼈에서도 꿀물 같은 즙이 나던 그 일이
짓눌린 날갯죽지가 짓눌린 채 밤새워 춤을 추던

그 일이
오 보세요 저 기러기
어둠 속을 날고 있는 저 기러기
그런데 보세요 저 기러기
도련님 보세요 저 기러기
저 기러기 두 눈이 보는 것은 어둠뿐
먼 천릿길 더듬어도
먼 만릿길 더듬어도
저 기러기 두 눈에 드는 것은
사태(沙汰) 지는 어둠뿐 깜깜한 어둠뿐
오 도련님 보세요 저 기러기
깜깜한 어둠이 저 기러기 몸 털
뽑아버리네요 털 뽑힌 저 기러기
긴 모가지 삼켜버리네요 털 뽑힌
저 기러기 날개도 갈빗대도 지워버리네요
깜깜 어둠이네요
어둠 깜깜이네요
지금은 언제일까
이곳은 어디일까
저것 보세요
저것 보세요
연꽃 없어요
내가 없어요

벽인데
벽 속인데
벽 속의 어둠인데
꿈 아니고야 볼 것인가

어디서 그 노래와 만날 것인가
이곳엔 걸을 주렴(珠簾)도 없고
지금은 안석(案席) 밑에 베개 놓고
닫는 문도 없네
슬픈 마음은 산
아픈 마음도 산
나를 둘러치고 비인 산
해가 들어도 깜깜하게 비인 산
지금 이곳은 벽 속 어둠 가득
높이높이 깎아지른 산 첩첩
모가지가 길어서 멀리멀리 울리는
학의 울음소리처럼 그렇게 날개 펴서 넘어가는
꿈 아니고야 볼 것인가
어디서 그 노래와 만날 것인가
이곳엔 나를 보는 눈길도
내리는 보슬비도 없어서
윤나는 빛과 뜻 있는 모양이 없네
불어서 차는 달 밝은
십오야(十五夜)의 하늘이 없네
여자만이 있는 곳이 있었건만
한없이 부드럽고 매끄러운 물기 따뜻한 곳이 있었건만
깊디깊은 뜨거운 곳이 있었건만
지금은 없네 아무것도 없네
찬바람이 에어도 아랫목이 없네
이곳엔 베개도 팔도 없어서
이만큼 가는 내가 없네
나를 후리쳐 가는 것이 없네
내 중심에 뜨겁게 들이차는 것이 없네 끓는 것이 없네

172

끓어서 넘치는 것이 없네
꿈 아니고야 볼 것인가
어디서 그 노래와 만날 것인가

　생밤
　삶은 밤
　수박
　흰 꿀.

꿈 아니고야 볼 것인가
어디서 그 노래와 만날 것인가

누가 구름을 탔던가
누가 백로를 탔던가
누가 고래를 탔던가
말을 탔던가
누가 학을 탔던가
누가 꾀꼬리를 탔던가
오 누가 꾀꼬리를 탔던가
꿈 아니고야 볼 것인가
어디서 그 노래와 만날 것인가
하늘의 해를 바라는 해바라기는
그 마음자리 일각(一刻)인들 변함이 없는데
땅은 갈라져도 나는 둘이 될 수 없는데
내 그림자 또한 둘이 될 수 없는데
수 화 목 금 토로 빚고 맺은 사연은
산산이 부서져도 그 목소리는 구슬인데
그 목소리는 사지가 틀리고 찢기는

아픔과 피거품 속에서도 구슬인데 못 잊는데
칠 척의 검이 내리쳐도
그리움의 굽이바다 소나무는 푸르고 대나무도 푸르른데
전나무는 잎마다 빛을 던지는데
가로 세로 육천 마디 잇고 맺고 얽은 사랑인데
그러나 아
지금은 찢긴 옷 두른 채 구겨진 몸
팽개쳐진 넝마인 것을
그러나 아
지금은 벽인 것을
벽 속인 것을 벽 속의 어둠인 것을
그 어둠 가득 높이높이 깎아지른
깜깜한 산 첩첩인 것을
꿈 아니고야 볼 것인가
어디서 그 노래와 만날 것인가.

               2

당신은 노래하였네

냇가에서
버드나무에서 푸르러서 늘어진
천만의 가지 사이에서 너를

꽃 속에서
꽃에 비 오는 동산에서 모란에서
펑퍼지고 고운 모란 꽃잎에서 너를

산에서
산에 수놓인 홍록의 빛무늬에서
그 빛무늬 물든 바람 속에서

꿀벌과
나비에게 물린 꽃술에서
그 꽃술의 눈부신 떨림 한가운데서 너를

물의 푸름에서
강의 맑음에서
둥실 마주 떠 노는 원앙이 깃털에서 너를

해가 진 뒤에도 너를
밤의 어둠 속에서도 내가 너를
너를 부른다

달빛
그늘에 흐드러진
배나무 꽃잎에서 너를

은하에서
은하직녀의 베틀 그 올올이 맺힌
목화실 마디마디에서 너를

혹은 가을 단풍잎 타는
천의 봉우리에서 너를
거기 떠오르는 달에서도 너를

혹은 벼이삭에서
만금의 노적더미에서
겹겹이 쌓인 벼이삭 알알마다에서
너를

은장(銀欌) 옥장(玉欌)
너는 아무도 못 꾸미는 꾸밈
그 화려 현란 오묘함에서 너를

너를
춘향아
내가 너를 부른다

내
눈길 다하는 곳에서
하늘과 바다가 맞닿는 곳에서

다시
바다에서 너를
바다 그물에서 너를

바다 그물
얽힌 매듭 설킨 매듭에서
너를

너를
춘향아

내가 부른다

도련님
당신은 거듭 노래하였네

내가
너를
부르마

물의 이름으로
은하수 폭포수 만경창해수(萬頃滄海水)
청계수(淸溪水) 옥계수(玉溪水)의 이름으로

달밤엔
은의 띠가 되어서
땅을 두르는 장강의 이름으로 너를

아니다 아니다
칠 년을 비가 내리지 않아도
칠 년을 가뭄이 불타올라도

변함없이
넘치도록 많은 음양수의 이름으로
너를 부르마

너를
부르는 나는
새

두견 요지(瑤池)의 청조(靑鳥)
그리고 청학 백학
대붕

더불어 아니고는
날아서 가지 않고 오지 않고 죽지 않는
원앙이

너를 부르마
춘향아 네가 죽어도 내가
너를 부르마

종의
이름으로
너를

경주 전주 송도
장안 종로 인경의 이름으로
너를

너를
부르는 나는
인경 마치

마침내
너는 화답하여 울어
꽃빛으로 울어 울어

삼십삼천
이십팔숙(二十八宿)을 응하여
모옥(母獄)의 봉화 꺼져 남산의 봉화 꺼져

온갖 발자취 끊긴
너와 나의 깊은 밤 굽이쳐 울려퍼지는
젖빛 종소리 꿀빛 종소리

오
당신은 노래하였네!

너를 부른다
비바람이 풀숲 쓰러뜨리고

비바람이 나무숲 쓰러뜨리고
벼락 돌멩이를 사루고
바위를 부수어도

벼락 불
그 위의
햇빛 아롱지는 천궁(天宮)에서 너를
달빛 별빛 아롱지는 월궁(月宮)에서 너를
혹은 용궁(龍宮) 수정궁(水晶宮)에서 너를

오 춘향아
너와 나는 하늘 무너지고 땅 꺼져도
침향정(沈香亭)에 그치지 않는 속삭임

"좀더 좀더"
"이렇게…… 이렇게"

너와 나는
천양정(穿楊亭)의 햇살 가르는 화살이다
그 화살 어김없이 맞아들여
빛보래 떨려나는 표적이다
떨려나는 천의 버들잎이다

너와 나는
호춘정(好春亭)에 몰려드는 바람결
이끼 풀 돌멩이 짐승
그런 것들 냄새 스민
바람결마다 피어나는 꽃이다

백의 꽃이다
천의 꽃이다
만의 꽃이다
춘향아
오 춘향아

내가
너를
부른다 춘향아 사랑아
오 이리 보아도 사랑아
오 저리 보아도 사랑아

사랑하는 입술

사랑하는 허리
사랑하는 손가락
사랑하는 젖가슴
사랑하는 엉덩이

사랑하는 눈동자
사랑하는 사랑하는 팔과 다리
오 내 사랑 이리 보아도 내 사랑
오 내 사랑 저리 보아도 내 사랑
사랑하는 사랑하는 팔과 다리

잠자든
깨어 있든
사랑으로만 떨려나는
다리 거느린 오 너의 수용궁(水龍宮)에서
너를

내가
너를 부른다. 춘향아 사랑아
오 이리 보아도 내 사랑아
오 저리 보아도 내 사랑아

꿈인가
그 다리는 어디에 있는가
동쪽은 어디인가
그 숲 깊은 곳의 절은 어디쯤이던가
그 푸른 물빛은 어디쯤이던가
나는 어디에 있는가

이것은 꿈인가
이것은 부서진 죽창 이것은 숯검정이
이것은 떨어진 날개 떨어져 죽은 나비의 날개
참 그렇지
버선은 나비였어 대님도 나비였어
치마도 나비였어 바지도 나비였어
저고리도 나비였어 나비였어 나비였어
고름도 나비였어
당신에게서 나에게서
나비들 어지럽게 날으고
나는 보았어
난꽃 문 청룡 한 마리 넘나드는
오랜 소나무와 소나무 사이
여의주 문 흑룡 한 마리 넘나드는

채색 구름과 구름 사이
거기서 당신은 알몸이었어
오 거기서 나도 알몸이었어
그런데 이것은
그런데 지금 이것은
내 알몸의 목 누르는 어둠
내 알몸의 발 얽어맨 어둠
나는 무엇을 하고 있는 것일까
나는 무엇을 알고 있는 것일까
이것은 내 알몸 사지에 엉긴 피
지금은 내 알몸 사지에 엉긴 어둠
나는 이것들로 무엇을 짤 수 있는 것일까
나는 지금 피 어둠 엉긴 두 귀로

무엇을 들을 수가 있는 것일까
―빌어 묻느니 천상의 직녀
  아가씨는 누구이신고
  아느니 오늘밤의 견우는
  기어이 내 몸이오

오 도련님은 노래였네!
당신은 노래였네 노래하였네!

너는
흰 꿀 스민
금이로다

너는
온갖 별빛 서린
옥이로다

너는
천년을 피어난 땅의
꽃이로다

너는 금패(錦貝)
너는 호박(琥珀)
너는 밀화(密花)

너는
천년을 영근 바다의
열매

너는 진주
너는 대모(玳瑁)
너는 산호

오 도련님 내 도련님
당신은 노래였네 오 노래였네! 노래하였네!

— 빌어 묻느니 천상의 직녀
  아가씨는 누구이신고
  아느니 오늘밤의 견우는
  기어이 내 몸이오

그러나
오
그러나 이것은 큰 칼
그러나 이것은 눈먼 바람
이것은 내 목에 씌워진 큰 칼
이것은 큰 칼의 눈먼 바람
이것은 눈먼 바람이 휘젓는 내 머리카락
이것은 난장판
나는 무엇을 알고 있는 것일까
나는 무엇을 하고 있는 것일까
나는 어디에 있는 것일까
이것은 닥쳐들어 덮치는 형틀
이것은 내 정강이에 펄럭이는 물고장(物故狀)
나는 어디에 있는 것일까
한 아름 내리치는 태장(笞杖) 곤장(棍杖)

부러진 형장(刑杖)은 치마폭 찢어 물고 솟구쳐
나는 자꾸 치마를 잃어버리네
치마 자꾸자꾸 잃어버리는 허벅지에 흐르는 피
나는 무엇을 하고 있는 것일까
치마 자꾸자꾸 잃어버리는 사타구니
치마 자꾸자꾸 잃어버리는 벌거숭이 사타구니
나는 무엇을 알고 있는 것일까
오 벌거숭이
오 벌거숭이
오 벌거숭이
오오 벌거숭이
오오 도련님 알몸인 내가
알몸인 당신을 업고 있었네
당신을 업고 나는 말이었네

무지갯빛 벌거숭이 암말이었네
당신은 나를 몰아
싸움북 두둥 두두둥 둥둥 둥둥둥 울리는
수레 종횡무진으로 마구 달렸네
당신은 나를 몰아 구름이게도 하고
당신은 나를 몰아 목메어 울기 잘하는 따오기
또 당신은 나를 몰아 숨차서 뒤치는 고래이게도 하였네
당신은 나를 몰아 바다 배이게도 하였네
무지갯빛 부글거리는 바다 파도에 엎어질 듯
엎어질 듯 흔들리는 배 작은 배
나는 알고 있었네
나는 작은 배였네
바다는 내 열 개의 손가락 사이에서도 부글거리고 있었네 내 열 개의

손가락이 바다를 만지면 무지갯빛으로 부글거리는 당신이 잡히겠네 내
열 개의 손가락이 당신을 잡으면 부글거리는 바다가 만지어졌네
　그러나 손이여
　그러나 손이여
　아 손이여 허망한 열 개의 손가락이여
　지금은 떨어진 날개 잡고 숯검정이 잡고 부서진 죽창도 잡는
　지금은 큰 칼의 눈먼 바람이 휘젓는 머리카락
　난장판 그 검은 숲속 휘저으며 휘청거리는
　오오 눈먼 열 개의 손가락이여
　오오 진달래여 두견이여 숲속 깊은 곳의 절은 어디쯤인가
　동쪽은 어디인가 진달래 꽂은 머리여
　너는 어디 있는가 어디에 있는가
　나는 어디에 있는 것인가
　그 다리는 어디에 있는가

　손이여 나삼(羅衫) 반만 거머쥔 손이여
　그 푸른 물빛은 어디쯤인가
　함박꽃 함숙 문 입술이여
　오오
　지금은 살 터진 엉덩이 난장판
　지금은 살 찢긴 사타구니 난장판
　지금은 큰 칼의 눈먼 바람 휘젓는 머리카락
　난장판 그 검은 숲속 휘저으며 휘청거리는
　눈먼 열 개의 손가락이여
　어디인가
　어디쯤인가
　어디에 있는가 나는
　어디에 있는 것일까 당신은

꿈이었으면
이것은 진정 꿈이었으면
오오 꿈이었으면

3

젖네요
젖네요
척척하네요
허우적거리네요
물인가봐 물 속인가봐.
그넷줄이 끊겼던가요
그래요 나는 그네를 타고 있었는데
요천(蓼川)의 물인가요 물 속인가요
이름 모를 바다의 물 속인가요.
나는 그네를 타고 있었는데
나는 물 속에 있어요 물 속은 밝지 않아
나는 보지 못해요 밝게 보지 못해요
나는 허우적거리는데
흐리고 어두운 사방의 물은
기울어지거나 흔들리지도 않아요
맷국처럼 끈끈한 물이 알몸인 내 등허리를 덮고 있어요
넓적다리도 덮고 있어요 눈도 덮고 있어요.
나는 허우적거리다가
이윽고 나는 내가 잠잔다고 생각해요
정말로 나는 잠이 들어요
그리고 나는 보아요 한쪽 줄 끊어진 그네

거기 매달린 내 알몸
그 알몸의 흔들림 전부.
아 어쩌나 어쩌나 어찌하나요
옥비녀가 떨어져내린 곳으로
나는 한껏 소리질러요
흔들리면서 한껏 소리지르는
내 알몸의 아랫배에 바람이 와서 감겨요
또 한번 나는 한껏 소리질러요
소리지르면서 나는 잠에서 깨어나요
나는 물 속이에요 나는 혼자서 물 속에 있어요
이제는 깜깜하게 어두운 물 속이에요
나는 다시 허우적거려요
허우적거리면서 나는 다시 떠올려요
내 끊어진 그넷줄이에요
깜깜하게 어두운 물은 기울어지지도 않아요
깜깜하게 어두운 물은 흔들리지도 않아요
다시 나는 내가 잠잔다고 생각해요
다시 나는 정말로 잠이 들어요.
그리고 나는 다시 보아요
사방 깜깜하게 어두운 물 한 곳
그곳에 불빛으로 밝은 것을 보아요
저것은 내 금머리꽂이
저것은 내 나군(羅裙)이 거느린 금잔디
저것은 좌르르 깔린 금잔디에 날아든 꾀꼬리
아니 저것은 내가 벗어 나뭇가지에 걸어둔
무늬 진 주단 초록빛 장옷
허리에서 풀어 나뭇가지에 걸어둔 남방사(藍方絲) 홑단 치마
나는 저것들을 보아요.

바람도 보아요
오오 바람이 불고 있어요
가만요 이것 보세요 바람은
내 알몸의 아랫배에 와서 감겨요
가만요 이것 보세요 내 알몸의
아랫배에 와서 감긴 바람이 술렁거려요
술렁거리는 손가락이 내 알몸의 아랫배를 주물럭거려요
아 알몸의 아랫배가 들먹거려요
헤엄쳐야지 헤엄쳐야지 헤엄쳐야지
헤엄쳐 가야지 당신에게로 가야지 나는 가야 해
이렇게 들먹이는 벌거숭이 허리
이렇게 들먹이는 벌거숭이 팔다리
이렇게 들먹이는 벌거숭이 아랫배
안아서 어루만져 꽃처럼 잠재웠다가
다시 꽃처럼 눈뜨게 할 사람 그 사람은 당신
다시 내가 고운 옷 입은 물새처럼 앉을
광한루 밝은 자리 줄 사람
그 사람은 당신 오직 당신인 것을
보세요 당신 내가 헤엄치고 있어요
헤엄쳐 가고 있어요 당신에세로
보세요 당신 보세요 당신
당신 손을 주세요
손 좀 주세요
당신
  "우후동산(雨後東山)……"
당신이세요
  "우후동산(雨後東山) 명월이……"
당신이 아니군요

"춘색(春色)이 아니냐 도홍(桃紅)이……"

……변학도

"만수문전(萬壽門前) 채봉(彩鳳)이……"

신관사또 변학도

"화중군자(花中君子) 연심(蓮心)이

형산백옥(荊山白玉) 명옥(明玉)이……"

웃고 있네요 변학도

"첩첩청산(疊疊靑山)의 운심(雲深)이

영입평강(影入平羌)의 강선(江仙)이

만당추수(萬塘秋水) 홍연(紅蓮)이…… 금선(錦仙)이

금옥(錦玉)이 금련(金蓮)이 농옥(弄玉)이 난옥(蘭玉)이

금옥(錦玉)이 낙춘(落春)이……"

웃고 웃고 있네요 변학도

웃고 웃고 웃고 있네요 변학도

웃고 또 웃고 또 웃고 웃고 있네요 변학도

"대상(臺上)에 오르거라"

아 변학도

"네 아무리 수절한들……"

신관사또 변학도 유부겁탈 변학도

"모반대역(謀反大逆)하는 죄는 능지처참(陵遲處斬)하느니라

조롱장관(嘲弄長官)하는 죄는 엄형정배(嚴刑定配)하느니라

죽노라 설워 마라!"

눈 저 눈

탕건 벗겨지고 상투 코 풀린 저 눈

겁탈의 눈 짐승의 눈

"이년 잡아내리라!

이년 잡아내리라!"

짐승의 눈이 달려들어

짐승의 손이 달려들어
머리채 거머쥐고 동댕이쳤어요
나는 육자배기로 나뒹굴었어요
짐승의 눈이 달려들어
짐승의 손이 달려들어
내 몸을 벌거숭이로 발가벗겼어요
내 몸은 시뻘건 알몸이 되었어요
변학도가 변학도가 아 변학도가
무어라고요 변학도라고요
내 몸은 변학도의 발가숭이 알몸이라고요
아니야 아니야 아니야
아니고말고 그건 아니고말고 그건 당신
그건 당신이야 당신 당신이에요 당신이었어
그렇고말고 그렇고말고
그건 오직 당신일 뿐인 것을 당신일 뿐이었어
당신일 뿐이었어요
밤이었어요
그리고 당신이었어요
내 허리가 내 맘대로 되지 않았어요
내 나리도요 내 팔도요 내 고개도요
그런데 당신은 봉학이 춤을 추듯 하면서
내 손을 잡았어요
담숙 허리도 안고 속삭였어요
  "나상(羅裳)을 벗어라"
나는 고개 숙여 몸 틀었어요 떨렸어요
나는 물에 뜬 바람에 뜬 연꽃 이파리
아니면 눈부신 바다에 굼실거리는 물개 암놈 한 마리
당신의 발가락이 내 끌린 옷끈에 걸렸어요

당신이에요 당신이었어요 오직 당신일 뿐이었어요.
당신이 나를 벌거숭이로 발가벗겼어
그래요 그렇고말고요 당신이었어요
내 가슴에서 저고리를
내 허리에서 치마를
내 다리에서 바지를
내 속 깊은 살에서 속곳을
당신은 작은 비둘기처럼 들먹이는
내 젖퉁이를 물고 번개치는 천둥이었어요
오 방 안 가득히 밤새도록 일렁거린 불춤의 바다
밤새도록 달랑거린 문고리의 은빛 소리
금빛 소리 이 세상에서 첨으로
꽃잎 속의 꽃술을 뽑아내듯
옷 속에서 뽑아낸 내 시뻘건 알몸뚱어리
은빛 불춤으로 사루고 금빛 불춤으로 사룬 사람
그 사람은 오직 당신
그 사람은 오직 당신
당신 보세요 나는 헤엄치고 있어요
당신 보세요 나는 당신에게로 가고 있어요
당신 보세요 들먹이는 내 목줄기가 깜깜한 물 속
헤치고 있어요 당신 보세요 바람도 술렁거려요
술렁거리는 바람의 손가락이
내 알몸의 아랫배를 주물럭거려요
아 알몸의 아랫배가 들먹거려요
당신 보세요 들먹이는 내 허리가
깜깜한 물 속 가르고 있어요
나는 가요 당신에게로
나는 가야 해요 당신에게로

나는 가고 말아요 당신에게로
나는 다시 꽃이 되어야 해
꽃잎 속의 꽃술이 되어야 해
나는 다시 옷을 입어야 해
내 벌거숭이 알몸에 옷 입힐 사람
그 사람은 당신 오직 당신인 것을
이 세상의 오직 한 사람 당신일 뿐인 것을
백방사(白方絲) 진솔 속옷으로 감싸고
옥비녀 은목걸이 밀화장도(密花粧刀) 옥장도(玉粧刀)
백단(白緞)버선과 자색(紫色) 영초(英綃) 수놓인 가죽신도 주고
색고름 달무늬 비단 겹저고리로
내 가슴 감싸주는 사람
연숙마(軟熟麻) 그넷줄 잡고 녹음 가운데 홍상(紅裳) 날릴 때
내 몸 따라 출렁이며 춤추는 나무
내 몸 따라 출렁이며 춤추는 수없이
많은 나뭇잎도 주는 사람
그 사람은 오직 당신일 뿐인 것을
나는 다시 꽃이 되어야 해
나는 다시 꽃잎 속에서 뽑아낸 꽃술이 되어야 해
뽑아낸 꽃술 같은 벌거숭이 알몸이 되어야 해
그 알몸 다시 방 안 가득히 밤새도록 일렁거리는
불춤의 바다가 되어야 해
나는 다시 은빛 불춤으로 사루어지고
나는 다시 금빛 불춤으로 사루어져야 해
나는 가야 해 당신에게로
보세요 이렇게 나는 가고 있어요
헤엄치고 있어요 헤엄쳐 가고 있어요
보세요 보세요 보세요 당신

오 이렇게 내가 다 왔어요
보세요 당신 앞에 들먹이는 이 목줄기
보세요 당신 앞에 들먹이는 이 팔다리
보세요 당신 앞에 들먹이는 이 허리
보세요 보세요 보세요 당신
당신 손을 주세요
손 좀 주세요
당신 가슴도 주세요 당신 허리도
오오 당신이군요 당신이세요? 오오 당신이군요
당신! 오오 당신!
그런데 웬 기러기?
아니 이것은 웬 죽은 기러기의 모가지
당신은? 당신은 어디 가시고
죽은 기러기의 털난 모가지 하나 뜬
사방의 물은 흐리고 어둡구나
기울어지거나 흔들리지도 않는구나
땟국처럼 끈끈한 물이 벌거숭이 내 등허리를 덮고 있구나
넓적다리도 덮고 있구나 눈도 덮고 있구나
아아
　　"향단아 향단아
　　　　향단아!"

나는
그때 젖어 있었어요
오색 단청 순금 의장에 아로새겨진 한 쌍의 비둘기가
푸득 푸드득 날개를 섞고 털을 섞던 그때에
당신은 내 허리에 있었고 그리고
나는 젖어 있었어요

내 속 깊은 중심에서 터져 넘친 그것은
내 아랫배를 적시고 무릎에 흘러
다시 발가락도 적시었어요
당신은 내 등허리에도 귀밑뿌리에도 있었고
발가락도 적신 그것은 거기서 솟구치더니 허리를 덮쳐
적시고 가슴으로 흘러와서 이윽고 목줄기도 적시었어요
당신은 내 입술에도 있었고
목줄기도 적신 그것은 다시 팔에 흘러서
열 개의 손가락도 적시었어요
당신은 내 주홍의 혓바닥에도 있었고
젖은 내 열 개의 손가락에서는 복숭아 냄새가 났어요
당신은 내 가슴 내 부푼 젖퉁이에도 있었어요
당신은 거기 파묻혀 있었어요
나는 전부 젖어 나는 전부 떨려나면서
흠뻑 흠뻑 젖어 있었어요
내 속 깊은 중심에서 터져 넘쳐
내 전부 적신 그것은 내 피였어요
알몸인 내 전부가 당신 가운데
알몸인 당신 전부가 내 가운데
은처럼 금처럼 꽃비동산처럼 해당화처럼
들이찼음의 증거 또한 평생에 단 한 번
여자만이 가장 깊은 살 찢어
여자만이 가장 깊은 넋 문고리 풀어
여자만이 가장 깊은 중심 열어 보이는 증거 그 찬란하고 선열(鮮烈)한
피였어요
　당신이 있음으로 해서 흘릴 수가 있었던 피였기에
　당신과 더불어서 아니면 흘릴 수가 없었던 피였기에
　그 선열(鮮烈)한 피 그 찬란한 피 그 임리(淋漓)한 피는 나 혼자 흘린

내 피가 아니었어요 당신과 내가 흘린 우리의 피였어요
그러나 그러나 당신은 없고
아 그러나 지금 당신은 없고
내가 쓴 큰 칼은 칼날 같은 달빛에 젖고
나는 혼자 내 피에 젖어 있어요
당신이 없음으로 해서 나 혼자서 흘리는
피로 나 혼자 젖어 있어요
　　"백운(白雲) 간에
　　　　　희뜩희뜩……"
그날은 어디에 있는가요
노래처럼 꿈처럼 날으던 그넷줄은 어디에 있고
박속 같은 내 살결은 어디에 있는가요
지금 피 흘러서 아랫배는 젖어 있건만
왼 몸뚱아리 터지게 눈부시게 울리는
당신의 은빛 금빛 발자국 소리 없어요
　　"꿈 몽(夢)자 용 용(龍)자
　　신통하게 맞히었다"
그 난간은 어디에 있는가요
어디에 양지 마당 씨암탉 걸음은 있는가요
지금 피 흘러서 내 무릎은 젖어 있건만
내 왼 몸뚱어리 은빛 불로 문지르고
금빛 불로 문질러서 훨훨 불사르는 손 없어요
당신 손이 없어요 당신이 없어요 당신은 없어요
나 혼자 피 흘리고 있어요
나 혼자 피 젖어 있어요
내가 무슨 죄를 지었단 말이던가
나라의 곡식을 훔쳤단 말이던가
산 사람을 죽였단 말이던가

역률(逆律)하였던가 강상(綱常)을 범하였던가
나는 사랑을 하였는데
나는 오직 사랑만을 하였는데
푸른 하늘 그 한 장 종이에 부끄러움 없이
듬뿍 번져나는 사랑만을 하였는데
그러나 지금 당신은 없고
나 혼자 칼날 같은 달빛에 젖어 피 흘리고 있어
큰 칼 �쓴 채 흘리는 피가 발가락도 적시고 있어
　"앉으라고
　　　　일러라……"
반만 열린 내 입술은 어디에 있는가요
흰 돌에 흐르는 물은 어디에 있는가요
목욕하고 앉은 물새는 어디에 있는가요
어디에 있는가요 별도 같고 옥도 같은
내 눈은 어디에 있는가요
피 흘러서 아랫배는 젖어 있는데
피 흘러서 무릎도 발가락도 젖어 있는데
아아 당신은 없어
아아 당신이 없어 내 살과 넋의 가장 속 깊은 중심에서
터지는 것이 없는데 넘지는 것이 없는데
지금 피에 젖어 뒤틀리는 이 아랫배
지금 피에 젖어 뒤틀리는 이 무릎
지금 피에 젖어 뒤틀리는 이 발가락
오오 나 혼자 흘리는 허망한 피여
오오 나 혼자 흘리는 허무한 피여
칼날 같은 달빛에 젖은 피여
큰 칼 쓰고 흘리는
피여

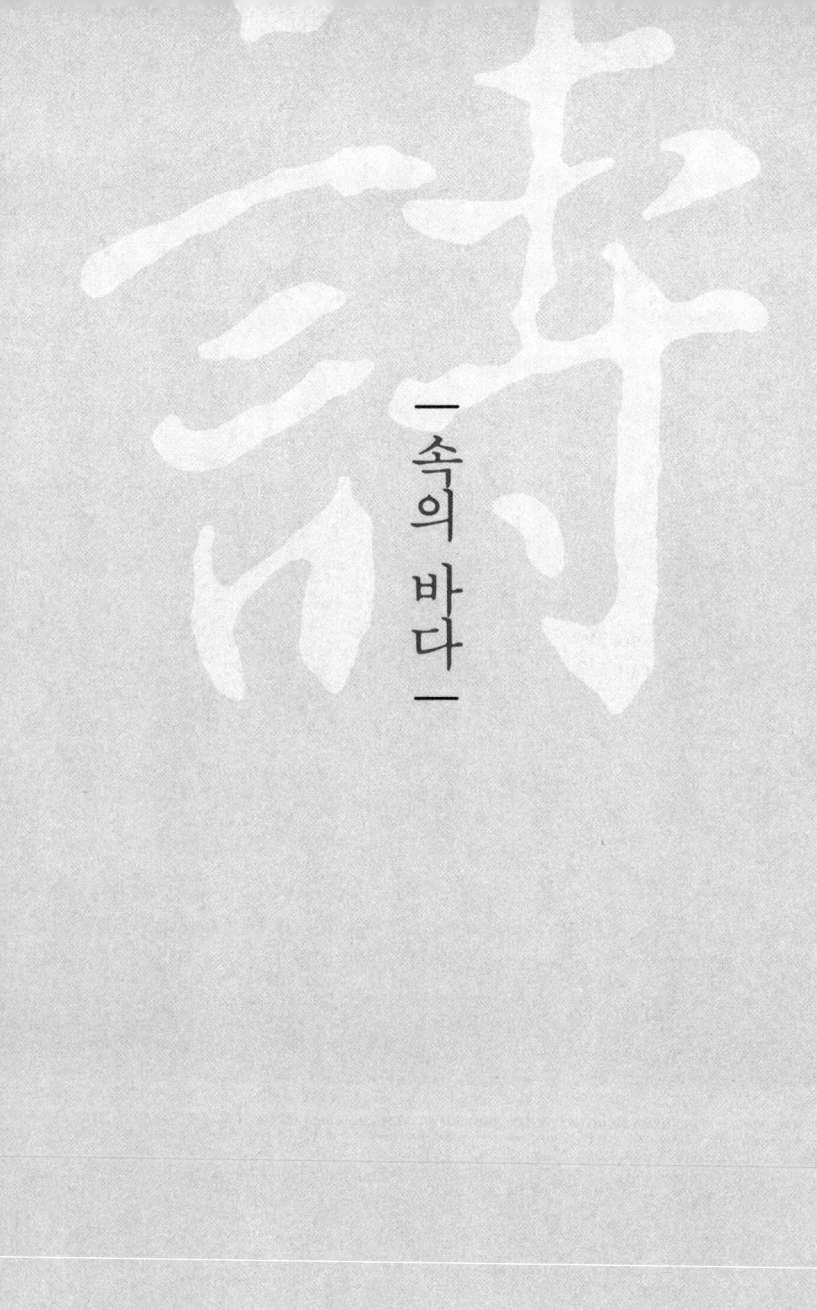

詩
속의 바다

속의 바다

1

아마
나는
싸울 것이다
산양은
날래겠지
얼마나 날랠까
해는 하늘에 있고
하늘에 해는 있고
우리는 나란히 드러눕겠지
뿔 분질러지고 깨진 산양의 머리
나는 수없이 구멍 뚫린 누더기
나는 볼 테지
피
죽는 산양이
토하는 것은 검은 피일 테지
왜 핏빛 피가 아닌가
왜 현실의 털처럼
검은 핀가 왜 검은 핀가
해는 하늘에 있고
검은 피의 공포가
나를 치켜세울 테지
바람 속에 퍼덕이는 한 장의 누더기
누더기 수없이 뚫린 구멍에서
바람은 울 테지 소리칠 테지
허나 없을 것이야
내가 비틀어 죽일 나무

내가 죽으면서 죽여야 하는 나무
죽으면서 푸른 것을 쏟는 나무
그걸 산양이 마셔야겠는데
죽기 전에 그걸 마시고 산양은 죽으면서
핏빛 피를 토해야 할 텐데
그래서 나는 죽으면서 눕거나 엎디어서 구겨진 채
마침내 눈을 감아야 할 텐데
두 눈을 감아야 할 텐데
그래야 할 텐데
하늘에 해는 있는데
없을 것이야 없는 것이야
땅에는 없는 것이야
나무는 없는 것이야
없는 것이야

　　　　　2

가을이었어
검은 비가 내리고 있었어
지붕에도 내리고 있었어
상한 새 한 마리가 지붕을 떠나고 있었어
비에 젖어서 떠나고 있었어

가을이었어
검은 비가 내리고 있었어
들에도 내리고 있었어
상한 풀 한 포기가 들을 떠나고 있었어
비에 젖어서 떠나고 있었어

가을이었어
검은 비가 내리고 있었어
잠 속에도 내리고 있었어
상한 야수 한 마리가 잠 속을 떠나고 있었어
비에 젖어서 떠나고 있었어

나는 보고 있었어
알몸인 너를 보고 있었어
검은 비 내리는 가을 어둠 바다에
엎질러져서 삭은 포도즙

"한껏 보셔요"
그래 나는 몸뚱이 없는
네 알몸을 보고 있었어

가을이었어
검은 비가 내리고 있었어
지구에도 내리고 있었어
상한 돌멩이 하나가 지구를 떠나고 있었어
비에 젖어서 떠나고 있었어

3

떨어지지 않는 핏자국이었다
살아 있는 꽃잎 같았다
그리고 움직이고 있는 것 같았다
이윽고 움직이고 있는 것 같은 그것은 유리가 된다

유리에서 떨어지지 않는 꽃잎 같은 핏자국은
마침내 살아 있는 핏덩이가 되고
움직이는 유리는 창이 되고
가장 약하고 질긴 짐승의 몸부림을
몸부림치는 핏덩이는 창에서 뒤친다
가장 사나운 짐승의 소리없는 울음을
우는 핏덩이의 울음은 창에서 뒤치고 또 뒤친다
살아 있는 그것은
한 여자의 입술이다

철교의 못이 흔들리는 소리

그리고
햇살 가득하니
비어서
번쩍이는 창

4

하늘은 맑고
사슴이 달렸다
하늘은 푸르고
화살이 지나갔다
하늘은 맑고
사슴이 곤두박질
하늘은 푸르고
곤두박질하면서

사슴이 달렸다
하늘은 맑고
화살이 지나갔다
하늘은 푸르고
사슴의 목덜미
털 날렸다
피 날렸다
하늘은 맑고
화살이 지나갔다
하늘은 푸르고
무릎을 꺾으면서
사슴은 날리는
피와 털 속에서
눈을 감고 그리고
사슴의 냄새를 맡았다
하늘은 맑고
더 깊이 무릎을 꺾으면서
사슴은
뿔은
빛과 그늘에 흩어지는
사슴의 냄새를 쫓아
아직도 달렸다
아직도
하늘은
푸르고

5

하늘에
붙은 얼음의 일각(一角)이
부스러진다

　"물이여……"

그러니까 다시 말해서
하늘은 아직도 얼음 붙어 있는
하늘이다.

　"물이여……
　　도마뱀의 척추여……"

햇빛은
얼룩진 구름을 지나서
내린다.

　"물이여……
　　도마뱀의 꼬랭이여……"

그러니까 다시 말해서
햇빛은 아직도 얼룩진 구름 묻은
얼룩진 햇빛이다.

　"물이여
　　도마뱀의 척추에선 물보래 날리고

도마뱀의 꼬랭이에선 여울져
　　흐르는 물이여"

아직도 들판은 눈 아래 깔려 있다.

　"물이여……"

　　　6

한 사람의 여자가 서 있었고

한 사람의 남자가 서 있었다

여자의 유방은 불꽃으로 이글거리고

이글거리는 불꽃 유방으로 남자는 달렸다

달려가서 껴안았다 파묻혔다

남자도 이글거리는 불꽃이었다

그러나 실은

한 사람의 여자가 서 있었고

한 사람의 남자가 서 있었다

공중엔 날개 편 채 날지 않는 새 한 마리

그리고 가득하니 눈부신 햇살

벽화였다

7

남자다
눈부시다
뜨겁다
불이다
여자다
허리다
허리로부터
슬며시
둥굴게
눈물겹게
한껏 부푼
살덩어리
눈부시다
뜨겁다
불이다
숲이다
눈부심과
눈부심이 섞인다
모래톱이다
뜨거움과
뜨거움이 섞인다

들판이다
불과
불이 섞인다
섞여서 소용돌이치는
타오름이다
살 뿌리째 소용돌이치는
타오름이다
살 뿌리째 소용돌이치는
타오름이다
눈물 뿌리째 소용돌이치며
솟구치는 떨려남이다
숲에서
모래톱에서
바람 속에서
들판에서
오
욕정
눈물 젖은
불의 꽃이다

8

이상하게도
거울과 식기는
모조리 금이 가거나 깨진
그런 것들이었다

그래서

여자는
모조리 손이 베어지거나
석석 눈도 베어진
그런 여자들이었다

봄이 오는 언덕에서는
바다가 보이었고
거기 피 흘리는 손 들고
서성거리는 여자는
우리의 여자였다

가을 깊은 언덕에서는
바다가 보이었고
거기 피 흘리는 눈 들고
앉은 여자도
우리의 여자였다

먼
남쪽 나라
월남에서는
남자가
돌아오지 않았다

그리고 이상하게도
거울과 식기는
모조리 금이 가거나 깨진
그런 것들이었다

9

너는
구름을 본다
너는 말이 없었다
해안에서는 군대를 실은 배가
떠나고 있었다.

너는
꽃을 본다
너는 웃고 있었다
사막에서는 삼 개의 전차사단과 칠 개의
전차사단이 싸우고 있었다

너는
내리는 빗줄기를 보고 있었다
너는 낮은 콧노래를 부르고 있었다
네 마음은 어둠 거리에는 함부로 뿌려진
핏방울 같은 불이 널려 있었다

너는
다시 아침의 바다를 보고 있었다
너는 기어이 맨발로 달려가고 있었다
거기서는 군대를 실은 배가
떠나가고 있었다

10

원색 사진은

가장 무덥고 긴 날
상륙전(上陸戰) 공정부대(空挺部隊) 풀빛
가슴에 걸린 자동소총의
검은 총구와 풀빛
어깨 위에 펼쳐진 하얀
하늘의 거리가
한 뼘
아니다
그렇게도 안 된다
그렇게도 안 되는
사진 뒷장엔
여자가 앉았다
길게 펴서 드러낸
태양을 삼킨 사과껍질 그
다리가 별이 무수히
터져나는 어둠을 가두고
배꼽은 풀빛으로 가리고서
풀빛이 기어오른 어깨 위에
펼쳐진 벽 그 벽 속에 한 마리 새가
하얀 날개를 펴서 날고 있었다
날개 끝은 여자의 허리께로
그러나 태양을 삼킨
사과껍질 타는 그곳에
바람은 없고

바람도 없이
새는
여자보다 더 큰 새는
언제까지나 날고 있었다

벽에 그 속에

11

나는 모래에 관한 기억을 가진다.
모래의 기억, 밟고 선 여자의 젖은 발.
모래의 기억, 여자는 전신을 흔들어서 물방울을 떨쳤다.
모래의 기억, 그래도 태양은 여자의 등허리에서 젖고.
모래의 기억, 벌린 두 다리 사이에서 이글거리고
뒤치고…… 바다는.
모래의 기억, 여자는 팔을 들어 뻗쳤다.
태양과 바다에 젖어 자꾸자꾸 뻗어나가는 열의 손가락. 여자는 온몸
으로 바람을 빨아들였다. 그때 목덜미로 유방으로 흘러내린 머리칼에서
태양은 부서지고. 머리를 빗으면 태양의 가루가 날리는 속에서,
모래의 기억, 여자는 기지개를 켰나.
나는 모래에 관한 기억을 가진다.

12

여자는 알몸의 가슴을 나에게 대고
우리는 창가에 서 있었다
우리는 많은 것을 보는 것 같았는데
아니 분명히 많은 것을 보고 있었다

허나 우리는 알고 있었다
우리의 손은 보이지 않는다는 것을
춤이 있고
햇빛과 구릉이 있고
눈이 녹아내리는 사면과
돋아나는 것이 생기는 나무
또 봄을 안은 숲이 있었던 손

여자가 있고
그리고 남자가 있고
달리는 말이 있었던 손
달리는 말 등에 뜯어 뽑힌 털이
날리는 말 등에 여자가 있고
약탈한 털이 깔린 방바닥이 있고
여자와 남자의 집을 둘러치는
긴 울음소리가 있었던 손
말굽소리가 누비는 하늘과 땅이
있었던 손 깨어지는 달빛 부서지는
햇빛이 있었던 손

마지막 눈이 녹아내린 골짜기와
그곳을 지나는 들쥐와
털에 묻혀서 해산하는 여자가 있었던 손
낯선 눈길이 털 너머로 번뜩이는
밤과 털깃을 지키는 남자의 눈이
독스럽게 번뜩이는 아침이 있었던 손

그렇다

아침이 있었고
밤이 있었고
다시없었던 것처럼 시작되는
춤이 있었고
여자가 있었고
그러한 손
그 우리의 손을 우리가 보지
못한다는 것을 알고 있었다
우리는 많은 것을 보는 것 같았는데
분명히 많은 것을 보고 있었는데
우리는 창가에 서 있었는데
여자는 벌거숭이 가슴을 나에게 대고 있었는데
그러나 언제까지나 벌거숭이 가슴에
깨어지는 달빛이 그러나 언제까지나
벌거숭이 가슴에 부서지는 햇빛이 없었다.

13

햇빛과 젖이 있으면
빛나는 섯이라는 새 있을까
여자는 젖을 마시고 있었다
젖빛과 햇빛의 모습으로
그런데 비스듬히 가만히
한곳으로 쏠린 그 두 눈은
무엇을 보고 있었을까
블록 벽돌 위에 서 있었다
여름과
여자가

하얀 장갑 한쪽은 벗어들고
강물에 젖은 들말의 다리로
이슬에 젖은 살쾡이의 눈으로

밤은 펼쳐지고
팔 다리 손 허리와
무릎 젖가슴도 목덜미도 빨아
들이면서 여자의 얼굴은
밤에 어둠에 가득히 번져 있었다
하늘께서 내려온 하얀 줄
하나가 여자의 한쪽 눈썹 위에
있었다

그런데 나는
번개 친 흑빛 노란빛 빨간빛이
한데 어울려 광채를 이루는 걸
보고 있었다 거기서 마주치는 빛과
빛을 배경으로 여자는 입을 벌리고
몸 틀다가 머리칼을 날리다가
광채의 등허리가 되었다
벌거벗은 그것은
또 내 한쪽 눈에도 어려 있었고
그리고 내 목덜미의 안으로
번개 치며 쏟아져든 천의 화살!

물은 바위 위에 있었다
두 개의 유리컵이 받쳐서
그 언저리 점점이

눈뜨는 짙은 암록의 구열(龜裂)
이윽고 그것들은
광망(光芒)이 소리없이 부글거리는 속에 있었다
그 거품을 헤치고
최초로 태어나는 한 포기 풀이
손처럼 잎사귀를 펼치고 있었다
유리컵은 내장으로부터 돋아나는
심해어의 눈이었다

어디서 빛에 화재가 나고

이곳은
강바닥도 땅속의 뿌리도
지우고 하늘과 길을
지우고 서리는 안개와
빛의 거으름

그리고 지금
마지막 남은 빛줄기 하나가
복에 걸려 기침하는 여자의
다리로부터 젖어오르는 안개
다리로부터 기침하는 여자의
옷을 지워올리는
빛의 거으름

이제 나의 맨발은
회오리바람을 밟고
소용돌이는 눈시울에

있고

나의 시계는
한 마리의 거미가
한 움큼의 모래가
있기 전 육지가 있기
전인데

거기 여자는
밤과 태양을 한꺼번에 삼킨
입술이 되어
담배를 물고

나는 하얀 연기가
구르고 달리고 맴도는
계단을 올랐다

나는 크고 검은
구멍 뚫린 빗방울이 열 개하고
몇 개 더 내리고 있는
거리를 지났다

어느덧 나는 달리고 있었다

바람이 불고 있었다

어린 소녀와 함께 날려가서 꽃과
풀밭 위에 펄럭이며 떠 있는 여자를

껴안고 구르고 솟구치는
나의 전부에 꽃이 묻었다
그러나 그때다 갑자기 내가
구멍 뚫린 한 마리 새가 되어
공중에 못 박혀서 처진 다리 사이로
꽃보다 진한 정액을 흘린 것은
저만치
꺼끗한 초가지붕이 내려다보이는
언덕에 바람이 있고 여자는 총을
꺾어들고 하얗게 웃고 있었다
또 하얀 총소리가 나고
또 공중에 못 박힌 나는 구멍이 나고
또 꽃보다 진한 죽은 정액을 흘렸다

     14

항구엔 부두가 있고
그리고 거기엔 여자들이 득실거리고
야전장비를 갖춘 병졸들의 행렬은
자꾸 수송선의 긴 사닥다리를 오르고
갈매기는 울고 갈매기는 울고
가지가지 색깔의 테이프는 날리고
수송선과 부두의 여자들 사이에 날리다가
날리다가 끊어져서 여자들의 모가지에
감겨들고 여자들의 가지가지 색깔의
엉덩이가 뒤틀리는 물결이다가

병졸들은 강철 갑판을 거쳐

가파른 계단을 내려 어둠침침하고
왈칵 역겨워지는 기름 냄새에 찌든
선실에 몸을 풀었다 갈매기는 울었는데
항해는 한없이 계속되었다 가지가지
색깔의 테이프가 날렸는데
병졸들은 비좁은 마루 통로에서
카드 놀이를 했다 테이프는 날리다가
여자들의 모가지에 감겨들었는데
한 친구는 기관총으로 사람을 쏘면
꼭 야구방망이로 얻어맞은 것처럼 털썩
뒤로 넘어졌다간 펄쩍 뛰어 일어나
그랬다가 다시 빙그르르 쓰러지는 것이
보고 싶어서 간다고 했다 여자들의 가지가지
색깔의 엉덩이가 뒤틀리는 물결이었는데
또 한 친구는 날마다 그의 소총을 애인의
팔목처럼 닦고 또 닦고 기름칠을 했다 항구엔 부두가 있고
그리고 거기엔 여자들이 득실거리고 있었는데

15

태양에 탄 여자가
태양의 바로 아래 바다를 온다
그 숨막힐 듯 걸은
가래가 솟게 목젖이
터지게 도발적인 냄새에 절은 배를 타고
날리는 머리칼에 손이 가면서
여자는 다리를 고쳐 앉는다
그러나 바다는 나의 무릎으로부터

허리로부터 위로는 오지 않는다
사라진 칼슘 탈회(脫灰)된 나의 대퇴골에 뚫린
요추에 뚫린 무수한 구멍에 거품이 일어
쏟아져나가는 바다 바다는 언제까지나
나의 가슴에까지 오지 않는다
언제까지나 여자는 나의 총알 구멍이
뚫린 손이 자꾸 바다가 새어나가는
손이 안 닿는 저만치서
날리는 머리칼에 손이 가면서
태양에 탄 다리를 또 한번 고쳐 얹는다.

   16

돌보다는
춤이나 새 새에서도
나는 암컷을 홀리는 우모(羽毛)와
목소리 가진 수컷에 더 가까운데
왜 지금 나는 돌인가
자꾸 쌓이는 누런 돌인가
나를 일으켜세울 바람은
나에게 목소리 내는 법
가르쳐줄 그 새는
지금 어디 가서 없기에
여기서 가파른 고갯마루 같은 곳에서
돌인가 자꾸 쌓이는 누런 돌인가
나는 쌓이고 쌓이는 돌의 벽
거기 나서 언제나 보이지 않는
바다로 향해 있는 높은 돌창이다

여자는 거기 있다
나의 여자는 돌만 있는 창에서
긴 머리를 빗어 돌벽 아래로 빗어내리지만
목소리가 없는 나는 춤처럼
일어서지 못하는 나는 노래처럼
나의 여자와 합쳐지지 않는다
빗어내리는 긴 머리칼을 타고 올라
나의 여자를 네 발로 범하는 짐승도
없다
바람도 없다
새도 없다.

17

우리는 트럭에 실려 있었다
우리에게는 길이 있었다
단 하나의 길이 있었다
우리는 줄곧 숨가쁘게 달렸다
우리가 넘어가는 언덕엔 나부끼는 것이 있었다
그것은 꽃들이었는지도 모른다
그러나 살아서 나부끼는 꽃들인지
죽어서 나부끼는 꽃들인지 우리는 그것을 알 수가 없었다
어쨌든 구름은 항상 무서운 속도로 우리를 쫓아왔다
그래서 우리는 항상 축축하고 어두운 그늘에 덮여 있었다
우리는 하늘을 볼 수가 없었다
그러한 우리에게는 그림자가 없었다
숲에도 바람에도 그림자가 없었다
더러 보이는 징검다리의 다리에도 그림자가 없었다

도마뱀도 그림자가 없었다
갑자기 우리들 가운데 누군가가 소리질렀다
풀숲 사이로 쏜살같이 내닫는 한 마리의 들짐승이 있었다
무엇이었을까 그것도 그림자가 없었다
또 누군가가 사나운 사냥개의 소리를 냈다
무엇이었을까 그것도 그림자가 없었다
또 누군가가 사나운 사냥개의 소리를 냈다
무엇이었을까 그것도 그림자가 없었다
트럭이 좀더 달렸을 때
이번에는 풀숲에서 한 마리의 날짐승이 날았다

무엇이었을까 그것도 그림자가 없었다
우리는 모두 말없이 그것이 날아간 방향을 바라보고 있었다
그러자 만(灣)이 펼쳐쳐왔다
기진한 여자처럼 펼쳐진 만(灣)은 한참 노을이었다
그리고 노을 타는 그곳에 우리가 보지 못하던 하늘이 내려와
피를 토하고 죽어 있었다
거기로 가는
단 하나의 길이 있었다
우리에게는 길이 있었다
우리는 트럭에 실려 있었다

18

그는 집을 나섰다
들이닥친 겨울이 거기 있었다
저녁 무렵이었다
하늘엔 광폭한 구름떼가 널려 있었다

무언지 알 수 없는 짐승이 내달았다
가로수가 늘어서 있었다
또 무언지 알 수 없는 짐승이 내달았다
덮치고 물고 물리는 그런 소리가 들렸다
가로수 그늘에 피냄새 얼룩진 어둠이 번졌다
그에게는 낯익은 그저 그런 풍경이었다
다시 무언지 알 수 없는 짐승이 내달았다
이번에는 한 마리가 아니라 여러 마리였다
그 여러 마리 짐승들 뒤쫓아서 또 내달은 짐승도 여러 마리였다
그는 습관처럼 왼쪽 어깨에 멘 가방을
오른쪽 어깨에 옮겨 메었다
그는 이윽고 광장에 이르렀다
그는 거기서 언제나 그런 것처럼 목에 늘인
카메라가 좀 무겁다고 느껴졌다
거기에는 언제 모여들었는지
헤일 수 없이 많은 짐승들이 우글거리고 있었다
아니 서로 살 뼈 물고 물리고 찢고 찢기고
부수고 부서지는 살육을 벌이고 있었다
이것도 그에게는 잘 낯익은 그저 그런 풍경이었다
그는 천천히 카메라를 들어올렸다
자세히 보니 무언지 알 수 없는 짐승들은
남자 같기도 하고 여자 같기도 하고 또 곰 같기도 했다
피냄새 얼룩진 검은 어둠 홍건히 고인 광장
가장자리에 듬성듬성 서 있는 나뭇가지에는
누더기처럼 도살된 짐승들이 주렁주렁 걸려 있었다
그는 셔터를 눌렀다
그는 천천히 카메라를 내렸다
더러 피거품 물고 도망치는 짐승은

마치 검은 눈보라 같았다
그는 습관처럼 오른쪽 어깨에 멘 가방을
왼쪽 어깨에 옮겨 메었다
그는 광장을 나섰다
검은 가로수가 늘어서 있었다
정말로 눈보라가 왔다
언제나 그런 것처럼 그는 목에 늘인 카메라가 좀 무겁다고 느껴졌다
검은 눈보라 치는 거리에는 도망치다가
숨 끊어진 짐승이 걸레처럼 흩어져 있었다
그리고 그 시체를 덮친 또 한 마리의 짐승이 있었다
유난히 궁둥이 크고 둥근 짐승이었다
물론 이것도 그에게는 잘 낯익은 그저 그런 풍경이었다
그는 천천히 카메라를 들어올렸다
그는 셔터를 눌렀다
그는 천천히 카메라를 내렸다
이윽고 그는 지하도로 해서 반대편 길에 나가
거기서 전차를 탔다
전차가 멎자 그는 여전히 검은 눈보라 치는
호젓한 거리에 내려섰다 검은 가로수가 늘어서 있었다
그의 외출은 끝났다 그는
집에 이르자 천천히 암실의 문을 열었다
필름을 빼어 현상을 했더니 옳게 살아난
사진은 한 장뿐이었다 무언지 알 수 없는 짐승의 궁둥이였다
저 걸레 같은 시체를 덮친 그 유난히 크고 둥근 궁둥이였다
그런데 자세히 보니 사진 속의 궁둥이는
움직일 까닭 없는 그 궁둥이는 분명 살아 숨쉬면서
실하고 벅찬 율동 도발적이기도 한 율동을 하지 않는가
이것은 그가 첨 보는 풍경이었다

그는 전에 없이 아랫도리가 불타는 산호처럼 단단해지는 것을 느꼈다
그에게는 그것이 막 터질 듯한 생명의 분수
간신히 안으로 싸안고서 눈보라 치는 검은 어둠 한가운데
환하게 떠 있는 크고 둥근 꽃 한 송이처럼 여겨지는 것이었다
암실에서 나오는 그의 피곤한 턱수염이
어쩌면 예수 그리스도 같기도 했다

19

굶주림이 모가지를 졸랐습니다
그래서 꿈을 꾸었습니다
썩은 물고기의 창자도 없었습니다
꿈은 주춤거리는 아지랑이였습니다
눈보라가 몰려왔습니다
꿈은 간격 없이 서 있는 몇 그루의 나무들이었습니다
여기저기에서 싸움이 벌어졌습니다
꿈은 적당한 빛과 그늘 속에 잠긴 고요한 방이었습니다
비명 소리가 비명 소리를 부르고 또 부르고
또 부르면서 언 땅을 흔들었습니다
꿈은 가만히 흔들리는 나뭇가지였습니다
비명 소리가 비명 소리를 부르고 또 부르고
또 부르면서 언 하늘도 흔들었습니다
꿈은 서로 섞이는 맑은 풀잎들이었습니다
깨지고 꺾이고 잘리고 찢기고 터지고 박살이 났습니다
꿈은 물러나다가 다시 와서 엉히는 따뜻한 볼이었습니다
척추가 소리내어 부서지기도 했습니다
꿈은 와서 감기는 따뜻한 팔이었습니다
부서진 눈알은 피거품을 뿜었습니다

꿈은 와서 묻히는 따뜻한 유방이었습니다
마침내 밤이 덮쳤습니다
꿈은 깜깜한 어둠 속에서 물빛으로 불타는
풍요한 허리였습니다
혹은 항아리였습니다
그리고 그때였습니다
꿈 밖에서 누가 울었습니다
꿈 안에서 누가 울었습니다

   20

—처용(處容)의 노래

춤출 뿐
맨발로 춤출 뿐

모래는 반짝이면서 뜨겁고
물새는 날고
바다는 무수한 깃발을 흔들고 있어
감청(紺靑)과 빛의 깃발을 무수히 흔들고 있어
내가 노래할 수야 있지
내가 선언할 수야 있지
한 그루의 꽃나무는 꽃으로 해서 향기롭다
가야금의 한 줄은 바람으로 해서 소리를 울린다
한 사람의 남자는 여자로 해서 언어를 가진다
내가 선언할 수야 있지
내가 노래할 수야 있지
그러나 이제 바다가 모래를 들먹이는 여기에

네가 있어 알몸인 네가 있어
내 백옥유리(白玉流璃)의 이빨로 네 발바닥을 물다가
내 만두삽화(滿頭揷花)를 네 가슴에 묻는다 해도
다시 하늘은 우리 머리칼 언저리서 열리지 않고
구름은 우리의 손가락을 삼키면서 다섯 가지 색깔로 흐르지 않아
해는 다시 우리 등허리도 배도 사타구니도
눈부신 황금으로 칠하지 않아

춤출 뿐
맨발로 춤출 뿐
나는 일식의 아들
이 모래의 반짝임과 뜨거움도
일식의 반짝임 일식의 비상
저 물새의 비상도 일식의 비상
오오 바다가 흔드는 감청(紺靑)과 빛 역시
일식의 감청 일식의 빛인 것을
그 무수한 깃발 또한
무수한 일식의 깃발

춤출 뿐
맨발로 춤출 뿐
오오 일식의 춤 출 뿐

詩

— 새들에게 —

JET · DDT

JET라는 활자와 학이라는 활자와 기러기라는 활자와 비둘기라는 활자를 나란히 놓는다. 아무래도 낯설지 않은 활자는 JET라는 활자 쪽이고 낯선 활자는 학이라는 활자와 기러기라는 활자와 비둘기라는 활자 쪽이다. 낯설지 않은 활자 JET는 하늘에서 반짝반짝 빛나는 번식을 계속한다. F80…… F84…… F86이라는 이름의 JET들. 가까이에서 보면 눈부시게 찬란한 그것들은 모두 일광을 송두리째 반사하는 금속성이다.

*

DDT라는 글자가 의미하는 것은 소독약 또는 이를 잡는 약이라는 것이다. 초연(硝煙)이라는 글자가 의미하는 것은 수많은 총포가 뿜어낸 연기라는 것이다. 지평이라는 글자가 의미하는 것은 땅의 끝이라는 것이다. (산 많은 고장에서는 산의 능선이 지평일 수밖에 없다.) 그런데 1950년대 초 땅 좁고 산 많은 한반도의 지평 즉 많은 산 산 산 산 산 산의 가파르거나 안 그렇거나 한 모든 능선에서는 DDT와 초연이라는 글자의 의미가 그리 서로 크게 다른 것이 아니었다. 하나는 소독약 또는 이를 잡는 약이라는 의미였고 다른 또하나도 결국은 소독함 또는 이를 잡듯이 함이란 의미에 다름아니었으니까. 거짓말이 아니다. 내 스물세 살의 지평(산의 능선)을 덮은 초연은 마치 그곳에 대량으로 살포된 DDT 같은 모양이었다. 영락없이 그런 판국이었다.

어느 토요일

1

비둘기가 살고 있더라는 이야기가
피난민 반장과 태평양을 건너 전쟁 미망인
H여사의 소나무 껍데기 같은 손
투하된 네이팜탄이 찬란하였던 지대
한 기슭 가까이 섰던 소나무 껍데기 같은
그런 손바닥에 와 닿은 구호물자 나일론 양말처럼
거리에 부드러웠다.

2

사월과
커튼이 드리워져 있지 않은 창과
그리고 파아란 창유리를 닦는 손과
또 그리고 뭔가 그와 비슷한 것들을 생각하며
크세주 사제는 비행장으로 갔다.
부엉이 눈알 같은 두터운 철형(凸形)의 안경을
몇 번이나 미끄러운 콧등에 다시 얹어놓으면서.
....

쾌청.
흰 요트 같은 구름들.

푸른 유니폼의 에어 걸이
사뿐 허리로 웃으면서 주는 코카콜라는
가끔씩 지구가 구름 사이로 7색 옵세트
그림엽서처럼 보이는 공중에서

다이아 빛.
그걸 마시면서
여전히 허리로 웃으면서
저만치 걸어가는 에어 걸을 바라보면서
크세주 사제는 무릎 위에 펼쳐놓은
두터운 성서 장수만큼이나 많은
그 나이를 잃어버렸다.

3

오르페우스와 무사이오스가
열매와 새소리의 번영에 에워싸여
뮤즈를 찬미하며 음유하였던 고장.

파르나소스 또 헤리콘 산록으로부터
테스사리아의 동북부를 거쳐
다시 옮아간 다도해의 밝은 북안(北岸).
햇살이 알제리보다는 엷은 모래밭에서 주운
자동기관총 한 자루.
지중해의 모래알이 들러붙은 그 총구로
고고학자 에비앙 박사 왼쪽 가슴을 겨눈 채
　"파파 손 들어요 네!"
보오테 양은 웃었다.
블라우스의 핑크색이 터질 것만 같은 젖가슴과
금발을 입체로 흔들어젖히면서
자꾸 웃었다.
그렇게 웃는 보오테 양의 약혼자 젊은 고고학자는
눈에 핏발을 세웠다.

발 아래서 눈부시게 부서지는
물보라 물고 굽이치는 파도처럼
줄기차게 치솟는 탐험의 욕망.
그는 왼쪽 무릎 위에 올려놓았던 오른쪽 무릎을 풀어
다시 오른쪽 무릎 위에 왼쪽 무릎을 올려놓았다.
그리고 야광장치된 팔목시계를 보았다.

세시.

　　　4

세시 오분 경과.

　　　5

　항공기는 아프레엉레브 주(州) 상공에서 거대한 송이버섯형의 구름을
피하며 루벤스의 엉덩이 같은 커다란 곡선을 그려야 했다.
숨가쁘게
숨막히게
다시 숨가쁘게
요동한 기체.

어지러움을 털어내고
구역질을 씻어내기 위하여
크세주 사제는 다른 거대한 송이버섯형의
구름을 생각해내기로 한다.
그러나 아무리 생각해도 생각나는 그것은
송이버섯형 아닌 딴 형

무슨 꽃…… 그렇다, 무슨 탐스런 꽃형이다.

먹으면 맛이 나고
힘과 웃음도 저절로 나고
위장과 마음이 맑아지는 무슨 음식물과도 같은
그런 거대하고 탐스런 꽃형의 구름이다.
그런데 크세주 사제는 아무래도 그 꽃 이름이 생각나지 않는다.
결국 크세주 사제의 생각은 다시
송이버섯형으로 돌아간다.

문득 크세주 사제는 오랜 친구 노처녀 교사 누왈 양이 주일학교에서
했다던 한 강의 내용을 떠올린다. "여러분 송이버섯에는 비타민 C가 많
이 들어 있다는 사실을 아시나요. 비타민 C는 인간의 신진대사를 촉진시
키고 혈액순환을 활발하게 한답니다. 그리고 그 맛은 유달리 향기로워
오래 잊을 수가 없답니다." 여기에서 누왈 양의 강의는 중단되었다. 기
내 방송이었다.

"여러분 본 기(機)는 현재 정기 항로에서 잠시 이탈하고 있습니다.
방금 들어온 뉴스에 의하면 지금 기체의 오른쪽 창문으로 보이는 거
대한 송이버섯형의 구름은 원자운(原子雲)입니다. 그런데 이번 시험
폭발에도 참가한 바 있는 모르모트와 산양 들은…… 아마도 이번 것
으로 해서 저 히로시마와 나가사키의 버섯구름은 소꿉장난일 수밖에
없는 그런 것이 되었다…… 라고 선언하였다 합니다."
이어서 기내 방송은
아름다운 요한 세바스찬 바하의
어떤 종악장(終樂章)을 흘려보내다가
그치더니 시간을 알렸다.
"지금 시각은 세시 삼십오분입니다."

뉴스를……"

6

"뉴스를 말씀드리겠습니다." 에트왈 씨는 과자점 창유리를 들여다본
다. "먼 한국 전선(戰線)……" 즐비한 여러 색깔의 과자들이 에트왈 씨
에게는 꽃밭처럼 보인다. "……숨가쁜 피의 능선, 단장의 능선에서는 아
직도 촌토(寸土)를 다투는 육박전이 계속되고 있으며……" 과자점 시계
가 네시를 세 번 친다. 에트왈 씨는 마르고 구겨지고 구멍난 냅킨을 어
루만지며 기다리고 있을 아내를 생각한다. "열두시까진 돌아오세요. 한
시까진 꼭이에요 네!" 에트왈 씨의 귓속에서 아내가 또 속삭인다. "내일
은 일요일이에요."

방금 스피커의 고장을 뜯어고친 전신기구점(電信機具店)에서 다시 뉴
스가 에트왈 씨를 붙잡는다. "……어떤 종군 신부 한 사람은 사단 CP에
서 오늘의 전황을 한마디로 요약해 "이렇게 바빠본 적은 일찍이 없었다"
라고 말했다 합니다. 뉴스를 마치겠습니다. 지금 시각은 세시 오십분입
니다. 내일은 일요일입니다. 경음악을 보내드리겠습니다."

교외와 강이 가까운 골목길을 접어드는 에트왈 씨.
그는 페테르부르크의 무거운 도끼와 축축한 겨드랑이와
또 남루한 외투의 이야기가
마냥 권태롭기만 하다.

7

클로즈업되는 강. 물결.

8

교외.
……물결. 네시를 치는
시계 소리. 그리고 항공기 하나 착륙.

9

크세주 사제가 오늘과 일요일인 내일과 비둘기와 기도를 한꺼번에 생
각하면서 안경 미끄러지는 콧등을 약간 추켜든
십자로를
정신과병원 삼층 13호실에서
물끄러미 내려다보던 라텔 할머니는
공장마다 높다란 잿빛 담벽에
비둘기의 그림이 붙어 있더라는 어느 고장의 기사가
크게 실린 화보잡지를 덮더니
먼 삼십팔도 선상에서 전사한 아들
사랑하는 루시엘의 일기책을 펼쳐든다.
다시 마지막 장을 찾는다.
그 끝장은 한국산 먹을 갈아서 칠한 짙은 먹상이나.

10

암흑.

11

나는 본다.

깜깜한 먹장 어둠 속에
살아서 움직이는 것은 가끔 줄지어 내닫는
초속 GMC의 헤드라이트.
그 광강(光綱) 속에 떠오르는 것은
엄청난 붕괴의 연속 집적.

나는 눈을 감는다.
먹장 어둠 속에서 다시 한번 먹장 어둠의 문을 열고
더욱 짙은 먹장 어둠 속으로 들어서는 것이다.

그 완전 먹장 어둠 속에서는
어떠한 생각이든 작렬하는 네이팜탄처럼
찬란하다.

나는 생각한다.
나는 물론이고 누구의 기억에도 없는
지도를. 그리고 거기 살아서 날개 치는
비둘기를.

1954년의 사월은 왔다
—사월은 가장 참혹한 달이다 • T.S. 엘리엇

가을도 가고
겨울도 가고
1954년의
사월은 왔나.

오늘
분수가 모차르트처럼 눈부신 로터리 건너
빨간 포스트가 서 있는 언저리에서
나비 같은 처녀는 하얀 노트를
악보처럼 든 여대생.

사회사업과에 다녀요. 아 그것은 베토벤의 9번이죠. "코러스"! 우리말
론 "환희"랍니다. 이렇게 시작되어요.
   "……조물주의 봄비 내려
   새싹 돋아."

젖빛 무늬 아롱지는 미소가
바하의 아르페지오 같은 입 언저리
그리고 목덜미.

샛말가니
물오른 나무, 나뭇가지,
나무 잎사귀.
그러나 내 손은
날개 쳐 날아가지 못한다.
날아가서 날개 접고 앉지 못한다.

지난 봄

중동부전선에서
총 맞은 검붉은 탄흔 감싸쥐고
일그러진 채 단단히 굳어
움직일 줄 모르는
내 오른손.

가을도 가고
겨울도 가고
1954년의
사월은 왔다.

그리고 오
내 오른손은 총 맞아 죽어 굳은 한 마리의 새.

꿈과 포켓

상하고
슬픈 것 옆구리에
포켓은 붙어서
비어 있다.

비가 내리면 비는 포켓에 내리고
눈이 내리면 눈은 포켓에 내리고
비가 내리는 눈이 내리는 포켓의
썰렁한 가장자리를 새가 날았다.
비 맞은 새가 날았다.
눈 맞은 새가 날았다.

비 맞은 새가 날면서
눈 맞은 새가 날면서
기웃거린 비인 포켓 비어서 구겨진
포켓이 꿈꾸는 구겨진 꿈은
　　"목덜미와
　　등허리 그 사이쯤에
　　나비 한 마리 키우는 여자의
　　소매깃 그 내부로 자꾸 스미어
　　들면 무슨 무늬가 그 여자의
　　전부에 아롱지고 있을 것인가"
그런 것이다.

중동부전선에서도
비가 내리면 비는 포켓에 내리고
중동부전선에서도
눈이 내리면 눈은 포켓에 내리고

비가 내리는 눈이 내리는 중동부전선의 포켓
썰렁한 가장자리를 총알이 날았다.

그런 어느 날 맑은 구름에
피 뿌리며 몸부림치는 산허리에서
총알 하나가 내 손을 관통하면서 기웃거린
비인 포켓 비어서 구겨진 중동부전선의 포켓이
꿈꾸는 구겨진 꿈은
　　"목덜미와
　　등허리 그 사이쯤에
　　나비 한 마리 키우는 여자의
　　소매깃 그 내부로 자꾸 스미어
　　들면 무슨 무늬가 그 여자의
　　전부에 아롱지고 있을 것인가"
그런 것이었다.

오늘은
비도 내리지 않고
눈도 내리지 않고
새도 날지를 않고
총알도 날지 않아서
비인 포켓은 비어서 구겨진 꿈도 없이
그냥 비어서
상하고
슬픈 것
옆구리에
붙어서 있다.

그러나 혹시 모를 일이다.
오늘밤 어둠이 가장 깊었을 때
총알 맞아 죽어 움직이지 않는 내 손의 손가락들이
오 꿈처럼 그렇게 살아 움직인다면
비인 포켓 비어서 구겨진 한구석에서
젖어서 아롱지는 여자와도 같은 별 하나
그것을 잡을 것인지도 모를 일이다.

음악

너는 말오양간 냄새가 나는
예수 그리스도의 머리에서 빛난 둥근 빛무리
그것과 같다.
그러한 너는 전장(戰場)을 포복하는 군단의
불면이 겹 쌓여 탄피와 같이 굳어진
나의 눈시울 그 속에도 살았다

……음악이여.

장미로 수놓인 하늘 같은
노오랗고 새빨갛고 또 무슨
여러 가지 빛나는 색깔의 과실 같은
그리고 그러한 수없이 많은 과실들과
과실들 사이로 보이는 들과 바다 같은
새말간 날개 같은

……음악이여.

너는 전장을 포복하는 군단의 불면이 겹 쌓여
탄피와 같이 굳어진 나의 눈시울 그 속에도 살았다.
그리하여 마침내 총알 맞아 쓰러졌던 내가
다시 깃발처럼 일어서면서 눈 저리게 똑똑히 보았느니
그것은 머리에서 별빛 냄새가 나는 처녀의
둥근 빛무리 같은 알몸이었다.

오늘

라이너 마리아 릴케의 시 같은
그렇듯 가장 아름다운 마지막 한 마리 말을
스스로 내 죽음 속에 묻고
수없이 초연(哨煙) 속에 묻히어간
젊은 깃발들을 위하여

오늘
필요한 것은
봄을 약속하며 내리는 신설(新雪)이다.

노래만 하며 날개 치는 새들이다.
생선들이 뛰노는 티없이 맑은 해안이다.
그리고 즐거운 소식 행복한 소식 넘친
황금빛 수없이 많은 편지 가을 잎새를
창문마다 보내어주는 가로수이다.

희망

아름다운
어느 한 아름다운 날을 생각하는 것은.

당신의 가슴께에서
꽃과 사과이고 싶은 것은
꽃바구니의.

달빛에 씻긴 이슬을
이슬을 머금은 배추가 진주처럼 아롱지며 트이는 아침을
푸른 바다 어리는 비둘기의 눈동자를
태양이 웃으며 내려오는 하늘…… 그 눈부신 계단에 핀
진달래를
또 신문이 음악처럼 뿌려지는 거리를
생각하는 것은.

여기
무수히 검은 총알 자국 얼룩진
나무와 나무 사이
눈이 깔린 밤
……여기에서.

오 두 마리
버들강아지 꼼지락거리는 은목걸이를 생각하며,
꽃바구니의 꽃 그리고
사과이고 싶은 것은…… 당신의
가슴께에서.

구름도

지구도
인간도
생활도
어느 것 하나 빠뜨리지 않고
다 함께 그리운 내가
전쟁의 숯검정이 자욱이 얼어붙은
내 눈시울 속에
서 있는 까닭이다.
그렇다, 겨울날 아지랑이처럼
아스라이 서 있는
까닭이다.

장미의 의미

장미는 나에게도
피었느냐고 당신의 편지가 왔을 때
오월…… 나는 보았다.
탄피에 이슬이 아롱지었다.

그리고 태양은 빛나고
흙은 헤치었다.

무수한 자국
무수한 군화 자국을 헤치며 흙은
녹색을 새 수목과 꽃과 새 들의 녹색을 키우고
그 가장자리엔 흰 구름이 비꼈다.
구름이……

그러나
구름에서는
다시 저 발자국 소리가 들렸다.
함포 사격(艦砲射擊) 울부짖는 대만해협에 자욱한
군화 자국 그 소리
폭격 맞은 알지에의 모래밭을 뭉개는
군화 자국 그 소리
불타는 베트남의 밀림을 누비는
군화 자국 그 소리
1955년.

그러나
나는 믿었다.
대만해협의 군화 자국도

알제리의 군화 자국도
베트남의 군화 자국도 헤쳐져
철조망 155마일에 낭자했던 군화 자국처럼
그렇게 깡그리 헤쳐져
헤쳐진 그 모든 자리 반짝이며 일어서는
녹색의 차지가 될 것임을.
살점 핏방울 떨치며 죽음 떨치며
일어서며 반짝이는 녹색의 차지가 될 것임을.
그러기에
이 오월에
이슬 아롱지는 탄흔에도 그림자 떨구고 비낀
저 흰 구름 언저리에 마침내 나는 당신을 보았다.
따뜻함과 빛무늬인 당신을
속눈썹도 빛무늬로 떨리는 당신의 기도를
푸른 하늘도 보듬고 푸른 바다도 보듬어
넉넉하게 둥근 당신의 가슴을
그 가슴 흰 부드러움 한가운데 나부끼는 녹색을
녹색의 깃발을.

1955년 오월에

장미는 나에게도
피었느냐고 당신의 편지가 왔을 때
오월에…… 나는
아름다웠다.

지금 아름다운 꽃들의 의미

꽃들은
지금 사랑의 깃발이다

비둘기 날개 앞세우고 트이는
다시 반드시 비둘기 날개 앞세우고 트이는
수없이 많은 내일을 위하여
그러한 내일에 비둘기 무리져 날개 치며 날개 섞는
지평을 위하여
그러한 지평의 무한 펼쳐짐을 위하여
무한 펼쳐지는 지평에
오 죽음의 비가
내리지 않기 위하여
오 죽음의 흰 눈도
내리지 않기 위하여
사랑하고 오직 사랑함으로써
장미의 이파리와도 같은 눈시울을 지닌
너와 나의 깃발이다
사랑의 깃발이다

보라
꽃들은 지금
나비의 폐허
창유리의 폐허
항아리의 폐허
꿀벌과 꿀의 폐허
장독과 김장독의 폐허에
어우러져 피는 것을
피어서 나부끼는 것을

꽃들은
지금 사랑의 깃발이다

사랑하고 오직 사랑함으로써
장미의 이파리와도 같은 눈시울을 지닌
너와 나의
그리고 또한
사랑하고 오직 사랑함으로써
장미의 이파리와도 같은 눈시울을 지닌
수없이 많은
동서남북 그 모든 너와 나의
너와 나의
너와 나의
깃발이다

작은
깃발
그러나
오 이 시대의 무지개의 폐허에 이우리져
오 이 시대의 무지개의 폐허를 뒤덮고서
피는 깃발이다
피어서 나부끼는 깃발이다
나부껴서 아름다운 깃발이다

꽃들은
지금 사랑의 깃발이다

강물이 흐르는 너의 곁에서

이월은 오고 삼월은 오고
무너진 다리에도 사월은 오고
강물은 흐리고 그리고 그것은 나의 눈시울에
따뜻한 그것은 눈물이었다.

잃어진 것은 없었다.

불탄
나뭇가지마다 찌든 전사자의
아직도 검은 외마디 소리들을 발려내기 위하여
수액은 푸른 상승을 시작하고
155마일의 철조망이 에워싼 무인지대에서도
하늘은 푸르고 새들은 노래하고
꽃들은 한들거렸다.

잃어진 것은 없었다.

밤하늘의
무수한 별자리에서도
잃어진 것은 없었다.
맑은 물빛 푸름 한점
아주 작은 별 한점
그렇다, 아무것도
잃어진 것은 없었다.

강물은 흐르고

무너진 다리에도

강물은 흐르고 흐르면서
개미보다 더 큰 사탕을 물고 간 개미에 대한 이야기 꽃 그늘에서 꿀벌
을 위해 숨죽인 속삭임과 그러나 요란스럽게 꽃가지를 흔들면서 날개
친 두 마리 새에 대한 이야기 줄지은 창문들이 마치 무슨 악보와도 같은
거리에 대한 이야기 열매 맺는 한 나무의 성장과 성숙 그 순서에 대한
이야기 그리고 크나큰 고마움 가슴 벅찬 입맞춤에 대한 이야기
그런 이야기
오직 그런 이야기만을
쉴새없이 쉴새없이 하였다.

잃어진 것은 없었다.

부러진 총검도
구멍 뚫린 철모도
반쯤 묻혀서 녹스는 들판
소리없이 부드럽게 휩쓰는 무수한 풀들의 손길
그 푸른 손길은 눈물겹다.
피얼룩 깁고 누빈 저고리 벗고
피얼룩 깁고 누빈 긴 치마 벗으면
목덜미에 가슴에 젖꼭지에도
허리에도 무릎에도 풀들 푸른 손길 휩쓸어
그 손길 가지가지 푸른 무늬
어지럽게 눈부시게 아롱지는 너.
오 너는 진정 눈물겹다.

잃어진 것은 없었다.

언제든

그렇다, 언제든
나를 눈떠 보게 하고
나를 노래하게 하고
나를 사랑하게 하고
나를 눈물짓게 하면서
나를 아름답게 하는 아무것도
잃어진 것은 없었다.

이월은 오고 삼월은 오고
무너진 다리에도 사월은 오고
강물은 흐르고 그리고 그것은 나의 눈시울에
따뜻한 그것은 눈물이었다.

개미를 소재로 한 하나의 시가 씌어지는 이유

이
개미들을 위하여

유월은
연분홍 잠옷 속의
소녀와 함께
푸른 유월은
일요일 첫새벽에
총살되고

불탄 나무
새까만 가지 다음에
불탄 나무 새까만
가지는 이어지고
또 그렇게 이어지는
불탄 나무 새까만
가지마다 떨어져
갔건만
새집이
무수한
새알이

이
개미들을 위하여

새집이
무수한
새알이

떨어져
갔건만 불탄 나무
새까만 가지 다음에
불탄 나무 새까만
가지는 이어지고
또 그렇게 이어지는
불탄 나무 새까만
가지마다 기어
오르는

이
개미들을 위하여

두 개의 촉수마다
두 개의 이슬방울 달고 기어오르는
이 개미들을 위하여

연분홍
잠옷 속의 소녀와 함께
푸른 유월 총살된
일요일 다시 돌아온
그 일요일
첫새벽에

두 개의 촉수마다
두 개의 이슬방울 달고 기어오르는
이 개미들을 위하여

불탄 나무
새까만 가지 다음에
불탄 나무 새까만
가지는 이어지고
또 그렇게 이어지는
불탄 나무 새까만
가지 즐비한 지평에
매다는

이슬방울
무수한
이슬방울

이
개미들을 위하여

오 신의
칠 일째 그 첫새벽
벌거숭이 두 사람의
훤히 밝는 과수원 울타리를
두 개의 촉수마다 두 개의 이슬방울 달고 햇살보다 먼저
기어오른 저 개미들과 꼭 같은 모습의

이
개미들을 위하여

은하를 주제로 한 바리아시옹

1. 노래

너를 보면
돌아오는 것이다.

넘쳐서
나의 눈시울에
고이는 것이다.
빛나는 것이다.

은하가.

저
피의 유월 이후
나의 희망
나의 의미
나의 목적이던
나의 하늘에서 사라지고
없었던
은하.

　"내일은
　하늘 기슭에
　일어서는 장미들.
　아침 태양이 포도와 벼의 풍요를
　작정하여 뿌리는 빛을 따라
　일제히 일어서는 장미들."

그 장미들을 보듬은 은하가.

눈부시게
어우러진 장미들을 누비면서
비둘기가 잿빛 날개 깃으로
감청의 원무(圓舞)를 그리는 하늘.
그 하늘은 사랑하는 사람들의 나라.

사랑의 나라를 마련하는 은하가
돌아오는 것이다.
나의 눈시울에 넘쳐서 고이는 것이다.
빛나는 것이다.

저
피의 유월 이후
나의 눈시울에
무수히 자국 난
탄흔을
씻고
아물게 하며

은하가

너를 보면
돌아오는 것이다.

2. 라이너 마리아 릴케에 대하여, 전쟁과

바다 기슭과
맞닿은 눈부신 하늘 기슭과
사랑을

그리고 오월이 찬란한 해협과
꿀벌의 여행을
꿈꾸었노라고 진정으로 꿈꾸었노라고

바하의
두 개의 바이올린을 위한 협주곡
그것을 들으면서

바라본 밤하늘의 별들이
지천으로 널린 꽃 첨 보는 꽃사태 같기만 하더라고
진정으로 그렇기만 하더라고
내가 지금
가시 돋친 철조망으로 에워싸인
이 땅에서 말한다면

내 말은 무엇인가
한낱 소용없는 허구인가
아름다운 그러나 아무짝에도 쓸모 없는 투기인가

그러면
라이너 마리아 릴케 당신은 누구인가
나는 무엇인가

씀바귀 미나리
메랑 달래랑 캐던
냇가에 언덕에 장대비는 내리고

포탄은 쏟아지고
나는 검둥이 필립 하사와 껌을 씹으면서 장난도 치면서
산산이 부서진 봄의 파편을 헤치면서 인간을 사냥하고

그러나 포연(砲煙)이 걷히었다 엉키고
다시 걷히는 산허리 즐비한 바위들 덮고
꿈처럼 은하처럼 흐드러지게 핀 진달래
그 진달래와 맞닥뜨린 나로 하여금
문득 당신의 이름을 떠올리게 한
라이너 마리아 릴케 당신은 누구인가
그때 새처럼 휘파람 분 나는 무엇인가

단 한 사람 장미 가시에 찔리어서 죽은
오 꽃과 더불어서 하는 죽음 오직 그 죽음을
죽은 사람

라이너 마리아 릴케
당신은 누구인가 지금 이렇게
시를 쓰는 나는 무엇인가

3. 눈동자

얼음은 풀리고
마른나무가 서 있는 것이 보이고
강물은 흐리고
햇살은 따뜻하다.
우리는 다시 확인한다.
이것은 따뜻한 햇살이고
이것은 풀리는 얼음이고
저것은 마른나무이다. 불바다가 되었던 전쟁의 골짜기
거기서 타 죽은 사람들과 꼭 같은 형상이다.
그리고 이것은 흐르는 강물이다.

흐르는 강물은 파아랗고
가만히 귀 기울이면 파아란
강기슭 가득히 무언가 돋아나는
소리가 들린다.
우리는 그것도 확인한다.
그것은 우리가 알지 못하는
꽃과 풀의 어린 새싹들이다.

어린 새싹들의 여리고 희미한 숨결 확인은 간 저리게 안쓰러워 눈물
겨운 일이다.
아무튼 그래서 눈물 고인 우리의 눈의 눈동자는 파아란 강물로 물이
든다.

그리고 파아란 강물로 물든 눈동자를 밝혀
우리는 또다시 확인한다.

오늘 우리의 폐허에서 우리의
흰 빨래는 "백지의 가능"처럼 펄럭이고
네 약손가락의 구리반지는 따뜻한 햇살이 깃들여
눈부시게 반짝이는 한없이 둥근 금빛인 것을.

그뿐이랴.
오늘 밤하늘에 걸리는 은하는
지천으로 흐드러진 커다란 꽃밭인 것도
우리는 확인할 것이다.

아직 멀다

내 친구가 받은 삼월에 나온 4월호 잡지 8P 활자들이 빽빽이 들어찬 맨 끝장을 덮고 놀러 온 젊은 여자 시인은 전화를 건다. 여보세요? 저예요. 네? 누구세요? 네? 몰라도 된다구요? 좋아요. 젊은 여자 시인은 거기서 검은 수화기를 놓더니 횅하니 나가버렸다. 누구였을까, 전화에 나왔던 것은.

나는 그가 누구인 것을 알 수 있을 것 같다. 아직은 갰다 흐렸다 하면서 추운 하늘. 이따금씩 진눈깨비가 내려서 질퍽거리는 교외에서 아무렇게나 서성거리던 그. 구두도 바지도 진흙투성이인 채 여태 금붕어떼가 떠오르지 않는 양어장의 희뿌연 수면을 물끄러미 내려다보던 그. 요란하게 앞질러 달려간 석탄 트럭에서 날린 검은 탄가루가 비집고 파고든 눈시울을 비비고 섰던 그. 아직은 멀리 있는 그.

피가 말라붙어 얼룩이 진 것처럼 그렇게 녹슨 연통들 삐죽삐죽이 솟은 교외 언저리, 낮은 지붕 낮은 창들은 꼭꼭 닫혀 있고 그는 아직도 멀리에 있다. 삼월에 내 친구는 벌써 4월호 잡지를 받았지만 그는 아직도 멀리에 있다. 젊은 여자 시인의 수화기가 물빛이기엔…… 아직도 그는 멀리에 있다.

겨울 사중주

1

아무 일 없다.
아무 일 없는
키 작은 몇 그루의 나무들
저만치 두고 알맞게 놓인
빈 벤치도 아무 일 없다.

빈
벤치에
내려서 쌓인 하얀 눈
그저 그뿐 아무 일 없다.

그러나 귀 기울이라.

저만치
아무 일 없이 서 있는
몇 그루의 나무 뿌리가 듣고 있는
하얀 눈 덮인 땅 속 어디메쯤 오고 있는
제잘거리는 그 소리 들릴 것이다.

내려서 쌓인
하얀 눈만 가득하니 앉아서
아무 일 없는 저 빈 벤치가 듣고 있는
하얀 눈 덮인 거리 먼 뒷골목 어디메쯤에 오고 있는
두 사람의 발자국 소리 그 소리
들릴 것이다.

2

두 사람은 안다.
아무리 어둡고 추운 겨울날에도
반드시 따뜻하고 밝은 햇볕은 있는 법이라는 것을.

깊은 눈 덮인 길을 가다가
문득 마주 선 두 사람은
오롯한 합장의 상(像)이 된다.

3

소리없이 내리던 눈이
소리없이 그친 자리에 서리는 정적은
그지없이 그윽한 맑음이다.

거기서는 벌거숭이 나무껍질의
이 구석 저 구석이 한결 더 분명히 드러나 보이고
늘 저만치 있던 대문도 열 발자국쯤은 다가와서 금방 열릴 듯하다.

우리는
소리없이 내리던 눈이
소리없이 그친 그 자리로 간다.

거기서 우리는 서로의 속으로
눈 감고도 어김없이 한 뼘쯤은 더 깊숙이 들어가고
우리가 우리의 것이라는 사실이 열 배쯤은 더 분명해진다.

4

내가 해 질 무렵에
네게로 돌아왔더니
해도 바다에
돌아와 있다.

돌아온 내가
네게 잠겨들듯이
지금 해도 바다에
잠겨들고.

잠겨드는 나로 하여
네가 뜨거운 장미로 피어나서 설레듯이
잠겨드는 해로 하여 지금 바다도
크낙한 장미로 피어서 저렇게 일렁인다.

다시 또 눈이 내려도
오래 장미의 냄새가 날 게다.
바다는 다시 또 눈이 내려도 오래 장미의 냄새가 날 게다.
그리고 너 또한.

시월의 소녀

시월의
소녀는
사과 속에
숨어 있다.

순이는 달음박질쳐가서 숨었고
은하는 사뿐히 걸어가서 숨었다.
선화는 어물어물 새도 몰래 숨었고
춘하는 꽃병 곁에 잠자다가 숨었다.

저 무서운 총알이 오고 가던
저 사과나무밭의 가시 돋친 쇠줄 울타리 타고 넘은
저 사과나무 가지에도
주렁주렁 매어달린 탐스런 사과.

―그럼
사과나무밭으로 가볼까나.
제일 빛나게 익은 큰 것을 따야지
내 사랑하는 소녀가 숨은 사과.

한입 깨물면
내 소녀는 꽃다발 되어 뛰쳐나올 거다.
새까만 사과 씨는 보석처럼 굴러서
흙 속에 숨을 거다.

시월의
소녀는
사과 속에

숨어 있다.

빛에 대하여

빛이
우리의 것이라는 건
어떠한 일이었는가.
우리의 문에
우리의 글자로
우리의 이름을 내걸었다.

우리의 손이 우리의 것이었고
우리의 길이 우리의 것이었다.

빛이
우리의 것이라는 건
어떠한 일이었는가.
우리의 꽃이 소용돌이치며
우리의 깃발이 소용돌이치며
우리의 거리를 메웠다.

우리의 얼굴이 우리의 것이었고
우리의 항구가 우리의 것이었다.

빛이
우리의 것이라는 건
어떠한 일이었는가.
우리의 태양이 뜨고 달이 뜨고
우리의 달이 지면 우리의 태양은
다시 또 떠올랐다.

우리의 하늘이 우리의 것이었다.

우리의 모두가 우리의 것이었다.

오 빛이
우리의 것이라는 건
어떠한 일이었는가.

그렇다
우리는 우리의 말로
오 그렇다, 우리의 말로
우리는 서로 사랑하였다.

바다의 편지

여름 바다에서
나는 사람을 만납니다.
여기서 사람은
맨살로 물 속을 드나들기만 합니다.
여름 바다는
왼통 태양의 차지입니다.
그래서 사람은
맨살로 태양 속을 드나들기도 합니다.

여기서는
사람의 몸에서 짙푸른 물방울이
마르는 날이 없고
번쩍이는 햇가루가
마르는 날이 없습니다.

나는 사람 하나를
사로잡았습니다.

가장 짙푸른 물방울과
가장 눈부신 햇가루가
우글거리는 젖가슴 가진
그 사람은 여자였습니다.
한시도 가만있질 않았습니다.
튀고 뒤차기고 일렁이고 떨고 할딱이고
마치 물개와도 같이 그렇게 다시
튀고 뒤차기고 일렁이고 떨고 할딱이고
튀고……

마침내 나는
그 여자를 놓아주기로 했습니다.

나는 그 여자를 꽉 잡아 들어올렸다가
힘껏 힘껏 내던졌습니다.
그랬더니 바다 한복판에서
휘황한 물보라 솟아 터지고 터지면서
온통 하늘을 찬란한 수박빛으로 적시는 것이었습니다.

겨울 야수(野獸)

이제
당신은 볼 것이다.
얼어붙은 샘터의 눈이 어지럽게 헤쳐지고
어둠의 숲속길 덮은
깊은 눈도 사납게 흩어진 것을.

또한
깊고 큰 눈 덮인 들판
깊숙이 빠진 발톱 가진 발자국을 볼 것이다.
그 발자국에 고여 있는
핏빛 달빛을 볼 것이다.

마침내
당신은 볼 것이다.
가장 깊고 큰 눈 덮인 곳에
어지럽게 사납게 헤쳐진 한 여자를.
낭자한 꽃잎처럼 펼쳐져 흐트러진 한 여자를.

이제
당신은 볼 것이다.
가장 깊고 큰 눈 덮인
가장 춥고 깜깜한 꿈 덮쳐 헤쳐 죽이고
갈기갈기 찢어발기는 한 마리 겨울 야수를.

챔피언

그는
전신
스테인리스다

튀고
날고
휘고
닫는
스테인리스

블로
훅
어퍼
잽
스트레이트!

보라
스윙에
터지는 살
피 오
스테인리스에
피는
꽃

오
스테인리스에
꽃
피게

하는
불길

그 젊은 집념
그 젊은 기적의
그 젊은 생명의
아름다움

그에게는
패배가
없다
다운도
그에게는
회기(回起)의
기점

그는
전신
스테인리스다

전부 동화 같은

이제부터 얼마 동안은
전부 동화 같은 일들의 차지다.
고목 뿌리 잠긴 웅덩이가 눈을 뜨고
못물은 기슭에 밀려와서 눈을 부빈다
집마다 창문 열린 거리에서
내 손이 잡는 당신은
가장 맑은 소리 내는
그 선을 곱게 울린 바이올린.

이제부터 얼마 동안은
전부 동화 같은 일들의 차지다.
아직은 꽃이 없지만
그러나 네거리 분수 곁이랑 산골의 냇물가에선 꽃 앞질러 핀 꽃들 살
랑거리고 너울거린다.
오 살랑거리는 경이,
오 너울거리는 순이.
아직은 꽃이 없지만
집마다 창문 열린 거리에서
당신의 손 잡은 나를 취하게 하는
벌써 일곱 가지 색깔로 취하게 하는
오 당신의 냄새는 꽃냄새.

일 년에 한 번씩 돌아오는
이제부터 얼마 동안은
전부 동화 같은 일들의 차지다.
이제부터 얼마 동안은
날이면 날마다가 일요일 같은
전부 그러한 날들이다.

동화

더워서
발가벗기로 했지
급행버스를 탈 때도
사무실에 앉아 있을 때도
미스 이하고
다방엘 들를 때도
발가벗기로 했어
참 시원하고
살 것 같더군
미스 이는
천사같이 그렇게 웃어주더군
지하도를 지날 때도
육교를 건널 때도
원고를 들고 잡지사
편집실엘 갈 때도
발가벗기로 했다
참 시원하고
살 것 같더군
만나는 사람마다 모두 다 천사같이
싱글벙글 웃어주었어
아침 낮
저녁 밤 할 것 없이
발가벗기로 했지
참 시원하더군
살 것 같더군
그런데 사오 일 전이던가
둥글고 큰 달이 뜬 육교를
건너다가 난 진짜 천사하고 만났다

그래 나도 천사같이 싱글벙글 웃으면서
지나가려는데
그런데 뭔가 자꾸 내 알몸에
감겨드는 것이 있었어
손에 감겨들고
발에 감겨들고
가슴에도 감겨들더군
자세히 보니
그건 웬만해선 보이지 않는 천사의 눈길이었어
나는 간지럽더군
이윽고 천사의 눈길이 감겨든
손발 그리고 가슴에서는
내가 가난해서 가지 못한 피서지
높은 산 솔바람이 일고
시퍼런 파도가 춤을 추더군
그러는데 천사가 옷을 벗더군
아아 천사가 나처럼 발가벗었어
벗은 옷을 들고 내게로 다가서더군
웬만해선 안 보이는
그 깊은 눈으로 나를 시그시 지켜보더군
그러고는 발가벗은 내 몸에 옷을 걸쳐주었어
그랬더니 내 손과 발과 가슴에서는
솔바람 소리가 자고
파도는 춤을 그만 추었지
발가벗은 천사는 싱글벙글 웃으면서
육교의 계단을 내려가더군
그때였지
천사가 내려가서 사라진

어두운 육교의 계단을 올라오더니
머리 수그린 채
내 앞을 지나가는 것이 있었어
크고 둥근 달빛에 보니
그건
'가을'이었어

아침의 여자

아침의
여자는
빛이다.
비를 든 빛이다.
아침해가 다 쫓지 못한
어둠을 쫓아내는 빛.
아침해가 다 쓸어내지 못한
먼지를 쓸어내는 빛.

아침의
여자는
물이다.
학교에서 돌아온 양말을
회사에서 돌아온 와이셔츠를
혹은 월남에서 돌아온 손수건을
넉넉히 받아들이는
맑은 빛의 물이다.
구겨진 피로를 풀어 헹구고
때와 땀을 씻어내리는 그 물이다.

아침의
여자는
꽃이다.
여자는 안방에 핀다.
여자는 마루방에 핀다.
여자는 건넌방에도 핀다. 뜰에도 핀다.
꽃병에 자기(磁器)에 질항아리에 또 화단에
여자는 맑은 빛의 물 부어

거기 스스로 흐드러지게 피는 꽃.

노래다.
세상을 빛으로 가꾸시는
하느님의 손길이 노래이듯이
빛으로 집을 가꾸는 아침의 노래.
땅덩이를 물로 씻고 헹구시는
하느님의 손길이 노래이듯이
그 물로 하루를 시작하는 여자는 노래.
유월 온갖 곳에 스스로 흐드러진 꽃으로 피어나시는
하느님의 손길이 노래이듯이
집 가득히 스스로 흐드러지게 피어나는 꽃,
여자는 노래다.
아침의 노래다.

새끼 새 한 마리

나는 그때 일곱 살이었어.
고무신을 신고 아직은 쌀쌀한
길을 걷고 있었다.
나는 어제 보았던 것이야.
이제는 산비탈이나 밭이랑에
남았던 눈마저 다 녹아서 없어진 것을.
그래서 나는 결심을 했지.
토방 곁에 세워둔
썰매하고 썰매의 꼬챙이를 고방에 가져다 세워두자.
캄캄한 고방에 들어갔다가 나는 놀랐다.
쥐새끼가 발등을 밟고 달아나더니
이번엔 왈칵 흙냄새가 날 떠밀며 몰려왔던 것이야.
칵 목구멍이 메이는 줄 알았지.
나는 알았어. 다시는 풀린 앞강 물이
얼어붙지를 않는다는 것을.

그때 나는 일곱 살이었어.
아직은 쌀쌀한 길을
고무신을 신고 걷고 있었다.
털모자도 벗고 장갑도 끼지 않았는데
나는 기분이 괜찮았지.
손도 얼굴도 따뜻했으니까.
걸어갈수록 눈 녹은 흙탕이
바짓가랑이에 튀어서 어머니의 꾸중이 걱정되기는 했으나
그런 건 이내 잊고 말았다.
그런데 나는 어디로 자꾸 걸어가고 있었을까.
마을 바깥 낙엽송 숲 속
그 늪으로 가는 길이었을까.

그래 어쩌면 그곳엔 얼음판이 남아 있어서
한 번쯤은 더 썰매를 탈 수 있을 거라고
그럴 거라고 나는 생각하면서 걷고 있었을 거야.
하지만 나는 낙엽송 숲길에서 돌아서고 말았어.
난 또 한번 놀라고 말았던 거야.
저만치 보이는 늪가에는 사람이 있었다.
내 형하고 옆집의 순이였는데
둘은 서로 손을 잡고 있었어.
그런데 순이의 머리엔 꽃이 피어 있었던 것이야.

꽃이 벌써!
나는 놀랐지!
벌써 꽃이 피다니!
그것도 순이 머리에 피다니!
그런데 그건 순이가 머리에 맨 빨간 댕기였어.
하지만 아무튼 나는 그때 깜짝 놀랐어.

나는 그때 일곱 살이었어.
고무신을 신고 아직은 쌀쌀한 길을 걷고 있었다.
집으로 돌아가는 길이었어.
눈 녹은 흙탕이 자꾸 바짓가랑이에 튀어서
어머니의 꾸중이 걱정되기는 했으나
나는 키득키득 웃고 있었어.
내 목덜미를 자꾸 간질이는 것이 있었어.
손바닥으로 목덜미를 쓰니까 손바닥도 간지럽지 뭐야.
보니까 그건 하늘에서 내려오는 햇살이었어.
그건 하늘에서 자꾸자꾸 내려오고 있었어.
그래서 나는 와아! 와아! 소리쳐 웃으면서 달음질쳤지.

그랬더니 산도 나무도 밭이랑도
그리고 하늘에서 얼마든지 내려오는 햇살도
와아! 와아! 와아! 소리쳐 웃으면서 달음질쳤다.

그날부터 한 보름쯤 뒤였을까.
낙엽송 숲 속의 늪가에서
순이의 손 잡았던 형의 그 손이 보송보송 털 난 새끼 새 한 마리를 잡
아다주었어.
나는 그때 일곱 살이었어.

산

하늘이 있고
구름이 있고
구름 아래에 어쩌다가는 구름 위에
짙푸름을 이고 선 산이 있었어.

오늘
사람들은 간다.
집을 버리고 거리를 버리고
옷을 버리고 산으로 간다.

언제던가, 산에서
사람들은 알몸으로 노랫가락처럼
숲을 달리고 암벽을 뛰어넘으며
짐승을 잡았어.

그리하여
깊은 산골짜기에 솟아 넘치는 물은
꽃과 신선한 피냄새에 취해서
오직 햇살 부어내려 눈부신 그쪽으로만 흘렀지.

오늘
사람들은 온몸의 땀구멍 입처럼 벌리고서
오직 햇살 부어내리는 눈부신 그쪽으로만 흐르는
산물 찾아 산으로 간다.

허나 이제는
가도 가도 산은 보이지 않고
보이지 않는 그 산의 산물은

어쩌다가 구름 위 짙푸름에만 뜬다.

이 가을의 하늘

이 가을의
하늘을 보고 있으면
생각이 난다.

비올롱,
저만치 있는 성당, 종소리.
가슴 메어 울먹이던 베를렌 씨.

한밤을 내내 자지 않고 읽고
그리고 긴 편지를 쓰고,
나뭇잎 날리는 거리에 나와
불안스러이 헤매이던 릴케 씨.

책상 위에
낙엽이 하나 편지처럼 놓인
그 빈 서재로 들어서던
장만영씨.

이 가을의
하늘을 보고 있으면
생각이 난다.

사랑이라든가
인생이라든가 고향이라든가 하는
그런 언어들.

그리고 갑자기 또 생각이 난다.
돌아오지 못하고

저 먼 남쪽의 정글에서 죽은
우리의 비둘기들.

이 가을의
하늘을 보고 있으면
생각이 난다.

비둘기들과 릴케 씨와
베를렌 씨와 장만영씨와
사랑 인생 고향이라는 그런 언어들과
그리고 죽음이라는 언어가.

눈

나는 눈을 보고 있다.
톨스토이의 눈
구르몽의 눈
황진이의 그 긴
겨울밤의 눈.

나는 눈을 보고 있다.
헤밍웨이의 눈
헤세의 눈
서정주의 눈
김동환의 눈.

그리고 황진이의
그 긴 겨울밤의 눈.

눈 내리는 오늘밤도
나는 눈을 보고 있다.
황진이의 그 긴 겨울밤에 내리는 눈.
그런데 오늘밤 황진이의 눈은 여느 때 같지가 않다.
뜨거운 고장 먼 월남땅의 구멍 뚫린 잎사귀들
얼비치며 얼비치며 내리는 긴 밤의 눈.

장맛

가을이 오고 있습니다
그걸 어떻게 아시나요
어젯밤에 좀 성급한 귀뚜리 한 마리가 나타났는데
그놈이 울다 간 저 장독 그늘께 가시어
땅에 귀를 대보십시오
그러시면 뜨겁고 찬란하던
여름 바다가 지금은 왼통 땅속으로 스며들어와서
곱게 삭고 있는 걸 아실 겁니다

오 참 그렇군 정말로 그렇군요
그러고 보니 어젯밤 우리집 장독에선
난데없이 뭔가 이글거리고 터질 듯이 두근거리는 소리가 나더니
갑자기 뚝 그쳤습니다
분명 나기는 장독에서 나는 소린데
분명 그게 또 하늘 속 별에서 나는 그런 소리기도 했지요

오 참 그렇군 정말로 그렇겠군요
그러니까 그게 분명 왼통 땅속에 스며든 여름 바다가
어젯밤엔 선생 댁 장독에도 스며들어 일렁이다가
마침내 별하늘처럼 곱게 삭은
바로 그 탓이지 않겠습니까
자 그럼 이제 이리로 오르시지요
별것 없는 아침 식탁이긴 해도
오늘 아침 장맛은 별미일 것 같군요

그 여자에게
—밀레의 '보네트를 쓴 노르망디 여인'에게

내가
당신에게
끌리는 것은
물기 많은
당신의 큰 눈이
별 같아서이고
그러나 그보다는
삼십이 넘어서도
물기 많은
별 같은 당신의 눈
저 아래 보이지 않는 팔다리
그러나 분명
바람 세고
흐린 날 숱한
당신의 마을에서
가장 수액이 많은 백양나무처럼
그렇게 튼튼하고 반들거릴 게 틀림없는
당신의 팔다리
그것 때문이요

자
이제
그 보네트를
벗구려

석류

여름이
두고 간 살을
누가 보았던가
와 있는
가을의 피를
누가 보았던가

다만
시월 한낮
하늘 꼭대기
햇덩이
살 한점
피 한 방울
아무도 모르게
떨어지더니

저렇게
금빛 나는
석류알마다
살로 피로
터지는
극채색이다

아주 작디작은

볼
것이다

들에서가 아니다
산에서가 아니다
아지랑이 강기슭
거기서도 아니다
꽃집에서도
아니다

가장
가난한 사람의
가난해서 하늘처럼
큰 눈의 안쪽을
볼 수가
있다면

볼
것이다

봄날의
꽃
작디작은 아주 작디작은
꽃 한 송이
그러나 온 누리의
빛보다도 눈부신 빛 한점

그 빛 한점으로

핀
꽃 한 송이

볼
것이다

팔월

저걸 보세요
팔월의 병사들이
와아아아 와아아 와
소릴 지르면서
왓핫하 왓핫하 하
웃음소릴 지르면서
철모에 퍼담은 강을
온몸에 쏟아붓고 있습니다.

그렇습니다
팔월의 병사들은
젊은 사자들
아무리 땅이 타고
하늘이 타들어도
젊은 사자들은
시시하게 머릴 숙여
강물의 물을
마시질 않습니다.

저걸 보세요
팔월의 사자들은
아무리 목줄기가 타들어도
꼿꼿이 세우는 머리 위로
와아아아 와아아 와
소릴 지르면서
왓핫하 왓핫하 하
웃음소릴 지르면서
번쩍 들어올린 강을 쏟아

온몸으로 들이켜고 있습니다.

불

한 가지 일이 남아 있습니다
내게는 두 개의 손이 있고
두 개의 손에는 열 개의 손가락이 살아 있습니다
나는 살아 있는 열 개의 손가락을 펴서 하늘로 뻗칩니다
이것이 내가 할 일입니다
그러면 손은 높이높이 아주 높이
올라가서 구름을 잡고 별을 잡고
무지개를 잡고 햇살도 잡습니다
하늘의 모든 것 햇살의 뿌리마저 잡을 때
내 손은 불이 됩니다
이것이 내가 할 일입니다
나는 불을 폅니다
나는 봅니다
짙푸르게 타오르는 내 손바닥에는
스무 살 난 사월이
스스로 살을 열어 흘린
넋이 보다 고운 피가 고여 있습니다
이것이 내가 할 일입니다
하루의 어둠이나
이틀의 어둠 혹은
일 년이나 십 년의 어둠에도
아니 그 백 배의 어둠
천 배의 어둠에도 삭지 않는 피를 잡고
오래 꺼지지 않는 불을 보는 일입니다

열일곱 살 난 바람아

네게
아무도 알지 못하는
길을 주겠다.

아무도
간 적 없는 숲을
네게 주겠다.

네게 아무도
아무도 말하지 않은
강물을 주겠다.

아무도
보지 못한 바다도 별도
네게 주겠다.

네게
아무도 부르지 않은
이름을 주겠다.

열일곱 살 난 바람아.

네 맑은 몸의 전부를 열어
네 밝은 넋의 전부를 열어
방울방울 피가 들도록 열어

너는 그것들에게 뿌려라.

이 세상 처음의 꽃을 뿌리고
이 세상 처음의 빛을 뿌리고
이 세상 처음의 노래 뿌려라.

열일곱 살 난 바람아.

신정(新正)

오늘은
마른
가지 끝에
먼
바다 새파란
손가락이 와서
기웃거린다.

오늘은
얼어붙은
길 위에서
먼
바다
그 얼굴 짙푸른
눈과 꼭 한 번은
만난다.

오늘은
텅 빈
학교 마당에
먼
바다 검푸른
정강이들이 와글와글
모여들어
왼종일
뛰놀다 간다.

그림

몽당연필이라도 좋겠지요
그걸 깎아서 그림을 그립시다.
종이는 하얀 것이면 되겠습니다.
손바닥만한 크기의 혹은 그보다
더 작은 종이여도 무방합니다.

무엇을 그리냐구요?
당신의 얼굴입니다.
눈을 그리고
귀를 그리고
그리고 입도 그립니다.

맑은 것을 맑게 보는 맑은 눈이라야 합니다.
아름다운 소리를 아름답게 들을 수 있는 아름다운 귀라야 합니다.
바른 것을 바르게 말할 줄 아는 바른 입이라야 합니다.

물론 코도 그립니다.
당신이 그리는 코는 (내가 말하지 않아도)
떳떳하고 시원스레 솟겠지요.

둘의 손으로 우리 손으로

나
혼자서는 하지 않는다.
너하고 둘이서
둘의 손으로 우리 손으로
거리에 웅크린
저 거지 아이 머리를
쓰다듬어주겠다.

결코 나
혼자서는 하지 않는다.
너하고 둘이서
둘의 손으로 우리 손으로
들판에 누운
저 풀잎사귀 하나를
일으켜세우겠다.

절대로 나
혼자서는 하지 않는다.
너하고 둘이서
둘의 손으로 우리 손으로
새벽에 오는
저 햇덩이
눈부신 바다째 떠올리겠다.

일 년
삼백육십오 일
하루도 빠짐없이
자유와 평화 또 풍요의 바다 거느린

저 햇덩이
우리들 머리 위를
돌고 돌게 하겠다.

샘

내 키보다 높은
담장 위에 내 얼굴을 드러내어
보이지 않던 그리고 보지 못하던
세계를 본다는 것은 얼마나
신나는 노릇입니까.

저
담 넘어가며
저 담 위에서
담보다 더 높이 핀 넝쿨장미를 보십시오.
꽃송이를 보십시오.

꽃송이가
아니라
샘이지요.

몽실몽실 공중에 솟는 샘.
빨간 빛깔로 솟고 노랑 빛깔로 솟고
오 맘대로 맘대로 하얀 빛깔로도 솟습니다.
얼마나 얼마나
오 눈물겹도록 신나는 노릇입니까.

나물 이야기

나물을
좋아하는
이 나라의
여자들은
오월 이맘때
풋풋하고
싱싱해서
걸어도
노래처럼
걷습니다.

　"하기는
　　이 나라 오월의
　　나물 이름들을 부르면
　　노래가 될 듯도 하지요."

달래 두릅
냉이 질경이 소루쟁이
돌나물 돌미나리 기름나물 이팔나물
고들빼기 가지대기 씀바귀
고비 고사리 곰취
또
꽃다지.

오월
이맘때
노래 같은 나물을
배불리 먹고 잠자는

이 나라의 여자들은
자면서도
작은 들이나 언덕
그리고 시냇물처럼
풋풋하고
싱싱합니다.

여름 여자

여자는
브래지어도 없이
갑니다.

고속버스
시속 백 킬로의 창유리는 전부
이글거리는 녹색으로
뭉개집니다.

바다에
내리는 여자는
맨발입니다.

이윽고 파도의 한가운데서
가장 아름다운 물보라가 솟더니
쏟아지는 햇살을 안고
하늘로 납니다.

물결 쓸리는 모래톱에
떨어진 팬티 하나
활짝 핀 한 송이 꽃입니다.

황진이의 정강이

오늘은
시를 한 편 쓰기로 했습니다.
때는 삼월
게다가 토요일 오후
하늘은 개었습니다.

며칠 전에는 남쪽에 사는 친구가
낡은 절이 들어앉은 산골짝
녹아내리는 산물 소리 담은 새하얀
편지봉투 하나를 보내주었고

오늘 아침 신문은
벚꽃이 한 주일쯤은 일찍 피리라는
소식입니다.

그뿐인가요.
솜털 구름에 눈길을 보냈더니
그 언저리를
황진이의 정강이가
벌거벗은 노래처럼 스치는 것을
분명 본 듯한 그런 기분입니다.

오 참 그렇군요
오늘 오후엔
젊은 시인 한 사람이
장가를 든답니다.

젖소

하늘 가까이에
자리잡은 젖소의 집은
십만 평이나 된다.

젖소는 하루 종일
십만 평의 풀을 먹으면서
십만 평의 푸름을 먹으면서
씹고 다시 천천히 씹어 먹으면서
세상에서 제일 크고 맑고
편안한 눈을 굴린다.

밤이 되면
젖소는 십만 평의 집에서
십만 평의 풀밭을 덮고 잠잔다.
젖소는 꿈을 꾼다.
밤하늘은 수천억만 평의 풀밭이고
수억만 개의 별들은 수억만 마리의 젖소들이다.
수억만 마리의 젖소가 씹고 다시 천천히
푸름을 씹어 먹는 소리가
별밭처럼 자욱하다.
젖소는 십만 평의 잠을 자지만
그 꿈은 수천억만 평의 크기다.
꿈을 꾸면서 젖소의 젖은 자꾸 부풀어오른다.

젖소는
다음날 새벽
하늘 가까운
십만 평의 풀밭 가득히

자양분 지순한 젖을
향기롭게 생산한다.

햇살

오늘은
모두
꼭두새벽부터
귤이랑 떡이랑 술이랑 들고

서로의
문패를 찾아가고
서로의
문을 열어젖히고
서로의
안방
훈훈한 자리를 차지한다.

오늘은 모두가
서로 잘 보고
서로 잘 말을 하고
서로 잘 손을 잡고
웃어도 한꺼번에
서로가 모두 함께
웃기 위하여
둥글게
차지하는 소리.

웃음꽃 둥글게 고이는 웃음꽃
웃음꽃 둥글게 일렁이는 웃음꽃
웃음꽃 둥글게 피어오르는 웃음꽃.

오늘은

모두
둥글게 차지한
자리 한가운데
정성으로 쌓인
귤이랑 떡이랑 술에
질펀히 내려앉아
오래도록 일어설 줄 모르는
새아침
햇살.

새들에게

새봄에는
어린 새들에게
새파란
눈 주시고

새봄에는
철없는 새들에게
새파란
털 주시고

새봄에는
뛰노는 새들에게
새파란
부리 주시고

새봄에는
착한 새들에게
새파란
날개 주시고

새봄에는
겁 없는 새들에게
새파란
하늘 주시고

그리고
늙은 나에게는
새파란

말도 주시고

여름 예수

1. 상처인 당신

여름 들판엔
반드시 한두 잎
혹은 두세 잎 뜯기거나 찢긴
꽃잎들의 꽃들이 선 채로 무성하다.

당신은 상처다.
당신의 상처는 너무 크고
상처인 당신은 너무 크다.

나는 뭐라고 손짓도 하지 못한다. 말도 하지 못한다.

2. 죽음인 당신

여름 들판엔
반드시 한두 마디
혹은 네댓 마디 잘리거나 꺾인
빛살들의 빛들이 선 채로 가득하다.

당신은 죽음이다.
죽어서 비로소 끝나지 않는
꿈꾸는 꿈이다.

나는 이제 당신을 한마디로 부른다. 내 이름처럼 부른다.

나의 사월

흐린 날이었습니다
나는 보았습니다
사람들은 말했습니다
비가 올 것이라고
그러나 나는 보았습니다
사람들은 가지 말라고 했습니다
그러나 나는 가서 보았습니다
길은 내 생각처럼 굽어 있었고
그 끝에는 나루터가 있었습니다
나루터에는 목선이 있었습니다
목선은 강을 건너 섬에 닿았습니다
섬에는 키 큰 나무들이 서 있었는데
그 높은 가장자리엔 어두운 구름이 걸터앉아 있었습니다
사람들의 말은 거짓이 아니었습니다
그러나 나는 보았습니다
내 가장 소중한 것과 함께 오고 싶었던 그 자리에서 보았습니다
무밭 갈대숲 우거졌던 자리
땅콩 들이찼던 밭이랑
그 자리에서 나는 보았습니다
그것을 내 손가락이 파내었습니다
무 없는 무밭 이랑에서
갈대 그루터기 널린 황토에서
내 사월의 손가락이 파내었습니다
내 사월의 손가락이 아직은 죽어서
검은 땅콩밭 이랑에서 파내었습니다
그것은 날아오를 줄만 알고
날아오르며 노래할 줄만 아는 희한한 목숨
작은 한 마리의 종다리

그것을 나는 보았습니다
내 가장 소중한 것의 손을 잡고
내 가장 소중한 것과 오고 싶었던 자리에서
나는 기어이 보았습니다
사람들은 말했습니다
비가 올 것이라고 아직은 날씨가 차다고
을씨년스럽게 어두운 날씨라고
감기 들 것이라고 비가 오면
아직은 손발이 얼 것이라고
가지 말라고 했습니다
그러나 나는 보았습니다
흐린 날이었습니다
그러나 나는 가서 보았습니다

흐린 날
흐린 하늘
어두운 구름자락
거기서 노래하는 작은 불꽃 하나
보았습니다

물새

일요일마다
새벽 네시에 일어나
청량리역에서 기차를 타고

일요일마다
양평 쪽 신내마을
천소마을 강기슭

남한강
큰 기슭 모래밭에 가서
묻힌다.

일요일마다
새벽 네시에 일어나
청량리역에서 기차를 타고

일요일마다
무늬돌 무수히 현란한 물 속에서
우는 물새 만나러
모래밭에 가서 묻힌다.

도화리 기행

우리는
충청북도
제원군
청풍면
도화리엘 갔다.
도화리에는
남한강이 흐르고
강기슭에는 돌밭이 누워 있었다.
우리는 그곳에
천막을 치고
야영을 했다.

충청북도에는
통금이 없다.
제원군에는
통금이 없다.
청풍면에는
통금이 없다.
도화리에는
통금이 없다.
도화리에 흐르는
남한강에는 통금이 없다.
강기슭에는 누워 있는 돌밭에는
통금이 없다.

우리가 그곳에 친
두 개의 천막과 천막 사이에는
통금이 없다.

우리의 야영에는 통금이 없었다.
통금이 없는 도화리 밤하늘에
긴 장마 뒤의 둥근 달이 떠올랐다.
우리의 밤은 밤새껏 대낮처럼 훤하게 밝았다.
우리는 밤새껏 뜬눈으로 새웠다.

새벽
안개 낀 강물에서
세수를 하고 돌아온
벗의 손바닥에는
물 젖은 무늬돌 하나가 얹혀 있었다.
물 젖은 무늬돌의 물 젖은 무늬
그것은 지난밤 강물 소리처럼
푸른 빛깔의
한 마리
새였다.

다시 도화리 기행

도화리에서
오십 평생을 사는
이금복 선생은
자랑이 많다.

도화리에 부는
바람을 자랑하고
도화리에 뜨는
달을 자랑한다.
도화리에 흐르는
물을 자랑하고
도화리를 누비는
풀을 자랑한다.

도화리 사람도
도화리 사람 아닌 사람도
도화리라고 부르는
도화리 그 마을 이름을 자랑한다.

이금복 선생의
자랑 얘기를 들으며
문득 머리를 든 나는
강 건너 하늘가에 나는
새 한 마리를 보았다.

분명 그 새의
은빛 아니면 금빛 날개를 보았다.
다시 보았다.

그러나 다시 보았을 때
새는 보이지 않았다.

이금복 선생이 자랑하는
강 건너 학산 꼭대기에는
삼복의 새벽달이 하얗게 얼어서 떠 있었고
이금복 선생이 자랑하는
비봉산은 먼 제천 쪽 검은 산줄기에 묻혀서 보이지 않았다.

전봉건 시선

치맛자락

비 오면
당신 오시리라
그렇게 생각합니다

꽃 피면
당신 오시리라
그렇게 생각합니다

나비 오면
당신 오시리라
그렇게 생각합니다

아 그러다가

한 잎 꽃잎이 지면
전쟁이 아니라

오신 당신 펄럭이는 치맛자락
탓이라 그 탓이라 알겠습니다

설매화(雪梅花)

—샹송 비슷하게

눈보라 치는
깜깜한 밤이어도
하늘 꽁꽁 어는 밤이어도
나는 소곳이 오롯이 피는 꽃
설매화.

피난살이 가난해서
대문도 없는 집 문패도 없는 집
허물어진 담 아래 피는 꽃.
아무렇지도 않게
이상하지도 않게
소곳이 오롯이 피는 꽃
나는 설매화.

피난살이 가난해도
당신과 함께 사는 피난살이.
뜨겁게 뜨겁게 당신과 함께 사는 피난살이.

눈보라 치는
깜깜한 밤이어도
나는 피는 설매화.
아 하늘 꽁꽁 어는 밤이어도
소곳이 오롯이 피는 설매화.

이월

하늘과 땅에
신(神)의 하얀
잠결이
눈부시다.

더러
한 마리의 강아지가
뛰어들어 설치면
그때마다 신의 잠결은 잠시 뒤차기고
어딘지 먼 아지 못할 곳에서
흙내음 풀내음이
수물거린다.

허나 아직은
신의 하얀 잠결을 안고 하얗게 눈부신
공원의 벤치는
비어 있고,

등 시린
너와 나는
꼭꼭 닫힌 하얀 창 안에서 서로
작은 두 손의 체온을 불처럼 나누고 있다.

저 바람이

이제
무슨 일도
나는 못한다.

저 바람이
얼음덩이에서 새의 노래와 날개를 불러내고
저 길을 지나오면서 마른 나뭇가지가
파란 눈을 뜨게 하고 파란 기지개도 켜게 하고
바로 내 앞에서 꽃은 여자의 몸에서도
피어나게 할 때까지
그때까진

내가
무슨 일도
하지 못한다.

무늬

당신을
꽃이게 하는
치마저고리.

보듬어
당신을 꽃으로 피어나게 하는
치마저고리
무늬.

오 그 무늬.

오 내가 다
하지 못한 노래여
오 새도 다
하지 못한 노래여.

녹색의 두 가지 연애시

1

태어나던
그때의
몸 맨두리로서
네가 손을 흔들면
태양이 가까이 와서 인사를 한다.

모래는 보드러워
받아들일 줄만 아는 보금자리가 되고
달려온
바람은 네 손바닥에서 춤추다가
머리카락이랑 함께 춤춘다.

구름은 사탕.

강물에선
뱀장어가 기름지고
신은 오직 달디달기를 포도밭에 이르시고
너는 둥근 지구에서
둥글게 무르익는 달.

바다도
산도
녹색으로
타올라
하늘이 된다.

2

허나
이상한 일은 아니다.
내리는 눈이
따스한 것은.

흰 산과 들
흰 강기슭에
추운 나무는 얼어서
검다.

허나
사랑하는 사람아
너의 검은 눈동자 속에는
나풀거리는 초록빛 불타는 초록빛.

흰 거리의 흰 창문으로 보이는
흰 성당 꼭대기의 검은 십자가
아직도 아물지 않는 우리의 상처는
허공에 떠서 얼어서 검다.

허나
이상한 일은 아니다.
내리는 눈이
따시한 것은.

아

사랑하는 사람아
너의 검은 눈동자 속에는
나풀거리는 초록빛 불타는 초록빛.

이 밤에

이 희디흰 밤
이 검디검은 밤.

닫혀진 셔터 아래서 다리 아래서
가시덤불 안에서 추운 말구유 그 안에서

이 밤의 흰 어둠 사르고
이 밤의 검은 어둠 사르는
하늘 꼭대기도 떨려나는 땀 전 고함 소리
산욕(産褥)의 피로 물든 목숨 울부짖음
없네.

이 밤 흰 종소리는
희게 울리는 어둠일 뿐이네.

다만 그뿐이네.

잠들고

　돌이 잠들고 냇물이 잠들고 숲이 잠들고 하느님은 밤새 종을 울리고 들이 잠들고 산이 잠들고 숲이 잠들고 숲의 가지들이 잠들고 하느님은 밤새 종을 울리고

　늪이 잠들고 오솔길이 잠들고 숲속 가지 위의 눈이 잠들고 하느님은 밤새 종을 울리고 잠든 너의 하얀 언저리 잠든 나의 하얀 언저리에 몇 마리 양들이 걸어오고 늘 맑고 부드러운 눈망울의 세 사람이 걸어오고

　하느님은 밤새 종을 울리고 잠든 하늘과 땅 먼 동쪽에 네가 보지 못한 빛이 어리고 나도 보지 못한 빛이 어리고 하느님은 밤새 종을 울리고

봄

　돌이는 골목 안에 없습니다 갔습니다 달려서 산마루에서 돌이는 새하고 같이 있을 거예요 틀림없이 창 안에는 누가 있느냐구요? 아니지요 순이도 갔어요 벌써 물이 있는 곳으로요 순이는 호숫가에서 꽃하고 같이 있을 거예요 틀림없어요 할아버지도 방 안에 안 계십니다 나가셨어요 곰방대 들고 지팡이 짚고 할아버지는 저기 담 밑으로 가셔서 거기 소물소물 샘솟는 햇볕하고 같이 계셔요 하느님? 하느님 말씀이세요? 하느님도 마찬가지시죠 그럼요 지금 하느님은 의자에 앉아 계시지 않습니다 나가셨어요 하늘보다 조금 아래께 아 저기 저 구름을 보세요 하느님은 저 구름에 누워 낮잠을 자고 계셔요 그리고 나요? 네 나도 나가구말구요 나가서 저기 저 구름에 누워 주무시는 하느님의 수염이나 만져볼 것이에요 그걸 만져서 뭣 하느냐구요? 글쎄요 난 해마다 이맘때면 저기 저렇게 구름에 누워 잠시 눈 붙이시는 하느님의 수염을 만지는 것이 무척이나 즐겁고 흐뭇한 일인걸요 주무시면서 파아라니 파아라니 물들어 윤이 나는 하느님의 수염 그걸 하느님 몰래 만지면 내 두 손도 파아라니 파아라니 물들어 윤이 나지 뭐예요? 핫하하 나에겐 그처럼 흐뭇한 일이 또 없는걸요

달 이야기
―어린 기정(基汀)

밤하늘에 뜬
둥근 달을 첨 본 아이가
손가락질하면서
저게 뭐냐고 물었다.

달이라고 가르치니까
그뒤로 아이는
천장에 매어달린 전등도
달이라 했다.

방바닥에 떨어진
작은 은빛 동전도
아이는
달이라 했다.

하루는
밤거리에 데리고 나갔더니
아이는 달! 달! 달! 하면서
눈이 휘둥그레졌다.

휘둥그레진
아이의 눈엔
수없이 많은 밤거리의 전등이
주렁주렁 매어달려 있었다.

아이는
에그 프라이의 노른자위도
달이라 했다.

아이는 달을 먹고 자랐다.

소묘

아침,
나팔꽃 꽃잎이
담장 위에서
지붕 위에서
조금 더 위로
솟는다.

낮,
소나기 지나간
논과 밭이
언덕 위의 미루나무가
활활 녹색으로
불타오른다.

저녁,
샘터에 스미는
찬 어스름.
물동이 인 색시의
희멀건 정강이가 샛길에
올라선다.

밤,
접동새 울음소리에
한결 밝아지는 달빛.
이윽고 달빛에 안긴 마을이
하나둘 등을 켜 달면서 자꾸
별하늘로 떠오른다.

트럼펫 천사

바다에서
얼굴 드는
태양의 머리 위에서
첫 가락 뽑은
트럼펫 천사의
트럼펫은

이윽고
이슬 덮인 숲속에 내려와서
수없이 많은 녹색을
눈뜨게 하고

다음엔
네거리에 나와서
솟는 분수 물보라를 노래하는 물보라로 만들고
날개 치는 비둘기들 노래하는 날개 침으로 만들어서
하늘 가득히 뿌린다.

그리고
정오쯤엔
반드시 공원으로
찾아오는 트럼펫 천사.

그런데
웬일일까.
벌써 공원은
정오의 연인들로 만원인데
아직껏 트럼펫 천사는 보이지 않는다.

어쩌면 지금쯤
보루네오의 어두운 오솔길에서
혹은 콩고의 검은 다리 아래서
녹슨 총알들 어루만지면서
가슴 메어 있는지도 모를 일이지.
거기서 슬픈 진혼곡
슬프게 슬프게 불고 있는지도
모를 일이지.

아 이제 막
나타났다.
트럼펫 천사,
만원을 이룬 정오의 연인들
이리 누비고 저리 누비면서

큰 목소리로
낮은 목소리로
혹은 아주 안 들리는 그런 목소리로
원하는 사람이면 누구에게나
잘 알아서
은빛 금빛 트럼펫

옥빛 남빛 트럼펫 분홍 트럼펫
골고루 하나씩 나누어주며
눈부시게 웃으면서 이제 막 나타났다
트럼펫 천사.

우리는 갔다

겨울이 오는데
우리는 갔다. 나는 이등병
군번은 0 1 5 7 5 8 4 중동부전선.
배화여고의 수학교사이던 강이등병이랑 함께
우리는 갔다.

우리는
밤에도 갔다.
길 양쪽 가장자리에 줄지어 늘어서서
건빵을 씹으면서 갔다.
우리가 가는 밤의 어둠 속에는
밤의 어둠보다 더 짙은 나무와 다리가 있었고
그리고 지붕과 담벽도 있었다.

눈이 내리는데
우리는 갔다.
바람 사나운 산마루를 넘어가면서 우리는 보았다.
하얀 전우의 시체. 그의 꽁꽁 얼어붙은 손에는
조그만 사진 한 장이 쥐어져 있었다.
사진 속에서 ㄱ는 젊은 여자와 함께 웃고 있었다.
그리고 그의 손에는 바이올린이 들려 있었다.
화가 박고우의 친구이던 강이등병이랑 함께
우리는 바람 사나운 산마루에 울리는
바이올린의 가락을 들으면서 갔다.

0 1 5 7 5 8 4
내 군번처럼 연달은 산 산 또 산에
눈은 퍼붓고 마침내 왼통 눈에 뒤덮인 중동부전선

그 깊은 골짜기에 나는 내 시 「사월」을 묻고
(지금은 동아방송국 음악과에서 일하는)
강이등병이랑 함께 갔다.
전사자의 시신을 태우는 연기가
낮게 드리운 겨울 구름과 엉기는 잿빛 하늘 아래를
더러는 히죽거리면서
그러면서 갔다.

봄은 멀고
그리고 우리는 갔다.
잠시 콧등에 걸리는 중동부전선의 새벽달
이윽고 뿌연 산자락을 들치며 잽싸게 날아드는 제트기.
반드시 동틀 때에 기총(機銃)과 네이팜탄을 맞고 곤두서는
맞은편 산봉우리.
우리는 새벽마다 착검(着劍)을 하고
타오르는 불길 속을
달려서 갔다.

신록(新綠)

펌프 물이
쏟아져서 튀는
소리.

달려왔다 달려가는
어린것의 조그만 손이
꼭 감싸쥔 무슨 파란 것이
눈부신 고함 소릴 지른다.

펌프 물과
함께 햇살도
가득하니 채워진
유리 어항의 금붕어는
빨간 꽃잎이다.

능금
―상송 비슷하게

나는 능금
능금나무
예쁜 가지에 달린
작은 능금.
아직은
덜 자라 어리고
철이 없지만
시지만은 않아요.
당신이 깨물면
살짝 달기도 하죠.
하지만
하지만
가을이 오기까진
빨갛게 빨갛게 무르익는
가을이 오기까진
기다려주셔요.
그때까진
날 기다리는
햇살이 되어주셔요.
햇살
햇살
햇살
뜨겁게 따뜻하게 뜨겁게
날 기다리는
햇살이 되어주셔요.
나는 능금
능금나무
예쁜 가지에 달린

작은 능금.

사랑

사랑한다는 것은

열매가 맺지 않는 과목은 뿌리째 뽑고
그 뿌리를 썩힌 흙 속의 해충은 모조리 잡고
그리고 새 묘목을 심기 위해서
깊이 파헤쳐 내 두 손의 땀을 섞은 흙
그 흙을 깨끗하게 실하게 하는 일이다.

그리고
아무리 모진 비바람이 삼킨 어둠이어도
바위 속보다도 어두운 밤이어도
그 어둠 그 밤을 새워서 지키는 일이다.
훤한 새벽햇살이 퍼질 때까지
그 햇살을 뚫고 마침내 새 과목이
샘물 같은 그런 빛 뿌리면서 솟을 때까지
지키는 일이다. 지켜보는 일이다.

사랑한다는 것은.

풍경

보이지 않는
조그만
성당에서 굴러온
조그만 종소리 하나가
넓은 설원 한가운데서
동그랗게 머물더니 일점(一點)의 피가 된다.
이윽고 한 마리의 큰 까마귀가 와서
그 일점의 피를 물고 새까만 날개를 편다.

새하얀 달이 뜬다. 마리아 같은······

서정(抒情)

비가 내리고 있었다.
나무에 걸린 바람이 비에 젖어
갈기갈기 찢기고 있었다.

내 팔에 매달린 너.
비는 밤이 오는
그 골목에도 내리고

비에 젖어 부푸는 어둠 속에서
네 젖은 두 손이 내 젖은 얼굴을 감싸고
그리고 물었다.

말 한마디를

가장 낮은 목소리로
가장 뜨거운 목소리로.

비에 젖은 어둠은 자꾸 불어나고 있었다.

당신

당신은
활이요
화살입니다.
단호하게
또한 어김없이
어둠을 꿰뚫어버리십니다.

그리고
그 자리는
당신의 눈처럼
밝음 샘솟는 아침으로
그것으로 아물게 하십니다.

당신은
뇌성(雷聲)이요
번개입니다.
먹구름도 떨려나는 노여움으로
바위도 가르는 오 눈부신 노여움으로
어둠을 부수어버리십니다.

그리고
그 자리는
당신의 눈처럼
다시 맑음 가득 찬 아침으로
그것으로 아물게 하십니다.

당신은
피요

불입니다.
어두울수록 더욱 뜨겁게 끓는 피로
어두울수록 더욱 거세게 타는 큰 불길로
어둠을 살라버리십니다.

그리고
그 자리는
당신의 눈처럼
오 또다시 빛살 으리으리하게 넘치는 아침으로
그것으로 아물게 하십니다.

모래알에도

빛이다.

돌멩이에
빛이다.

나무에
빛이다.

나뭇가지에
빛이다.

나뭇가지를
흔드는 바람에도
빛이다.

바람이 지나가는
다리에도 빛이다.

다리에서 이어지는
큰길에 빛이다.

큰길을 따라서
좌우로 펼쳐지는
들에
빛이다.

들 끝의
산에

빛이다.

산의 바위에도
빛이다.

바위 가까운
구름에도
빛이다.

구름이 빛으로
흐르는 하늘에도
빛이다.

하늘과
맞닿은

바다에
빛이다.

바다 물결에
빛이다.

그 물결에 쏠리는
모래톱에 빛이다.

보아라,

모래톱 모래알에도

빛이다.

달게 빛나면서
—상송 비슷하게

우리는
가난하지만

머루넝쿨엔
머루알이

포도넝쿨엔
포도알이

사과나무엔
사과

감나무엔
감

그리고 밤하늘엔
별이

달게
빛나면서

둥글게
익어서

오
터질 듯도 하네요

당신의 가슴에선

머루 포도 사과 감 별 한꺼번에
머루 포도 사과 감 별 한꺼번에

달게 빛나면서 둥글게 익어서
오 터질 듯도 하네요

우리는
가난하지만

당신과 내 마음
오 가지가지 색동무늬 아롱지네요

잠시

아직은
꽃이
없어도

잠시
물 뜨러 가면서
비운 당신의 자리에
잠시 번지는
살내음.

나를
잠시 꿈꾸게 하는
꿈꾸는 나에게 잠시
보이지 않는 라일락을 엿보게 하는
살내음.

아직은
꽃이
없어도.

이월의 노래

아직은 가끔
빗발을 비집고
길 잃은 눈이
헤매어
다닙니다.

그렇게
헤매이다 간
자리엔
움이 돋고
아지랑이는
연한 손가락을 폅니다.

하지만
아직은
활짝 깨어나지 않은 창들입니다.
피아노도 트럼펫도
깨어나지 않았습니다.

그렇습니다.
아직은 나뭇가지에 와서
줄지어 앉은 노래가 없습니다.
아직은 아지랑이에 듬뿍 젖어서
맑은 풀을 뜯어먹는
송아지가 없습니다.

삼월의 노래

이 달에는
종로에서도
동경의 거리에서도
파리의 뒷골목에서도
영국의 어느 시골길에서도
여자들은 모두 똑같은 몸짓으로
여자들은 모두 똑같은 손짓으로
펄럭이며 휘말리는 치맛자락을 잡는다.

그리고
남자들은 모두 빙그레
남자들은 모두 빙그레 웃으면서
하늘에서 내려앉은 따뜻하고
부드러운 것을 만진다.
수염 깎은 턱에 내려앉은
그것을 만지면서 만지는 그 손가락을
연한 금빛으로 물들인다.

하얀 길

눈 내린
길을 가면
자꾸 하얀 발자국이
찍힌다.

눈 내린
길을 가면
자꾸 마음도
하얀빛이 된다.

눈 내린
길을 가면
자꾸 하얀 길이
하늘께로 하늘께로만
이어진다.

종이새

어느
바람의
가장 여리고
맑은 부분에
샛말간 빛이 심은
손가락.

그
손가락으로
네가 접는
큰 새 작은 새
종이새들은 날은다.

꽃보래
꽃보래로
날은다.

꽃은

꽃이
아니다.
천상의 칼이
가장 밝고 맑은 바람의
고운 자락에서
찍어낸
살점이다.

그
살점이
뿜은
핏방울이다.

마른 나뭇잎

오늘은
아무 소리도 듣지를 못합니다.
마른 나뭇잎이 내리고 있습니다.
오늘은 신의
쉰 목소리 그것만을 듣는 그날입니다.

오늘은
아무 데도 가지를 못합니다.
어디고 마른 나뭇잎이 깔려 있습니다.
오늘은 신의 마른 발자국만이
우리들 지붕을 거닐다가
우리들 길에도 내려와서
서성거리는 그날입니다.

오늘은
아무것도 보지를 못합니다.
눈앞을 가리면서 마른 나뭇잎이 내립니다.
오늘은 신의 수없이 금간 얼굴
그것만을 보는 그날입니다.

오늘은
아무 일도 하지를 못합니다.
마른 나뭇잎은 내려서
맨손에 쌓입니다.
오늘은 신의 눈 가장 깊은 곳에서
떨어지는 마른 눈물
그것을 우리가 맨손에 받아드는
그날입니다.

하느님이

일찍 저무는
추운 날에 눈이 내리더니
또 하느님이 밤새 종을 울리는
때가 되었네.

묵은 슬픔
묵은 아픔
보내야 하느니라
보내야 하느니라.

그렇구말구
우리는 보내야 하구말구.
보내고 그리고
우리는 가야 하니까.

새로운 슬픔이
있는 그곳으로
새로운 아픔도
있는 그곳으로

그렇구말구
우리들 새로운 날은
오직 그곳에서만
밝는 것.

묵은 슬픔
묵은 아픔
보내야 하느니라

보내야 하느니라.

일찍 저무는
추운 날에 눈이 내리더니
또 하느님이 밤새 종을 울리는
때가 되었네.

과수원과 꿈과 바다 이야기

이
창가에서
들어요
둘이서만 만난 오붓한 자리
빵에는 잼을 바르지요
오 아니에요
우리가 둘이서 빵에 바르는
이 잼은 잼이 아니라 과수원이에요
우리는 과수원 하나씩을
빵에 얹어서 먹어요.

이
불빛 아래서
들어요
둘이서만 만난 고요한 자리
잔에는 포도주를 따르지요
오 아니에요
우리가 둘이서 잔에 따르는
이 포도주는 포도주가 아니라 꿈의 즙
우리는 진한 꿈의 즙을 가득히
잔에 따라 마셔요.

나는
당신 앞에 당신은
내 앞에
둘이서만 만난 둘만의 자리
사실은 아무것도 먹지 않아도
오 배가 불러요

보세요 우리가 정결한 저를 들어
생선의 꼬리만 건드려도
당신과 내 안에 들어와서 출렁이는
이렇게 커다란 바다 하나를.

빗방울

푸른
빗방울을
아십니까.
어머니의 눈에서
내리는 것을 이십니까.
하늘을 아십니까.
눈을 아십니까.
하늘인 어머니의
눈을 아십니까.

아무리
어둡고
가난한 땅에서도
자라는
물먹은
꽃가지를 아십니까.
팔도 다리도
손가락도 곱게 물먹은
꽃가지를 아십니까.

아무리
어둡고
가난한 날에도
하늘인 어머니의
눈에서 내리는
빗방울은 푸른
빗방울인 것을 아십니까.

소년

소년은
이른 여름
하얀 바닷가에서
조그만 나무배를
만난다.

조그만
나무배에 오른
소년은
갑자기
네 명의
소년이 된다.

블루 옐로
그린 핑크의
티셔츠들.

벌써
산보다 하늘보다
큰 바다에 뜬
조그만 나무배.
조그만 나무배의
이상한 소년들은
이상한 그물로
이상한 고기를
잡아올린다.
금의 지느러미를 가진
잠수함 같은 놈을.

은빛 눈을 가진
헬리콥터 같은 놈을.

산보다 하늘보다
큰 바다에서 소년들은
꿈꾸는 블루
소리치는 옐로
노래하는 그린
춤추는 핑크.

소년은
내일도
이른 여름
하얀 바닷가에서
조그만 나무배를
만난다.

꽃배

저문 날
바다엔
꽃잎 날리네
분홍 꽃잎 날리네

저문 날
바다엔
작은 배 하나
분홍 배 하나

분홍 꽃잎
노를 저어
가는 배 하나
작은 배 하나

꽃잎 날리네
꽃잎 날리네

저문 날
바다엔
꽃잎 날리네
분홍 꽃잎 날리네

살과 피

우리의 손이
좀더 값진 것을 짜내기 위해서
우리의 손이
좀더 싱싱하기 위해서

우리의 발이
좀더 많은 이슬로 젖기 위해서
그래서 해 뜰 때 우리의 발이
좀더 잽싸기 위해서

우리의 어깨가
좀더 많은 빛을 지기 위해서
우리의 어깨가
가시나무처럼 늠름하기 위해서

어제보다도 오늘
우리의 살은 젖보다 순하고
오늘보다도 내일
우리의 피는 물보다도 진해야 한다

우리의 눈이
좀더 아름다운 것을 보기 위해서
우리의 눈이 낮에도 밤에도
좀더 밝고 맑기 위해서

우리의 가슴이 좀더
무거운 과일들을 안아들기 위해서
아 우리의 가슴이

바다의 넓이와 부피를 갖기 위해서

우리의 입이 좀더
숲처럼 깊은 사랑을 말하기 위해서
우리의 입이
풀잎처럼 싱싱하기 위해서

산장(山莊)
─편운제(片雲齊)

저만치
저수지의
물들은
맨살에
햇살을 받고 있었다.

과일나무 밭에서는
소년이 삽질을 하면서
과일나무 부리에
햇살을 묻어주고 있었다.

뜰의
햇살을
헤치고
나타난
삽살개는
새끼를 배고 있었다.

나비 한 마리

나는 알고 있다.
저 바람 속에서
떨리는 꽃,
떨리는 꽃잎 위에서
왜 나비 한 마리
왼몸 떨리고 있는가를.

어찌하여
타는 불꽃 그 위에서
불꽃 하나가 또 타고 있는가를.

갈매기

하얀
팬티만
입은
새까만 돌이가
파도를
타고
달려갑니다.

달려가는
새까만 돌이가
파랗게
짙푸르게
뭉개지더니
보이지 않습니다.

갈매기 한 마리.

파랗게
짙푸르게 뭉개져
바다가 된
돌이가 벗어던진
하얀
팬티입니다.

달 뜨기 전

숲으로
돌아가서
고개 숙인
가지를
만져보는
바람 손등에
물기
가시었다.

벌겋게
탄
등허리
서산에 기대고
편안히 드러누운
하늘 살갗도
물기
가시었다.

석일 스님
보내준
금산사 차를 달여
마룻바닥에
말없이 앉은
당신의 무릎
물기 가시어
향기롭다.

구월

이제부터는
당신의
눈이
하늘을
닮아갑니다.

무변한
가장자리를
잘 익은
사과나무로
울타리 친
하늘이
당신의
눈을
닮아갑니다

이제부터는.

작은 지붕 위에

작은 지붕 위에 내리는 것은 눈이고
작은 창틀 속에 내리는 것은 눈이고
작은 장독대에 내리는 것도 눈이고
눈 눈 눈 하얀 눈
눈은 작은 나뭇가지에도 내리고
눈은 작은 오솔길에도 내리고
눈은 작은 징검다리에도 내리고
새해 새날의 눈은
하늘 가득히 내리고
세상 가득히 내리고
나는 뭔가 할말이 있을 것만 같고
어디론가 가야 할 곳이 있을 것만 같고
한 사람 만날 사람이 있을 것만 같고
장갑을 벗고 꼭꼭 마주 잡아야 하는
그 손이 있을 것만 같고

작은 노래

눈
한 송이

하늘에서
맨 먼저

내린
눈
한 송이는

그대
손으로
가라

하늘에서
맨 먼저

내린
눈
한 송이 같은

그대
손에
앉으라

눈
한 송이

불

동에서는 빈 언덕에
눈발을 내리시고
북에서는 빈 산허리에
눈발을 날리시고
서에서는 빈 들판에
눈발을 쏟으시고
남에서는 빈 숲속에
눈발을 부으시고
하루 종일 그렇게 하시다가
해 질 무렵에는 골고루 충분하게
잘 되었는지
둘러보시느라 잠시 자리 뜨신
하느님 자리에 내가 올라앉아
새끼손가락 물어 피 한 방울을 떨구면
천지간에 분분한
하느님 눈송이에 섞여
그것도 작은 한 개의 눈송이 되었다가

이삼월
이른 새벽 동서남북으로 구르는
풋풋한 꽃수레의 꽃송이로 피어서
우리 빈 잠을 사르는
불로 탈 테지.

첫 달의 보름달

새해 첫 달
인간세상 차가운
밤하늘에

훤하게 커다란
징 하나 매어달아
번쩍이는 그 가슴팍
신나게 때려 울리면

인간세상 어두운
밤 땅덩이 삼키는 바다
불붙는 진솔가지
물결치며 춤추는
오 불 불 불의 춤의 바다여

산계리(山溪里)

높고
깊은
산에 둘리운
산계리에는 아침해가
느지막이 뜬다.

그러나
산계리에는
느지막이 뜨는 아침해보다
먼저 일어나서 산계리를 밝히는
빛이 있다.

해 뜨기 전 어둠 속에서
길을 쓸고 운동장을 가꾸고
닭장도 살피는
강원도 명주군 옥계면 산계리
산계국민학교의 선생님들.

계곡을 흐르는
단풍 아롱진
맑고 고운 산물은
선생님들 눈 속에도
흐르고 있다.

높고
깊은
산에 둘리운
산계리에는 아침해보다

먼저 일어나는 빛이 있다.

물빛 햇빛
—동시

강에
나가서
무엇을 잡나요
물고기를 잡지요.

물고기만 잡나요
물빛도 잡아요.
물고기는 잡아다가
어항에 넣고
물빛은 잡아다가
스케치북에 넣어요.

들에
나가서
무엇을 잡나요
여치를 잡지요.

여치만 잡나요
햇살도 잡지요.
여치는 잡아다가
여치집에 넣고
햇살은 잡아다가
일기장에 넣어요.

푸른 이야기

오늘부터
당신의 마음에는
푸른 하늘이 있고
들이 있습니다.
강도 있습니다.
오늘부터
푸른 당신은
무엇이든지
다
가집니다.
보십시오, 오늘부터 당신의
푸른 마음 하늘에는 종달이
푸른 마음 들에는 꽃
푸른 마음 강에는
물새가 있습니다.

가을

다
거두어 가십니다.

들에서는
들새

강에서는
물새

하느님은
거두어 가십니다.

툇마루에서는
햇살

하늘에서는
구름

다
거두어 가십니다.

아마도 며칠 뒤
하나님은

다 거두시어 우리에게서 더욱 멀리
더욱 높이 두신 하늘에서

불씨

내리시어

계룡산이나 내장산
혹은 설악산 골짜기부터

불을 놓으십니다.
홍옥처럼 타는 불을 놓으십니다.

그리하여
끝내

홍옥의 계룡산 홍옥의 내장산
홍옥의 설악산도 거두어 가십니다.

입맞춤

우주의
한 뼘이
숨막히는
어둠으로
메워진다.

모든 꽃이 숨막히는 어둠
모든 새가 숨막히는 어둠
모든 바람과 모든 물보라도
숨막히는 어둠으로 메워진다.

두 개의 입술이
하나로 포개졌다.

해바라기

커다란
눈이다
커다란
유방이다
커다란 태반이다

저 우글거리는
저 번질거리는
무수한 씨를 보라!

하늘이 떨군 금(金)의 정액에서 태어난 여자

과일주

때가
되었습니다.
오늘은
큰 치마를 입고
나가시지요.

아침엔
감나무밭에서
큰 치마 넘치게
감 따서 담고
돌아오시지요.

낮엔
밤나무숲에서
큰 치마 넘치게
밤 따서 담고
돌아오시지요.

저녁엔
사과나무밭에서
큰 치마 넘치게
사과 따서 담고
돌아오시지요.

나는
큰 햇덩이
서산에 질 때까지
바람 부는 들판에서 일하다가

돌아옵니다.

마른 풀숲에서
지는 해가 떨구고 간
햇살 하나를 주워들고
돌아옵니다.

그
햇살 불 밝힌
깊은 밤 차곡차곡 가득히
당신은 큰 치마 입은 채로
과일주를 담그시지요.

코스모스

동으로 가면
빈 물입니다.
그 길에 하얀
코스모스 피었습니다.

서로 가면
빈 산입니다.
그 길에 하얀
코스모스 피었습니다.

남으로 가면
빈 숲입니다.
그 길에 하얀
코스모스 피었습니다.

북으로 가면
빈 성당입니다.
그 길에 하얀
코스모스 피었습니다.

오늘밤
별들이 모두
줄지어
가는 길.

당신에게로 가는
그 길엔
핏빛 코스모스

피어납니다.

봄날 하루

아침에
네 눈은
햇살 퉁기며 흐르는
샘물에 젖고 있었다.

낮에
네 눈은
바람이 푸르름을 헹구는
풀밭에 누워 있었다.

저녁때
네 눈은
부드러운 털에 털이 섞이는 비둘기집
하얀 지붕 위에 앉아 있었다.

그리고 밤엔
왼몸
이상한 도깨비불에 덮여서
넘실거리는 바다 등허리,

네 눈은
거기서 춤추고 있었다.

봄 이제(二題)

보리밭

희멀건 것이 스친다
미끈하기도 하고
두루뭉실하기도 하다
검은 점, 두 개가 떠오르더니
햇방울로 흔들리다가 스러진다
바람이 움직인다
바람 아닌 것이 움직인다
바람 아닌 것이 움직이는 자리가
파란 불길이다.

안개

말하지 않는다
낮은 목소리로 속삭이지도 않는다
다만 적실 뿐이다
쇠줄에 매인 작은 배를 적실 뿐이다
작은 배에 실린 검은 어둠을 적실 뿐이다
부드럽게 촉촉이 적실 뿐이다
작은 배에 실린 검은 어둠에
한두 점 핏방울 같은 것이 돈는다
그것만은 적시어지지 않는다
바다도 하늘도 목메인 잿빛이다

빛에 대하여

1

다시
핀
꽃 한 송이
가운데 두고
여자가 남자를 보고 있다
남자가 여자를 보고 있다

아니다
보고 있는 것이 아니다
남자를 보고 있는 여자의 눈은 남자를 먹고 있는 것이다
여자를 보고 있는 남자의 눈은 여자를 먹고 있는 것이다

다시
핀
꽃 한 송이
가운데 두고
여자의 잇몸은 왼통 꽃물 천지다
남자의 잇몸은 왼통 꽃물 천지다

2

빛의 소리 안에서
왼손으로 빛의 소리 다 내면서
오른손으로 빛의 소리 다 내면서
다섯 손가락으로 빛의 소리 다 내면서
열 손가락으로 빛의 소리 다 내면서

한 겹 한 겹 옷을 벗으면서
수로 부인 사라진 자리에서
오월의 숲이 빛의 소리 다 내면서
오월의 샘이 빛의 소리 다 내면서
빛의 소리 안에서

포롱 포롱 포롱

새해
첫날 아침
세수를 한다.
문득 참새떼 지저귀는 소리에
물 묻은 얼굴을 든다.
뜰 귀퉁이
마른 나뭇가지에 내려앉은 맑은 햇살
마른 나뭇가지에 내려앉은 참새떼가
포롱 포롱 포롱
맑은 햇살 뜯어발겨 쪼아먹는다.
물 묻은 얼굴을 닦고
방으로 돌아와
거울 앞에 앉는다.
내 얼굴은 떠오르지 않고
거울 속에도 내려앉은 맑은 햇살
내 얼굴은 떠오르지 않고
거울 속에도 내려앉은 참새떼가
포롱 포롱 포롱
맑은 햇살 뜯어발겨 쪼아먹는다.

포롱
포롱 포롱
포롱 포롱 포롱.

아침 진달래

오늘
아침
하느님은
고운 빛의 소용돌이를 내리신다
그래서 강원도 깊은 골짜기는
왼통 연분홍빛으로 뒤설레이고
충청도 굽이굽이 강줄기는
왼통 연분홍빛으로 달떠오른다.
남해와 서해와 동해
이 나라의 모든 바다는
왼통 연분홍빛
물보라를
날린다.

나는
하느님이 내리시는
고운 빛의 소용돌이
작은 한 가닥을 꺾어서
너에게 선사한다.

한 송이 아침 진달래.

노을

높이
솟은 것은
잿빛 지붕입니다.

잿빛 지붕보다
좀더 높은 것은
노을입니다.

두 마리의
비둘기가
잿빛 지붕과 노을 오르내리며
노을과 잿빛 지붕
오르내리며

엎치락
뒤치락
부딪고 뒹굴면서
네 개의 날개를
섞고 있습니다.

섞고 섞고
섞는 날개는
부신 부채질
노을은 크게 불붙고
잿빛 지붕도 타오릅니다.

이윽고
잿빛 지붕도

타오르는 노을 속에서
섞고 섞고 섞는 날개
부신 부채질도 불길에 휩싸입니다.

그리하여
두 마리의 비둘기는
없습니다.

세상은
가장 고운 핏빛
노을입니다.

하늘가의

숙이가 잡는
경이의 손에선 새 한 마리가
날은다. 경이가 잡는
옥이의 손에선 새 두 마리가
날은다. 옥이가 잡는 숙이의 손에선
새 세 마리가 날은다. 모두
여섯 마리의 새는
사방으로 날아갔다가 꽃가지
하나씩을 물고 돌아온다.
두 마리는 숙이의 머리에 앉고
두 마리는 경이의 어깨에 앉고
두 마리는 옥이의 무릎에 앉는다. 유월
한낮 숙이 경이 옥이 고운 머리 어깨
무릎은 꽃빛으로 물든다.
여울물의 꽃빛으로 물들고
언덕 위의 꽃빛으로 물들고 하늘가의
꽃빛으로도 물든다.

꽃과 마음
―동시

나는 꽃을
만질 수가 있지만
내 마음을
만질 수는 없어요.

하지만
꽃은
내 마음을
만질 수가 있답니다.

꽃을
바라보는
내 마음이
색색가지 예쁘게 물드는 것은

꽃이
색색가지 예쁜 손으로
내 마음을
만지작거리는 때문입니다.

사진

개울에
발목 담근
너를 찍었더니
너는 없었다.
막
수면을 찬
버들치의 알몸이
반들거리고 있었다.

강물에
허리 담근
너를 찍었더니
너는 없었다.
잘못
든
물개 한 마리가
넘실거리고 있었다.

밤에도
꿈속에서
너를 찍었더니
역시 너는 없었다.
고운
달빛 한 아름
일렁이는 물이랑에서
춤을 추고 있었다.

불타는 산

들에
진달래가 필 때에
네 손에도
한 송이 진달래가 핀다.

강변에
진달래가 필 때에
네 목 언저리에도
한 송이 진달래가 핀다.

산에
진달래가 필 때에
네 입술에도
한 송이 진달래가 핀다.

손에
진달래 한 송이가 핀
너와 함께 들을 간다.
좀 멀리서 보면 우리의 허리께는
왼통 얼룩진 연분홍빛이다.

목 언저리에
진달래 한 송이가 핀
너와 함께 강변을 간다.
좀 멀리서 보면 우리의 가슴께는
흠뻑 물 젖은 연분홍빛이다.

입술에

진달래 한 송이가 핀
너와 함께 산을 간다.
좀 멀리서 보면 우리의 가슴께도
그리고 허리께도 보이지 않는다.

온통 연분홍빛 불타는 산이다.

하얀빛 자줏빛 연분홍빛

가을에
피는
코스모스는
꼭 가슴께만큼
그만큼에서
꽃 핍니다.

찬바람 부는
가을길을 가다가
우리는 잠시 손잡고
마주 섭니다.

그러면
코스모스는
당신과 나의 두 가슴 그만큼께
그 사이에 가득히
가득히 넘쳐서
꽃 핍니다.

찬바람 부는
가을길을 가다가
잠시 손잡고 마주 선 우리.
우리의 눈과 눈도 코스모스 꽃잎처럼
하얀빛 자줏빛 연분홍빛입니다.

찬바람 부는
가을길을 가다가
잠시 손잡고 마주 선 우리.

우리의 두 가슴도 코스모스 어우러진 꽃잎처럼
그렇게 어우러진 하얀빛 자줏빛 연분홍빛입니다.

한 아름

아무래도
별수 없이 허전한
해 저무는 이맘땐
작은 선물이 한 아름에 가득히 안겨집니다.
그것은 털실 한 올 한 올
손수 짜서 지은 한 켤레의 장갑이거나
그러한 것입니다.

아무래도
별수 없이 쓸쓸한
해 저무는 이맘땐
작은 선물이 한 아름에 가득히 안겨집니다.
그것은 털실 한 올 한 올
손수 짜서 지은 한 켤레의 양말이거나
그러한 것입니다.

그렇습니다.
별수 없이 쓸쓸해서 허전한
별수 없이 허전해서 쓸쓸한
해 저무는 이맘땐
뭔가 한 아름 가득히 차는 것을 안아가지고 싶고
또 내가 바로 한 아름 가득히 차는 그것이 되어
누군가의 한 아름도 가득히 채우고 싶습니다.

코스모스

코스모스 핀 길의
코스모스를 따라가면
나는 세 천사하고
만날 수 있을 것 같기도 하고
만날 수 없을 것 같기도 합니다.

한 천사의 피는 하얀빛이고
한 천사의 피는 자줏빛이고
또 한 천사의 피는 연분홍빛
그렇게 세 가지 빛깔입니다.

내가 세 천사하고
만날 수 있을 것 같기도 하고
만날 수 없을 것 같기도 한 길.
코스모스 핀 길의
코스모스 연달은 꽃잎들은

하얀빛
자줏빛
연분홍빛
그렇게 세 가지 빛깔입니다.

아무튼 내가 세 천사하고
만날 수 있을 것 같기도 하고
만날 수 없을 것 같기도 한
코스모스 핀 길은 가도 가도
먼 데 맑은 하늘가로 이어집니다.

그리로 그리로만 이어집니다.

새를 기다리며

화가
이중섭의 그림책에서
제주도의 먼바다나
통영의 비탈진 낮은 마을
그런 것이 보이는 그림 한 장 떼어서
작은 액자에 넣어 걸어놓고

낡은 테이프
잡음이 좀 나기는 하지만
바하의 관현악 모음곡 제2번 B단조
플루트가 나오는 그것
장난감 같은 카세트에
볼륨 너무 크지 않게 돌려놓고

그리고 꽃이랑 별이 많이 나오는
만화책 한 권 뒤적이면서 기다리기로 한다
날아온 새 한 마리 파란 새 그 한 마리
내 머리나 손바닥에서
쫑긋
쫑긋거릴 때까지

집
— 김환기의 그림에

둘이서 사는 집 뒤꼍엔
어느 날 매화나무가 몰래 와서
주인도 몰래 꽃을 피운다.

둘이서 사는 집의 항아리는
저절로 자꾸 커져서 너무 커져서
마침내 문밖 큰길에 내놔야 한다.
오가는 사람이 거기 꽃을 가득히 꽂는 건
물론 자유다.

둘이서 사는 집 기와지붕엔 구름이 걸린다.
하늘에서 내려와서 걸리는 구름이 아니라
지붕이 하늘로 하늘로 자꾸 높이 올라가기에
걸리는 구름이다.
걸리면서 동그랗게 말리는 구름은
언뜻언뜻 무지갯빛이기도 하다.
하늘의 눈 같기도 하다.

만나지도 못함
—북의 고향을 그리며

우리는
만나지 못하지만
새들은 오가면서
서로 만난다.

우리는
만나서 말 못 하지만
바람들은 오가면서
서로 만나 말을 한다.

우리는
만나서 섞지 못하지만
빗발들은 오가면서
서로 만나 말도 하고 몸도 섞는다.

빗발들은 오가면서
서로 만나 말도 하고 몸도 섞어
바다로 가건만 우리는
만나지도 섞지도 못한다.

바람들은 오가면서
서로 만나 말을 하고 꽃잎처럼
그렇게 웃기도 하건만 우리는
만나지도 말하지도 못한다.

새들은 오가면서
만나도 춤인 듯 그런 몸짓 손짓으로
서로 만나건만 우리는

아 만나지도 못한다.

피울음

옷에
묻은 피는
잘 문질러서 빤다
그러면 지워진다.

풀잎에
얼룩진 피는
잘 닦고 훔쳐낸다
그러면 지워진다.

땅에
스민 피는
삽으로 퍼서 뒤엎는다
그러면 지워진다.

그러나
무슨 수로도
지울 수 없는
피가 있다.

그러나
무슨 수로도
지워지지 않는
피가 있다.

저
낙동강에
가보라

그 물 속을
들여다보라.

삼십사 년 전
한여름 어느 날
강물 적신 시뻘건 피가
오늘도 시뻘겋게 흐르는 것을
볼 것이다.

강물
적신 피를 무슨 수로
문질러서 빨 수가
있는 것이랴.

강물
적신 피를 무슨 수로
닦고 훔쳐낼 수가
있는 것이랴.

아 강물
적신 피는
삽으로 퍼서 뒤엎을 수도
없다.

가
보라
저 낙동강
그 물 속을

들여다보라.

삼십사 년 전
한여름 어느 날
폭격 맞아 끊어진 다리
오늘도 끊어진 채 섰는 저 낙동강
피울음 물 속을 들여다보라.

여름에

자두 몇 알
수박은 반으로 자른 것
진홍의 단물 가득 찬 반쪽
혹은 이육사의 하얀 모시수건 한 장
혹은 이중섭의 아이들하고 놀던 게 한 마리
또 혹은 이상화의 이슬 맺힌
수밀도 같은 젖무덤 한 쌍
물 젖는 모래톱을 눈부시게 달리는
꽃다발 같은 넓적다리도 한 쌍
6·25 한 달 뒤 무너진 다리 아래 썩던
어느 젖무덤의 기억 한 토막
6·25 두 달 뒤 불타는 언덕 아래 썩던
어느 넓적다리의 기억도 한 토막
그리고 보니 어쩐지 아무래도 좀 으스스하고 역겨워서
비발디의 〈사계〉에서 〈여름〉만 따내고
그리고 잘 날으는 갈매기 몇 마리와
잘 구운 강냉이 한 대
또 얼음 띄운 사십도짜리 술도 한 잔

가을에

찬 이슬 한 방울
목덜미가 서늘한 바람 한줌
혹은 윤동주의 바람에 스치는 별 하나
혹은 이중섭의 말라비틀어진 닭 한 마리
풀벌레 명치끝에 걸리고서야 넘어가는 울음소리 조금
마른하늘에서 떨어지는 나뭇잎 한 닢
죽은 말처럼 그렇게 삭아서 떨어지는 나뭇잎 한 닢
어쩐지 아무래도 좀 을씨년스러워
비발디의 〈사계〉에서 〈가을〉만 따내고
그리고 코스모스도 한 송이
또 감기약도 몇 알

겨울에

찬 하늘
커피 한 잔
눈 눈 눈 눈 눈
구름이 흔들려서 날리던
김광섭의 눈
혹은 다시금 또 보이고
다시금 또 보이는…… 영(嶺) 기슭에
한 잎 또 한 잎 내려서 덮이던
김소월의 눈
또 혹은 북국 강녘에 밀수입 마차
지나는 소리 들릴 제 퍼붓던
김동환의 눈보라
아 문득 몰아치는 6·25의 눈보라
중동부전선 첩첩 산등성이 퍼붓던 눈보라
찬 하늘 닿은 첩첩 산등성이 퍼붓는 그 눈보라 속에 터지던 피보라
새빨간 피보라 터지고 또 터지던 하얀 눈보라
그러고 보니 아무래도
찬 하늘 춥고 떨리고 춥고 떨려서
비발디 〈사계〉의 〈겨울〉에서 불붙는 화로 따끈한 제2악장만 따내고
박용래의 말집 호롱불 밑에 붐비는 저녁 눈과
서정주의 꽨, 찮, 타,……꽨, 찮, 타,……그렇게 수부룩이 내리는 눈
발도
그리고 춘향이 흰 무릎 같은 눈송이 몇 개
황진이 흰 허리 같은 함박눈도 몇 송이
그리고 불붙인 담배
니코틴이 적은 썬 한 개비
그리고 따끈한
커피 또 한 잔

봄에

구름 한점
햇살 한줌
진달래 몇 송이
(스스로 죽은 김소월)
잎새에 이는 바람 한 자락
(갇혀서 죽은 윤동주)
복사꽃 한 송이
(미쳐서 죽은 이중섭)
모란꽃도 한 송이
(눈먼 총알 맞아 죽은 김영랑)
저 6·25 한 달 전이던가 두 달 전이던가
삼팔선을 넘다가 총 맞고 낭떠러지 떨어져 죽은
한 소녀의 기억도 한 토막
꽃잎처럼 꽃잎처럼 날리면서
떨어져 죽은 그 소녀의 기억도 한 토막
그러고 보니 슬픈 피비린내 역겨워
〈춘향가〉에서 "긴 그넷줄을 섬섬옥수로 이리저리 갈라줘고 몸을 날려
올라 한 번 굴러 앞줄이 높고 두 번 굴러 뒷줄이 높아 점점 높아 공중에
소소쳐……"
그 한 가락 따내고
비발디의 〈사계〉에선 〈봄〉만 따내고
비닐하우스에서 나온 별로 맛없는
그러나 덩치 큰 딸기 몇 개
말라붙은 쥐포 두어 장
언제나 시린 속 훤히 들여다보이는
소주 한 병

사월 하루

봄 오는
사월 하루
제천엘 가서
의림지의 공어를 먹었다.
산 채로 된장에 찍고
산 채로 고추장에 찍고
꼬리도 찍고 눈도 찍고 몸통도 찍고
산 채로 상치에 싸서 먹었다.
소주 곁들여 산 채로 먹는 공어
산 채로 얼큰히 먹고 있노라니
진달래가 피었다.

돌아와
고대 앞 정류장에서 내리는데
문득 속 아리고 매운 뱃속을 들여다보았더니
웬일이더냐 죽지 않은 공어 한 마리
진달랫빛 눈 밝혀 헤엄치고 있었다.

노래

어제
다 보지 못한 것을
새는 오늘 저 하늘의
높이에서 본다. 그리고 노래한다.
어제 다 하지 못한 말을
그 말을 새는 오늘
저 하늘의 높이에서
노래로 한다.

개울과 언덕
—동시

작은 햇살하고
큰 햇살이 개울가에서
물장구를 치면서
웃으면서
놀고 있습니다.

작은 아지랑이하고
큰 아지랑이가 언덕에서
손잡고서 깡충거리면서
노래하면서
놀고 있습니다.

자세히 보니
어린아이하고 아버지가
개나리 핀 개울가를 거닐고 있습니다.
자세히 보니
어린아이하고 어머니가
진달래 핀 언덕을 넘어가고 있습니다.

하얀 길

해 저무는 날엔 눈이 내린다
눈 내리는 길은 하얀 길
하얀 길은 자꾸 하얀 길이다
해 다 저문 뒤에도
하얀 길은 자꾸 하얀 길이다
이윽고 너는 만난다
해 다 저문 뒤의 어두운
그러나 어둡지 않은
하얀 길 위에서 만난다
새날
햇덩이
분홍
불
빛

詩

피
리

마카로니 웨스턴

그는 돈이 없다 그는 여자가 없다 그는 집이 없다 그는 예수와 비슷하
다 있는 것이란 남루한 옷 말 한 필 여기까지도 그는 예수와 비슷하다
그리고 권총 한 자루 버러지 같은 것들을 한 놈도 남김없이 쏴 죽이는
사격의 명수 이런 점에선 그는 예수와 딴판이다 그러나 긴 머리 덥수룩
한 수염에 우물 속 같은 눈이 다시 예수와 비슷하고 땅에선 죽는 일이
없는 그는 하늘에나 묻힐 사람으로서 예수와 아주 비슷하다

다시 마카로니 웨스턴

누가
하모니카를 부는데
두레박 줄은 끊어지기 위해서 있고
손은 짓이겨지기 위해서 있고
눈은 감겨지기 위해서 있다.

그곳에서는
누가 하모니카를 부는데
피를 뒤집어쓰고 죽은 저녁노을이
까마귀도 가지 않는 서쪽 낮은 하늘에
팽개쳐져 있다.

또다시 마카로니 웨스턴

아무래도 요즈음은 마카로니 웨스턴에 이상하게 끌린다 악의들은 봄에도 죽는다 아지랑이가 물씬거리는데 물씬 피를 뿜으며 큰 대(大)자로 나가떨어지는 것이다 악의들은 봄에도 죽는다 음탕스럽게 질척거리는 흙탕에 시커먼 턱수염을 처박는 것이다 악의들은 봄에도 죽는다 죽었던 가지에 꽃 핀 나무 그 등걸에 기대어 휘청거리다가 왈칵 피 쏟으며 턱무릎을 떨구는 것이다 악의들은 봄에도 죽는다 뾰죽한 성당 꼭대기의 하늘 거기에 든 메리의 허벅지 같은 구름을 잡는 것이다 아니 보지 못하는 열 개의 손가락을 뒤틀면서 강물에 젖은 메리의 허벅지를 잡는 것이다 그 악의들이 나 같은 것이다 아니 아무래도 내가 봄에도 죽는 그 악의들 같은 것이다

마지막 마카로니 웨스턴

피에트로 문에서 죽고
피에트로 늪에서 죽고
피에트로 묘지에서 죽고
피에트로 밥상에서 죽고
피에트로 말잔등에서 죽고
피에트로 바람 속에서 죽고
피에트로 계단 아래서 죽고
피에트로 계집 위에서 죽고
피에트로 진창에서 죽고
피에트로 길에서 죽고

피에트로 섬에서 죽고

마카로니 웨스턴 습유(拾遺)

까마귀야 까마귀야
너는 아니?
청맹과니 조는
어디로 갔니?

터덜터덜 말라빠진
늙은 말 타고
제 눈 찾아 천릿길
바람 부는 모래밭을
향해서 갔지
까욱!

까마귀야 까마귀야
너는 아니?
귀머거리 조는
어디로 갔니?

비실비실 말라빠진
늙은 말 타고
제 귀 찾아 천릿길
바람 부는 모래언덕
넘어서 갔지
까욱! 까욱!

까마귀야 까마귀야
너는 아니?

벙어리 조는
어디로 갔니?

휘청휘청 말라빠진
늙은 말 타고
제 헛바다 찾아 천릿길
바람 부는 모래밭에
사라져 갔지
까욱!

잭

사람들은
이렇게 말을 한다
 "잭은 눈을 감고 있더군"
사람들은
이렇게 말하지를 않는다
 "모래밭인데
  잭의 눈은 말라붙은 풀처럼
  감겨 있더군"

사람들은
이렇게 말을 한다
 "잭은 듣지를 못하더군"
사람들은
이렇게 말하지를 않는다
 "햇덩이가 쨍쨍한데

객의 귀는 새까맣게
막혀 있더군"

사람들은
이렇게 말을 한다
"객은 입을 다물고 있더군"
사람들은
이렇게 말하지를 않는다
"하늘엔 솔개가 세 마리
객의 입은 썩은 문짝처럼
닫혀 있더군"

모래밭

모래밭이다
놈은 비를 만지지 못한다
모래밭이다
놈은 비에 젖는 바람을 만지지 못한다
놈은 비에 젖는 풀섶을 만지지 못한다
비에 젖고 비에 젖는 바람에 또 젖어
비에 젖고 비에 젖는 풀섶에 또 젖어
한껏 물 먹은 계집을 만지지 못한다
놈의 열 개의 손가락은 푸들푸들한
계집의 물 많은 살로 해서 젖지 못한다
보라
끝 간 데 없이 눈부신 모래밭에 떨군
놈의 하얀 열 가닥 손가락뼈

털

놈은 이제
노크도 없이 열지 못한다
놀란 계집의 큰 입을 막지도 못한다
버둥대는 계집의 큰 눈과 몸뚱일
후려쳐 삐걱거리는 침대에
처박지도 못한다
놈의 손은
사납게 뒤척이는 계집의 다리를
백양나무 가지 잡듯 잡고서
찢지 못한다
더러워진 수초를 날빛 한가운데
드러내놓고 기진한 강물 같은 계집을
성큼 넘어서서
모자를 집어들지도 못한다

먼저 떨어진 모자를 뒤쫓아 떨어진
놈의 손은 더러워진 손등의 털을
날빛 한가운데 드러내놓고 땅에 엎드렸다
이제 살아 있기라도 한 것은
모래바람이 불 때마다 꿈틀거리는
놈의 손의 더러워진 손등의
털뿐이다

그림자

　놈은 이제 기가 죽은 그림자를 끌고 골목에서 골목으로 헤매지 않아도 된다 놈은 이제 술집 어둔 구석 그늘로 한쪽 귀가 달아난 얼굴을 가리고 이 빠진 술잔을 빨지 않아도 된다 돈 주고 산 계집을 헤쳐 놈의 등 굽은 전부를 거기 묻어 숨기려고 놈은 이제 바퀴벌레가 기어다니는 침대를 땀으로 얼룩지게 하지 않아도 된다

　결국은 말도 없이 날아와서 박힌 한 방의 총알이면 족했다 놈은 이제 해바라기가 만발한 대낮 한가운데에 한 방울의 땀도 흘리지 않고 비로소 등 굽은 전신을 쭉 펴서 누웠다 비로소 한쪽 귀가 달아난 그 얼굴을 밝음 속에 드러내놓고 늘어지게 누운 놈은 이제 거추장스런 그림자를 말끔히 털어버렸다

삽질

그곳에서는
완강한 사내들이
아침에도 낮에도 삽질을 한다
해질 때에도 삽질을 한다
흙덩일 하늘 쪽으로 팽개치는 삽질을
하면서 아침도 낮도 해질 때도
함께 담아 하늘 쪽으로 팽개치면서
완강한 사내들은
놈의 키만한 구덩이를
판다
그곳에서는

완강한 사내들이
밤중에도 삽질을 한다
그리고 밤이 가고 아침이
오는 희멀건 때에도 삽질을 한다
땅 밑으로 팽개치는 삽질을 하면서
밤과 그리고 밤이 가고
아침이 오는 희멀건 때도
함께 담아 땅 밑으로 팽개치면서
완강한 사내들은
놈의 눈과 입과 귀를
묻어버린다

그 마을

그 마을에서는
아무도 말을 하지 않는다

바람 소리만 듣습지요
네에 흙바람 소리 말입지요
늑대 소리만 듣습지요
달밤도 대낮도 갈기갈기 찢어발기는
늑대 소리 말입지요
양미간에 한 방
네에 왼쪽 젖꼭지 밑에 한 방
거짓말같이 정통으로 총알
쑤셔박는 총소리만 듣습지요
바람소리만 듣습지요

네에 풀이란 풀 모조리 뭉개버리고
하늘도 왼통 시커멓게 뭉개버리는
흙바람 소리 말입지요
이렇게 남의 이야기처럼 중얼거릴 뿐이다
그 마을에서는
아무도 자기 말을 하지 않는다

봄 편지

향기가
그럴 수 없이 그만이라고
보내주신 상주의 더덕 씨앗
말씀대로 그늘 햇볕 반반씩
드는 자리에 심고
흙을 가루처럼 비벼서
덮어주었습니다
그리고 거의 한 달이
다 지나는 동안
하루도 빠짐없이 기다렸으나
아직도 새싹은
소식이 없습니다
하기야 그사이
3월이라는데
온 천지를 얼리는
영하의 눈발이 쳤고
요즈음엔 숨막히는
황사까지 덮쳤습니다
어린 새싹이야 어디
봄 가누어 눈뜰 엄두나
낼 때이겠습니까
하지만 모를 일이기는 합니다
내가 혹시
오늘밤 꿈에
물빛으로 가려서
잘 보이지는 않겠지만
그럴 수 없이 향기로운
황진이의 벌거벗은 허리를

만나기라도 한다면

내일 아침쯤
더덕 씨앗은 새싹을
내놓을는지도
모르는 일입니다

조춘(早春)

날씨가 풀린 듯해서 나갔습니다
어둠이 좀처럼 걷히지 않더니
양수리쯤에서 날이 새어
강을 만났으나 강은
아직도 희뿌여니 얼어서
깊은 잠에 묻혀 있었습니다
양평을 지나 여주 못 미쳐
완행버스만 다니는
작은 마을에서 내렸습니다
마을 밖 흐린 하늘 낮은 강기슭
미루나무 숲의 미루나무들은
발가벗은 채 얼어서
떨지도 않고 서 있었습니다
문득 종다리가 울기에
머리를 들었더니 희뿌연 공간에
울음소리만 몇 방울 처지다가 얼어붙고
아무 데도 종다리는 보이지 않았습니다
강은 이곳까지 그리고 이곳에서
더 멀리 강은 얼어서
아직도 깊은 잠에 묻혀 있었습니다

겨울 이야기

이제부터는 겨울입니다 이제부터는 눈이 모든 것 위에 내립니다 이제부터는 무섭게 찬바람입니다 이제부터는 눈이 내려서 모든 것을 죽게 합니다 오 이제부터는 눈이 모든 것을 덮어버립니다 이제부터는 깊고 깊이 얼어붙은 어둠입니다 이제부터는 눈이 모든 것을 묻어버립니다 오 이제부터는 눈을 감아야 합니다 이제부터는 눈을 감아야 보이는 것입니다 죽어서 묻힌 모든 것 오오 그 모든 것은 죽음처럼 눈을 감아야 보이는 것이 아닙니까 바흐를 들으며 하얀 눈에 덮여 깊고 깊이 얼어붙은 어둠에 묻힌 내 형님의 얼굴도 꼭꼭 눈을 감아야 보이는 것입니다 이제부터는 눈이 모든 것 위에 내립니다 이제부터는 오오 이제부터는 무섭게 찬바람입니다 이제부터는 겨울입니다

겨울 편지

어떠십니까.
짐작하시겠지만
나는 요즘 두문불출입니다.
돌밭도 엄두를 못 냅니다.
돌밭이 모두 다 얼어붙은 한탄강
낙동강 남한강의 물과 함께
꽁꽁 얼어붙었으니
기를 쓰고 나선댔자 속수무책이지요.
그 희한한 새 그 살결 고운 달
그 찬란한 무지개 그 기름진 들
또 바로 그 영롱한 내 산인 돌들이
지금은 다 지렛대를 들이대어도
꿈쩍 않는 얼음에 갇힌 것을 어찌합니까.
별수 없이 나는 하는 일 없이
뜨뜻미지근한 아랫목에 등 대고 누워
접었던 신문을 다시 들춰
일기예보란이나 살피고
그러면서 지내고 있습니다.
그러노라니 느느니 잠뿐이요 잔꿈뿐인데
더러는 꿈속에서 횡재를 합니다.
좀 전에 들었던 잠깐 사이 낮잠 꿈으로
풀린 강이 업고 들어온
따뜻한 돌밭에서도 나는
시원스럽게 쏟아지는 폭포석 하나를
얻을 수 있었습니다. 그건 그렇고
참 어제 아침에는 수돗물이 나오지 않아
마당 귀퉁이에 묻은 계량기를 열었더니
하얗게 얼어서 터져 있더군요.

마치 무슨 얼어서 죽은 파충류의
하얗게 얼어서 터진 큰 눈알을
보는 것 같기만 하여서
얼른 뚜껑을 덮고 말았습니다.
이 겨울은 땅속 깊이까지
왜 이리 춥고 깁니까.
오늘도 계속 영하 십팔도. 꼼짝 못 합니다.
안녕히 계십시오.

한 해가 저무는 저녁 무렵에

한 해가
저무는
저녁 무렵에
흩날리는
눈발을
본다.

흩날리는
눈발에 섞여
흩날리는
작은
나비들을
본다.

한 해가
저무는
저녁 무렵에
흩날리는
눈발은
이내 그치고
작은 나비들도
꿈처럼
사라진다.

서쪽
하늘에 걸린
어둔 산마루
그 언저리에 번지는

아리한 핏빛을 본다.
꿈처럼 사라진
작은 나비들의
불 켜진
무덤을 본다.

마지막 달에 내리는 눈은

해 저무는
마지막 달에 내리는 눈은
내려도 가만 가만 이야길 하면서
내립니다.

자거라 자거라
자거라
그렇게 이야길 하면서
숲에 내리다가

자거라 자거라
자거라
그렇게 이야길 하면서
산봉우리에 내리다가

자거라 자거라
자거라
그렇게 이야길 하면서
바다에 가서 내립니다

해 저무는
마지막 달에 내리는 눈은
내려도 가만 가만 이야길 하면서
내립니다

자거라 자거라
자거라
그렇게 이야길 하면서

찬바람 골목 안에 와서 내리다가

자거라 자거라
자거라
그렇게 이야길 하면서
어린것 머리맡에도 내리다

보아라 보아라
보아라
그렇게 이야길 하면서
밤새껏 낮은 지붕 위에 서성거립니다.

눈 내리는 날

눈이 내립니다
함박눈이 내립니다
소리없이 내립니다
내리면서 길을 지우고
다리를 지우고 언덕을 지웁니다
언덕 아래의 강물도 지웁니다
강기슭의 집도 지우고
울타리도 지우고 창문도 지웁니다

나는 물감을 풀어서
그림을 그립니다
하얗게 지워진 길을 그리고
다리도 그리고 언덕을 그립니다
하얗게 지워진 언덕 아래의 하얗게
지워진 강물을 그립니다
하얗게 지워진 강기슭의 집을
하얗게 지워진 울타리를 창문을
그립니다

그러나 내 피 같은 물감은 얼어서
잘 풀어지지 아니하고
손도 얼어서 풀어지지 아니하고
그림은 온전히 그려지지 아니하고
눈 눈 눈 눈 하얀 눈은 내리고
눈 눈 눈 눈 함박눈이 내리고
소리없이 내리고
이제는 하늘도 하얗게 지워집니다
땅도 하얗게 지워집니다

눈 나라

눈
나라에
눈이
내리네
사흘 낮
사흘 밤을
내리는 눈은
꼿꼿이 얼어서 굳은 미루나무
등에 내리네
품속 내리네
품속에 비어 있는 까치집에도
사흘 낮
사흘 밤을
내리네
내리네
머리 위로 치켜든
꺾인 손가락에 내리네
금간 발등에도 내리네
깊이깊이 내리네 깊이 내리네
땅속
발 뿌리도 덮어버리네
사흘 낮
사흘 밤을
내리네
어디선지
덮인 소리가
가래 끓는 소리가
하늘 이야길

하고 있네
눈이
내리네

진혼가(鎭魂歌)

어떻게
다른 것인가
하얀 눈이 내리면서
강물을 지워버립니다 라고
말하는 것과 하얀 눈이 내리면서
왜 강물을 지워버리는 것입니까
라고 말하는 것과는 어떻게
다른 것인가
하얀 눈이 내리면서
강물 위의 다리를 지워버립니다
라고 말하는 것과 하얀 눈이
내리면서 왜 강물 위의 다리를
지워버리는 것입니까 라고
말하는 것과는
어떻게 다른 것인가
하얀 눈이 내리면서
다리 위의 사람을 지워버립니다
라고 말하는 것과 하얀 눈이
내리면서 왜 다리 위의 사람을
지워버리는 것입니까 라고
말하는 것과는 어떻게
다른 것인가 어떻게 다른 것인가
지워버리면서 눈은 소리도 없이
내립니다 라고 말하는 것과 오오
지워버리면서 눈은 왜 소리도 없이
내리는 것입니까 라고
말하는 것과는
어떻게

다른 것인가

아침시간에

연속입체낭독(連續立體朗讀) '조선총독부(朝鮮總督府)'
이 각색원고를 오 회분씩 한꺼번에
보내줘야 한다고
동아방송은 말한다.
그래서 봄이 닥쳐오는 요즈음
며칠만큼씩 각색원고를 보내는
나의 아침시간은 매우 바쁘다.

하지만 웬일인지 나는
각색을 해서 줄거리를 잡아나가는
원고지의 조그만 빈칸에 나타나는
먼 남해 구석 어느 국민학교 교장을 하는 친구의 모습과 자주 만난다.
만날 때마다 나는 그에게 입버릇처럼 되어버린 말을 되풀이한다.
올 여름에는 꼭 놀러 가마고 말을 한다.
신선한 물고기를 많이많이 먹으러 가마고 말을 한다.
그런데 그는 웃는다.
그런데 그는 웬일인지 그저 웃기만 한다.
새끼손가락의 손톱보다도 조그만 웃음을 웃기만 한다.
그리고 나는
그가 번번이 가물기물 웃기만 하다가 사라지는
원고지의 조그만 빈칸을 메우며
줄거리를 잡아나간다.
무서운 '조선총독부'의 이야기를.

어쨌건
봄이 닥쳐오는 요즈음
며칠만큼씩 아침시간에
나는 삼십 년 묵은 무서운 이야기에

어지럽게 쫓긴다.

폐렴

어두워서
그 사람들을
잘 알 수가 없습니다.
똑같이 쓴 차양 큰 모자가
어렴풋이 보일 뿐입니다.

그 사람들은
저벅저벅 어두운 수초를 밟고 와서
염증 앓는 내 폐 속의 웅덩이에
적당한 간격을 두고 칸델라를 켜더니
낚싯대를 드리우고 앉았습니다.

밤새껏 그 사람들은
번갈아 낚싯줄을 날려,
칸델라 불빛에 군데군데 불그스레하니
물든 웅덩이 어두운 물에, 바느질하듯
낚싯바늘을 박고 또 박았습니다.

새벽이 되어도
똑같이 차양 큰 모자를 쓴
그 사람들은 안개 자욱한 웅덩이
기슭에 낚싯대를 드리운 채 하나같이
묵묵히 물먹은 쇠붙이처럼 앉았습니다.

봄 감기

오늘 아침
양평 쪽 강기슭에서
진달래꽃도 보았고
개나리꽃도 보았습니다

돌아와서 여자에게
진달래꽃
개나리꽃
이야기를 하였습니다

그런데
진달래꽃에도 피가 묻어
개나리꽃에도 피가 묻어
나왔습니다

요즈음 봄 감기는
목으로 와서
목 안에 들어앉아
목을 잠가버립니다

그래서 말을 하자면
잠긴 목에 시퍼런 힘줄 세워
입을 벌려야 하는 것인데
그 노릇에 목 안이 찢겨지나봅니다.

진달래꽃에도
피가 묻어나오고
개나리꽃에도

피가 묻어나왔습니다

그러나 봄날 한때
여자에게 말을 하는 그 한때에는
목 안의 살이 찢겨져도
아픈 줄을 모릅니다

춘몽(春夢)

한 벙어리가
얼음 풀리는 것을
보고 있습니다.

두 벙어리가
얼음 풀리는 강기슭에
있습니다

세 벙어리가
얼음 풀리는 강기슭에
피어오르는 아지랑이를
보고 있습니다.

스물 스물 스물 스물
스물 스물 스물 스물
스물 스물 스물 스물
스물 스물 스물 스물

젖고 있습니다
아지랑이에 풀린 강물 소리에
정강이도 배꼽도 가슴팍도 머리칼도
그리고 남근도 다 젖고 있습니다
스물 스물 스물 스물
네 벙어리
젖고 있습니다
풀린 강물 소리에 아지랑이에
젖은 입을 벌려 가만히 가만히
불러봅니다 "하나님"

하지만 그 소리는 말이 되지 아니합니다
젖고 있습니다
스물 스물 스물 스물 스물
다섯 벙어리

젖고 있습니다
"하나님"이 "하나님"이 되지 아니하는 입술이
아지랑이에 풀린 강물 소리에 듬뿍 젖은 입술이
찢긴 살점처럼 떨리고 있습니다
떨릴수록 자꾸자꾸 젖고 있습니다
큰 황새 등을 타고 가던 하나님의
금빛 남근도 사시나무 떨듯 떨렸습니다
그리고 젖고 있습니다
스물 스물 스물 스물 스물 스물
여섯 벙어리

여름 '77

바다엘 갔더니 바다는 없고
사람들만 있더군요
무심히 너절하니 탄 팔다리
겨드랑이 허벅지랑 배꼽이
득실거리며 널려 있더군요
돌아와 이 여름의 가장 역겨운 땀 흘리며
좁은 골목 안 보신탕집을 찾아갔더니
오 있더군요 바다가 새파란 등허리를 쇠꼬챙이에 찍혀
개 대가리 다리 또 배꼽도 달린 백바지랑 함께
지붕 낮은 보신탕집
어둑한 부엌에 걸려 있더군요

여름

해가 있습니다 구름이 있습니다 하늘이 있습니다 강이 있습니다 강기슭에는 모래밭이 있습니다 모래밭에는 여자의 팬티가 있습니다 여자는 없습니다

뜨거운 햇살에 짓눌린 강이 거품을 풀고 크게 잘게 흔들리는 뒤틀리는 왼 몸뚱어리에 짙푸른 땀을 흘리고 있습니다

이윽고 황새 긴 모가지가 그 땀방울 하나를 물고 구름 해 지나더니 하늘 아득히 곤두박였습니다.

돌밭에 오면

돌밭에 오면
강물을 볼 수가 있습니다
돌밭에 오면
바람을 볼 수가 있습니다
돌밭에 오면
물새를 볼 수가 있습니다
돌밭에 오면
구름을 볼 수가 있습니다
돌밭에 오면
햇살을 볼 수가 있습니다

돌밭에 오면
돌밭에 내가 무릎을 꿇을 수가 있습니다
돌밭에 오면
돌밭에 내가 스스로 기꺼이 내 무릎을 꿇을 수가 있습니다
그렇습니다 남한강 깊이 돌밭에 오면
내가 참으로 눈물겹도록 행복하여
돌밭에 내 두 무릎을 꿇을 수 있습니다

돌밭에 오면
강물만 볼 수가 있는 것입니다
돌밭에 오면
바람만 볼 수가 있는 것입니다
돌밭에 오면
물새만 볼 수가 있는 것입니다
돌밭에 오면
구름만 볼 수가 있는 것입니다
돌밭에 오면

햇살만 볼 수가 있는 것입니다

모래밭

모래밭에
묻혀 있는
하나의 돌은
말이 없습니다

죽은 황새가 큰 날개만 두고
하얗게 사라진 저녁에도
말이 없습니다

모래밭에
묻혀 있는
하나의 돌은
말이 없습니다

한 마리 큰 새가 되어
모래밭의 모래 속을 날아가면서
말이 없습니다

가을에

나무에서
떨어져 땅에 엎디는
잎새를 봅니다
한 잎 두 잎 세 잎
또 네 잎, 잎새는 그렇게
떨어집니다. 그러다가
우수수 많은 잎새가
한꺼번에 떨어지기도 합니다.
가을입니다.
마음에서
떨어져 땅에 엎디는
말을 봅니다.
한 마디 두 마디 세 마디
또 네 마디, 말은 그렇게
떨어집니다. 그러다가
우수수 많은 말들이
한꺼번에 떨어지기도 합니다.
이런 가을에는
추사(秋史)도 붓을 들어
말을 글씨로 나타내지 못합니다.
내가 버린
혹은 추사가 버린 먹물이
바람 시린 서쪽 하늘에서
피 같은 노을하고 섞입니다.

가을

강변에는
이
빠진
바람들뿐입니다.

들녘에는
무릎
꺾인
풀들뿐입니다.

서쪽으로 가는 길 하나를 만났더니 거기 헐벗은 해가 가로누워 탄내
나는 마른 피를 흘리고 있었습니다.

하늘에는
뼈 시린
울음 묻는
벌레들뿐입니다.

무제

새를 두고도

시가 되지 아니합니다

하늘을 두고도

시가 되지 아니합니다

아니 되는 시를 땅에 묻고

하늘을 우러르니 비로소

보이는 것이 있습니다

새의 무덤입니다

새는 죽어서 하늘에 묻혀

빛으로 덮이어 있습니다

요즈음의 시

요즈음은
시 몇 줄을 쓰기 바쁘게
지워버리기 일쑤입니다
개나리
진달래
목련
철쭉
이런 것들이 책상머리에 와서
빤히 눈을 뜨고
들여다보는 것입니다
그래 나는 간신히 잡은
시 한 줄을 뭉개버립니다

금강
낙동강
한탄강
그리고 남한강의
돌밭에서 만나
함께 내 집에 와서 살게 된
말없는 돌 속의
말없는 새들이
내가 쓰는 시를
말없이 지켜보는 것입니다
그래 나는 간신히 잡은
시 한 줄을 또 뭉개버립니다

그뿐인가요
비닐봉지 속에서 죽은

캄보디아 사나이가
죽은 눈을 떠서
저 투명한 비닐봉지 너머로
보는 것 아닙니까
분명 내가 쓰는 시를
힐끗 훔쳐보는 것 아니겠습니까
그래 나는 간신히 잡은
시 한 줄을 또 뭉개버리고 맙니다
요즈음은 시 석 줄 쓰기가 어렵습니다

물감

달팽이
와
막대기

혹은

다리미
와
미싱

이런 것을 가지고 딸아이는 구성을 합니다.
얽히고 설킨 곧은 선과 둥근 선을 따라
갖가지 물감을 풀어 색칠을 합니다.
얼마 뒤 딸아이의 커다란 한 장의 흰 종이는
'아름다움의 질서로 누벼진 썩 잘 화해하고 협동한 세계' 그것이 됩
니다.

응달
과
날개

혹은

아픔
과
날개.

나는 어른스럽게 이런 것을 가지고 구성을 합니다.

딸아이가 하듯 얽히고 설킨 곧은 선 둥근 선을 따라
갖가지 물감을 풀어 색칠을 합니다.
그러나 아무리 하여도 내 커다란 한 장의 흰 종이는
뒤범벅이 색칠이 어지러운
한 장의 종이에 지나지 않습니다.

얽히고 설킨 응달과 날개는
서로 모진 칼질을 맞기라도 하는 듯
얽히고 설킨 아픔과 날개는
서로 모진 칼질을 맞기라도 하는 듯
만신창이
손가락이 잘리고 눈이 찔리고
허리가 꺾이고 등허리가 무너지는 것입니다.

맙소사.
어린 딸아이의 물감은 생각이나 꿈까지도 희한하게
다스리고 가꾸는 사랑의 물감.
그 늙은 아비인 내 물감은 오오 맙소사
나이답지도 않게
눈먼 칼날의 물감.

마술

내가 손가락 하나를 움직인다.
그러면 망치와 못을 가진 사람이
저 사람의 두 눈에 못을 박는다.
피 한 방울 흘리지 않는다.
내가 다시 손가락 하나를 움직인다.
그러면 두 눈에 못 박힌 저 사람이
허리를 펴서 일어난다.
방문을 연다.
뜰에 내려선다.
대문을 연다.
거리를 간다.
넘어지지도 않고 걸리지도 않는다. 치이지도 않는다.
내가 다시 손가락 하나를 움직인다.
그러면 두 눈에 못 박힌 저 사람은 돌아선다.
대문을 연다.
대문을 닫는다.
뜰에 들어선다.
방문을 연다.
방문을 닫는다.
허리를 굽혀 주저앉는다.
피 한 방울 흘리지 않는다.
내가 또 한번 손가락 하나를 움직인다.
그러면 두 눈에 못 박힌 저 사람은 웃는다.
섬뜩하니 웃는다.
피 한 방울 흘리지 않는다.

다시 마술

내가 손가락 하나를 움직인다.
그러면 텅 빈 무대 한가운데 앉은
저 사람의 눈을 덮은 검은 헝겊이
스르르 풀리면서 공중에 날아간다.

내가 손가락 하나를 움직인다.
그러면 텅 빈 무대 한가운데 앉은
저 사람의 입을 막은 헝겊도
스르르 풀리면서 공중에 날아간다.

날아가는 그 모양이
두 번 다 새와도 같다.
그러나 이만 정도로써
박수 소리가 일어나지는 않는다.

내가 손가락 하나를 움직인다.
그러자 푸드득 공중에서 새 한 마리가 나타나더니
텅 빈 무대 한가운데 앉은 저 사람에게 날아든다.
다시 검은 헝겊이 되어 저 사람의 눈을 덮어버린다.

내가 손가락 하나를 움직인다.
그러자 푸드득 공중에서 새 한 마리가 나타나더니
텅 빈 무대 한가운데 앉은 저 사람에게 날아든다.
다시 검은 헝겊이 되어 저 사람의 입을 막아버린다.
  "날아들자 검은 헝겊이 된 것은 분명 새 두 마리다."

비로소 박수 소리가 터진다.

너화

너화는 느시라고도 한다. 이 새 한 마리가 강원도 속초 북방에 나타났다가 사냥꾼에게 잡힌 것은 1968년의 이른 봄이었다. 그후 너화는 1970년 늦은 가을 사냥꾼의 동정을 살피기라도 하듯 육지의 가장자리 강화도에 일곱 마리가 무리지어 다시 나타났으나 곧 사라지고 한참 뒤인 1974년 1월 육지에서 멀리 떨어진 연평도에 한 마리가 그 모습을 보이었다. 그러나 끝내 이 한 마리마저 사로잡혀 날개가 접힌 채 창경원에 옮겨진 뒤 너화는 지금껏 그 모습을 아무 데도 나타내지 않는다. 창경원으로 보내어진 마지막 한 마리도 얼마 가지 않아 철망 사이로 모가지를 뽑은 채 죽고 말았다.

죽기 전날 밤 꿈에 너화를 보았다. 바다 안 연평도에 솟는 물보라를. 사냥꾼에게는 잡히지 않는 물보라를. 철망 사이에는 갇히지 않는 물보라를. 무수한 물보라가 솟고 솟고 또 높이 높이 솟는 것을. 그것은 한껏 날개 치솟는 수천 마리의 새, 하늘빛에 젖어서 눈부시게 나는 수만 마리의 새 너화였다.

황새

온몸이 흰빛이어서 백로와 흡사하나 날개가 길고 어깨 깃은 검은빛 다리는 빨간빛이다. 황새는 지난 1970년 충청북도 음성군 생극면 관성리에서 암수 두 마리가 둥지를 틀고 살면서 새끼까지 두었으나 이듬해 1971년 총 가진 밀렵꾼에게 수컷이 잡히자 암컷만 남아 1974년에 이르도록 무정란을 산란했다. 그러나 지금은 사 년간이나 무정란만을 낳은 이 암컷마저도 사라지고 없다. 요즈음은 동부 시베리아 등지에 사는 황새 가운데 몇 마리가 간혹 제주도나 경상남도의 금해 및 남원군 일대의 늪에 날아와서 잠시 머무는 사실이 확인되었다. 그러나 눈 큰 마을사람 두셋만이 목격한 1971년 대낮의 그 감쪽같았던 사건 이후 우리나라에서 보금자리를 꾸미고 사는 황새를 본 사람은 아무도 없다.

원앙이사촌

이 새는 원앙과 마찬가지로 오리과에 속하는 물새다. 원앙의 날개 길이는 22센티가량이지만 원앙이사촌의 날개 길이는 32센티가량 된다. 그리고 머리는 녹흑빛이며 얼굴과 목이 안쓰럽게 엷은 잿빛인 것 등이 원앙과 다른 점이다.

이 새는 1945년 8월의 해방 전까지 우리나라의 동남 시베리아 중국 등지의 하천에 고루 분포되어 살았으나 지금 우리나라에서는 볼 수 없는 새가 되고 말았다. 조류학자들은 1950년 6·25의 총부리가 우리나라를 피 흘리게 한 뒤 영영 자취를 감추어버렸다고 말한다.

도륙의 총칼이 한 나라의 살과 혼을 각뜨고 저몄을 때 한 나라의 새 중에서 가장 아름답기로 빼어난 하늘의 새 강물의 새는 스스로 씨를 말리었던 것인가.

빈 하늘이여, 빈 강물이여.

노랑부리백로

사전은

"봄 : 한 해의 네 철 가운데 첫째 철. 겨울 다음 여름 앞의 철. 절기로
는 입춘부터 입하 전까지의 동안. 천문학상으로는 춘분부터 하지까지.
기상학으로는 3·4·5월을 북반구의 봄으로 치고 음력으로는 정월·2월·
3월을 말함. 날씨는 따뜻하며 여러 가지 꽃이 핌. 희망과 소생의 계절
임"이라고 말한다.

부리가 노란색이다. 그래서 백로와 다르게 구별되는 이 노랑부리백로
몇 마리가 아직도 우리나라 봄과 가을에 날아들고 있을 것이라고 조류
학자들은 추정을 내리고 있다. 그러나 이 새는 1945년 해방 이전에 평안
북도에서 네 번 경상북도에서 한 번 그리고 서쪽 바다 기슭 인천 언저리
에서 한 번 자태를 나타냈다는 기록이 남아 있을 뿐이다. 그뒤로는 실제
로 이 새가 나타났음을 확인한 기록이 우리에게는 없다. 흑로의 백색형
(白色型)과 쉽게 분간이 잘 안 되는 이 노랑부리백로는 세계적으로 희귀
한 새일 뿐만 아니라 민감하고 준열한 결백성 탓으로 해서 자연 보존이
매우 잘 된 곳이 아니면 찾아들지 않는다. 즉 상하지 아니한 공기, 병들
지 아니한 물, 상하지 아니한 풀, 병들지 아니한 흙, 상하지 아니한 밝
음, 병들지 아니한 어둠의 자리가 아니면 찾아들지 않는다.

사전은

"가을 : 한 해의 네 철 가운데 셋째 철. 여름 다음 겨울 앞의 철. 절기
로는 입추부터 입동 전까지의 동안. 천문학상으로는 추분부터 동지까
지. 기상학으로는 9·10·11월을 북반구의 가을로 치고 음력으로는 7·
8·9월을 말함. 날씨가 대체로 맑고 신선함. 오곡이 무르익는 단풍의 계
절임"이라고 말한다.

섬

나는 하늘 아래 있고
나는 바람 속에 있고
나는 바다 가운데 있다

나는 지도 위에 있기도 하고
나는 지도 위에 없기도 하다

이야기

옛날 옛적에 양 치는 목동은 밤마다 깜깜한 어둠 속에서 깜깜한 하늘의 눈물 같은 별들을 모아서 이야기를 만들었다. 백년 천년 꺼지지 않는 불처럼 타는 이야기, 백년 천년 마르지 않는 물처럼 흐르면서 사는 이야기를. 나도 별로 다를 것이 없다. 밤마다 깜깜한 어둠 속에서 깜깜한 땅의 눈물 같은 너의 젖꼭지 그리고 너의 손과 눈 입 머리카락 숨소리도 모아서 이야기를 만든다. 백년 천년 꺼지지 않는 불처럼 타는 이야기, 백년 천년 마르지 않는 물처럼 흐르면서 사는 이야기를.

여울물

여울물이 옷을 벗긴다
여울물이 살을 벗긴다
여울물이 피를 삭인다
여울물이 뼈를 녹인다

충청북도제천군한수면한수리
굽이도는 남한강의 여울물이
물보라를 날린다
선덕여왕 허벅지에
한 방울 물보라를
더 날린다

종다리

보리밭
한 정보가
떠오른다

하늘은
눈물빛이다

아무도 본 사람은 없다 그 종다리

꽃빛

이
세상
모든 햇살
피로 물들이고서

그리고서 반쯤 아무는 너와 나의 작은 상처는
먼 두메 낮은 산자락의 진달래
바람에
날릴 듯 지워질 듯 하늘거리는
그 꽃빛이다

꽃 한 송이

어젯밤은
천년처럼 깜깜한 어둠이더니
천년처럼 깜깜한 그 어둠을
밤새껏 적시면서 비가 내리더니

저렇게 오늘 아침 꽃 한 송이 피었다

어젯밤
천년 같은 깜깜한 어둠
그 어둠 밤새껏 적시면서 내린 빗발 가운데
누구 피 한 방울 섞여 있었나

노래

강언덕
진달래
귀 세우다

들
바람
너울거리다

산꼭대기
구름
눈 껌벅거리다

그리고서 내 손바닥에 떨어지는 새털 하나

불

하늘 속
깊이 뜬
종다리는
검은 한 점으로
보인다.

그러나
기실 그 검은 한 점은
종다리가 아니다.

하늘 속
깊이 뜬
검은 그 한 점 속에서
타는 불

보이지 않는 그 불이 종다리다.

대낮

바람도 없는데
풀잎이 떱니다

대낮입니다

새는
하늘
한 귀퉁이에
못 박혔습니다
날개를 폈습니다

새까맣습니다

칼소리도 없는데
소년이 떱니다

죽음

사람은
보지 못한다

노래하는
새는 죽어서도
땅에 떨어지지
않는다
그 노래처럼

노래하는
새는 죽어서도
나뭇가지 끝에
등 대고 누웠을
뿐이다
그 노래처럼

노래하는
새는 죽어서도
바람 속에
떠 있을 뿐이다
그 노래처럼

다만 그 죽음을
사람은
보지 못한다

피리

대나무
잎사귀가
칼질한다.

해가 지도록 칼질한다
달이 지도록 칼질한다
날마다 낮이 다하도록 칼질하고
밤마다 밤이 다 새도록 칼질하다가
십 년 이십 년 백 년 칼질하다가
대나무는 죽는다.

그렇다 대나무가 죽은 뒤
이 세상의 가장 마르고 주름진 손 하나가 와서
죽은 대나무의 뼈 단단하고 시퍼런
두 뼘만큼을 들고
바람 속을 간다.

그렇다 그뒤
물빛보다 맑은 피리 소리가 땅끝에 선다
곧바로 선다.

詩

一 북의 고향 一

여섯시

열시   흐릿하다
열한시   가물가물 보인다
열두시   하루가 다하고
        하루가 시작되는 어둠은
        더욱 짙은 어둠이다
        그러나 그때 성큼 한 발자국
        내게로 다가서는 너를 본다
한시   마침내 너는 어둠을 밀어낸다
        산이여 강이여 하늘이여
두시   밭이여 언덕이여 샘이여
        홰나무여 대문이여 안뜰이여
        큰 부엌의 큰 솥이여 작은 솥이여
        마른나무 활활 불타는 눈부신 아궁이여
세시   할아버님 할머님
        아버님 어머님이시여
네시   (네 번 치는 괘종 소리)
다섯시   머리 위에 떠오르는 희끄무레한 창
여섯시   다시 네가 없는 밝음이다

꽃

철마다
한 송이
꽃을
볼 때면
나는 늘
살점 하나를 생각합니다.
고향집 뒷산자락에 모신 채
삼십여 년을 뵙지 못하는
할아버님과 할머님이
철마다 무덤 가르고 나오시어
번갈아 장도칼로 도려내시어
바람결에 띄우시는
당신의 가슴살 한점.
그 살점
하나가
뿜어내는
핏보래로
보이는 것입니다.

꿈길

이남에 와서
돌아가신 어머님은
화장을 하였습니다.
어머님의 재는 한강물에 뿌렸습니다.
나는 죽을 수가 없습니다.
이남에 와서
돌아가신 두 형님도
화장을 하였습니다.
작은형님의 재는 부산 바닷물에 뿌렸고
큰형님의 재는 다시 어머님의 재를 뿌린
한강물에 뿌렸습니다.
나는 죽을 수가 없습니다.
다 6·25 때의 일입니다.
나는 죽을 수가 없습니다.
이남에 와서
아내와 두 아들을 먼저 떠나보낸
얼마 뒤 아버님도 돌아가셨습니다.
아버님은 이북으로 가는 길목
의정부 가까운 어느 산중턱에 무덤을 써서 모셨습니다.
그리하여 나만 혼자 이남에 남아서 살게 되었습니다.
나는 죽을 수가 없습니다.
혼자 남아 사는 이남에서
나는 꿈이 자꾸만 꿈이 많아지게 되었습니다.
나는 죽을 수가 없습니다.
나는 밤마다 꿈마다 이북의 고향집을 찾아갈 수가 있었습니다.
나는 죽을 수가 없습니다.
꿈마다 찾아가는 고향집은 썰렁하니 비어서 어두컴컴하였습니다. 그
래도 날마다 꾸는 꿈마다 나는 이북의 고향집을 찾아갔습니다.

그러한 어느 날 밤의 꿈이었습니다.

나는 드디어 아버님과 어머님 또 두 형님을 뵐 수가 있었습니다. 죽어서 재가 되었던 어머님과 두 형님 그리고 죽어서 흙이 되었던 아버님은 고향으로 돌아와 다시 사람으로 현신하여 함께 살고들 계셨습니다.

나는 죽을 수가 없습니다.

고향집은 방마다 훤한 빛이 가득하였습니다.

고향집은 구석마다 훤한 빛이 가득하였습니다.

나는 죽을 수가 없습니다.

지난밤 꿈에서도 나는 아버님과 어머님을 뵈었습니다.

작은형님과 큰형님도 뵈었습니다.

나는 죽을 수가 없습니다.

나는 죽을 수가 없습니다.

혼자 남아서 사는 이남에서

나는 죽을 수가 없습니다.

만일에 내가 죽는다면

나는 꿈조차도 꿀 수가 없습니다.

나는 꿈길에서조차도 고향집을 찾아갈 수가 없습니다.

나는 죽을 수가 없습니다.

눈

    삼십여 년 전에 나는 이북의 고향을 떠났습니다 그날은 눈보라가 쳤습니다 산모퉁이를 돌아서는데 눈 한 송이가 내 등허리를 파고들었습니다 늙어 한쪽 눈만 보시는 어머님의 그 눈 하나도 산모퉁이까지 쫓아와서 내 등허리를 파고들었습니다 그뒤로 나는 삼십여 년을 이남에서 살고 있습니다 어느덧 명치끝에 스며들어 꽁꽁 얼어붙은 채 녹지 않는 눈 한 송이와 또 그 어머님의 한쪽 눈 하나와 함께 봄 가을 여름 겨울 없이 살고 있습니다

성묘

오늘
아버님을 뵈러
경기도 양주군 진접면 장현리
산소엘 갔더니
아버님은 안 계시고
무덤만 텅 비어 있더군요.
지난밤 꿈속에서
아버님께서는 기러기 비낀
달빛 받아 술을 빚으시더니
그걸 들으시고
훨훨
날아
평안남도 안주군 동면 오학리
선산 조상님들 뵈러
떠나셨나봅니다.

그래
텅 빈 무덤 앞에
소주 한잔 올리고
저도 한잔 드는데
기러기 한 마리가
시린 소주잔
흔들리는 가장자리에서
꽁지 감추는 참이더군요.

죽어서야

이따금 꿈길에 가는 고향집 가을햇살은 등허리에 따사롭습니다. 안방에서 사랑채로 혹은 대문으로 넉넉한 걸음걸이 옮기시는 아버님과 어머님에게서는 들국화의 향내가 납니다. 그런데 모를 것은 아무리 보고 다시 보아도 아버님과 어머님의 모습이 삼십 안팎으로밖에는 안 보이는 사실입니다. 쫓겨 헤매인 이남땅 찬 비바람에 시달려 모질게 깊이 아프게 삭은 칠십의 고개에서 팔다리 오그린 채 눈감으셨던 아버님과 어머님.

아마도 두 분은 죽어서야 다시 찾은 고향집에서 삼십 안팎의 나이로만 사시기로 그렇게 작정을 하시었나봅니다. 이북땅 고향 잃고 헤매인 숱한 날들은 다 지워버리시고 어둠보다 짙고 깊은 한 맺힌 죽음의 칠십 고개도 깡그리 지워버리시고 그렇게 사시기로 작정을 하시었나봅니다.

그렇습니다. 두 분은 죽어서야 다시 찾은 고향집에서 고향 잃기 전의 나이로 그 나이로만 사시기로 단단히 작정을 하시었나봅니다. 그리하여 안방에서 사랑채로 혹은 대문으로 넉넉한 걸음걸이 옮기시며 들국화의 향내도 풍기시며 사시기로 작정을 하시었나봅니다. 내가 이따금 꿈길에 가는 고향집 가을햇살은 등허리에 따사롭습니다.

찬바람

내 고향은 이북이지만
꿈속엔 길이 있어서 갈 수가 있습니다.
어릴 적 그때와 다름없이
밝은 고향집엔 이남에서 돌아가신
부모님이 살고 계십니다.
그래서 나는 이따금 이남에서 꾸는 꿈속의 길을 타고
이북의 고향집을 찾아가서 부모님을 만나뵙습니다.
한식날 밤이거나 추석날 밤이면 꼭 그러합니다.
더러는 비 오는 밤이거나 눈 오는 밤에도 그러합니다.
그런데 이 가을 찬바람 부는 한 저녁에
나는 문득 난감한 생각을 떠올렸습니다.

다름이 아닙니다.
나도 이남에서 죽어 묻힐 것이 뻔하고
그리 되면 부모님이 그러하였듯이
나 역시 꿈길로나 찾아가던
이북의 고향집에 돌아가서 살 것이 틀림없습니다.
그리고 그렇게 됨으로써 풀 길 없는 어려움은 비롯되는 것인즉
그것은 바로 이러한 것입니다.
내가 이남에서 낳은 두 자식은 이남이 제 고향입니다.
다시 말해서 저들은 장성하도록 가본 적 없는
제 아비의 고향을 알지 못하는 것입니다.
그러하니 저들은 아비가 죽은 뒤 어찌 꿈속에서나마
제 뿌리요 제 아비의 고향으로 가는 길을
찾을 수가 있을 것이며
제 아비를 만날 수가 있는 것입니까.
또한 그러하니 그 아비는 어찌 제 자식들을
다시 만날 수가 있는 것입니까.

마침내 이 땅에서는 죽으면 그만 영이별인 것입니다.
죽은 아비와 산 자식들은 꿈속에서조차도
다시 서로 만날 길 없는 영영 영이별인 것입니다.
가을 한 저녁 불기 시작한 찬바람은
밤새껏 그치지를 아니하였습니다.

뼈저린 꿈에서만

그리라 하면
그리겠습니다.
개울물에 어리는 풀포기 하나
개울 속에 빛나는 돌멩이 하나
그렇습니다 고향의 것이라면
무엇 하나도 빠뜨리지 않고
지금도 똑똑하게 틀리는 일 없이
얼마든지 그리겠습니다.

말을 하라면
말하겠습니다.
우물가에 늘어선 미루나무는 여섯 그루
우물 속에 노니는 큰 붕어도 여섯 마리
그렇습니다 고향의 일이라면
무엇 하나도 빠뜨리지 않고
지금도 생생하게 틀리는 일 없이
얼마든지 말하겠습니다.

마당 끝 큰 홰나무 아래로
삶은 강냉이 한 바가지 드시고
나를 찾으시던 어머님의 모습.
가만히 옮기시던
그 발걸음 하나하나
조용히 웃으시던
그 얼굴의 빛무늬 하나하나
나는 지금도 말하고 그릴 수가 있습니다.

그러나 아무리 애써도 한 가지만은

그러나 아무리 몸부림쳐도 그것만은
내가 그리질 못하고 말도 못 합니다.
강이 산으로 변하길 두 번
산이 강으로 변하길 두 번
그리고도 더 많이 흐른 세월이
가로 세로 파놓은 어머님 이마의
어둡고 아픈 주름살.

어머님
꿈에 보는 어머님 주름살을
말로 하려면 목이 먼저 메이고
어머님
꿈에 보는 어머님 주름살을
그림으로 그리려면 눈앞이 먼저 흐려집니다.
아아 이십육 년
뼈저린 꿈에서만 뵈시는 어머님이시여.

어머님

어머님
당신을 두고 떠나왔을 때
남쪽 사람이 물었습니다.
— 북쪽의 고향이 그립지 않느냐고
그때 나는 말문이 막혔습니다,
어머님.

그로부터
한 오 년이 지난 어느 날
또 한 사람이 물었습니다.
— 북쪽의 고향이 그립지 않느냐고
그때 나는 대답해주었습니다,
괜찮다고, 어머님.

그로부터
다시 오 년이 지난 어느 날
다시 한 사람이 물었습니다.
— 북쪽의 고향이 그립지 않느냐고
그때 나는 대답해주었습니다.
사람에겐 반드시 고향이란 게
있어야 하는 것이 아닐 거라고.

어머님
그로부터 또 한 오 년이 지나서
나는 당신이 알지 못하는
당신의 며느리를 맞았습니다.
그 사람이 물었습니다.
— 북쪽의 고향이 그립지 않느냐고

그때 나는 대답해주었습니다.
사람이란 고향 없이도
살 수 있는 거라고.

그런데
어머님
그로부터 다시 한 십 년이 지난 오늘
당신이 알지 못하는
당신의 어린 손자놈이
말했습니다.
—아버진 고향이 어디냐고.

이십여 년 전
당신을 두고 떠나왔을 때
그때처럼 어머님,
오늘은 내가 이 어린
남쪽 사람 앞에서
다시 말문이 막혔습니다,
어머님.

삼십 년

한식날
전화를 걸었더니
그는 없었다
아무도 없었다
그런데 웬일인지
길게 울리던 신호 소리가 뚝 그치더니
바람소리가 들리고 빗소리가 들렸다
이른 봄비에 촉촉이 젖어
깊은 풀숲에 갇힌 바람소리가 들렸다
깊은 풀숲에 숨은 단단한 쇠가시에 걸려
정강이가 찢기고 손바닥이 찢기는 바람소리가 들렸다
가슴팍도 찢기고 눈알도 찢기는 바람소리가 들렸다
이른 봄비에 촉촉이 젖어
갈기갈기 찢기는 바람소리가 들렸다
작년에도 그랬고
재작년에도 그랬다

지난
삼십 년
해마다 봄이 오는 한식날이면
그랬다

한 치쯤 떠서

한 사나이를 보았다
추석 하루 전날
고향으로 내려가는 사람들
꾸역꾸역 미어지는
서울역 개찰구를
한 치쯤 떠서 빠져나가는
그 사나이를 보았다

한 사나이를 보았다
추석 사흘 뒷날
고향에서 돌아오는 사람들
꾸역꾸역 쏟아지는
서울역 광장을
한 치쯤 떠서 빠져나가는
그 사나이를 보았다

아무도 보지 못한 그 사나이
땅바닥에서 한 치쯤 떠서 고향길 가고 온 그 사나이
한반도처럼 허리 꺾인 사나이를 나는 보았다
나만이 본 그 사나이
갈기갈기 해어진 바짓가랑이를 보았다

오래 삭은
쇠가시에 찢기고 다시 찢겨
바람 부는 땅바닥에서 한 치쯤 떠서
갈기갈기 날리는 것을 보았다

꿈

바람
없이도
비끼는 구름이
있다

날개
없이도
나는 새가
있다

하늘
없이도
뜨는 별이
있다

길
없이도
흐르는 물이
있다

살
없이도
살 섞는 살이
있다

길
없이도
가서 눈물로 씻는 하늘 밑이

있다

눈물

눈물은 만질 수가 있습니다

마음은 만질 수가 없습니다

하지만 눈물은 마음을 만질 수가 있습니다

눈물날 때 마음이 척척하니 젖는 것은 그 때문입니다

먼 고향은 마음 안에 있습니다

그래서 내가 만지지 못하는 마음이나 먼 고향을

눈물은 이따금씩 만질 수가 있습니다

봄 어느 날 가을 어느 날

내 먼 고향은

척척하니 젖은 마음 안에서 다시 척척하니 젖어 있습니다

그런 날이면 늘 비가 내려서

젖은 진달래나 단풍이 흐린 천기간에 번지는

불꽃입니다

창문

우리집에는
아무도 알지 못하는
창문 하나가
있습니다.

이십 년을 넘게
함께 산 자식들이 알지 못하고
삼십 년 가까이나
함께 산 집사람도 알지를 못합니다.

납작한 한옥이지만
대문을 행길 쪽으로 낸
남향집 등허리에
즉 북쪽을 향해서 난
이 조그만 창문을 알고 있는 것은
우리집 식구들 가운데서
나 혼자뿐입니다.

삼십대에도 그랬고
사십대에도 그랬고
돋보기를 놓지 못하는
오십대 중반인 지금에도
변함없이 나 혼자뿐입니다.

그러니 이 창문은
남쪽을 향한 창문이나
동쪽을 향한 창문이나
혹은 서쪽을 향한 창문처럼

날마다 분주하게
여닫히는 일이 없습니다.
다만 일 년에 한두 번
어두운 새벽에 열렸다가
어두운 밤중에야 닫히고 할 따름.
그날은 바로 봄이 오는 한식날이거나
가을 깊은 추석날이거나 그러합니다.

아무튼 이 창문은
나만이 알고 있는 것이기에
나만이 볼 수가 있고
나만이 그 앞에 설 수가 있고
나만이 만질 수가 있고
나만이 여닫을 수가 있습니다.
그리고 나만이 여닫히는
그 소리를 들을 수가 있는 것입니다.

그렇습니다.
일 년에
한두 번은 어김없이
여닫히는 그 소리
이십 년을 넘게 함께 산 자식들은
듣지 못하는 그 소리
삼십 년 가까이나 함께 산 집사람도
듣지 못하는 그 소리
아 내가 알고 있는 어떠한 말로도
옮겨 나타낼 수가 없는 그 소리를
오직 나만이 듣는 것입니다.

우리집에는
오래도록 고향에 돌아가지 못하는
나 말고는 아무도 알지 못하는
조그만 창문 하나가
있습니다.

눈동자

사람은 눈을 들어 하늘의 구름을 봅니다. 그런데 구름을 보는 것은 사람의 눈이 아니라 눈 한가운데의 눈동자입니다. 새이기도 하고 토끼이기도 하고 꽃이기도 하고 순이의 얼굴이기도 한 구름을 봅니다. 나도 이따금 눈을 들어 하늘의 구름을 봅니다. 하지만 내 경우는 다릅니다. 하늘의 구름을 보는 것은 내 눈이지 눈동자가 아닙니다. 그러니 내 눈동자는 망가진 것이겠습니까. 눈동자 아닌 희멀건 눈자위로 저 하늘의 구름을 본다니 이것은 또 어찌 된 영문입니까. 아무튼 삼십 년을 더 넘게 핏발 선 것이 가시지 않는 내 눈이나 눈동자가 다른 사람들의 눈이나 눈동자하고 같지 아니한 것만은 분명한 사실입니다. 그렇다고 내 눈의 눈동자가 아주 아무것도 보지 못하는 것은 아닙니다. 다른 사람들과 다른 내 눈동자는 다른 하늘을 보고 다른 구름을 봅니다. 삼십 년을 더 넘게 가지 못하는 고향 하늘. 삼십 년을 더 넘게 눈물에 씻겨 푸르디푸른 고향 하늘에 비긴 구름 한 자락. 새도 아닌 토끼도 아닌 꽃도 아닌, 그리고 순이의 얼굴도 아닌 저 하얀 구름 한 자락을 멍들도록 봅니다. 삼십 년을 더 넘게 오직 내내 그것 하나만을 보는 것입니다.

국어사전

국어사전 가운데에는 조그만 것이 있어서 호주머니에도 든다. 이 작은 국어사전을 펴서 고향을 찾아보면 "고향(故鄕) 名 (1) 제가 나서 자라난 곳 (2) 제 조상이 오래 누려 살던 곳"이라고 풀이하고 있다. 이희승 박사가 엮은 국어대사전은 목침만큼이나 하다. 이 큰 사전을 펴서 고향을 찾아본다. "고향(故鄕) 名 (1) 제가 나서 자라난 곳 = 고구(古丘) 고리(故里) 고산(故山) 고원(故園) 고토(故土) (2) 제 조상이 오래 누려 살던 곳"이라고 풀이하고 있다. 양주동 박사가 엮은 국어대사전도 크다. 부피가 성장한 남자의 튼튼한 가슴패기보다 더 두꺼웠으면 두꺼웠지 덜하지는 않다. 이 사전을 펴서 고향을 찾아본다. 역시 "고향(故鄕) 名 (1) 제가 태어나서 자라난 곳"이라고 풀이하고 있다. 이 세 가지 국어사전은 다 같이 한 가지를 분명히 하고 있다. 즉 고향이란 내가 태어나서 자란 곳이요, 내 조상이 오래 누려 살던 곳이요, 그리하여 떠나 살던 내가 죽으면 반드시 돌아가서 조상 곁에 뼈를 묻는 곳이라는 바로 그 점이다. 나는 이희승 박사나 양주동 박사가 그리고 이름을 알 수 없는 작은 국어사전의 편자가 이 세 가지 크고 작은 사전들을 엮은 것이 언제였는지를 알지 못한다. 문득 달력을 보니 1980년을 사흘 앞둔 1979년 12월 29일이다. 그러니까 내가 고향의 청천강 흐린 새벽 어두운 갈대숲을 헤쳐 희뜩희뜩 남으로 숨어 내려가는 사람들과 함께 작은 목선에 몸을 실은 그날로부터 삼십 년이 더 지난 셈이다. 오래된 옛날이나 옛일을 되새기는 사람은 왠지 두 눈을 삼는 버릇이 있다. 내가 감은 두 눈의 수름진 눈시울 속에는 삼십여 년 전의 청천강 흐린 새벽 어두운 갈대숲이 어리고, 희뜩희뜩 등 구부리고 그 구부린 등으로 고향 등지고 남으로 숨어 내려가는 사람들이 스친다. 그리고 그 사람들을 지켜보는 여섯 개의 눈알이 어두운 갈대숲 사이에 떠오른다. 가만히 보니 두 개는 이희승 박사의 눈알 같기만 하고 또 두 개는 양주동 박사의 눈알 같기만 하다. 나머지 두 개 그것은 호주머니에도 드는 작은 국어사전의 편자 이름을 알 수 없는 그 사람의 눈알 같기만 하다. 내가 고향을 떠나던 삼십여 년 전의 그 흐린 새벽 어두운 갈대숲 사이에 서서 껌뻑일 줄 모르는 여섯 개의 눈알들.

그것들을 희뜩희뜩 흰 수염이 난 삼십 년 후의 내가 눈 감고 물끄러미 바라보고 있는데 오오 새삼 문득 생각 키우는 것이 있다. 양주동 박사의 국어대사전이다. 이 사전의 고향 풀이에는 "제 조상이 오래 누려 살던 곳"이라는 대목이 없었던 것이다. 그는 왜 그리 했던 것인가. 어찌해서 그는 그리 해야만 했던 것인가. 죽어서 그 뼈를 남쪽 땅에 묻은 그의 고향은 북쪽이었다. 그는 죽어서 돌아가 그 뼈를 조상 곁에 나란히 묻지를 못하였다. 그는 생전에 그렇게 되리라는 것을 알고 있었던 것이던가. 죽어도 그 뼈가 북쪽의 고향 조상이 오래 누려 살던 그 땅 속에 돌아가 묻히지를 못하리라는 것을, 반드시 그렇게 되리라는 것을 일찍이 다 잘 알아차리고 있었단 말이던가.

나의 바다

나는 어렸을 때 깊은 산마을에서 자랐습니다. 그래서 바다엘 간 적도 없었고 바다를 본 적도 없었습니다. 바다라면 다만 그림책 속의 바다를 보았을 뿐이었고, 바다엘 갔다면 그림책 속의 바다로 갔을 뿐이었습니다. 그런데 바다는 그림책 속에서도 눈부신 소리 울리는 수억만 개의 북을 굴리면서 내게로 밀려오고 또 밀려왔습니다.

그러한 내가 정작 바다엘 가서 바다를 본 것은 나이 열아홉 살 때의 일이었습니다. 1946년, 그러니까 해방된 이듬해 늦여름의 어느 날 새벽이었습니다. 북쪽 사람이던 나는 북쪽 사람에게 쫓기는 신세가 되어 고향을 버리고 청천강의 하구 무성한 갈대숲에 이르렀던 것입니다. 바로 그때였습니다. 나는 내 눈앞에 펼쳐져 있는 바다를 보았던 것입니다. 나는 난생 처음으로 바다엘 와 있었던 것입니다. 그러나 어찌 된 것인지 바다는 저 그림책 속의 바다와 같지 아니하였습니다. 바다는 거기 소리 없이 가만히 누워 있었습니다. 죽은 물고기의 뱃가죽처럼 역겨운 비린내를 풍기면서 하늘 끝까지 축축한 잿빛으로 널려 있었습니다. 나는 그 바다를 타고 남쪽으로 내려와서 남쪽 사람이 되었습니다.

그후 여러 해가 지났습니다. 내 나이 삼십 줄에 들어선 어느 날이었습니다. 나는 벗들과 함께 인천엘 갔습니다. 인천은 열아홉 살 때 청천강 하구에서 탄 배가 남쪽으로 내려와서 닻을 내린 항구였습니다. 나는 인천에 당도하자 곧바로 부두로 나갔습니다. 바다를 보고 싶었습니다. 인천의 바다는 저 청천강 하구에까지 이르면서 그러니까 내 고향땅까지 그곳에까지 이르면서, 한 물결로 일렁이는 것이 아니겠습니까. 한 소리 눈부신 소리 울리는 수억만 개의 북을 굴리고 또 굴리는 바다가 아니겠습니까. 나는 그 바다가 보고 싶었던 것입니다. 나는 부두에 이르렀습니다. 바다는 내 눈앞에 펼쳐져 있었습니다. 나는 다시 바다엘 와 있었습니다. 그러나 바다는 거기 소리없이 가만히 누워 있었습니다. 죽은 물고기의 뱃가죽처럼 역겨운 비린내를 풍기면서 하늘 끝까지 축축한 잿빛으로 널려 있었습니다. 나이 삼십 줄에 들었으면서도 내가 갈 수 있는 바다는 저 열아홉 살 때의 그 바다였습니다. 볼 수 있는 바다도 그 바다였습니다.

　그후로는 바다를 보는 일도 없이 그리고 바다엘 가는 일도 없이 또 여러 해가 지났습니다. 지금은 내 나이 쉰을 넘었습니다. 그러니까 이제 고향을 떠난 지도 삼십 년이 더 넘은 것입니다. 돋보기가 없이는 신문을 보지 못합니다. 바람과 현실은 같지 아니하다는 것을 더욱 깊이 깨닫는 나이 그 깨달음을 제법 잔잔하게 지닐 줄 아는 나이가 된 것입니다. 아니 욕심을 부리고 기를 써봤댔자 별수가 없는 그런 나이가 된 것입니다. 그러나 요즈음도 나는 이따금 문득 손에 든 신문을 팽개치고 일어나서 다락에 기어오르는 이 한 가지 기만은 누르지를 못하고 있습니다. 다락에는 아이들이 보다가 버린 책들이 먼지에 덮여 있습니다. 나는 그 책들 맨 밑창에 깔린 놈을 끄집어내가지고 다락을 내려옵니다. 겉장은 떨어지고 구겨지고 바래고 한 그 한 권의 낡은 책은 그림책입니다. 나는 햇볕이 제일 잘 든 자리를 골라잡고 앉아 안경알 닦아 낀 뒤에 그림책을 펼쳐듭니다. 아이들은 이러한 나를 보고 웃지만 나는 반드시 그렇게 하고서야 그림책을 펼쳐듭니다.

　그림책 속에는 바다가 있습니다. 이제는 나이 쉰을 넘은 내가 그 바다를 봅니다. 이제는 나이 쉰을 넘은 내가 그 바다엘 갑니다. 바다는 그림책 속에서도 눈부신 소리 울리는 수억만 개의 북을 굴리면서 내게로 밀려오고 또 밀려오는 것입니다.

아무렴

애들아 저 풀 이름을 너희들은 아니. 해 뜨는 동쪽 바다에서 해 지는 서쪽 바다까지 너희들 키보다 더 커서 아니다 어른인 내 키보다도 더 커서 우거진 저 풀들. 애들아 너희들이 던지는 뿔이 저 풀숲에 굴러갔어도 애들아 아무리 고운 새가 저 풀숲으로 날아갔어도 애들아 너희들의 꿈 토끼와 새끼노루가 저 풀숲에서 뛰놀고 있어도 그리고 노래와 같은 구름이 저 풀숲으로 가면서 너희들을 부른다 해도 애들아 너희들은 가지 못한다 저 풀숲으로는. 너희들은 놀지 못한다 저 풀숲에서는. 너희들은 가지 못한다 저 풀숲으로는. 보이냐 저 풀숲을 왼통 둘러친 쇠가시 가시 또 쇠가시. 안타까우냐 애들아 노여우냐 애들아.

그래 이상한 풀숲이다 저 풀숲은. 나는 지금 저 풀숲 남쪽에서 사는 어른이지만 너희들처럼 어린이였을 땐 북쪽에서 살았다. 그런데 그때의 북쪽에서 보지 못하던 저 풀숲은 어른이 된 지금 남쪽에서도 생전 첨 보는 이상한 풀숲이다. 아무튼 애들아 너희들은 어른이 되면서 저 풀숲의 풀 이름을 알게 되겠지. 너희들이 어렸을 때의 안타까움과 노여움의 뜻도 다 알게 되겠지. 그리고 아마도 그때쯤은 해 뜨는 동쪽 바다에서 해 지는 서쪽 바다까지 우거진 저 이상한 풀숲은 없어지고 깡그리 쇠가시도 없어지고 거기서도 그날의 애들은 뿔과 함께 고운 새와 함께 토끼와 새끼노루와 함께 그리고 노래와 같은 구름이랑 함께 놀 것이다. 아무렴, 거기서도 그날의 애들은 제 이름을 땅 위에 쓰면서 그렇게 놀 것이다 애들아.

길

찬 서리 길을 가도
고향길이 아니다

잎 지는 길을 가도
고향길이 아니다

손잡은 길을 가도
고향길이 아니다

한 사나이 늙어
아

강나루 건너가도
고향길이 아니다

달 지는 길을 가도
고향길이 아니다

구름

동으로 가면
들입니다
거기서 아침 한때
마른풀하고 지냅니다.

남으로 가면
바다입니다
거기서 낮 한때
털 빠진 갈매기하고 지냅니다.

서로 가면
산입니다
거기서 저녁 한때
삭은 햇덩이하고 지냅니다.

북으로 가면
오 고향입니다
거기서 밤 한때
달무리 쓴 꿈하고 지냅니다.

발자국

지난밤
싸락눈 내린
좁은 뜰
서성이다
잠들었더니
밤새껏
눈 많은
이북
고향 꿈
설쳤습니다.

새벽에
눈떠
좁은 뜰
내려섰더니
지난밤
서성이던
내 발자국
대문 열고
밖으로 나간 것을
보았습니다.

그
발자국 따라
마을 지나
들 넘고
산 넘고
허이연 나무숲도

지나갔더니
허이옇게 허이옇게 허이옇게
얼어붙은
임진강.

발자국은
못 건너는 그 강도 건너가고 있었습니다.

강에서

바람 불면

임진강으로 가서

못 건너는 강 건너

북쪽 땅 산자락

내 집을 보았습니다

발돋움하고 보았습니다

그러기를 삼십 년

이제는 나이 들어 흐린 눈

바람 불면 임진강으로 가서

못 건너는 강 건너 북쪽 땅 산자락

내 집으로 부는 바람의

허연 뒷덜미나 보고 앉았습니다

시퍼렇게 살갗 튼 발뒤꿈치나 보고 앉았습니다

눈발만 희끗희끗

마지막 달
십이월은 비었습니다

나무숲도 운동장도
비었습니다

산도 하늘도
비었습니다

또다시 한 해가 저무는
마지막 달 십이월

북녘의 고향땅
가지 못하는 사람

머리에도 수염에도 마음에도
눈발만 희끗희끗

산처럼 하늘처럼
그렇게

눈발만 희끗희끗
텅 비었습니다

봄이 오는 사월에

고향 떠나
늙은 내게도
봄이 오는 사월에
눈을 뜨면
보이는 새가 있다
보이는 햇볕이 있다
보이는 풀이 있다
눈을 뜨면 훤한 밝음 한가운데
향기로 서 있는 사람 하나가 있다
똑똑히 보이는 그 사람이 있다
그러나
고향 떠나
늙은 내게는
봄이 오는 사월에
눈을 감아야
보이는 길이 있다
보이는 하늘이 있다
보이는 물이 있다
눈을 감아야 검은 어둠 한가운데
꽃으로 서 있는 사람 하나가 있다
똑똑히 보이는 그 사람이 있다

내 어둠

어둠 속에서만
그 돌은 채입니다
어둠 속에서만
그 길은 열립니다
어둠 속에서만
그 물은 출렁거립니다
어둠 속에서만
그 마을은 나무와 언덕 풀을 거느리고
바람과 새들도 거느립니다
그리고 눈부십니다
어둠 속에서만
그 해와 꽃은 불탑니다
어둠 속에서만
그 말은 들립니다
어둠 속에서만
그 얼굴은 다가섭니다
어둠 속에서만
그 따뜻한 손은 다가와서
내 시리고 주름진 손을 꼭 잡아줍니다

눈 감으면
어둠입니다
내 먼 북녘의 고향은
그 어둠 속에 있습니다
아프게 저리도록 훤한 밝음으로 있습니다

이른 봄 한 저녁

새 한 마리가
비 그친 사철나무 가지의
빗물 몇 방울을 날리더니
보이지 않았다.

문득
어릴 적
평안남도 산골 양덕읍
조그만 목조 보통학교의 참새들이
떠올랐다.

교정 가장자리에
줄지어 선 미루나무 가지에서
맞은편 이층 교실 꼭대기까지
단숨에 날아다니던
그 참새들.

나는 그 시절
내게도 날개가 있어
어디고 맘대로 날아다니는 게
꿈이었다.

저녁때
새 한 마리가
다시 찬비 오는 사철나무 가지에 날아들었다.
울지도 않고 오래 앉아 있었다.
가까이 다가가도
눈알만 말똥말똥 움직이지 않던 그 새는

손을 들어 휘어이 내저었더니
그제야 빗물 몇 방울을 날리면서
날개를 쳤다.

가뭇가뭇
한 마리 새가 뭉개어지듯 사라진 곳은
젖은 잿빛 하늘 북쪽이었다.
아마도 새의 고향은
그쪽의
숲이던가
수풀이던가.

방으로 돌아와
미닫이를 닫고 아랫목에 앉았는데
문득 등허리께가 손바닥 크기만큼
축축하니 섬뜩하니 아려드는 것을 느꼈다.
알고 보니 그것은 찬비 오는 이른 봄 한 저녁
불현듯 아득히 먼 곳으로부터 찾아온 저 어릴 적 꿈이
어처구니없이도 내 늙고 시린 등허리를
발가락 언 알몸으로 무등 타고 앉은 때문이었다.

내게도 날개가 있었으면 했던 저 옛날 옛적의 꿈이.

오래도록

오래도록이라는
말이 있습니다

십 년의 세월은
오래도록 흐른 세월입니다

이십 년의 세월은
더 오래도록 흐른 세월입니다

삼십 년의 세월은
더욱더 오래도록 흐른 세월입니다

그런데 삼십 년은
사십 년보다는 덜 오래도록
흐른 세월입니다

그리고 오십 년보다는
더욱 덜 오래도록 흐른
세월입니다

백년보다는
아주 많이 덜 오래도록
흐른 세월입니다

그러나
그렇지 아니한
세월이 있습니다

삼십 년이건만
사십 년만큼이나 오래도록
흐른 세월이 있습니다

삼십 년이건만
오십 년만큼이나 오래도록
흐른 세월이 있습니다

삼십 년이건만
기실은 백년만큼이나 오래도록
흐른 세월이 있습니다

여어이!
소리쳐 부르면
바로 강 건너에서
여어이!
메아리로 답하는
땅

북의 고향

바라보기 삼십 년
오직 바라만 보기 삼십 년은
눈 짓물고
간 짓물고
쓸개 짓물고
넋마저 짓물은
그러한 세월입니다

그렇습니다

갈 때엔
걸어서 가야 합니다
그렇습니다 나는 반드시 걸어서 돌아가야 합니다
어둠의 풀숲을
어둠의 산마루를
어둠의 낭떠러지를
어둠의 여울목을
어둠의 깊은 물을
헤쳐서 가야 합니다
더듬어 가야 합니다
기어서 가야 합니다
건너서 가야 합니다
그렇습니다 자맥질해 가야 합니다
그렇습니다 다시 긁히고 찢긴 손바닥이나
발바닥에서 목덜미에서 흐르는 피로
다시 터지고 깨진 팔꿈치나 정강이에서
무르팍에서 흐르는 피로
떠나오던 그날 밤에 찍은 모든 핏자국을 씻고 그렇습니다
그리하여 그날 밤의 모든 어둠을 거두어가지고
돌아가야 합니다
그렇습니다
숨죽이고 숨죽이고 떠나오던 그날 밤에
형과 누이는 살아남게 하기 위하여
한 가닥 핏줄은 살아남게 하기 위하여
울음 우는 철없는 것의 목 졸라 죽이었던
산마루나 깊은 물 속에서는
그 어린것의 썩지 않은 뼈도 추려가지고
돌아가야 합니다

그리하여 별빛조차 없었던
그날 밤의 칠흑 어둠을 파고 묻었던
죄도 한도 뿌리째 뽑아가지고 돌아가야 합니다
그렇습니다 그러한 돌아감일 때
비로소 나는 고향 선산의 뭇 조상님 무덤 앞에
두 무릎 깊이 꺾고 목 드리울 수가 있는 것입니다

가서 보고 섞고 죽어 그리고 다시 태어나리

가야 한다고
그렇게 생각했습니다.
십 년을 하루같이
가야 한다 가야 한다
돌아가야 한다고
그렇게 생각을 했습니다.

가야 한다고
그렇게 생각했습니다.
다시 십 년을 하루같이
가야 한다 가야 한다 가야 한다
되돌아가야 한다고
그렇게 생각을 했습니다.

가야 한다고
그렇게 생각했습니다.
또다시 십 년을 하루같이
가야 한다 가야 한다 가야 한다 가야 한다
돌아서 되돌아서 가야 한다고
그렇게 생각을 했습니다.

청천강에서 탄 밤배가
어두운 황해를 숨어내려 인천항에 닻을 내린
1946년 무더운 여름날 새벽
바로 그날 새벽부터 십 년을 하루같이
다시 십 년을 하루같이 또다시 십 년을 하루같이
삼십 년을 하루같이 한 오직 한 가지 생각.

가야 한다고
그렇게 생각을 했습니다.

      *

그렇습니다.
나는 가서 봐야 하겠습니다.
내 눈에 두 눈에 흙이 들어가기 이전에
똑똑히 속 시원히 봐야 하겠습니다.
내 고향땅의 산과 숲을
들과 언덕을 논과 밭을.

지붕을
창문을
마당을
곳간을
사랑방을
부엌을

내 눈에
두 눈에 흙이 들어가기 이전에
나는 똑똑히 나는 속 시원히 봐야 하겠습니다.
내 고향땅의 강과 구름을
다리와 나루터를 개펄을
바다를 바다의 물거품을.

강화도 전방 초소의 망원경으로 보는
답답한 고향땅이 아니라

임진강 기슭에서 바라다보는
흐릿한 고향땅이 아니라
볼수록 멀리 바라볼수록 더 멀리
아프게 아스라이 가물거리는
고향땅이 아니라,

그렇습니다
나이 오십이 넘어선 내가 맨발로 밟는 고향땅을
분명하고 확실한 고향땅을
똑똑히 속 시원히 봐야 하겠습니다.

      *

오오
고향땅
굽이굽이 강물에 섞겠습니다.
폭포에 시냇물에
아무리 작디작은 시냇물에도
내 살을 풀어서 섞겠습니다.

큰 산의
큰 나무뿌리
작은 산의
작은 나무뿌리에 섞겠습니다.
아무리 작디작은 나무뿌리에도
내 피를 풀어서 섞겠습니다.

논에

내리는 햇살
밭에 내리는
햇살에도 섞겠습니다.
아무리 작디작은 한 뼘 밭 햇살에도
내 땀을 풀어서 섞겠습니다.

바람에도
섞겠습니다.
봄 여름 가을 겨울
숨쉬는 바람
아무리 작디작은 한 가닥 바람에도
내 머리칼을 풀어서 섞겠습니다.

들의 꽃
숲속의 꽃
바위 그늘의 꽃
어린 아기 잠든 손의 작은 꽃에
아무리 작디작은 한 송이 꽃 속에도
내 꿈을 풀어서 섞겠습니다.

          *

그리고 죽겠습니다.
죽어도 사지를 묶여 관 속에 드는 그런 죽음이 아니라
마치 날기라도 하는 것처럼 사지를 확 펴고 죽는 죽음
관이 아니라 내 고향땅 품속에 드는 죽음
극락처럼 편안하고 한(恨)도 없는 화려한 죽음을
죽겠습니다.

타향에서 죽어
찬 흙 두 눈에 가득히 담고 죽은 부모님의 뼈
고향땅 맑은 샘물로 씻어
조부모님 무덤 아래 묻고
자식놈들 무덤자리 저만치 햇볕 바른
더 아래 정해준 뒤에
밝고 옳은 죽음의 질서 제대로 잡은
뒤에 죽는 내 죽음.

내가 죽는 자리는
들녘이든 산기슭이든
강변이든 나무 아래든
벼랑 위이든 또 골짜기든
그곳이 어디이든 큰방의 아랫목이요
돌멩이 하나 풀 한 포기 한 그루 나무 바위 한 덩이
구름 한 자락 그것들은 모두
내 시신을 둘러치는 병풍입니다.

그렇습니다.
관이 아니라 내 고향땅 품속에 드는 죽음
날기라도 하는 것처럼 사지를 좍 펴고 죽는 죽음
극락처럼 편안하고 한(恨)도 없는 화려한 죽음을
나는 죽겠습니다.

*

죽고
그리하여 나는 다시
태어나겠습니다.

태어나도
바닷물로 태어나서
내 땅덩이 동서남북
후미진 구석구석까지 흠뻑
푸르디푸른 물로
그 한 가지 물로 싸안겠습니다.

태어나도
물감으로 태어나서
내 땅덩이 춘하추동
철 따라 어김없이 골고루
곱게 조화롭게 색칠하겠습니다.
한라산에서 백두산까지
단숨에 한숨에 색칠하겠습니다.

나는 그렇게 할 수가 있습니다.
나는 그렇게 하여야만 하는 것입니다.
나는 죽고 그리하여 나는 다시
태어나야만 하는 것입니다.
죽고 그리하여 나는 다시
태어나겠습니다.

태어나도
거문고로 태어나서
거문고 줄로 태어나서
내 땅덩이 방방곡곡
밤 낮 아침 저녁 끊임없이
십 년을 하루같이 백년을 하루같이 천년을 하루같이
영롱한 가락 울리겠습니다.
백두산 꼭대기에서 한라산 꼭대기에 걸려
오오 무지개로 걸려서
휘황한 가락 찬란한 가락
울리고 또 울리겠습니다.

노래의 쑥밭으로

새해에는
강 하나를 가져야겠어
이맘때엔 스케이트를 타고 썰매도 타고
백 개 천 개의 팽이를 굴려
얼어붙은 얼음장을 오만 가지 색깔
살아서 움직이는 현란한 무늬의
강물이게 해야겠어
여름엔 햇덩일 등에 메고
수영을 하고 일요일엔
낚시를 던져 붕어 메기
뱀장어도 건져올린다
그러다가 가뭄에 시달리는 사람이 있으면
강바닥까지 들어올려
마른땅으로 타는 그 마음에
푸른 물의 폭포를 쏟아줘야겠어

새해에는
드높은 파도의 떼를 가져야겠어
봄에는 육지로 밀려가서
산마다 진달래 바다를 일렁이게 하다가
이윽고 푸른 기름방울 떨구는 풀잎 나뭇잎의 바다도
일렁이게 하고서 거기엔 온갖 짐승들을
들끓게 해야겠어
가을에도 육지로 밀려가서
왼 산을 단풍으로 태우는
불놀이를 하다가 그러다가
배고파 쓸쓸하고 서러운 사람이 있으면
산뿌릴 잡고 흔들어

머루의 사태 다래의 사태
단밤의 사태를 쏟아지게 해야겠어

뿐이랴 아직도 어디선가
싸우는 사람이 있으면
싸움의 고장으로 밀려가서
이번엔 천 가락 만 가락
아니야 천만 가락 노래의 폭풍으로 밀려가서
그곳을 왼통
노래의 쑥밭으로 만들어놓아야겠어

조상의 큰 눈

새해
새날에
보라

한줌의 뼈를
보라
저 강줄기
굽이마다 모래밭
그 한줌 모래에 섞여
아직도 알알한
조상의 뼈를 보라

한줌의 머리칼을
보라
저 산줄기
봉우리 부는 바람
그 한줌 바람에 섞여
아직도 날리는
조상의 머리칼을 보라

한줌의 살을
보라
저 들판
논과 밭에 들이찬 흙
그 한줌 흙에 섞여
아직도 훈훈한
조상의 살을 보라

한줌의 피를
보라
저 바다
곳곳에 이는 파도
그 한줌 파도에 섞여
아직도 뜨거운
조상의 피를 보라

경기도에서 보라
충청도에서 보라
전라도에서 보라
경상도에서 보라
제주도에서 보라
진정으로 보라
이
새해
새날에
보라

저
구름 위
높이 솟은 한라
백록담 맑은 물에
아직도 슬기롭게 빛나는
아직도 형형하게 빛나는
조상의 큰 눈을 보라

길

오늘
아침에
보는 산 개울의 물은
어제의 물보다
조금은 더
맑아 보입니다.

오늘
아침에
보는 공장의 굴뚝은
어제의 굴뚝보다
조금은 더
튼튼하고 높아 보입니다.

오늘
아침에
보는 당신의 손과 나의 손은
어제의 당신 어제의 나의 손보다
조금은 더
부드럽고 그리고 따뜻하게 보입니다.

오늘
아침에 보는
어제의 것보다
조금은 더 부드럽고 따뜻한 것과
조금은 더 튼튼하고 높은 것과
조금은 더 맑은 것

이것들을
정말로 조금은 더 맑은 것이게 하고
정말로 조금은 더 튼튼하고 높은
것이게 하고
정말로 조금은 더 부드럽고 따뜻한
것이게 하는 것이
그렇게 하는 것이
우리들의 소망입니다.

그리고
참으로
오늘 아침에
어제의 길보다
조금은 더 넓게 보이는
길.

그러나
눈 덮인 길
저
얼어붙은 길
북으로 가는
저 길을

정말로 어제보다는
조금은 더 넓은 것이게 하는 것이
오늘 아침
새 아침의
우리들 간절한

소망입니다.

함박눈

오늘은
눈발이 내려도
함박눈으로 내립니다.

오늘은
눈발이 내려도
활짝 웃으면서
함박눈으로 내립니다.

가슴에 묻어온
그 많은 이야기
한 뼘 남짓한 가슴에 묻어온
크고 높고 깊은 많은 이야기
다 하면서 노래처럼 다 하면서
함박눈으로 내립니다.

하늘 가득히 춤추면서
땅 가득히 춤추면서
교정 가득히
춤추면서 펄펄펄
펄펄펄 펄펄펄
춤추면서 내립니다.

두려움 없이
기죽음 없이
오늘은
눈발이 내려도
함박눈으로 내립니다.

다시 비 오니

물고기는
강에서

뛰놀게 하소서

꽃은
들에서

색색가지로 피게 하소서

머루는
산에서

알알이 영글게 하소서

새는
하늘에서

노래하며 날게 하소서

다시
비 오니

다시 비 오니

그리하여
사람은

참으로 사람은

강 들 산
또 하늘

함께하소서

향기로운
바람 되어

드나들게 하소서

강 들 산
또 하늘

드나들게 하소서

새 길

길을
내기 위해서는
정(釘)으로 쳐야 한다.
바위를 치고
산을 쳐야 한다.

그러나
오늘
아침
새 아침
햇덩어리
천왕봉 꼭대기에
맑고 밝은
지금
동에서
서로
서에서
동으로
길을
내기 위해서는
눈물로 쳐야 한다.
첩첩 바위를 치고
첩첩 산을 쳐야 한다.

길을
내기 위해서는
다이너마이트로 깨야 한다.
바위를 깨고

산을 깨야 한다.

그러나
오늘
아침
새 아침
햇덩어리
지리산 꼭대기에
맑고 밝은
지금
광주에서
대구로
대구에서
광주로
길을
내기 위해서는
피로써 깨야 한다.
첩첩 바위를 깨고
첩첩 산을 깨야 한다.

한 핏줄
서로 그리는
그리움의 눈물은
정보다도 강하고
한 핏줄
서로 부르고
찾는 피는
다이너마이트보다도 강하다.

동에서
서로
서에서
동으로
내는 길은
1981년의 길.

광주에서
대구로
대구에서
광주로
내는 길은
1981년의 길.

그 새 길을
내기 위해서는
정보다도 강한 눈물로
첩첩 바위를 치고
첩첩 산을 쳐야 한다.
다이너마이트보다도 강한 피로써
첩첩 바위를 깨고
첩첩 산을 깨야 한다.

대화

뭣인데 그러나
돌아간 자릴세
보이나 이렇게 어두운데
보이네
그런가
보이네 저 부산하게 쓸쓸한 사람들 발걸음 새로
참 슈바이처가 돌아갔지
가을이었네 토머스 엘리엇도 가구
그건 겨울이었네
올리버 셀즈닉도 갔지 여름에 접어들면서
냇 킹 콜도 갔어 역시 겨울이었네
르코르뷔지에도 갔지 가을이었어
서머셋 모옴도 역시 겨울이었네
또 겨울이군
자 이제 가세
그럴까 가지
왜 그러나?
발밑에 신문이 떨어져 있었군
그게 묻은 게 피 아닌가?
아닐세 월남 전쟁의 기사네
그렇군 그게 자 가세
그러세 오늘밤은 통금이 없지
얼마든지 갈 수 있겠군
가보세 그 사람들은 갔지만 그 사람들의 사랑과 시와 꿈과 노래 그리고
햇살이 많은 집과 따뜻한 이야기는 언제까지나 이 세상에 남아 있는 것
그리고 우리는 간다는 거지
가세 오늘밤은 통금도 없으니 얼마든지 가보세

섣달 그믐밤에

다
끝내셨습니까
한 해를 사시느라고
정말 수고가 많으셨습니다
이제 쉬셔야지요
한잔
그렇지요 찌르르한 거 한잔 드시고
푹 쉬셔야지요
한 방울의 석유도 아껴야 하고
한 장의 연탄도 아껴야 하는
우리 처지이지만
1975년이 다하는
섣달 그믐밤
개 꼬리도 얼어붙은 오늘밤
그렇습니다 오늘밤만은
석유 스토브의 심지를 돋우고
연탄 한 장 더 태워서
아랫목이나 윗목이나 훈훈하고
뜨끈뜨끈한 잠자리 꿈자리 마련해서
꿈 한번 근사하게
꾸셔야지요
용머리 달린 배 타고
태평양 대서양 인도양
북극 남극 신나게 누비는
그런 꿈도 근사하고
용머리 달린 배에 날개가 생겨
달나라로 날아가고
금성으로 날아가는

그런 꿈도 근사하겠습니다
그러나 더 근사하고 신나는 것은
동해나 서해 아니면 남해에서
아니지요 기왕이면 역시
우리 해 솟는 동해에서 펑 펑 펑
마구 솟는 석유의 꿈
그런 것 아니겠습니까
1975년 섣달 그믐밤
꽁꽁 얼어붙은 밤의 우리 잠을
꿰뚫고 꿈도 꿰뚫고 치솟는 석유!
드디어 동해가 왼통
우리의 석유바다로 변하고
우리는 수없이 많은 용머리 달린
배 타고 동서남북으로 달립니다
얼마나 얼마나
근사하고 신나는 일입니까
자 그럼
드시지요
찌르르한 거
한잔

돌아가야죠

돌아가야죠
세겹살 돼지불고기하고
소줏값 치르고

돌아가야죠
찬 거리에 덩그라니
걸린 자선냄비에
동전 한 닢 떨구고

돌아가야죠
어둠 속에 떠 있는 구름다리
한 귀퉁이 불쑥 떠오르는
작은 손바닥에도
동전 한 닢 떨구고

돌아가야죠
군밤 한 봉지
비닐봉지에 싸인 엿 한 덩이
그리고 내일 아침 신문
1977년 1월 1일자 것
한 장 사들고

문득
함박눈이라도 내리면
버스 몇 대 그냥 보내면서
긁어모은 눈송이
한 아름
이것은 몽땅 공짜로 얻어서

돌아가야죠

오 좀은 취해서
좀은 이유도 없이 신이 나면서
돌아가야죠

저무는 날의

일 마치고
달력
마지막 장
떼어
휴지통 열었더니
함박눈이더군요.

저무는 거리
아무래도 그렇잖아
다릿목 포장집
벗하고 앉았는데
주고받는 술잔에
함박눈이더군요.

돌아가는 길
구름다리 층층대
네거리 복판
골목 안 모퉁이
문 안의 어둠에도
함박눈이더군요.

웃풍 찬 방에
움츠리고 앉은 지나간 날들의 생각
낡은 사진첩 들추는데
돌아가지 못하는 길
먼 고향길에
함박눈이더군요.

설치다 잠든
마지막 날의 자정
문득 눈 깨어
전화를 걸었더니
아직도 동쪽 바다는
함박눈이더군요.

내리라 가득하라

한 해의
마지막 날은
아침부터
눈이여
내리라,
하얀 눈이여
내리라.
못다 본 눈
다 보는 눈이 되어
내리라.

한 해의
마지막 날은
낮에도
눈이여
내리라,
하얀 눈이여
내리라.
못다 푼 한
다 푸는 한이 되어
내리라.

한 해의
마지막 날은
저녁에도
눈이여
내리라,
하얀 눈이여

내리라.
못다 준 정
다 주는 정이 되어
내리라.

한 해의
마지막 날은
밤중에도
눈이여
내리라,
하얀 눈이여
내리라.
못다 한 말
다 하는 말이 되어
내리라.

다시
눈이여
내리라.
한밤중에도
내리라 내리라
하얀 눈이여
내리라.
못다 꾼 꿈
다 꾸는 꿈이 되어
내리라.

내리라 가득하라 가득하라

천지간에 가득하라.

스물한 살의 노래

나는 지금 스물한 살.
태어나면서부터 석 자의 이름을 가졌고,
내 말을 썼고,
그리고 내 신을 신고 자랐어요.

나와 같은
나이 또래의 여자 친구도
남자 친구도
다 그래요 마찬가지예요.

그런데 아버지나 어머니는
나이 스물하나 때 안 그랬대요.
넷도 다섯 자도 되는 괴상한 이름을 가졌고,
혀가 안 돌아가는 말을 썼고, 맞지 않는 신을 신었대.

하지만 보아요
스물한 살의 나를.
세계의 어느 누가 보아도 내 이름은
끼끗하고, 세계의 어느 누가 들어도
내 말은 낭랑하고, 세계의 어느 누가
보아도 내 신은 아름다워요.

아직은
스물한 살의 나.
팔월의 장마엔 홍수가 나고
팔월의 가뭄엔 논바닥이 갈리는
땅에 살고 있어요.
그러나 아쉬운 건 없어요.

스물한 살은 뭐든지 되는 것을.
철교의 못, 하늘에 고층건물을
박는 철골, 제방의 돌멩이와 풀.
그건 다 스물한 살의 꿈과 사랑과 힘.

이제부터 스물한 해 뒤.
우리들의 일기에는
팔월의 홍수도 없고
팔월의 가뭄도 없어요.

그때의 우리들의 노래는
팔월의 기름방울,
방울마다 하나씩 태양을 삼킨
무수한 기름방울, 짙푸르게 빛나며
이글이글 이글이글 이글거려요.

처음으로 열리는

처음으로
열리는 하늘인데

하늘 끝까지
처음으로 펼쳐지는 들판인데

들판을 적시며
처음으로 흘러내리는 강물인데

강물을 흔들며
처음으로 쏟아지는 빗발인데

빗발의 자리마다
처음으로 피어나는 꽃들인데

그것들이 모두 다
우리 것인데

오오 처음으로 꽃잎에서
꽃잎으로 이는 바람결인데

그것들이 모두 다
우리 것인데

어찌 사랑을 우리들 사랑을
시작하지 않으리

꽃잎에서 꽃잎으로

이는 바람의 사랑을

빗발의 자리마다
피는 꽃의 사랑을

강물을 흔들며
쏟아지는 빗발의 사랑을

들판을 적시며
흘러내리는 강물의 사랑을

하늘 끝까지 푸르게 펼쳐지는
큰 들의 사랑을

오오 하늘 속 눈부시게 밝히며
솟는 큰 산의 사랑을

어찌 그 사랑을 우리들
시작하지 않으리

우리가 말했다

그날 내가 말했다
이 길은 내 것이고
저 산도 내 것이고
산 아래 흐르는 강도 내 것이고
흐르는 강기슭에 만발한
온갖 꽃이 다 내 것이고
지저귀는 뭇 새들이 전부 다
내 것이다 라고 내가 말했다
둘러보는 사방에
끝 간 데 없이 펼쳐지는 땅덩어리
그것이
다 내 것이다
넓은 하늘엔
넘치는 엄청난
푸르름
그것이
다 내 것이다
금강산 꼭대기에
이글이글 타는
햇덩이 하나
그것이 바로
내 것이다 라고 내가 말했다
그렇게 말하는 전봉건 열여덟 살 난
그가 바로 누구의 것도 아닌
내 것이다 라고 내가 말했다
나만이 아니다
아우도 형도 조카도 형수도
그렇게 말했다 아버지도 어머니도

할머니도 할아버지도 할아버지의
사촌도 육촌도 팔촌도 말했다
내 친구 만석이도 그리고
내가 좋아하는 순이도
모두가 다 그렇게 말했다
우리의 말로 그렇다 우리의 말로
그렇게 말하는
우리의 입을 막는 자가 없었다
8월 15일
우리의 말로 그렇게 말하는
우리를 가두는 자가 없었다
8월 15일
우리의 말로 그렇게 말하는
우리를 잡아 죽이는 자가 없었다
오오 8월 15일

우리가 말했다
제주도에서 압록강 두만강까지
하나로 부는 바람과
하나로 이어지는 하늘과
하나로 굽이치는 땅덩어리
하나로 흐르는 핏줄이
우리의 것이다 라고 말했다
우리가 말했다

아직도 저 길만은 열지 못합니다

오늘
우리는
서른 살의
청년입니다.

강원도 경기도
전라도 경상도
충청도 제주도
강으로는 남한강 북한강
낙동강 임진강 한탄강
산으로는 설악산 한라산
태백의 준령들
그리고 호남의 벌판과
동해와 서해
또 남해의 여러 섬들
여기가 모두
우리의 고향입니다.

어렸을 적에 맞은
6·25의 총알 자국은
아직도 우리들 심장 가까이
아주 깊숙이 시꺼멓게
피멍져 지워지지 아니하지만
키는 훤칠하게
눈은 싱싱하게
큰
서른 살의
청년,

오늘
우리는
북해의 거센 파도에
어망을 던지고
남태평양의 밀림에서는
아름드리 원목을 찍어내고
중동의 사막에서는
집을 세우고 아스팔트길을 깝니다.
하늘에도 얼기설기 훤한 길을 닦고
눈부신 에베레스트 꼭대기에 올라가서는
태극기를 날립니다.
짙푸른 바다 밑으로 내려가서는
석유를 찾아냅니다.

거문고와
거북선을
석가탑과 다보탑을
고려청자와 이조백자를 만든
그 피
그 슬기
이어받은
서른 살의
청년,
우리는
우리의 삶과
세계의 삶을
하나로 기름지게 가꾸기 위하여
땀 뿌리고

하나로 평화롭게 지키기 위하여
땀 뿌리고
하나로 보람차게 자랑하기 위하여
땀 뿌리고
하나로 아름답게 기억하기 위하여
땀 뿌립니다.

서른 살의 땀
청년의 땀
진실로 구슬 같은 땀을 뿌리면서
우리가 가는 모든 곳에 길은 열리고
뜻은 꽃처럼 피어납니다.

그러나
오늘
1978년 8월 15일
우리는 아직도
저 길만은 열지를 못합니다.
평안도 황해도
함경도 강으로는
대동강 청천강
압록강 두만강
산으로는 금강산 백두산
낭림의 준령들
그리고 개마의 고원
또 의주 평양 연백의 들판
우리들 살의 절반
우리들 뼈의 절반

우리들 넋의 절반
우리들 북의 고향땅
지척에 두고
지척의 그 길을
우리는 열지를 못합니다.
삼십 년을 두고
그렇습니다
삼십 년을 두고
열지 못하고
가지 못하는
우리들 심장 가까이 아주 깊숙이
아직도 6·25의 총알 자국은
시꺼멓게 피멍져 지워지지 아니합니다.

그러나
오 그러나
오늘
우리는
키도 훤칠하게
눈도 싱싱하게
큰
청년,
구슬 같은 땀과
꽃 같은 뜻으로 해서
열지 못하는 길이 없음을 믿고
가지 못하는 길이 없음을 믿는
서른 살의
청년입니다.

다시 8·15에

해마다 열두 달
삼백예순다섯 날을
하루도
삼십 년하고
삼 년을 더
단 하루도
너희들 잊지 못한다
대동강아
압록강아
백두산아
모란봉아

사과
복숭아
맛들고
포도 알알이 영그는
여름 막바지
논밭의 낟알들
살찌는
8월 15일
햇덩이가 가장 큰
8월 15일

오 그러나 오늘도 나는
네게로 가지 못한다
네게로 가서 너를 보지 못한다
네게로 가서 너를 만져보지 못한다
네게로 가서 너를 안아보지 못한다

네게로 가서 네게 눈부시게 숨막히게 묻혀보지 못한다
삼십 년하고
다시 삼 년간을 내내
해마다 열두 달
삼백예순다섯 날
단 하루도 잊지 못하는 너희들은

오늘 8월 15일의 막막한 밝음 다하고
오늘 8월 15일의 간저린 밝음 다하고
오늘 8월 15일의 이 엄청나게 목마른 밝음 다하면
너희들 오늘밤 땀 전 꿈으로 와서
나하고 외로웠던 말을 섞기나 하자
모란봉의 꽃들아
나하고 서러웠던 넋을 섞기나 하자
백두산의 새들아
나하고 섭섭했던 살을 섞기나 하자
압록강의 여울물아
나하고 아린 피 아픈 피를 섞기나 하자
대동강아 푸른 물아

돌

돌 1

이월 하순
산간을 흐르는
강나루에서
배를 기다리다가
나는 문득 거기가
1951년 봄 어느 날
도강작전에서 전우 K가 죽은
바로 그 자리인 것을 되살려냈다.
해 질 무렵에야
돌아온 배에 오르려다가
나는 봄눈 녹는
나루터 찬물 속에서
삭은 뼈처럼 하얀
돌 하나를 건져냈다.
날개 뼈 같은 그런 모양이었다.
벌써
어둡기 시작하는
여울 쪽에 이름 모를
새 한 마리가
날고 있었다.

돌 2

달밤엔
소문이 돌았다.

제주도
통영
마산
부산
또는
원산의
바닷가
젖은 모래톱에
달밤이면 달빛 같은 색깔의
고운 돌 하나가 서서
달빛 같은 소리로 운다는
소문이 돌았다.

더러는
대구나
서울의
달빛 스며든 뒷골목에서
그 돌을 보았다는
사람도 있었다.

이중섭의 웃기만 하는 아이들 가운데
자지 달린 한 아이더라는 소문이었다.

돌3

충주에서
목벌리 돌밭으로 가자면
작은 산길을 더듬어야 한다.
좀 가노라면
이윽고 제법 가파른
고개 하나를 넘게 된다.
그 이름이 마지막고개이다.
옛날에 고개 너머 형장으로 끌려간 사람들은
다시 돌아오는 법이 없어
그렇게 붙여진 이름이라고 한다.
아마도 고개 너머 굽이치는 남한강 돌밭에
쑥대강이처럼 흩어져 피 흘리는 머리마다 떨어져 묻히고
처형의 칼은 강물에 헹구어 씻었던 것이던가.
아무튼 지금은 하루에 두어 번씩
완행버스가 이 고개를 넘어다니고
돌꾼들은 수시 영업택시로 넘나든다.

지난 여름 어느 날의 일이다.
마지막고개 너머 목벌리 돌밭에서
한 돌꾼이 캔 것은 상당한 크기의 먹돌이었다.
강물에 담갔더니 검은 어둠이 우러나왔다.
오래 묵은 어둠은 다시 우러나오고 다시 우러나오고
다시 우러나왔다.
한여름 휘황한 날빛 아래
짙푸른 강물을 깜깜하게 물들이었다.
이윽고 속 깊이 검은 먹돌
땅속에 묻히었던 면에는
목탁 든 검정 장삼 한 스님이

오래 삭은 양각으로 떠올랐다.

돌 4

옛날에
남한강은
북한강의 물줄기와 만나서 합쳐지는
양평 한참 아래 양수리에서
그 물줄기가 다했다.

그러나
팔당댐이 생긴 뒤로는
양평까지 차오른
크게 고인 물에 막혀
거기서도 좀 위쪽에 있는
개군면 석장리 언저리에서
남한강의 물줄기는
흘러내림을 멈추게 되었다.

흘러내림을 멈춘 강은
이미 죽은 강이다.

날마다
석장리 언저리에
흘러내려와서
날마다
석장리 언저리에서
죽는 남한강은 거기서 죽기 전
한 차례 기를 쓰듯 여울을 이루다가
한 차례 춤을 추듯 소용돌이를 이룬다.

내가 동행한 K군의

물안경을 빌려 쓰고
이따금 분명 무지갯빛으로 일렁이는
그 소용돌이의 밑바닥 근처로 자맥질해 들어간 것은
지난 여름의 어느 날이었다.

물 속 모래바닥에는
부처님처럼 잘생긴 양석 하나가 서 있었고
죽기 전 남한강은 가장 깊은 살을 열어
곱게 영롱하게 불타고 있었다.

돌5
— 석정(石鼎) 스님에게

석정 스님이 한 붓으로
흰 종이에서 건져낸 관세음보살은
연꽃 밟고 선
알몸뚱어리 어린아이였다.

내가 맨손으로
한 여울목에서 건져낸 작은 먹돌은
하늘 찌르며 솟은 봉우리
아득한 산이었다.

돌 6

똥을 눌 때엔
무릎을 꺾는다

하늘에 절할 때엔
무릎을 꺾는다

돌 하나를 품속 가득히
그렇게 안을 때에도 무릎을 꺾는다

샘물을 마실 때엔
무릎을 꺾는다

돌7

밤새 비는 내리고
나는 잠을 이루지 못한다
저녁 늦게 마신 커피 탓이거나
이뿌리가 흔들리는 나이 탓이다
혹은 밤새 빗방울에 묻어서
지붕 가득히 떨어져 스미는 어둠 탓이다
그 자욱한 소리 탓이다
또 혹은 한 개의 돌 탓이다
밤새 내리는 빗물 머금어
자욱한 어둠보다 더 짙은 검정빛
한 마리 작은 새가 되는 돌 탓이다

돌 8
―혜산(兮山) 선생

여섯 살에 먹을 갈았다
열여섯 살에도 먹을 갈았다
스물여섯 살 서른여섯 살
그리고 마흔여섯 살에도 먹을 갈았다
검은 먹을 갈고 또 갈았다
해가 갈수록 나이 들수록 그가 가는 먹빛은
더욱 깊은 것이 되었고 더욱 짙은 것이 되었다
그는 먹에 먹을 갈고
다시 그 먹에 먹을 갈면서 쉰여섯 살이 되었다
예순여섯 살이 되었다
정년퇴직으로 대학교수 자리를 물러나던
그해 그날에도 먹을 갈았다
그 다음날에도 먹을 갈았다
평생 오로지 갈고 간 그의 먹빛은
가장 깊은 아픔보다도 깊은 것이 되었고
가장 짙은 어둠보다도 짙은 것이 되었다
마침내 그것은 속 저리게 눈부신 먹빛이었다
저 한수나 포탄에 굽이치는
만년 강물에 씻기고 씻겨
숨막히는 여름날에도
임리한 말씀 같은 먹돌의 먹빛이었다
얼어붙은 겨울날에도
임리한 노래 같은 먹돌의 먹빛이었다

돌9

칼을 보면
생각나는 돌이 있다
창을 보면
생각나는 돌이 있다
돌에는 엄지손가락 굵기만큼
그렇게 뚫린 구멍이 나 있었다
(이런 돌을 돌꾼들은 관통석이라고 한다)
내가 그 돌 하나와 만난 것은
작년이던가 재작년이던가
동짓달 어느 하루
한수면 한수리의 여울목이었다
거기 어둠보다 짙은 검정빛 돌 하나가
엄지손가락 굵기만큼 그렇게 뚫린 구멍 가득히
동짓달 먼 하늘 시린 감청빛 아스라이 담고서
동짓달 얼지 않는 여울목에 젖어서
꼿꼿이 서 있었다

칼이나
창
그리고 그린 것들과 함께 요즈음엔
눈물을 보면
생각나는 돌 하나가 있다

돌 10

갑돌이가 물을 먹는다
갑순이가 물을 먹는다
풀도 물을 먹는다
물 먹은 별이라는 것도 있다
돌도 물을 먹는다
물 먹은 돌은 돌이 아니다
물 먹은 갑돌이가 갑돌이가 아니라
잔 가락 춤이듯이
물 먹은 갑순이가 갑순이가 아니라
긴 가락 춤이듯이
물 먹은 풀이 풀이 아니라
푸른빛의 노래이듯이
물 먹은 별이 별이 아니라
하늘 끝의 노래이듯이
물 먹은 돌은 돌이 아니다
가장 영롱한 침묵이거나 가장 임리한 말씀
그런 것이다

돌 11

그 남근석은 반쯤 모래톱에 숨어 있었다.
한여름 쏟아지는 햇살 들끓어서
한증막처럼 뜨거운 돌밭 몰래 빠져나가
강물에 들기라도 할 참이던가.
아무튼 그날 볼 만한 물건 하나 배낭에 챙겨 장원 따낸 이씨는
늦게 돌아와 땀 씻고 잠든 나를 전화로 깨워놓고서 한다는 말이 "글
쎄, 대가리 치켜든 구렁이 같은 그놈을 수돗물 열어놓고 닦고 씻고 또
닦고 씻고 했는데도 여태껏 내 손바닥에서 후끈거리지 뭡니까. 으핫
하……" 다시 자랑이었다.
덜 깬 귓전으로도 그의 목소리가
반쯤은 떨리고 있는 것을 알 수가 있었다.
질로나 생김새로나 빼어난 물건 얻은
그의 기쁨은 밤 깊어도 좀체 잠들 줄을 몰랐던 것이다.
여하튼 그러한 그에게 나는 잠결의 부스스한 목소리로
거듭 축하의 말을 보내고서 수화기를 내려놓았다.
그리고 뜨거운 여름햇살로 달구어져
후끈한 열기 가시지 않는 물건
밤 깊도록 어루만지며 느긋한 이씨를
잠시 눈시울 속에 그리다가
다시 잠들었다.
그런데 다시 잠들었던 내가 소스라치게 놀라서
후닥닥 깨어 일어나 앉은 것은 오전 두시쯤이었을까.
꿈을 꾸었던 것이다.
6·25 때의 어느 날이었다.
비가 억수같이 쏟아지는 야전병원의 천막 안은
끈끈한 무더위가 질펀하였다.
이윽고 한 병사가 들것에 실려왔고
들것이 내려놓이자 고였던 피와 빗물이 한꺼번에 쏟아져

질척거리는 땅바닥을 검붉게 물들이었다.
우르르 위생병들이 몰려들었다.
누군가 소릴 질렀다.
　"제기랄, 이게 뭐야?! 되놈의 총알이 그걸 홀랑 날려버렸지 뭐야!!"
그런데 내가 막 그리로 다가갔을 때였다.
이미 죽었거니 했던 부상병이
피와 빗물로 얼룩진 들것 위에 우뚝 솟아 일어나질 않는가.
그리고 나는 똑똑히 보았던 것이다.
그가 오른손에 거머쥐고 있는 한 물건을
빼어나게 잘생긴 그 남근을.
그러나 내가 소스라치게 놀란 것은 결코 그 때문이 아니었다.
대가리 치켜든 구렁이 같은 그놈을
단단히 거머쥐고 "으핫하……" 크게 웃어젖히는 그가
바로 다름아닌 이씨였기 때문이었다.

돌 12

오줌이 마려워서
오줌을 누었더니
오줌은 나오지 않고 피가 나왔다.
낡은 의학사전을 들추었더니
그것은 혈뇨라는 것이며
'요도 방광 전립선 신장이 늙고 병들어
염증이거나 암이거나 하면 나오는 것.
또 혹은 힘겨운 운동을 심하게 해도
더러 나오는 수가 있는 것이다' 라는 설명이었다.

구름 한점 없이 맑은
어느 가을날 돌밭에서
내가 눈 오줌은 또 포도색깔의 피였다.
염증인가 암인가.
아니면 십 년을 넘게
일요일마다 깜깜한 새벽에 떠났다가
다시 깜깜한 밤중에야 돌아오는 돌밭 누비기
어둠에서 신을 신고 어둠에서 신을 벗는 돌밭 누비기
그 짓을 단 한 번도 거르지 않고 되풀이한
덧이딘가.

아무튼
그날 내가 쏟은 포도색깔의 피는
손바닥만한 돌 하나를 덮고 엉기더니
아주 말라붙기 전 잠시
내가 이 세상에서 첨 만나는
그렇듯 깊이 맑고 윤기로운 빛깔을 보여주었다.

그뒤로
해 질 무렵의 돌밭을 떠나는
내 배낭은 번번이 빈 배낭이었다.
염증인지 암인지 또 혹은 어둠에서 신을 신고
어둠에서 신을 벗는 돌밭 누비기
십 년을 넘게 되풀이한 그 힘겨운 짓거리 탓인지
이따금씩 쏟는 포도색깔의 피처럼
그렇게 깊이 맑고 윤기로운 빛깔의 돌과
나는 도무지 만날 수가 없었던 것이다.

돌13

돌
하나 없는
서울서
돌 하나를 얻자면
새벽 깜깜한 어둠 속에서
눈떠 일어나 떠나야 한다.

돌
하나 없는
서울에
돌 하나를 얻어 돌아오면
모두들 눈 감고 잠든 밤
다시 깜깜한 어둠 속이다.

돌14

꿈에 누비는 돌밭에서
만나는 돌은 모두 희한하다.
질이며 색깔이며 모양이며
상상 밖의 일품이요 명품이다.

한낮의 돌밭을 누비다보면
문득 꿈에 누비던 장소와 흡사한
그런 곳에 당도하게 되는 수가 있다.
그럴 땐 마치 심마니와도 같은 마음이 되어
눈에 불 켜 샅샅이 뒤져 살피고 다시 뒤져 살핀다.
그러나 번번이 허탕이다. 꿈에 만났던
그런 돌은 얻어지지 않는다.

그런 날 내가 등허리 뻐근하게 짊어메고
돌아오는 것은 돌밭을 적시는 여울물 소리다.
백년 전의 한 사람이 그랬던 것처럼
혹은 만년 전의 어느 한 사람이 그랬던 것처럼.

돌 15

여름내 보이지 않던 K씨가
아침저녁으로 선선해진
초가을 한 날 불쑥 나타나서 하는 말이
허리가 아파서 병원엘 갔더니
'좌골 가까운 척추 뼈가 구부러짐'이라는 진단이 나왔더란다.
아주 기역자로 구부러진 것은 아니고
기역자 비슷하게 그렇게 구부러졌더란다.
원인을 물었더니 K씨의 대답은 한마디였다.
다른 까닭이 있을라구요, 돌배낭 메고 다닌 그것 말고요.
돌아갈 때 K씨는 좀 쓸쓸한 얼굴이 되면서
혼잣말처럼 중얼거렸다.
돌 하는 것 쉬어야 할까봐요. 한 이십 년 가까이 한데다가 이제는 칠
십을 바라보는 나이니……

그러나 나는 K씨의 말을 믿지 않는다.
가을이 다하기 전 어느 날 새벽
안개 자욱한 돌밭에서 문득 마주치는 그 사람이
바로 허리 구부정한 K씨 말고 또 누구랴는 생각이다.
칠십을 바라보는 나이답게 좌골 가까운 척추뼈 한 뼘쯤 떼어내고
그 자리에 고운 학의 모가지처럼 굽은 돌
살짝 건드려도 쨍하고 쇳소리 나는 하얀 돌
그것을 끼워넣은 K씨 말고 또 누구랴는 생각이다.

돌 16

더러는 기적처럼
돌밭에 덜렁 누워 있거나
오두마니 앉아 있는 놈이 있다.
그런 놈을 얻었을 때의 기쁨이
괜찮은 것은 말할 것도 없는 일이다.

모래톱에 숨어 있거나
돌과 돌 사이에 숨어 있거나
풀숲에 숨어 있거나 하는 놈이 있고
눈이 아린 여울목 속에 숨어 있는 놈도 있다.
그런 놈을 얻었을 때의 기쁨은 더욱 크다.

그러나 기쁨이 마음 가득하니 번져서 넘쳐
한순간 넋마저 덩실 춤추듯 하는 것은
밤늦게 메고 돌아온 배낭을 어둠 바닥에 풀어놓고
그 속에 두 손을 집어넣은 바로 그때이다.
집어넣은 두 손에 그놈의 후끈거리는 살갗이 와 닿는 그때이다.
어둠 속의 그놈이 목숨 가진 짐승처럼 만져지는 바로 그때이다.

돌17

먼
옛날 사람들은
깊은 동굴의 어둠이 집이었다.
봄 여름 가을 겨울 그 어둠 속에서
태어나고 살고 그리고 죽었다.
그래서 그 사람들은 몸속까지 검정으로 절었고
겉가죽엔 눈만 아니고 왼통 검정 털이 났다.
검정 털이 나지 않은 눈을 들어
그 사람들은 더러 하늘을 쳐다보는 수가 있었다.
검정 털 한 오라기도 나지 않은 하늘엔 새가 날고 있었다.
어느 이른 봄날 오후였다.
사냥을 하다가 지친 온몸 검정 털 난 젊은 여자가
얼음 풀린 산개울 기슭에서 돌멩이 하나를 베고 잠들어 있었다. 깊은
낮잠이었다.
깊은 낮잠에 빠진 온몸 검정 털 난
젊은 여자의 배는 불룩하니 솟아 있었다.

몇 해 전의 일이다.
상주에 사는 박찬선 시인의 안내로 산골 깊이 찾아든
경상북도 문경군 마성면 구랑리에 흐르는 농암천 기슭에서
내가 얻은 베개 모양의 한 아름 크기 무늬돌에는
하늘 가득히 날개 펴고 나는 큰 새 한 마리가
일곱 가지 색깔로 떠 있었다.
부리부리한 그 눈의 푸른빛은
쏟아질 것처럼 영롱하였다.

돌 18

벌교에서
칼 꺾어진
전라도의 동학군은
돌멩이로 맞서 싸웠다.

장흥에서
창 부러진
전라도의 동학군은
돌멩이로 맞서 싸웠다.

나주에서
화살 떨어진
전라도의 동학군은
돌멩이로 맞서 싸웠다.

지난 여름이었다.
전라남도 보성군 벌교읍 낙성리에 사는 최선근군이
내게 선물로 준 돌은 제석산 중턱에서 캤다는 자그마한 것이었으나
하늘 닿을 듯 훨훨 불길 타오르는 봉화대의 형상이었다.
건드리면 쨍하고 소리가 났다.
한 만년쯤은 절대로 삭지 않을
그렇듯 단단하고 맑은 쇳소리였다.

돌 19

봄이 오는 3월 1일은 하얀 옷 입은 조선의 청년이 큰길에서 말 탄 일본군의 칼 맞아 쓰러져 하얀 옷 시뻘건 피로 물들이며 숨지며 떨리는 손아귀에 돌멩이 하나 거머쥔 그날이다.

봄이 오는 3월 1일은 하얀 옷 입은 조선의 처녀가 마을 샘터에서 말 탄 일본군의 총 맞아 쓰러져 하얀 옷 시뻘건 피로 물들이며 숨지며 떨리는 손아귀에 돌멩이 하나 거머쥔 그날이다.

봄이 오는 3월 1일은 하얀 옷 입은 조선의 어린이가 골목 안 놀이터에서 말 탄 일본군의 말발굽에 채어 쓰러져 하얀 옷 시뻘건 피로 물들이며 숨지며 떨리는 손아귀에 돌멩이 하나 거머쥔 그날이다.

그러나 그날 조선의 하얀 옷 입은 청년들이 처녀들이 어린이들이 말 탄 일본군의 총칼 맞아 쓰러져 말발굽에 채어 쓰러져 숨지며 마지막 안간힘을 다해 거머쥔 그 돌멩이들을 본 사람은 아무도 없다. 다만 하얀 옷 시뻘건 피로 물들이며 큰길에서 마을 샘터에서 골목 안 놀이터에서 숨진 죽음을 보았을 뿐이었다. 그러니까 기실은 숨지면서 아직은 다 숨지기 전 한순간 그 한순간 하얀 옷 시뻘건 피로 물들인 조선의 청년들이 처녀들이 어린이들이 일제히 꿈처럼 일어나서 손아귀에 거머쥔 돌멩이를 힘껏 힘껏 내던져 날려보낸 것을 본 사람은 정녕 아무도 없었다.

아무튼 그 돌멩이들은 다 어디로 간 것이었을까.

돌꾼은 가끔 꿈에서도 돌밭엘 간다. 내가 지난밤 꿈에 간 곳은 서울서 시내버스로 오갈 수 있는 경기도 광주군 동부읍 미사리 돌밭이었다. 이 미사리 돌밭 일대는 벌써 오래 전부터 커다란 골재 채취장이어서 아마도 이곳에서 실어나른 자갈이나 모래가 종로의 육교나 지하철 공사 등에 쓰였음은 틀림없는 일이다. 여하간 돌꾼이 꿈의 돌밭에서 만나는 돌은 어느 것 하나 희한하지 아니한 것이 없고 절묘하지 아니한 것이 없다. 내가 지난밤 꿈에 만난 미사리 돌밭의 돌 역시 예외가 아니었다. 집어드는 크고 작은 돌은 검정이건 흰 것이건 여러 가지 색깔 어울린 무늬이건 모두 다 희한하고 절묘하게 빠진 새의 형상들이었는데 말똥말똥하게 구르는 그 눈망울들 한결같이 맑은 핏빛인 것이 섬뜩하도록 신기롭기조차 했다. 그런데 나는 마침내 주체할 수 없는 그렇게 크낙한 놀라움에 취하고 황홀함에도 취하였으니 다름이 아니었다. 홀연 미사리 돌밭의 수없이 많은 돌들이 공중으로 날아오르는 것이 아닌가. 수없이 많은 새가 되어 일제히 날개 쳐 날아오르는 것이 아니던가. 미사리 돌밭을 덮고 미사리 돌밭의 하늘도 덮은 수없이 많은 새들의 날개 치는 소리, 아아 그 소리는 내가 이 세상에 살아서 듣는 것 가운데서 가장 크고 높은 또한 아름다운 만세 소리였다.

돌 20

이른
봄날에 찾은
경기도 양평군 개군면 석장리
돌밭
흐린
하늘
한쪽 발
절룩이며
절룩이며
날아
오르는
종다리
털 빠진
한쪽 날개 끝에는
오래 말라붙은 핏자국이
아직도 삭지 않고 남아 있었다.

1919년
3월 1일
파고다공원
정문 위를 날아간
작은 돌 하나 그 모서리에는
핏방울 하나가 맺혀 있었다.

돌 21

물끄러미 손을 볼 때가 있다.
물끄러미 왼손의 손등을 보다가
뒤집어서 손바닥도 보고 손금도 보고
물끄러미 오른손의 손바닥도 보고 손금도 보다가
뒤집어서 손등을 보고
그렇게 물끄러미 보고 있노라니
내 손이 내 손이 아닌 것 같은 그런 생각이 들 때가 있다.
내 왼손도 오른손도 기실은 다 내 것이 아니고
누군지 알 수 없는 사람 아주 먼 곳의 사람
그 사람의 왼손과 오른손 둘 다가
내게 와서 붙어 있는 것이다 라는
그런 생각이 들 때가 있다.
그런 생각이 조금도 엉뚱하지가 않은 그런 때가 있다.
그런 생각이 매우 쏙 잘빠진 가락 같은 그런 때가 있다.
그래서 그렇다면 그 사람은 누구인 것이던가 라고
또 생각을 해보는 때가 있다.
그러나 알 듯 알 듯 하다가 결국은 그게 누군지 알지 못하는
답답함과 막막함과 마주해야만 하는 그런 때가 있다.
그 답답함과 막막함과 마주해야만 함이
왠지 몹시도 짜증스러워
슬그머니 일어나 뜰에 나가건만 한다는 노릇이
돌 하나 어루만지는 그런 때가 있다.
그러는데 문득 떠오르는
삼십여 년 전 억수같이 쏟아지는 비에 묻힌 밤
38선을 숨어서 넘다가 서로 잡은 손 놓쳐 헤어진 친구,
내가 어루만지는 돌 하나가 자꾸만
그 친구의 별로 잘생기지 못한
뒷머리로만 여겨지는 그런 때가 있다.

그리고 어쩌면 그 친구도 지금쯤 어디선가 물끄러미 손을 보다가
물끄러미 왼손의 손등을 보다가
뒤집어서 손바닥도 보고 손금도 보고
물끄러미 오른손의 손바닥도 보고 손금도 보다가
뒤집어서 손등을 보고 있을는지도 모른다는
그런 생각이 들 때가 있다.
그런데 그 친구 내 손이 내 손이 아닌 것 같은 그런 생각이 들어
내 왼손도 오른손도 기실은 다 내 것이 아니고
누군지 알 수 없는 사람 아주 먼 곳의 사람
그 사람의 왼손과 오른손 둘 다가
내게 와서 붙어 있는 것이다 라는
그런 생각이 들다가
그런 생각이 조금도 엉뚱하지가 않다가
그런 생각이 매우 쏙 잘빠진 가락 같다가
그래서 그렇다면 그 사람은 누구인 것이던가 라고
또 생각을 해보고 있는 것인지도 모른다는
그런 생각이 들 때가 있다.
그러나 알 듯 알 듯 하다가 결국은 그게 누군지 알지 못하는
그 친구 답답함과 막막함과 마주해야만 하다가
그 답답함과 마막함과 마주해야만 함이
왠지 몹시도 짜증스러워
슬그머니 일어나 뜰에 나가는 것인지도 모른다는
그런 생각이 들 때가 있다.
그러나 그 친구 한다는 노릇이
돌 하나 어루만지는 것인데
문득 떠오르는
삼십여 년 전 억수같이 쏟아지는 비에 묻힌 밤
38선을 숨어서 넘다가 서로 잡은 손 놓쳐 헤어진 친구,

어루만지는 그 돌 하나가
자꾸만 어루만져 슬프도록 반질반질 윤나는
그 돌 하나가 자꾸만 그 친구의
별로 잘생기지 못한 뒷머리로만 여겨지는
그런 마음일는지도 모르는 일이다 라고 생각되는
그런 때가 있다.

돌 22

서로
손잡고
38선의 밤을 넘다가
날이 밝는 새벽에 보니
아들 딸 며느리 손자 모두 간 데가 없었다.
말더듬이 어린 막내손자놈도 간 데가 없었다.
날은 밝아 새벽인데
오히려 숨죽이고 넘은 지난밤의 38선보다
더 슬프고 두렵고 막막하고 깜깜하였다.
그날부터 할머니는 눈이 멀었다.

그뒤 삼십삼 년의 세월은 흐르고
KBS가 벌인 '이산가족찾기' 생방송 공개홀에
아들 딸 며느리 손자들 이름과
38선이라는 글자 크게 쓴 피켓
주름 깊은 목에 걸고 나와 앉은 눈먼 할머니.
그러나 서울서도 춘천에서도 원주에서도
강릉 속초에서도 아들 딸은 나타나지 않았다.
부산과 대구에서도 광주에서도 대전에서도 그리고 제주에서도
며느리와 손지들온 나타나지 않았다.

어느덧 삼십삼 년 전의 그날처럼
생방송 공개홀의 밤은 새어
날이 밝는 새벽이 되었으나
그러나 할머니는 그 자리를 떠날 줄 몰랐다.
주름 깊은 목 꼿꼿이 세우고 앉은 할머니
눈먼 할머니는 보고 있었던 것이다.
저 말더듬이 막내손자놈 하나 두 손 높이 들어

자꾸 흔들며 흔들면서 달려오고 있는 것을.
말더듬이 그 입 크게 벌려 웃으면서 천천히 천천히
먼 들판 꽃덤불을 헤치면서 달려오고 있는 것을
눈먼 할머니의 먼 눈은 보고 있었던 것이다.
똑똑히 똑똑히 보고 있었던 것이다.

할머니의 눈은
돌의 눈이었다.

돌 23
—진혼가

북의 고향
깊은 눈 속에
삼남매 두고 온 할아버지.
그날부터 만나리라 만나리라 너희들
언젠가는 만나리라 암 만나리라
꼭 만나고야 말리라
오직 그렇듯 신들린 듯
그리기 다짐하기 바라기
단 하루도 잊지 않은 할아버지
그러나 삼십삼 년 만에 마른 나뭇가지처럼
삭은 목매어 스스로 숨을 끊었다.
지쳐서가 아니었다.
체념도 단념도 아니었다.
아주 병들어 죽기 전
그 늙어 굽은 몸에서
다시 만나리라 기어이 너희들
만나고야 말리라는
그리기 다짐하기 바라기
산 채로 눈뜬 채로 뽑아내어
임진강 기슭이나
판문점 언저리나
KBS '이산가족찾기' 생방송 공개홀이나
그런 데 세워두기 위하여
꼿꼿이 세워두기 위하여
스스로 목매어
목숨을 끊었다.

할어버지시여

죽어서 꼿꼿이 서신
돌이시여.

돌 24

아버지의 얼굴을 모릅니다.
어머니의 품속을 모릅니다.
모르는 아버지의 얼굴이 그리웁고
모르는 어머니의 품속이 그리웁기는
해마다 사시사철 내내 변함이 없습니다만
더욱 그리웁기는
새 돌아와 제소리를 차지하고
풀 돌아와 제자리를 차지하는
봄철입니다.
그럴 때면 나는 길을 떠나
먼 나루 건너 돌밭에 가서
돌 하나 품에 안고
그리고 돌밭에 안깁니다.
봄 아지랑이 제일 먼저
피어오르는 돌 하나는
모르는 아버지의 따뜻한 얼굴이요
봄 아지랑이 제일 먼저
넉넉하니 피어오르는 돌밭은
모르는 어머니의 따뜻한 품속입니다.
삼십삼 년 전의 어느 날
불타는 나루터에는 헌 사과상자가 뒹굴어 있었고
그 속에는 울지도 못하는 내가 구겨져 있었습니다.
해마다 봄철이면
길 떠난 내가 건너는 먼 나루
어쩌면 그 나루가 삼십삼 년 전의 불타던
그 나루인지도 모르는 일입니다.
아무튼 나는
아버지의 얼굴을 모르고

어머니의 품속을 모릅니다.
모르는 아버지의 얼굴이 더욱 그리웁고
모르는 어머니의 품속이 더욱 그리운 봄철이면
길을 떠나
먼 나루 건너 돌밭
그곳으로 나는 갑니다.

돌 25

누이를
찾습니다.

하지만
내가 알고 있는 것은
눈동자뿐입니다.
그밖엔 아무것도
아는 것이 없습니다.

내 누이의
큰 눈동자는
별처럼 고운 눈동자
검은 눈동자

비바람 삼십삼 년
눈보라 삼십삼 년
오 눈동자 찾아 헤매기 삼십삼 년
간절한 그리움은 굳어
돌이 되었습니다.

나는 돌입니다.

삼십삼 년의
한숨으로 닦이고
눈물에 닦이어서
이제는 깊은 밤 어둠 속에
별처럼 젖어서 떠도는
돌입니다.

돌 26

마음에 둔 돌 하나가 있습니다. 하지만 나는 그 생김새를 모르고 또 무슨 색깔인지 어떤 피부인지 하는 것도 알지를 못합니다. 물론 어디에 있는 것인지 그것도 새까맣게 알지를 못합니다. 그러나 내가 분명하게 알고 있는 것 한 가지가 있으니 그것은 본 적도 만난 적도 없이 벌써 오래 전부터 마음에 둔 이 돌 하나하고 언젠가 어느 돌밭에서 문득 만나게 된다면 그리하여 두 무릎 꿇고 두 손으로 받들어 잡아 가슴속 깊이 껴안을 수가 있다면 마침내 나는 이 세상에 아무런 한도 남기지 않고 눈감을 수 있는 그렇듯 큰 복 누린 사람이 될 것이라는 그것입니다. 따라서 내가 마음에 둔 돌이란 저 나이 많은 돌꾼이 더러 주름진 눈 꿈꾸듯 껌뻑거리면서 혼잣말처럼 중얼거리는 "일생일석", 즉 평생에 한 번 만날까 말까 한 아마도 만나지 못해 보지 못할 확률이 더 많은 그런 명석일 것으로, 그러니까 이런 것을 찾기란 하늘의 별 따기와 같은 노릇이 아닐 수가 없습니다. 그래 다시 생각해보면 마치도 삼십삼 년이 아니라 삼천삼백 년이나 삼만삼천삼백 년쯤으로만 여겨지는 그렇듯 오래고 오랜 세월 보지도 만나지도 못하는 사람 그리고 앞으로도 한 삼만삼천삼백 년쯤은 여전히 보지도 만나지도 못하리라 그러리라 여겨지는 북의 고향 사람을 당장 오늘 찾겠다는 그런 것이나 진배없는 노릇이어서 스스로도 매우 민망스럽기 한이 없습니다. 그러나 나는 마음에 둔 이 돌 하나를 찾아 어제는 바람 부는 돌밭을 헤매었고 오늘은 빗발 쏟아지는 돌밭을 헤매었으며 내일은 또한 눈보라 치는 돌밭을 헤맬 것이니 씌어도 아주 단단히 씌인 것이 틀림없나봅니다. 아무튼 그것이 무엇이든 한번 마음에 둔 것을 사람은 죽는 날까지 잊지 못하고 잊지 못할 뿐만 아니라 십 년을 하루같이 찾아 헤매고 이십 년도 하루같이 찾아 헤매고 삼십 년도 하루같이 찾아 헤매는 것인가봅니다. 그것이 사람인가봅니다. 목숨이 백년을 가고 천년을 가고 만년도 간다면 천년도 하루같이 만년도 하루같이 찾아 헤매는 것이 사람인가봅니다. 그것이 진실임을 안 것은 KBS '이산가족찾기' 생방송 공개홀 한구석에 피켓 목에 걸고 나와 앉은 어느 할머니와 할아버지를 본 바로 그때였습니다. 할머니의 그 모습은 천년도 하루같이 산 모습에 다름아니었으며 할아버지의 그 모습은 만년도 하루같이 산 모습에 다름아니었습니다.

　어떤 돌꾼은 말하기를 돌을 줍는다 라고 합니다. 그야 그렇습니다. 돌밭에는 돌이 지천으로 널려 있으니까 아무나 허리 굽혀 손을 내밀기만 하면 돌은 주울 수가 있는 것입니다. 그러나 내게는 천만의 말씀입니다. 찾아 헤매고 찾아 헤매어도 찾아지지 않는 것 그것이 바로 돌입니다. 삼십삼 년 전의 어느 날 찬바람 등에 지고 떠나는 나에게 가늘게 흔들어 보이던 어린 조카의 작은 손, 그뒤론 찾아도 찾아도 결코 찾아지지 않는 그 고사리 같은 손과도 같은 것입니다.

돌 27

머리끝에서 발끝까지
속속들이 윤나는 젖빛이다
평화에의 그리움이 간절하였나보다.
윤나는 젖빛 가슴에도 배에도
윤나는 젖빛 사타구니에도 무릎에도
은은히 점 밝혀 배어나는 분홍빛이다
물에 담그면 묻어날 듯 진하고 맑은,
아름다움이나 사랑에의 그리움도 간절하였나보다.
가슴에서 사타구니에 이르는 윤나는 젖빛과
거기 은은히 점 밝혀 배어나는 분홍빛도
단번에 길게 내리지른 칼자국,
평화나 아름다움 또 혹은 사랑
그런 것에로 향하는 간절한 그리움은
저리도 깊은 아픔 없이는 지니는 것이
아니었나보다.

돌 28

물먹은 눈은 곱다
물먹은 살은 곱다

낮이건 밤이건 여울에 가보라

햇빛과 하나 되는 것은
달빛과 하나 되는 것은
알몸으로 태어나서
알몸으로 살다가
알몸으로 죽는
물
오직 그것뿐이다

물먹은 혼은 곱다
물먹은 돌은 곱다

돌 29

돌이 듣는 소리는
돌의 허파를 적시고
돌이 듣는 소리는
돌의 아랫도리를 적시고
돌이 듣는 소리는
돌의 쓸개도 적신다
더러는 저미기도 한다
하지만 그저 그뿐
돌은 그 소리가 무엇인지를
말하지 않는다
다만 하늘의 눈물처럼
그렇게 비가 내릴 때
돌밭의 젖빛 돌은
온몸으로 젖빛 피를 흘리고
돌밭의 검정 돌은
온몸으로 검정 피를 흘린다

돌 30

이상한 일이다.
모래밭에 누워 있는 돌
열 개 가운데 아홉 개는
반드시 그 얼굴을 모래 밖으로
드러내놓고 있다.
다시 말해서
반듯하게 편안하게 누워 있는 것이다.
그런데 더욱 이상한 것은
모래밭에 누워 있는 돌
열 개 가운데 한 개는
반드시 그 얼굴을
모래 속에 묻고 있는 일이다.
다시 말해서
엎드려서 아주 어렵게 누워 있는 것이다.
나는 이 두 가지 경우가 지니는 까닭을 알지 못한다.
그러나 한 가지 분명한 것이 있다.
모래 밖으로 드러내놓고 있는 얼굴은
대체로 다 밋밋하게 적당히 생겨먹었지만
모래 속에 묻고 있는 얼굴은
어둠에 절고 삭은 탓인지 깊이 부식된 것이
과연 볼만하게 생겨먹었다는 사실이다.
  "대하고 앉았노라면 무언가 얘기를 들려주는 그런 돌이 있다고 한
다. 혹시 저러한 얼굴의 돌이 아닐지 모를 일이다."
아프게 어렵게 엎드려서 모래 속에
얼굴 묻고 있는 돌을 파내어보면
열 번에 아홉 번은 반드시 그러하다.

돌31

대나무로 만든
피리의 구멍은 전부 아홉 개다
사람의 몸에도 아니 뼈에도
아홉 개의 구멍은 날 수가 있다
아홉 개의 구멍 난 돌도 있다
그제는 삼십 년 전 한 이등병이 피 흘린
강원도 깊은 산골짜기에 떠도는 피리 소리를 들었고
어제는 충청북도 후미진 돌밭을 적시는
강물 속에 떠도는 피리 소리를 들었다
오늘 내가 부는 대나무피리 소리는
그제의 피리 소리와 어제의 피리 소리가
하나로 섞인 소리로 떠돈다

돌32

나는
돌과
하나로
섞일 수가
있다.

내가
죽어
다 삭은
뼈에 구멍
뚫리고
그 구멍이
피리 소리와도 같은
그런 소리를
낼 수가
있다면

그리고
저 모래밭에 묻힌
구멍 뚫린 돌이
뚫린 구멍으로
피리 소리와도 같은
그런 소리를 내어
모래밭을
촉촉이
적실 수가
있다면

"백년에
한 번쯤은
그럴 수가 있다고들
한다"

피리 소리와도 같은
그런 소리는 그런 소리끼리
하나로 섞일 수가 있는 것이니

그때에
나는
돌과
하나로
섞일 수가
있다.

돌 33

모래
가득한
모래밭에서는
은빛 소리가
눈에 보인다.

모래 가득한
모래밭에서
다 삭은 스스로를 풀어
모래
가득한
모래밭으로
돌아가는 작은 돌 하나.

그
돌 하나
보듬은 물방울 하나
하늘의 눈짓 같은 물방울 하나
하늘의 눈물 같은 물방울 하나 보인다.
그 하나 물방울의
가는 은빛 떨림까지도
보인다.

모래
가득한
모래밭에서는
보이지 않는
피리 소리가

눈에 보인다.

돌34

해와 달 꽃과 사슴
물오리와 기러기 또 갈매기
나무와 집
드물게는 용 한 마리
그런 것들 갖가지 색깔로 그려진 돌이 있는가 하면
생김 자체가
산이요 섬이요 웅덩이요 물결이요
혹은 황소의 머리거나 말의 얼굴이거나
또 혹은 사람이거나 사람의 배꼽이거나
두꺼비거나 돼지거나 한 돌도 있습니다.
그런 것들 구상으로도 추상으로도
그리고 반추상으로도 그렇게 다양하게 널린
돌밭에 발을 들여놓을 때면
문득 단단하게 굳어지는 생각 하나가 있습니다.

이곳이 바로
붓이랑 물감이랑
망치랑 정이랑 크고 작은 조각도랑 불이랑
그런 것들 가지고 한바탕 신나게 놀던 하느님이
훌쩍 떠난 뒤의 그 자리가 아니넌가
하는 생각이 그것입니다.

예배당엘 나가는 사람은
하느님이야 계시건 안 계시건 오직 믿을 뿐이다,
그것이 믿음인 것이다 라고 말합니다.
그러나 내가 만약에 예배당엘 나가게 된다면
나는 아마도 하느님이 정말로 계신 것을 믿는
그 믿음을 단단하고 굳게 믿을 것이 틀림없는 일입니다.

돌 35

이런 생각을 해봅니다.
충주댐에 물이 고이면 물은 멀리
단양 너머 도담삼봉에까지 차올라
남한강의 큰 줄기는 자취 없이 사라져
전설의 강줄기가 됩니다.
그 강줄기에 불던 바람도
그 강줄기 굽이굽이 넉넉하니 앉았던 돌밭도
돌밭의 돌들도 자취 없이 사라져
전설의 강바람 전설의 돌밭
전설의 돌들이 됩니다.
그리고 그뒤 어느 날의 일입니다.
도담삼봉에까지 차오른 수십 길 물 속
깊이 더듬어 잠겨든 사람이 하나 있었다고
그렇게 나는 생각을 해봅니다.
그렇다면 그 사람은 아마도
전설이 아닌 남한강의 큰 줄기를 볼 것이요
전설이 아닌 강바람을 볼 것이요
전설이 아닌 돌밭을 볼 것이요
또한 전설이 아닌 돌들을 볼 것이다 라고
그렇게도 생각을 해봅니다.
그렇게도 생각을 해보니 다시 또
생각은 꼬리를 물고 이어집니다.
아마도 그 사람은 거기서
돌마다 색색가지 그림 그리기 넋 잃은 사람
넉넉한 돌밭에 질펀히 앉아 돌 주무르고
깎고 파고 다듬기 신들린 사람
긴 수염 부는 강바람에 날리는 사람
흘러내리는 큰 강줄기 물결 가락 맞춰

굽은 등 둥실둥실 춤추는 이상한 사람하고
만날 것이다 암 만나고야 말 것이다 라는
그런 생각입니다.
그런데 수십 길 물 속 바닥이라면 햇살이
들지 않는 깜깜한 어둠일 게 틀림없는 일
그러니 거기서 누가 무엇을 어떻게 볼 수가 있고
또 누가 누구하고 어떻게 만날 수가 있다는 것입니까,
해서 나는 다시 한번 생각을 보태어보기로 합니다.
그것은 긴 수염 강바람에 날리며
돌마다 그림 그리기 넋 잃은
그 사람의 붓은 빛을 뿜고
굽은 등 강 물결 가락 맞춰
둥실둥실 춤추며 돌 주무르고 깎고
파고 다듬기 신들린 그 사람의
망치도 정도 빛을 뿜어 조각칼도 빛을 뿜어
수십 길 깊은 물 속 바닥 어둠 마침내
대낮처럼 훤하게 밝은 것이다 라는
그런 생각입니다. 또한
결코 지워지는 법 없는 물감으로
새 사람 소 해 나무 꽃 그림
돌에 새겨 그리는 그 손이 어찌 불이 아니랴
돌 주무르고 깎고 파고 다듬어 새 사람 소
산 나무 집 꽃 그런 것들 만들어내는
그 손이 어찌 불이 아니랴
죽음처럼 깜깜한 어둠일지라도
훨훨 불사르는 불이 아니랴
그런 생각이기도 합니다.
아무튼 머지않아 충주댐에

물이 고이면 물은 멀리 단양 너머
도담삼봉에까지 차오릅니다.

돌 36

옛날 일이다.

중국에서 온 사신 한 사람이 웬일로 경상도였더라 충청도였더라, 깊은 산골 후미진 마을을 지나다가 어떤 집 돌담에 박힌 돌 하나를 보자 발길을 멈추더니 주인을 찾아 정중히 허리 굽혀 하는 말이 "대단히 죄송하오나 저 돌담에 끼어 있는 돌 하나 빼주실 수 없을는지요. 그래주시면 은이든 금이든 말씀하시는 만큼 드리겠습니다"라는 간청이었다.

그러나 주인은 거절하고(아마도 머리가
좀 이상한 사람이겠거니 그렇게 여겼을 것이다)
중국의 사신은 사뭇 아쉬워 뒤돌아보고
다시 뒤돌아보며 그 마을을 떠나갔다.
그리고서 몇 날이 지나서였다. 그 집주인은 문득
이런 생각을 떠올렸다. ……도대체 저 돌담에
박힌 것이 무슨 돌이기에 은이든 금이든 내라는 대로
내놓겠노라 했단 말인가? 거 참……
마침내 집주인은 돌담을 헐어 그 돌 하나를
빼내고야 말았으나 아무리 이리 보고 저리 보아도
그저 돌일 뿐 돌 아닌 다른 것은 결코 아니었다.
그래(역시 괜한 짓이었군 돌담만 헐었으니, 에라……)
좀 화가 난 집주인은 그 돌을 내동댕이쳤다.
그런데 이게 웬일인가. 두 동강이로 깨진
그 돌 속에서 황금빛 휘황한 물고기 한 마리가
꼬리쳐 뛰쳐나오더니 하늘로 솟은 것이 아니던가.
물론 이것은 한 토막의 옛말이다.
그러나 나는 이 한 토막의 옛말을 들었을 때
어찌 된 까닭인지 그것이 그저 황당무계한
옛말로만 그렇게만 생각되지는 않았다.
아무튼 그로부터 한참 뒤 나는 우연히
무슨 잡지책을 뒤적이다가 거기 실린 사진 한 장을 보게 되었다.

그리고 그때부터 나는 더욱 돌 속에서 물고기 뛰쳐나온
얘기를 터무니없이 황당무계한 옛말로는
그렇게만은 치부할 수가 없게 되었다.
그것은 중동이던가 아주 먼 고장 모래밭에서 나온
한쪽 면이 유리처럼 투명한 돌 하나를 찍은 것으로
돌 한가운데 크게 난 공동에 물이 가득히 담겨 있는데
그 물 속에는 눈 똑바로 뜬 물고기 한 마리가 떠 있는
그런 사진이었다.
다름이 아니다. 적어도 '돌 속의 물고기'는
허구가 아니라 현실이었으니 따라서
저 중국 사신에 얽힌 얘기는 꾸며낸 엉뚱한 옛말이 아니라
사실 그대로를 말한 얘기였을 수가 있는 것이다.
충분히 그러한 것이다.
문제는 휘황한 황금빛 물고기 한 마리가 꼬리쳐 뛰쳐나오더니
하늘로 하늘로 솟았다는 대목이다.
그러나 나는 이것도 얼마든지 실제로 있을 수 있었던 일이요
또한 옛날 아닌 지금에도 얼마든지 있을 수가 있는
실제로 있을 수가 있는 그런 일이라는 생각이다.
(아마도 이러한 생각 때문에 나는 첨부터 이 얘기를 그저 황당무계한
옛말로만은 돌릴 수가 없었던 것인지 모른다.)
안 그렇겠는가. 생각해보라.
수천 년 수만 년을 돌 속에 갇혔어도
억척같은 그 어둠에 갇혔어도
눈 똑바로 뜬 물고기가 어찌 휘황한
황금빛이 아닐 수 있을 것이며
그 어둠 깨지자 어찌 꼬리쳐 하늘로
하늘로 솟지 않을 수 있단 말인가.

돌 37

새벽어둠에 일어나서 떠나면
밤 어둠에야 돌아오고 다시
새벽어둠에 일어나서 떠났다가
다시 밤 어둠에야 돌아옵니다.
그리고 다시 밤 어둠에야 돌아오기 위해서
새벽어둠에 일어나서 떠나고
다시 새벽어둠에 일어나서 떠나기 위해서
밤 어둠에야 돌아옵니다.
그러니까 말하자면 어둠에서 어둠으로
건너가서 어둠을 잇고 다시 어둠에서 어둠으로
건너가서 어둠을 잇는 되풀이 이것이
요즈음 늘그막의 내가 즐기는 '놀이'입니다.

그런데
충주를 빠져나가는 길 가운데 하나는
과수원 가장자리를 지나자 곧 산고개를 넘어갑니다.
그 고갯마루에서 오른쪽으로 내려가면 목벌리가 나오고
왼쪽으로 내려가면 종민동에 이릅니다.
지금 한창 충주댐 축조공사가 벌어지고 있는 곳이
바로 종민동의 발밑쯤입니다.
아무튼 남한강 물줄기에서 강폭이
가장 좁은 이곳을 막아세우는
충주댐이 완공되면 댐으로부터 단양까지의
모든 돌밭 종민동 목벌 포탄 한수 서창
진목 양평 청풍 도화리 지곡 괘곡 하진의
모든 돌밭은 전부 수십 길 물 속에 잠겨버리고 맙니다.
머지않아 그렇게 되고 맙니다.

그렇습니다.
나는 머지않아 새벽 네시의 어둠을 짚고
일어나서 떠나는 그 떠남을 잃고 맙니다.
밤 열시의 어둠에 싸여 돌아오는
그 돌아옴을 잃고 맙니다.
굽은 등뼈 저리게 삭은 허리뼈도 저리게
돌짐 지고 어둠에서 어둠으로 건너가서
어둠을 잇고 돌짐 지고 다시
어둠에서 어둠으로 건너가서
어둠을 잇는 되풀이
요즈음 늘그막에 즐기는
단 한 가지 '놀이' 나는
그것마저 머지않아 잃고 맙니다.

돌 38

서울서 가면
풀이 끝나고 길도 끝나는
이른 아침 그곳에
모래밭이 길게 가로누워 있고
그 한가운데 돌 하나 앉아 있고
그 앞에는 강물이 흐르고 있다
수백 년 흐른 강물이 또 흐르고 있다
수천 년 흐른 강물이 또 흐르고 있다
수만 년 흐른 강물이 또 흐르고 있다
그 강물에 귀 씻고 앉아 있는 돌 하나
그 돌 하나가 듣고 들은 것은 무엇인가
그 돌 하나가 듣고 듣는 것은 무엇인가
내가 그것을 알 도리는 무엇인가
다만 길게 가로누워 있는 모래밭의
마르고 작은 모래알 전부
정하디정한 모래알 전부
반드시 손가락 사이로 빠져나가
사람의 손에는 잡히는 법 없는
모래알 전부가 어쩌면
수백 년 귀 씻고 앉아 있는 돌 하나
수천 년 귀 씻고 앉아 있는 돌 하나
수만 년 귀 씻고 앉아 있는 돌 하나
그 돌 하나가 버린 귀의 때일지도
그 돌 하나가 떨군 귀의 때일지도
그것일지도 모른다는 생각을 문득
그리고 잠시 해볼 따름이다
그렇다 그런 생각을
문득 그리고 잠시 해볼 따름

해거름에 발길 돌려
서울을 향하면
다시 풀이 시작되고
다시 길도 시작된다

돌 39

어젯밤 TV에는
일본의 서울 동경 한 귀퉁이에
터 잡은 한국인의 묘지가 나왔다.
휘딱 스쳐 지나가는 화면이어서
그 사정을 다 잘 알 수는 없었으나
여기저기 여러 무덤들이 보이는 가운데
많은 돌 쌓아올린 큰 집채만큼이나
그렇게 큰 돌무덤도 보였으며
또 그 옆에 세워진 안내판의 내용으로 미루어서
일본서 죽은 한국 사람들의 시신을
한자리에 모아서 묻은 공동묘지인 것을 알 수가 있었다.
하얀 안내판에 먹빛으로 적힌 내용은 이런 것이었다.
'여기의 돌들은 죄다 한국의 여러 도에서
모아서 가져온 것임.'
이어서 TV는 옛날 우리나라의 어느 성문인 듯한 곳에서
칼질 총질을 하며 치는 자 막는 자가
서로 죽고 죽이는 드라마를 방영하였는데
나는 그것을 보는 것도 아니고 안 보는 것도 아닌
그런 멍청한 눈을 껌뻑거리고 앉아 있었다.
조금 전 같은 화면에 비치었던 한국 사람들 공동묘지의
큰 집채만큼이나 그렇게 큰 돌무덤이
좀처럼 눈시울 속에서 지워지지 않았기 때문이다.
'여기의 돌들은 죄다 한국의 여러 도에서
모아서 가져온 것임.'
그 수많은 돌로 쌓아올린 커다란 돌무덤의 침묵.
말로써 말을 다 할 수 없는 말은
차라리 입을 다물고 침묵한다. 그리하여
마침내 침묵은, 저 불의 각인, 침묵의 말을 한다.

오 침묵의 돌무덤은
휘딱 스쳐 지나가는
일 초 아니면 이 초에 불과한 순식간에
내 눈시울 속 가득히 불의 각인을 찍었던 것이던가.
보는 것도 안 보는 것도 아닌 드라마는 장면이 바뀌고
옛날 우리나라 사람들이 분명한 듯한 군중이
총칼 든 험상궂은 군사들에 끌려서 배를 타고 있었다.
그 얼굴들이 죄다 돌처럼 굳어 있었다.

돌40

돌밭에 굴러 있거나 앉아 있는
크고 작은 돌은 셀 수가 없다.
적어도 삼천만 개나 오천만 개는 족히 될 것이고
자세히 세어보면 삼억 개나 오억 개쯤 될는지도 모른다.
어쩌면 삼십억 개나 오십억 개쯤이 될지도 모르는 일이다.
그렇다면 돌밭에 앉은 크고 작은 돌은
그 숫자가 저 하늘의 별보다도 더 많다는 얘기가 된다.
아무튼 그리도 많은 돌은 하나같이
눈이 없어서 보는 것이 없고 귀가 없어서 듣는 것이 없고 입이 없어서
말하는 것이 없고 손이 없어서 잡는 것이 없다.
그러니 돌밭은 조용하다. 오직 조용하기만 하다.
사람들은 일컫기를 매우 조용한 조용함을
숨소리도 그친 듯하다 라거나 혹은 숨소리도
죽은 듯하다 라고 하는데
보는 눈이 없고 듣는 귀도 없고
말하는 입이 없고 잡는 손도 없는
돌밭의 조용함이야말로 실로 그러한 조용함
무덤 속 같은 조용함이다.

어쩌나가 혼자서 돌밭엘 갈 때가 있다.
그럴 때면 번번이 으스스한 냉기가 등허리에 잦아든다.
문득 까마귀가 날기라도 하면 등뼈
자욱하니 소름이 끼치기도 한다.
밝은 날 오늘 역시도 그랬다.
그런데 이상한 일이었다.
오늘 까마귀는 돌밭 한가운데쯤 하늘에서
날개를 접더니 떨어지듯 그렇게 내려앉았다.
내게는 그것이 마치 하늘에서 갑자기 일어난

날개 꺾인 곤두박질 그런 것으로만 보이었다.
그리하여 결코 마음 내킬 까닭 없는 판국이었으나
어찌 된 영문인지 나는 어물어물 그곳으로 발길을 옮겨놓고 있었다.
그런데 내가 그곳에서 본 것은 떨어지듯 내려앉은
까마귀도 아니요 혹은 곤두박질한 까마귀도 아니었다.
그곳에는 다만 까마귀만한 크기의 그리고
까마귀처럼 검은 빛깔의 돌 하나가
아무렇게나 굴러 있을 따름이었다.
아무리 적게 잡아도 삼천만 개나 오천만 개는 족히 되는
그리도 많은 돌 가운데 한 개가
보는 눈을 가지지 아니하였고 듣는 귀를 가지지 아니하였고 말하는
입을 가지지 아니하였고 잡는 손을 가지지 아니한 돌 한 개가 물론 날으
는 날개도 가지지 아니한 검디검은 돌 한 개가 굴러 있을 따름이었다.
  만일에 그런 것이 아니더면 오 조용함이 무덤 속 같은 곳에서는 마침
내 날짐승도 하늘에서 뽑히어 돌이 되고야 마는 것이던가.

  아무튼 돌밭에 굴러 있거나 앉아 있는
  크고 작은 돌은 셀 수가 없다.

돌 41

사람들은 이따금 엉뚱한 얘기를 지어낸다.
하늘이 운다 라는 것도 그 가운데 하나다.
하늘이 운다니 도대체 이런 터무니없는 얘기가 어디 있는가.
그러나 실은 이것은 터무니없는 얘기가 아니요
실없이 지어낸 엉뚱한 얘기가 아니다.
하늘이 우는 것은 사실로 있는 일
우리는 울음 우는 하늘을 실지로 볼 수가 있다.
그렇다 돌밭에서는 우는 하늘을 볼 수가 있다.
돌밭에서는 하늘이 낮게 내려와서
목을 꺾고 소리없이 울 때가 있다.
믿기지 않거든 비 오는 날 돌밭에 가라.
가서 돌밭에 굴러 있거나 앉아 있는
셀 수 없이 많은 크고 작은 돌들을 보라.
어쩌면 삼십억 개나 오십억 개쯤이 될지도 모르는
자세히 세어보면 삼억 개나 오억 개쯤 될는지도 모르는
적어도 삼천만 개나 오천만 개쯤은 족히 되는
그리도 많은 돌들 흠뻑 비에 젖는 것을 보라.
그리도 많은 돌들 흠뻑 적시면서 흐르는 빗물을 보라.
　검은 돌을 적시고는 검은 피가 되어 흐르고 흰 돌을 적시고는 흰 피가
되어 흐르고 푸른 돌을 적시고는 푸른 피가 되어 흐르고 분홍 돌을 적시
고는 분홍 피가 되어 흐르는 빗물을 보라. 잿빛 돌을 적시고는 잿빛 피
가 되어 흐르는 빗물을 보라.
　적어도 삼천만 개나 오천만 개쯤은 족히 되는
　그리도 많은 돌들을 흠뻑 적시고서
　보는 눈을 가지지 아니하고 듣는 귀도 가지지 아니하고 말하는 입도
가지지 아니하고 잡는 손도 가지지 아니한 돌들 흠뻑 적시고서 더욱이
나는 날개도 가지지 아니한 돌들 단 한 개도 빠짐없이 흠뻑 적시고서 흐
르면서 섞이고 어우러진 오만 가지 빛깔의 핏물을 보라.

흘러도 현란한 비단처럼 흐르는 핏물을 보라.
어찌 그 핏물이 다만 빗물이겠느냐
어찌 그 빗물이 다만 빗물이겠느냐
어찌 그 빗물이 눈물이 아니겠느냐
어찌 그 눈물이 핏물이 아니겠느냐

믿기지 않거든 비 오는 날 돌밭에 가보라.
돌밭에서는 하늘이 낮게 내려와서
목을 꺾고 소리없이 울 때가 있다.

돌42

겨울
돌밭 가장자리에
내 키만한 나무 하나가 서 있다.
얼어서 굳은 잔가지 큰 가지는 죄다 마르고 앙상한데
또한 한결같이 하늘 쪽으로 더욱 마르고 앙상한
손가락을 펴들고 있다.
그 가운데의 한 가지는 한참을 땅 쪽으로 기어내리다가
땅에서 네댓 치쯤이나 될까
거기서 다시 목을 세워 비쩍 마르고 앙상한 손가락을
하늘 쪽으로 펴들고 있다.
자세히 보니 목을 세운 바로 그 밑에
등 디밀고 끼어든 돌 하나가 있다.
그렇게 끼어들어서 세운 목을 떠받쳐주고 있다.
우연이란 대체로 예사로운 일이 아니지만
저렇듯 절묘하기는 아주 어려운 노릇이어서
문득 눈물겹기까지 하다.
아무튼 다른 것은 다 아니고
오직 돌 하나가 소용되는
그런 하느님이 계셨던 건지도
모르는 일이다.

돌43

비가 나무에 내리는 것을
아는 사람은 많으나
비가 돌에도 내리는 것을
아는 사람은 그리 많지 않다.
비가 나무에 내려서 꽃망울을 적셔 벙글게 하여
나무로 하여금 꽃 피게 하는 것을
아는 사람은 많으나
비가 돌에도 내려서
돌을 적셔 왼몸으로 벙글게 하여
돌로 하여금 꽃 피게 하는 것을
아는 사람은 더욱 많지 않다.
비가 내려서 벙글어 꽃 핀 나무의 꽃잎이
혹은 노랑빛깔 혹은 분홍빛깔 혹은 자주빛깔인 것을
아는 사람은 많으나
비가 내려서 왼몸으로 벙글어 꽃 핀
돌 가운데 어떤 것은 꽃나무의 꽃잎에서는
볼 수 없는 그렇게 현란한 극채색인 것을
아는 사람은 더더욱 많지 않다.
아무튼 비 내리는 날
어두운 돌밭에 가서 젖고 있노라면
만날 수가 있다.
이 세상의 어느 것 하나
목숨 아닌 것으로는 여기지 않으시는
하느님의 뜻과 가장 눈부시게
만날 수가 있다.
어김없이 그렇다.

돌44

물새는 보이지 않는데
물새 발자국만 보일 때가 있다.
양평서 여주로 가노라면
보통리라는 버스정류장이 나온다.
완행버스만 멎는 이 정류장에서 내려
온 길을 잠시 되돌아 걷다가
왼쪽으로 꺾어들어가는 작은 길을 따라가면
초록 질펀한 땅콩밭을 만나게 되고 이것을 다 가로지르면
거기에 굵은 강물 낀 돌밭이 펼쳐진다.
다른 곳의 돌밭처럼 이곳에도
크고 작은 모래톱이 여기저기 자리잡고 앉았는데
이곳의 모래톱은 다른 곳의 모래톱과 좀 다른 점이 있다.
그것은 저 보이지 않는 물새의 발자국을
여기서는 더러 볼 수가 있다는 사실이다.
특히 3, 4월이나 9, 10월
짙은 안개가 걷히는 새벽이면
아주 또렷하게 찍힌 발자국을 볼 수가 있다.
오 물새는 보이지 않는데
물새 발자국만 보일 때가 있다.
한마디 말도 없이 산 평생 끝에 죽어
오래 삭은 몸 스스로 풀어
모래톱의 모래로 돌아가면서
무덤을 짓지 않는 돌 반드시 그 돌의 둘레
여러 겹으로 둥글게 돌고 돌면서 찍힌
발자국을 볼 때가 있다.
혹시 하느님의 눈물엔
보이지 않는 날개가 붙어 있는지도 모르는
일이긴 하다.

돌 45

죽은 돌은
오래 삭은
스스로의 몸을 풀어
모래톱의 모래로 돌아갈 뿐
무덤을 짓지 않는다.
그리하여 다만
모래 한줌 더 보태진 그 모래톱
가장 밝고 맑은 마른자리에는
새 발자국이 찍힌다.
곧장 하늘에서 내려왔다가
곧장 하늘로 날아오른 발자국이 찍힌다.

돌 46

말 한마디 없는 돌의 슬픔은
말 한마디 할 수 없는 그러한 슬픔이지만
그러나 그 슬픔에 돌은 묻히지 않는다.
말 한마디 없는 슬픔의 등허리 세우고서
말 한마디 할 수 없는 그러한 슬픔과 함께
모래톱에 쭈그리고 앉은 돌은
더러는 햇살도 받고 달빛도 받는다.

말 한마디 없는 돌의 아픔은
말 한마디 할 수 없는 그러한 아픔이지만
그러나 그 아픔에 돌은 묻히지 않는다.
말 한마디 없는 아픔의 등허리 세우고서
말 한마디 할 수 없는 그러한 아픔과 함께
모래톱에 쭈그리고 앉은 돌은
더러는 새소리에 젖고 풀냄새에 젖기도 한다.

말 한마디 없는 돌의 어둠은
말 한마디 할 수 없는 그러한 어둠이지만
그러나 그 어둠에 돌은 묻히지 않는다.
말 한마디 없는 어둠이 등허리 세우고시
말 한마디 할 수 없는 그러한 어둠과 함께
모래톱에 쭈그리고 앉은 돌은
더러는 비도 맞고 눈도 맞는다.

마침내 돌은 죽는다.
그러나 죽어서도 묻히지 않는다.
돌은 죽어서도 죽음에 묻히지 않는다.
말 한마디 없는 돌의 죽음은

말 한마디 할 수 없는 그러한 죽음이지만
그러나 그 죽음에 돌은 묻히지 않는다.
오래 삭은 스스로를 풀어내릴 뿐이다.

말 한마디 할 수 없는 그러한 죽음과 함께
모래톱에 쭈그리고 앉아서 세운
말 한마디 없는 죽음의 등허리마저 삭아도
그 등허리마저 삭은 스스로를 풀어내려
모래로 돌아갈 뿐 다만 그러할 뿐
돌은 무덤을 짓지 않는다.
무덤을 지어 묻히지 않는다.

바람 부는 어느 날
하느님은 문득 한 모래톱의 모래알
한줌만큼의 은가루처럼 날리는 것을 본다.

돌 47

돌은
눈이 없다.
그래서 돌은
어둠의 먹빛이다.
모래밭에 사는 진한 어둠의 먹빛이다.
그러나 저 먹빛에 번진
꽃 한 송이를 보라.
눈이 없는 돌은
어떻게 한 송이 꽃을 볼 수가 있었던가.
아마도 꽃씨 날리는 가을 어느 날
스스로 먹빛 살 찢어헤쳐 거기 받아
묻었다가 비 내리는 봄 하루
꽃잎 열게 한 것이었나.
비 내리는 봄 하루
저는 못 보는 꽃 한 송이
마침내 먹빛 살 조금 밀어내어 거기
촉촉이 번져나게 한 것이었나.

돌 48

돌은
손이 없다.
그래서 돌은
어둠의 먹빛이다.
모래밭에 엎드린 진한 어둠의 먹빛이다.
그러나 저 먹빛에 뜬
학 한 마리를 보라.
손이 없는 돌은 어떻게
한 마리 학을 잡을 수가 있었던가.
바람 부는 어느 날
스스로 먹빛 살 열어헤쳐 거기
하얀 날개 날개 치게 했던 것이다.

돌 49

돌은
말이 없다.
그래서 돌은
어둠의 먹빛이다.
모래밭에 묻힌 진한 어둠의 먹빛이다.
그러나 저 먹빛에 타는
한 덩어리 해를 보라.
말이 없는 돌은 어떻게
한 덩어리 해를 불을 수가 있었던가.
스스로 먹빛 살 한 덩어리 해만큼 도려내어 거기
해 한 덩어리 옳게 맞아 앉혔던 것이던가.

돌50

돌은
얼굴이 없다.
그래서 돌은
어둠의 먹빛이다.
모래밭에 엎드려 묻힌 어둠이 먹빛이다.
아무튼 그 돌을 파내어 뒤집어라.
그러면 결코 쉬운 일은 아니지만
만에 하나도 있을까 말까 한 일이지만
얼굴 없는 돌의 얼굴과 문득
꿈처럼 그렇게 마주칠 때가 있다.
깊은 어둠의 먹빛 맞뚫린 구멍
물도 내다보이고 하늘도 내다보이고
마침내 빛도 내다보이는
깊은 어둠의 먹빛 구멍과 마주칠 때가 있다.
그것이 돌의 얼굴이다.

돌51

봄에 가보라.
모래밭에 앉아 있는 돌은
먹빛이다.

여름에 가보라.
모래밭에 엎드려 있는 돌은
먹빛이다.

가을에 가보라.
모래밭에 묻혀 있는 돌은
먹빛이다.

겨울에 가보라.
모래밭에 서 있는 돌은
먹빛이다.

다시 봄에 가보라.
모래밭에 앉아 있는 돌은
바람이 불어도 먹빛이다.

다시 여름에 가보라.
모래밭에 엎드려 있는 돌은
대낮에도 먹빛이다.

다시 가을에 가보라.
모래밭에 묻혀 있는 돌은
비가 오면 더욱 진한 먹빛이다.
척척하니 젖은 모래 속에서

척척하니 젖은 더욱 진한 먹빛이다.

다시 겨울에 가보라.
모래밭에 서 있는 돌은
칼날 엄동에도 먹빛이다.
칼날 엄동에도 꼿꼿이 선 채
얼지 않는 먹빛이다.

돌 52

햇살에게 말을 하면서 갔더니
바람을 만나 바람에게 말을 하면서
갔더니 비를 만나 비에게 말을 하면서
갔더니 나무를 만나 나무에게 말을 하면서
갔더니 어둠을 만나 어둠에게 말을
하면서 갔더니 새를 만나 새에게
말을 하면서 갔더니 강물을 만나
강물에게 말을 하면서 갔더니
돌을 만났다.

이제는 내가 말을 들을 차례다.

돌53

광대뼈가 나오고
눈이 가느다란 것을 보면
나는 아마도 몽고족의 핏줄인지도 모르는 일이다.
몽고족은 죽으면 아름드리 나무등걸을 잘라
그 속을 파내어 시신을 담아 땅속에 묻는다.
다시 태어날 때엔 하늘 높이 치솟아 번쩍이는
커다란 나무가 되기 위해서다.

그러나 나는
생각이 많이 다르다.
내가 만일 몽고족의 핏줄이 틀림없다 하더라도
나는 죽으면 남한강 어느 굽이
돌밭 한 귀퉁이 땅속에 시신을 묻겠다.
다시 태어난대도 오직 땅에 붙어 엎드린 꿈 번쩍이는
작은 한 돌멩이가 되기 위해서다.

돌54

돌은 지각변동 때에 태어났으니까
햇수로 치면 그 나이가 수십만 년쯤으로 잡힌다.
침묵은 무거운 것이라고 한다.
그렇다면 수십만 년이나 된 돌의 침묵
그 무게는 얼마만큼이나 한 것일까.
도무지 어림조차 할 수가 없다.

더러 엉뚱한 생각이 들 때가 있다.
땅덩어리는 둥근 것이 아니라 넓적하고 편편한 것이다 라는
그런 생각이다. 그런 생각은
그러니까 넓적하고 편편한 땅덩어리 한 가장자리에
마땅히 나 있을 땅 끝이라는 것에까지 이르게 되고
거기서 보는 하늘은 어떤 빛깔일까 하는 데까지로
또 이어지게 마련이다.
그러나 그 빛깔 또한 도무지 어림조차 할 수가 없다.

그러나 한 가지 어림해볼 수 있는 게 있다.
그것은 어림조차 할 수 없는 그 하늘의 빛깔을
아마도 수십만 년이나 된 돌의 침묵은
삼시 엿본 적이 있을시도 모른다는 그런 것이다.

돌55

살은 모래로 보내고 피는 물로 보내고
그리고 넋은 하늘로 보낼 수가 있다면
아마도 나는 먼 훗날 작은 하나의 돌이 되어
다시 이 하늘 아래 모래와 물 곁으로
돌아올 것이다.

그때는 곱디고운 꽃빛 소리 스스로 자아내는
하늘 살갗의 돌이 되어 돌아올 것이다.

돌56

눈물은 바다였다
말씀은 나무요 나무뿌리요 나뭇가지요
나뭇잎이요 별이었다
몸은 바람이었다
마침내 바다
나무 나무뿌리 나뭇가지 나뭇잎 별
바람 불로 사르니
한줌 재였다
한줌 재에서 태어난
한점 하늘빛 맑은 작디작은
돌이었다

사람들은 그것을 사리라고 불렀다

눈과 눈

1

눈
가득히 담은
눈

새 한 마리가 지나간다

눈
가득히 담긴
눈

2

눈
가득한
들

새 여러 마리가 지나갔다

들
가득한
눈

3

세상은
밤사이

눈이었다
이불 아래
흰 허리에도
어지러운
눈이었다
황진이 두 눈만 붉이었다
서리서리 진분홍빛이었다
어둡고 긴 밤은
깊을수록
눈이었다

4

그 나라의
작은 새들은
눈보라가 칠 때에
비로소
하늘과 땅 사이를 날은다
하늘과 땅 사이에 가득한
눈보라 속을
수천만 개의
눈 밝혀서
날은다

5

수없이
내리는 눈을

바라보고 섰는 눈을
바라보고 섰는 다른 눈이
또하나 있다
죽은 살 같은 날 샐 때나
죽은 살 같은 날 저물 때
내리는 눈 눈 눈 눈 눈 눈
어디엔가 있다
그 눈은

6

별 하나 없었다
하늘 깜깜한 한가운데서
눈 한 송이 내리더니
땅 깜깜한 한가운데서
별 하나만큼 그만큼
눈 밝히고 선 사람
마른 등허리에 앉았다
작은 꽃잎 하나처럼 앉았다

7

삼십여 년 전에 나는 이북의 고향을 떠났습니다 그날은 눈보라가 쳤
습니다 산모퉁이를 돌아서는데 눈 한 송이가 내 등허리를 파고들었습니
다 늙어 한쪽 눈만 보이시는 어머님의 그 눈 하나도 산모퉁이까지 쫓아
와서 내 등허리를 파고들었습니다 그뒤로 나는 삼십여 년을 이남에서
살고 있습니다 어느덧 명치끝에 스며들어 꽁꽁 얼어붙은 채 녹지 않는
눈 한 송이와 또 그 어머님의 한쪽 눈 하나와 함께 봄 가을 여름 겨울 없

이 살고 있습니다

8

눈
덮인
중동부전선의
하얀 능선에서
죽은 병사
그는 산 하나와 함께
눈에 덮여 있었다
그의 눈도 산 하나와 함께
눈에 덮여 봄까지 썩지 않았다
봄도 다 지나자
능선에는 눈 같은 꽃 한 송이가 피었다

9

아우슈비츠
아침안개 속에서
나치의 병사들은
수용소를 누볐다
눈을 밟았다

처녀 안네의
눈도 밟았다

10

눈 한 송이와
별 하나와
허난설헌은 하나다
그 여자의 눈은
그 별이요 또
그 눈이다

11

눈
녹아
큰물 내리는
이월 하순
혹은 삼월 상순
연분홍 얼비치는 황진이
양수리
큰
다리 위에
있었다

철철 물오른 큰 눈이었다

12

우리말로는
눈을 눈이라 하고

눈도 눈이라 한다
우리말로는

물

나는
물이라는
말을 사랑합니다.
웅덩이라는 말을 사랑하고
개울이라는 말을 사랑합니다.
샘이나 늪 못이라는 말을 사랑하고
강이라는 말도 사랑합니다.
바다라는 말도 사랑합니다.
그리고 비라는 말도 사랑합니다.
또 있습니다.
이슬이라는 말입니다.
삼월 어느 날 사월 어느 날 혹은 오월의 어느 날
꽃잎이나 풀잎에 맺히는
아마도 세상에서 가장 작은 물
가장 여리고 약한 물 가장 맑은 물을 이르는
이 말과 만날 때면
내게서도 물기운이 돌다가
여위고 마른 살갗 저리고 떨리다가
오 내게서도 물방울이 방울이 번지어나옵니다.
그것은 눈물이라는
물입니다.

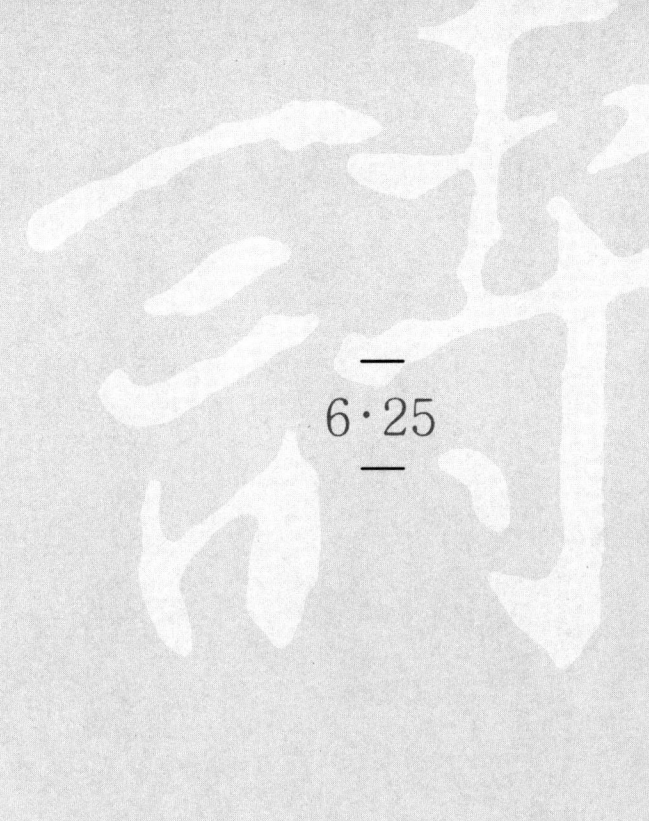

6·25

6·25 *1*

아직도
좀 어두운
새벽 풀숲의
풀잎들은 이슬을 달고 있다
그 이슬 한 개가 바람도 없는데 구른다
굴러떨어진 그 이슬 한 개가 소리도 없이 깨진다
햇살하고 몸 섞지도 못하고
그리고 소리도 없이 산산이 부서진다

아직도 좀 어두운
새벽하늘의 한 귀퉁이가
금가는 듯한 그런 소리가
난 듯했다

6·25 2

아직도
좀 어두운
새벽 나무숲은 잠자는데
잠자는 나무숲의 나뭇가지는 잠자는데
잠자는 나뭇가지의 새도 잠자는데
잠자는 새의 날개도 잠자는데
털도 잠자는데
그런데 바람도 없는데
잠자는 새털이
풀 하고 날린다
풀 하고 날린 새털이
하르르 하르르 떨어진다
아직도 좀 어두운 새벽어둠인데
하르르 하르르 떨어지는 새털이 잘 보인다
털 하나가 새 한 마리만큼 그렇게 크게 똑똑히 잘 보인다

이윽고 아직도 좀 어두운
새벽어둠 가장자리에 희뜩거리는 것은
매캐한 화약 냄새였다

6·25 *3*

이제
곧 밝은
새벽이다. 작은 성당의
몇 안 되는 긴 의자들은 나란히
가지런히 앉아서 잠자고 있고
작은 오르간도 제자리에 선 채로
가만히 반들거리며 선 채로
잠자고 있다.

그런데 웬일이더냐.
아무도 구구구구 우는 소리 듣지를 못했는데
아무도 푸드드득 날개 소리 듣지를 못했는데
작은 성당 뒤뜰 처마 밑의
커다란 비둘기 집
텅 비어 있다. 비둘기 몸털 날개털 머리털 꽁지털
털 흩어진 비둘기 집
텅 비어 있다.

6·25 4

이제
곧 밝은
새벽인데 국민학교
교실의 조고만 책상과 의자 들은
나란히 가지런히 줄지어 앉아서 잠자고 있고
선생님 큰 책상도 저만치 서서 잠자고 있다.
그 너머 흑판도
그리고 잘 닦인 여러 장의
창유리도 잠자고 있고
교정의 철봉도 미루나무도
곧바로 선 채 잠자고 있다.
그런데 아니다. 기실은 아니다.
교실의 조고만 책상과 의자 들은
나란히 가지런히 줄지은 채 웅크려 있고
저만치 선생님 책상은 빳빳하게 굳어서 서 있다.
그 너머 흑판은 겁에 질린 먹빛이고
그리고 잘 닦인 여러 장의 창유리도
겁에 질려 꽁꽁 얼어 있다.
교정의 철봉과 미루나무도
꼿꼿하게 굳어서 서 있다.
이제
곧 밝은
새벽인데.

6·25 5

아직도 좀 어두운 새벽이다
늑대 한 마리가 소리도 없이 웅덩이를 건넌다
아직도 좀 어두운 새벽이다
늑대 세 마리가 소리도 없이 쑥 풀숲에서 나온다
아직도 좀 어두운 새벽이다
늑대 다섯 마리가 소리도 없이 방앗간 희뿌연 뒤꼍을 지나간다
아직도 좀 어두운 새벽이다
늑대 일곱 마리가 소리도 없이 법당 앞의 어스름을 가로지른다
아직도 좀 어두운 새벽이다
늑대 아홉 마리가 소리도 없이 희뿌연 성황당을 맴돈다
아직도 좀 어두운 새벽이다
늑대 열한 마리가 찔레꽃 우거진 너와집 옆구리를 소리도 없이 스친다
아직도 좀 어두운 새벽이다
늑대 열세 마리가 소리도 없이 희뿌연 웅덩이를 건너다가
멈칫 멈추어 선다
일제히 등허리를 낮추며 멈추어 선다

6·25 6

밤새 헤어졌던
손과 손이 서로 찾아
어두운 풀숲 헤쳐 하나가 되고
따로 따로 떨어졌던
허리와 허리도 서로 찾아
어두운 강물 건너 하나가 된다.
등 돌려 갈라섰던 가슴과 가슴도
어두운 산고개 너머
서로 찾아 하나가 된다.
아무도 입 열지 않은
아무도 눈 열지 않은
아직도 좀 어두운
희뿌연 새벽 그때에
밤새 헤어졌던 것들은
누가 말하지 않아도
누가 눈짓하지 않아도
서로 찾아 만나서 하나가 된다.
입 열지 않고도
눈 열지 않고도
하나가 된다.

6·25 7

이제
곧 밝은
새벽이다

철조망
쇠가시가
돋는다

어둠
쓸리는
희뿌연
38도선

한반도
가로지른
155마일에
소름이 돋는다

살
찢고
피도 뿌리는
쇠가시가
돋는다

이제
곧 밝은
새벽이다

소름이 돋는다

6 · 25   8

이제
곧 밝은
새벽인데
포항 북방 산마루
엉거주춤 서서 잠자던 바람은
무릎 꺾어 허리 낮추고
철원 가까운 산중턱
풀어헤친 머리 숙여 잠자던 바람은
좀더 등허리 낮추어서 깊이 머리 숙이고
개성 언저리 산자락
납짝하니 엎드려서 잠자던 바람은
더욱 납짝하니 땅에 붙는다.
이제
곧 밝은
새벽인데
바람은
눈뜰
채비를 모른다
이제
곧 밝은
새벽인데
한반도 가로지른
38도선 155마일의 바람은 잠자는 채
더욱 무릎 꺾어 허리 낮춘 어둠 속으로 잦아들고
더욱 등허리 낮추어서 깊이 머리 숙인 어둠 속으로 잦아들고
더욱 납짝하니 땅에 붙은 어둠 속으로 잦아든다.
이제
곧 밝은

새벽인데

6·25 9

아직도
좀 어두운
새벽의 산은 잠잔다
냉이 냄새 고운 산의 허리는 잠잔다
고비 냄새 향긋한 산의 배꼽도 잠잔다
산나리 냄새 짙은 산의 다리도 잠잔다
칡넝쿨 얽힌 산의 허벅지도 잠잔다
방울꽃 모시대 우거진 산의 사타구니도 잠잔다
그런데 갑자기 가위눌린다
가위눌린다 산이 가위눌린다
덫에 채인 산비둘기처럼
가위눌린다

아직도 좀 어두운
새벽의 잠옷자락을 짓누른다
숨죽인 탱크의 캐터필러가 짓누른다

이제 곧 밝은 새벽이다
풀잎 하나가 한 번 밟힌다
아직도 좀 어두운 새벽이다
풀잎 하나가 세 번 밟힌다
이제 곧 밝은 새벽이다
풀잎 하나가 다섯 번 밟힌다
아직도 좀 어두운 새벽이다
풀잎 하나가 일곱 번 밟힌다 밟혀서 뭉개진다
이제 곧 밝은 새벽이다
풀잎 하나가 아홉 번 밟힌다
숨죽인 발자국에 밟혀서 뭉개진다
아직도 좀 어두운 새벽이다
아직도 좀 어두운 새벽이다
풀잎 하나가 열한 번 밟힌다
숨죽인 발자국에 밟혀서 뭉개진다
아직도 좀 어두운 새벽이다
아직도 좀 어두운 풀잎 하나가 열세 번 밟힌다
아직도 좀 어두운 새벽의 풀잎 하나가
숨죽인 발자국에 열세 번 밟혀서 뭉개진다
이제 곧 밝은 새벽이다

동이 트는데

햇살보다 먼저 터진 것은 총소리 대포 소리였다 처마 밑에서 터지고
돌담 아래서 터지고 뒤뜰에서도 터졌다 지붕 위에서도 터졌다 샘터 미
루나무 꼭대기에서도 터졌다 거기 앉은 까치집에서도 터졌다 햇살보다
먼저 총소리가 터지고 대포 소리가 터졌다 툇마루에서 터지고 창 밖에
서 터지고 창 안에서도 터졌다

6·25 *12*

동이 트는데
햇살보다 먼저
고깃배 저어 나루에 당도한 것은
자라 가물치 붕어 잉어 쏘가리 모래무지
비린내 절은 맨발의 덕만이가 아니었다
긴 가죽신 신고 허리에 권총 찬 낯선 얼굴이었다
덕만이의 얼굴을 닮은 낯선 얼굴이었다

동이 트는데

햇살보다 먼저 총소리가 터지고 대포 소리가 터졌다 안방에서 터지고
건넌방에서 터지고 문간방에서 터졌다 마루방에서 터지고 사랑방에서
터지고 마구간에서 터졌다 때는 유월 이른 새벽 동이 트는데 햇살보다
먼저 수없이 많은 총소리가 터졌다 대포 소리가 터졌다 곳간에서 터지
고 움 속에서 터지고 부엌에서 터지고 그리고 아궁이 속에서도 터졌다
그렇다 하늘에서 터지고 땅에서도 터졌다 햇살보다 먼저 터졌다

6 · 25 *14*

동이 트는데

햇살보다 먼저
논두렁에 올라선 것은
바짓가랑이 걷어올린 덕쇠의 흙빛 정강이가 아니었다
칼 꽂은 장총 걸쳐멘 낯선 얼굴이었다
덕쇠의 얼굴 닮은 낯선 얼굴이었다

6·25 *15*

동이
트는데

우리는 문을 닫았다
꼭꼭 닫고서 걸어잠갔다

안방 문 건넌방 문
마루방 문 문간방 문

부엌문 광문
중간문 대문

꼭꼭 닫고서
걸어잠갔다

누구는 수도꼭지 잠그는 것을 잊었는지
문이란 문 모조리 닫고서 다 걸어잠근 집에서 물소리가 났다

아무튼 우리는 문을 닫았다
꼭꼭 닫고서 걸어잠갔다

동이
트는데

6 · 25 *16*

우리는 안방의 문을
걸어잠갔다 안에서가 아니고
밖에서 걸어잠갔다

마루방의 문도
건넌방의 문도 다 그렇게
밖에서 걸어잠갔다

동이 트는데
부엌문도 대문도 다 그렇게
밖에서 걸어잠갔다

자물쇠로 단단히 걸어잠갔다

우리는 문이란 모든 문을 다
자물쇠로 단단히 걸어잠갔다

우리는 우리의 모든 문을
하나도 남김없이 밖에서 자물쇠로
단단히 걸어잠갔다

6월의
동트는
싱그런 새벽이었다

우리의 마음에도
밖에서 걸어잠근
시꺼먼 자물쇠가 단단히 매달려 있었다

우리는
물동이를 버리고
가마솥을 버리고
논으로 가는 길도 버렸다
밭으로 가는 길도 버리고
삽과 갈쿠리도 버렸다
닭을 버리고 돼지를 버리고 개도 버렸다
낫을 버리고 도리깨를 버리고 멍석을 버렸다
책과 책상과 연필과 지우개도 버렸다
비도 걸레도 버렸다
진달래가 우거졌던 언덕을 버리고
개나리가 들이찼던 골짜구니도 버렸다
우리는 버리고 또 버렸다
하나하나 우리는 죄다 버리고 그리고 떠났다
동트는 6월의 이른 아침에
이슬비 젖은 햇살이 퍼질 때에
우리는 다 버리고 떠났다
아버지와 어머니가
할머니와 할아버지가 마시던
또 내가 마시던
샘물도 버리고 떠났다
촉촉이 내린 이슬비 젖은
햇살이 퍼질 때에
우리는 우리를 버리고
떠났다

6·25 *18*

햇살이 퍼지자
들이 나타나고
산이 나타나고
언덕이 나타났다
확실하고 분명하게 나타났다
숲이 나타나고
강이 나타나고
강 위의 다리가 나타났다
아무도 그것이 산이 아니다 언덕이 아니다
들이 아니다 숲이 아니다 강이 아니다
강 위의 다리가 아니다 라고 말할 수는 없게
그렇게 확실하고 분명하게 나타났다
그리고 그 다리 위를 굴러오는 시꺼먼 탱크가 나타났다

햇살이 퍼지자

6·25 *19*

동이 트는데
우리가 들은 것은
새들의 노랫소리가 아니라
아니라 콩 볶는 총소리였다
동이 트는데

동이 트는데
우리가 본 것은
쏟아져 퍼지는 햇살의 밝음이 아니라
아니라 눈앞을 가로막는 어둠 캄캄이었다

동이 트는데
우리가 입을 열어 서로 나눈 것은
푸른 풀냄새에 대한 말이 아니라
아니라 무섭고 역겨운 피냄새에 대한 말이었다
동이 트는데

동이 트는데
땅에 번지고
하늘에도 번지는
피냄새에 대한 말이었다
동이 트는데

1950년 봄
남녘에서 북상을 시작한
아지랑이는 고랑포 언저리 둔덕에서
잠시 쉬었다가 다시 북상을
계속했다.

그런데
그해 초여름
6월이다. 지난 봄 아지랑이가 북상한
바로 그 둔덕을 넘어 남하해왔다.
자주포 16대 대포 203문 전차 20대를 앞세운
1개 사단이 쏟아져내렸다.

1950년 봄
남녘에서 북상을 시작한
개나리는 개성 언저리 산등성이에서
잠시 쉬었다가 다시 북상을
계속했다.

그런데
그해 초여름
6월이다. 지난 봄 개나리가 북상한
바로 그 산등성이를 넘어 남하해왔다.
자주포 16대 대포 154문 전차 20대를 앞세운
1개 사단이 쏟아져내렸다.

1950년 봄
남녘에서 북상을 시작한

진달래는 의정부 언저리 골짜구니에서
잠시 쉬었다가 다시 북상을
시작했다.

그런데
그해 초여름
6월이다. 지난 봄 진달래가 북상한
바로 그 골짜구니를 타고 남하해왔다.
자주포 48대 대포 514문 전차 86대를 앞세운
2개 사단이 쏟아져내렸다.

앞 산자락에서는
아버지가 죽었다
뒤 산자락에서는
작은아버지가 죽었다
앞 산중턱에서는
삼촌이 죽었다
뒤 산중턱에서는
외삼촌이 죽었다
그리고 사돈의 팔촌네 집도
훤히 내려다보이는
산꼭대기에서는
아침에 형이 죽었고
저녁엔 아우가 죽었다

꽃덤불에서는
하루 종일 윙윙거리는
소리가 났다 꽃덤불에서는
하루 종일 벌들 날지 않았다 꽃덤불에서는
하루 종일 총알만 날아다녔다 찔레꽃 우거진
꽃덤불에서는
하루 종일 윙윙거리는
소리가 났다

다리 부러진
폭삭 내려앉은
원두막 텅 빈
퀴퀴한 냄새 찌든
개구리참외 썩어문드러진
개구리참외밭에 어디서 날아와서 떨어진
빠개진 검붉은 살 흩뜨린 소년의 머리통 하나
썩어문드러진 개구리참외처럼
굴러 있었다.

해 질 때
사람을 만나면
움찔 놀라서
땅거미 속에 숨었다
숨어서 자꾸 부푸는 땅거미가 되었다

밤중에
사람을 만나면
움찔 놀라서
어둠 속에 숨었다
숨어서 자꾸 잦아드는 깜깜한 어둠이 되었다

새벽에
사람을 만나면
움찔 놀라서
썩은 나무등걸 속에 숨었다
숨어서 자꾸 부슬부슬 허물어지는 나무등걸이 되었다

6·25 *25*

어머니는
솥뚜껑을 열어놓고
보리밥을 푸다가
죽어 있었다

누렁소는
가래를 멘 채
밭이랑을 베고
죽어 있었다

아버지는
밭머리에 앉아서
막걸리 바가지를
기울이다가 죽어 있었다

어린 동생은
제 머리통만한
개구리참외 반쯤이나 먹다가
죽어 있었다

모두
그렇게 죽어 있었다
죽음 밖의 죽음을
죽어 있었다

눈을 주다가
눈을 주는 그 순간에
죽었다.

손을 주다가
손을 주는 그 순간에
죽었다.

말을 주다가
말을 주는 그 순간에
죽었다.

안아주다가
안아주는 그 순간에
죽었다.

모두들 그렇게 죽었다.
죽음 밖의 죽음을
모두 죽었다.

종을
치다가
죽었다.

무릎을
꿇다가
죽었다.

구겨진
성경책을 펼치다가
죽었다.

십자를
긋다가
죽었다.

아멘
그 소리를 내다가
죽었다.

어린아이들
성당 안마당에서
나비처럼 놀다가

나비처럼
폴 폴폴
뛰놀다가 죽었다.

그렇게들 죽었다.
죽음 밖의 죽음을
모두들 죽었다.

6·25 *28*

물꼬를
트다가
죽었다.

삼태기에
거름 가득
메고 가다가
죽었다.

쏘가리 덥석 문
낚싯줄 걷어올리다가
죽었다.

눈 맞아
풀냄새 깊은 풀숲에 뒹굴다가
죽었다.

진한 풀냄새 물씬거리는 풀숲에
희멀건 두 마리 물고기처럼
튕기다가 죽었다.

그렇게 죽었다.
모두 죽음 밖의 죽음을
죽었다.

밝구나
그렇게 말하다가
죽었다.

맑구나
그렇게 말하다가
죽었다.

따뜻하구나
그렇게 말하다가
죽었다.

오 구름
떠도는 솜털구름
그렇게 말하다가
죽었다.

참
오늘은 일요일이구나
그렇게 말하다가
죽었다.

다시
오 떠도는 솜털구름
그렇게 말하다가
죽었다.

보고 싶구나

그렇게 말하다가
죽었다.

못 잊구말구
그렇게 말하다가
죽었다.

사랑하구말구
그렇게 말하다가
죽었다.

모두 그렇게들 죽었다.
죽음 밖의 죽음을 죽었다.
모두 죽었다.

휘
늘어진
버들가지 흔들리자 나타난 그는
내 가슴팍에 시꺼먼 총구멍을 들이대더니
말했다
　"동무!"

적군
셋을 사살한
아침에 점령한 산 속
잘 익은 돌배 주렁주렁 달린
작은 마을은
아무래도 낯익은 마을이었다.

내가 태어난 고향마을이었다.

총은
물 길러 갈 때에
메고 가는 물건이다

총은
꽃 핀 언덕을
넘어갈 때에도
메고 가는 물건이다

높은 산꼭대기
흙구덩이 속에서 만나는 달은
바로 코앞에 걸린 듯이
그렇게 크게 보이고
가까이 보인다

그러나 잠잘 때에
가슴에 품고 자는 물건은
그 달이 아니라
총이다

6·25 *33*

문이
열리면
드륵

새가
날아도
드르륵

우리는
총을 쏴갈겼다

지붕 위에서
햇살이 번쩍거리면
드르륵

여울물에서
달빛이 들썩거려도
드르르륵

길 아닌 데서
그리고 물론 길에서 사람의 발자국 소리가 나기만 하면
드륵 드르르륵

우리는
총을 쏴갈겼다

꽃덤불이
흔들려도

드르르르륵

우리는
총을 쏴갈겼다

6·25 *34*

포격 뒤에도
성당 꼭대기의
부러진 십자가는 제일
높았다

매미 한 마리가
포격으로 뜨겁게 달구어진
여름 한낮 제일 높은 꼭대기에서
자지러졌다

아랫목에서 죽은 것은 할머니였다
토방 위에서 죽은 것은 할아버지였다
마룻바닥에서 죽은 것은 아버지였다
부엌 바닥에서 죽은 것은 어머니였다
마당에서 죽은 것은 형이었다

곳간 문지방에서 죽은 것은 아우였다
사립문 앞에서 죽은 것은 누이였다
사립문 앞에서 죽은 것은 누이의 젖먹이였다
울 밑에서 죽은 것은 봉선화였다
시뻘거니 뭉개져 있었다
봉선화도 할머니도
봉선화도 할아버지도 뭉개져 있었다
봉선화도 아버지도 어머니도 시뻘거니
봉선화도 형도 아우도 시뻘거니 시뻘거니
봉선화도 시뻘거니 누이도 시뻘거니
봉선화도 누이의 젖먹이도
시뻘거니 뭉개져 있었다.

주먹밥은 손바닥에
받아서 먹는 밥이다
부상한 사람들이나
부상해 죽는 사람들은
피를 흘린다 피 흘리는 사람들을
밤새워 만지고 주무르다보면 두 손은 왼통
피걸레가 되고 그 피걸레 손바닥에 주먹밥을
받아서 먹는 새벽 이름 모를 새 날아가면서
우는 소리에 문득 자세히 보면
먹는 밥 주먹밥은
부상한 사람들
부상해 죽는 사람들
흘린 피 간 맞게 얼룩진
피범벅이다

뻐꾸기 한 마리 등에 업고
고개 넘어가는데 저만치 나무숲에서
총 들고 얼른거린 것은
풀피리 함께 불던
덕쇠였다

뻐꾸기 한 마리 등에 업고
고개 넘어가는데 저만치 나무숲에서
총 겨누어 방아쇠 당긴 것은
한 책상 나란히 가갸거겨 배우던
뒷집 덕쇠였다

뻐꾸기 한 마리 등에 업고
고개 넘어가다가 총 맞고 쓰러진 내게로
성큼성큼 다가온 것은
제기차기 팽이돌리기 함께 놀던
뒷집의 넷째 덕쇠였다

쓰러진 내게로 와서
이번에는 손에 집은 총김으로 나를 찌르고 등에 업은
뻐꾸기 뻐꾹 뻑뻑꾹 우는 뻐꾸기도 찔러 죽인 것은
노을 비긴 들녘 날리는 풀씨 함께 쫓던
덕쇠였다

6·25 *38*

바위 뒤에 숨었더니
박격포탄이 날아왔다
부서진 바위 조각이 날고
뿌리뽑힌 민들레 한 송이가 날고
사람의 넓적다리 한 개도
공중으로 날았다

다리 밑에 숨었더니
전차포탄이 날아왔다
부서진 콘크리트 조각이 날고
허연 배때기 터진 메기 한 마리도 날고
사람의 손가락 여러 개도
공중으로 날았다

숨을 데가 없었다
수류탄 몇 개가 날아왔다
갈가리 찢긴 바람과
갈가리 찢긴 새와
갈가리 찢긴 사람이
공중에서 섞였다

죄다 그렇게 죽었다
죄다 죽음 밖의 죽음을 죽었다
숨지 못하고서 죽음 밖의 죽음을 죽었다
숨어서도 죽음 밖의 죽음을 죽었다

두 손으로
두 눈 가린 채
그렇게 하고서
죽어 있었다

두 손으로
두 귀 가린 채
그렇게 하고서
죽어 있었다

두 손으로
한 입 가린 채
그렇게 하고서
죽어 있었다

두 손으로
얼굴 죄다 싸덮은 채
그렇게 하고서
죽어 있었다

두 눈
한껏 크게 뜬 채
그렇게 하고서
죽어 있었다

두 손
비틀려 뜯긴 나뭇잎처럼 떨군 채
그렇게 하고서

죽어 있었다

죽음 밖의 죽음을 죽어 있었다

6·25 *40*

파인 곳은
죄다 시체였다
밭고랑도
웅덩이도
퀴퀴한 하수구도
포탄 떨어진 구덩이도
김치 냄새 찌든 김장독 구덩이도 시체였다
능수버들 긴 가지 드리운
우물 속도 시체였다

노랑제비꽃을 팠더니
뿌리가 나오고 손가락뼈가 나오고
큰두루미꽃을 팠더니
뿌리가 나오고 발가락뼈가 나왔다.
왜미나리아재비를 팠더니
뿌리가 나오고 등뼈가 나오고
큰잎펭의 다리를 팠더니
뿌리가 나오고 다리뼈가 나왔다.
갯메꽃을 팠더니
뿌리뽑힌 구덩이에서 허리뼈가 나오고
산미나리아재비를 팠더니
뿌리뽑힌 구덩이에서 엉덩이뼈가 나왔다.
썩지 않은 털 한줌도 나오고
휘파람새의 작은 부리도
나왔다.

대포 소리 와글와글 굴러다니는
산골 조고만 학교 마당에 떨어져 뭉개진 조고만 고무신 한 짝
어제부터 간 곳 없는 삼돌이가 가갸거겨 배우던 책상은
다리 하나가 부러져 여남은 개 유리창 모조리 박살난 교실 한가운데
나뒹굴고
어제부터 간 곳 없는 여선생님 교탁 위의 텅 빈 백묵통에는
노리끼리하게 윤나는 총알 하나가 반질반질 누워 있다.

작은 풀들
작은 손들 하늘로 펴서 든 채
불타서 죽은 풀숲에
등에 피 흘린
참새 죽어 있다.

불타서 죽은
풀숲보다 좀더 키 큰 나무
손 하늘로 펴서 든 채
불타서 죽은 그 나무 아래
겨드랑이에 피 흘린
오목눈이 죽어 있다.

오목눈이 죽어 있는
불타서 죽은 나무보다
좀더 키 큰 나무
손 하늘로 펴서 든 채
불타서 죽은 그 나무 아래
사타구니에 피 흘린
휘파람새 죽어 있다.

휘파람새 죽어 있는
불타서 죽은 나무보다
훨씬 더 키 큰 나무
손 하늘로 펴서 든 채
불타서 죽은 그 나무 아래
가슴에 피 흘린
뻐꾸기 죽어 있다.

뻐꾸기 죽어 있는
불타서 죽은 나무보다
더 많이 훨씬 키 큰 나무
팔 하늘로 펴서 든 채 여러 손 하늘로 펴서 든 채
불타서 죽은 그 나무 아래
목에 피 흘린
종다리 죽어 있다.

작은 풀숲
작은 손들 하늘로 펴서 든 채
불타서 죽은 풀숲에
눈에 피 흘린
흰눈썹울새 죽어 있다.

6·25   44

문을 열었더니
총알이 날아왔다 언덕에 올랐더니
총알이 날아왔다 무릎 꺾고 샘물을
마셨더니 총알이 날아왔다 무릎 꺾고
똥을 누었더니 총알이 날아왔다
머리 들어 하늘을 쳐다보았더니
거기서는 총알이 쏟아져왔다

다리 이쪽 끝에서 피가 흐르고
다리 저쪽 끝에서 피가 흘렀다
　피는 점점 더 많이 흘러 다리 이쪽 끝의 피가 다리 안쪽으로 안쪽으로
밀리고
　피는 점점 더 많이 흘러 다리 저쪽의 피도 다리 안쪽으로 안쪽으로 밀
렸다
　피는 그렇게 흐르면서 밀리면서 자꾸 더 많이 밀리면서 흘렀다 다리
는 왼통 시뻘건 핏물로 물들었다
　다리의 다리도 시뻘건 핏물로 물들었다
　다리를 시뻘건 핏물로 물들이면서 점점 더 많이 안쪽으로 안쪽으로
밀리면서 흐르면서 밀리는 다리 이쪽의 피와 다리 저쪽의 피는
　마침내 무너져내린 다리 한가운데까지 오더니 거기서부터는 곧바로
쏟아져내려 다리 아래 강물도 시뻘건 핏물로 물들이었다
　그러자 시뻘건 핏물 물든 물면에
　큰 애기 긴 머리칼이 떠오르더니
　엎드린 큰 바가지 같은 희멀건 볼기짝도 떠올랐다

　이윽고 길 잃은 두견이 하나
　끊어진 다리 위에 뿌린 울음소리도
　시뻘건 핏물로 물들었다

시꺼멓게 불탄
풀숲 구덩이에
어린아이 하나가 누워 있었다
발바닥 갈기갈기 찢겨 있었고
배꼽 알아볼 수 없게 뒤틀린 뱃가죽은
썩어 말라붙은 바가지 속처럼 꺼져 있었다
갈린 손등에는 삐죽이 튀어나온 가는 뼈가
하얀 가시처럼 서 있었다
검불처럼 흩어진 머리칼에는 원추리
말라 비틀린 노랑분홍 꽃잎 서너 개 섞여 있었다
마신 흔적도
먹은 흔적도 없었다
오줌을 눈 흔적도
똥을 싼 흔적도 없었다
차디찬 여름비가 내리더니
불탄 풀숲을 적시고
시꺼멓게 젖은 풀숲의 구덩이를 적시고
젖은 구덩이에 누운 어린아이를 적셨다
젖은 어린아이 갈기갈기 찢긴 발바닥을 적셨다
젖은 어린아이 썩은 바가지 속처럼 꺼진 뱃가죽을 적셨다
젖은 어린아이 갈린 손등에 삐죽이 튀어나온
하얀 가시 같은 가는 뼈를 적셨다
젖은 어린아이 검불처럼 흩어진 머리칼을 적시고
젖은 머리칼에 섞인 원추리 말라 비틀린
서너 개 노랑분홍 꽃잎도 적셨다
마침내 어린아이는 온몸이 젖어서 울고 있었다
어디선지 또 하늘 무너지는 소리가 났다
쿠웅 하고 대포 소리가 났다

평안도의 언덕에서는
진달래가 썩고 있었다 삼덕이의 간도
썩고 있었다 경상도의 골짜구니에서는
칠성이의 허파가
썩고 있었다 바위담배풀도 썩고 있었다
　황해도의 바닷가에서는 탄실이의 허벅지가 썩고 있었다 갯까치수염
도 썩고 있었다
　강원도의 산꼭대기에서는 바람꽃이 썩고 있었다 갑동이의 염통도 썩
고 있었다 함경도의 여울목에서는 큰유리새가 썩고 있었다 순옥이의 젖
꼭지도 썩고 있었다
　전라도의 들판에서는 갑순이의 궁둥이가 썩고 있었다 땅비둘기도 썩
고 있었다
　충청도의 갈대숲에서는 개개비가 썩고 있었다 만복이의 창자도 썩고
있었다

6·25 48

풀을 잡아도
피가 묻어났다
종이를 집어도
피가 묻어났다
수저를 집어도
피가 묻어났다
문고리를 잡아도
피가 묻어났다
바람을 잡아도
방울새를 잡아도
피가 묻어났다
네 등 네 발 네 허리 다리를 잡아도 피가 묻어났다 네 배를 잡아도 네
무릎 네 허벅지를 잡아도 네 머리칼을 잡아도 피가 묻어났다
네 젖통을 잡아도
피가 묻어났다
네 손을 잡아도
피가 묻어났다
그날 밤 꿈엔 구름도 잡았다
역시 피가 흥건히 묻어났다

6·25   49

재떨이를 때리는 담뱃대 소리도
탁주에 취한 얼큰한 소리도 없다.
갈대숲에 숨어드는 큰 발자국 작은 발자국 소리도
옷 끈 풀리는 소리도 터질 듯한 숨소리도 없다.
나팔꽃 깊숙이 파고드는 벌소리도 없다.
호미질 가래질 소리도 없다.
밥그릇 찬그릇 부딪는 소리도
물동이에 부딪는 바가지 소리도 없다.
웃음소리도 울음소리도 없다.
누구 찾는 소리도 없다. 누가 대답하는 소리도 없다.
바람이 불어도 문풍지 소리가 나지 않고
비가 내려도 처마에서 떨어지는 빗방울 소리 나지 않는 이 마을은
깨지고 부서지고 뭉개지고 불탄 잿더미
어제던가 그제던가 중국의 병정들이
북 치고 꽹과리 울리면서
날라리도 불면서
마을 가장자리를 지나갔다.

6 · 25   *50*

하늘이 있고
지붕은 없었다
하늘은 있고
기둥은 없었다
하늘만 있고
창문은 없었다
나무도 풀도 새도 없었다
종 치는 종탑도 종탑으로 올라가는 사닥다리도 없었다
하늘만 있었다 여기저기
매운 연기 번지고 또 번지는 잿더미 같은

총소리가 나도
총소리가 나지 않아도
연기는 오른다

사람이 죽어도
사람이 죽지 않아도
연기는 오른다

비가 내려도
연기는 오른다
눈이 내려도
연기는 오른다

새가 날아도
연기는 오른다
꽃이 피어도
연기는 오른다
훤한 밝음에도
연기는 오른다

그리고 깜깜한 어둠에도 연기는 오른다
어떠한 어둠보다 더 깜깜한 연기는 오른다

6·25 *52*

툇마루에서 보아도 연기였다 앞마당에서 보아도 연기였다 동구 밖에
서 보아도 연기였다 징검다리 위에서 보아도 연기였다 언덕 위에서 보
아도 연기였다 그날 밤 꿈도 왼통 연기였다

6·25 *53*

봄에도 연기가 올랐다
여름에도 연기가 올랐다
가을에도 연기가 올랐다
겨울에도 연기가 올랐다
사람이 보아도 연기가 올랐다
사람이 보지 않아도 연기가 올랐다

다시 봄에도 연기가 올랐다

6·25   *54*

밤새운 아버지가
밤새운 어머니의 눈을 들여다보았다.
연기뿐이었다.
밤새운 어머니가
밤새운 아버지의 눈을 들여다보았다.
연기뿐이었다.

눈꼽 낀 할머니가
눈꼽 낀 할아버지의 눈을 들여다보았다.
연기뿐이었다.
눈곱 낀 할아버지가
눈곱 낀 할머니의 눈을 들여다보았다.
연기뿐이었다.

겁 질린 복동이가
겁 질린 뒷집 길동이의 눈을 들여다보았다.
연기뿐이었다.
겁 질린 길동이가
겁 질린 앞집 복동이의 눈을 들여다보았다.
연기뿐이었다.

연기뿐인 형의 눈이
말 못 하는 아우의 눈을 들여다보았다.

6 · 25   55

보리밭에서 연기가 올랐다
감자밭에서 연기가 올랐다

언덕에서 연기가 올랐다
나루에서 연기가 올랐다

외양간에서 연기가 올랐다
달구지에서 연기가 올랐다

목로집에서 연기가 올랐다

죽은 사내의 찢긴 윗도리에서 연기가 올랐다
죽은 여자의 흩어진 머리칼에서 연기가 올랐다
죽은 아이의 구겨진 기저귀에서도 연기가 올랐다
죽은 아이의 살결 여린 사타구니에서도 연기가 올랐다

6·25   56

고무신에서 연기가 올랐다
저고리에서 연기가 올랐다
바지에서 조끼에서 연기가 올랐다
양말에서 두루마기에서 연기가 올랐다
치마에서 적삼에서 속곳에서 연기가 올랐다
버선에서 연기가 올랐다
대님에서 연기가 올랐다

그 집 문패에서도 연기가 올랐다

6·25 57

우편소에서 연기가 올랐다
중국인 호떡집에서 연기가 올랐다
일본인 연못 파놓고 살던 집에서 연기가 올랐다
목욕탕집에서 연기가 올랐다
그 옆의 이발소에서도 연기가 올랐다
길 건너 맞은편 코딱지 같은 책가게에서 연기가 올랐다
또 그 옆의 지서에서도 연기가 올랐다

언덕 위의 성당에서도 연기가 올랐다
줄은 끊어지고 종지기도 신부님도 떠났는지
하루 종일 바람 불 때마다 무시로
연기 묻은 종소리가 매캐한 골목을
이러저리 굴러다녔다

6·25 58

연기
떠도는
공중에서
오줌싸개의 숯검정이와
개불알꽃의 숯검정이와
처녀치마의 숯검정이가
떨어진다.

오줌싸개의 숯검정이가
개불알꽃의 숯검정이하고 섞이고
처녀치마의 숯검정이하고 섞여서 떨어진다.

개불알꽃의 숯검정이하고 섞인
처녀치마의 꺼뭇한 숯검정이가 다시
오줌싸개의 숯검정이하고 섞여서
연기 떠도는 공중에서 떨어진다.

냉이꽃
바람꽃
민들레 숯검정이도
떨어진다.

처녀치마의 숯검정이가
오줌싸개의 숯검정이하고 섞이고
개불알꽃의 숯검정이하고 섞여서
떨어진다.

연기

떠도는
공중이다.

학교에서 연기가 올랐다
아래층 교실에서 연기가 올랐다
위층 교실에서도 연기가 올랐다
아래층 위층 교실마다 유리창문 창틀에서 연기가 올랐다
아래층 위층 교실 벽마다 아이들이 크레용으로 그려 붙인 그림에서도
연기가 올랐다
해와 달에서 연기가 올랐다
산과 강물에서도 연기가 올랐다
새와 꼬리 긴 연에서도 연기가 올랐다
꽃과 나무에서도 연기가 올랐다
미끄럼틀과 목마에서도 연기가 올랐다
아래층 위층 교실마다 가지런한 책상에서 연기가 올랐다
의자에서도 연기가 올랐다
차례차례 나란히 가지런히 앉은
책상과 의자에서 차례차례 연기가 올랐다

연기 가득한 운동장 가장자리에 나란히 선
키 큰 미루나무에서도 연기가 올랐다
연기 올라온 키 큰 미루나무 가지에 앉은
까치집에서도 연기가 올랐다

에로스의 시학

-전봉건의 시사적 위상

남진우(시인, 문학평론가)

전봉건은 '전후(戰後) 모더니즘'을 대표하는 시인 가운데 하나이다. 많은 평자들이 지적했듯이, 그가 1950년 한국전쟁이 발발하기 직전에 『문예』지를 통해 데뷔했다는 것은 그런 점에서 지극히 상징적이다. 그의 시적 출발이 자연스럽게 50년대 한국 현대시의 전개와 그 보조를 함께한다는 사실은 이후 그를 가리켜 '전후시(戰後詩)'의 한 '모델'이나 '전후 신서정파의 기수'라고 명명하게 한 요인이 되었다. 그의 시는 전쟁의 참혹한 현장과 전후의 폐허—초토—황무지를 관통하며 씌어졌고 전쟁의 상흔이 어느 정도 가신 다음엔 전 사회적으로 추진된 정치적 경제적 문화적 근대화의 물결을 헤쳐나가며 빚인 힘겨운 고투를 반영하고 있다. 50년대의 많은 시인들이 그랬듯이 그는 서구 모더니즘을 학습하고 자기화하는 과정을 통해 개성적인 시세계를 일구어나갔다. 『사랑을 위한 되풀이』(1959) 『춘향연가』(1967) 『속의 바다』(1970) 『피리』(1979) 『북의 고향』(1982) 『돌』(1984) 등의 시집과 『꿈속의 뼈』(1980) 『새들에게』(1983) 『전봉건 시선』(1985) 및 기타 여러 종의 시선집에 실린 시편들과 타계하기 전까지 썼지만 책으로 채 묶이지 못한 그밖의 많은 작품들이 바로 그 증거물로 존재하고 있다. 양적 풍부함과 더불어 질적으로 고른 수준을 유지하고 있는 이들 작품은 한국 현대문학이 기억하지 않으면 안 될 중요성과 독자성을 구비하고 있으며 시대를 뛰어넘어 여전히 읽는 사람을 끌어당기는 흡인력을 발휘하고 있다.

1. 전후 모더니즘의 사각구도

전후 맹위를 떨쳤던 모더니즘의 세례를 받고 그 자장(磁場)에서 활동했다는 점에서 전봉건은 김수영 김춘수 김종삼 등과 같은 계열의 시인으로 분류할 수 있으며, 이들과 유사한 도정을 걸어간 시인으로 볼 수 있다. 50년대 시인들 중에서도 이들은 상대적으로 서구 모더니즘보다는 서정주나 청록파 같은 전통 서정시의 계보에 더 가까운 위치에서 시를 출발시킨 이동주 박용래 신동엽 고은 등과는 차별되는 노선과 성향을 보여준 시인이라 할 수 있다. 60년대 중반 이후 문학계에서 50년대 모더니즘 시가 노출한 무분별한 서구 추종과 난해성 현실도피성 무국적성 등에 대해 비판의 바람이 불기 시작하면서 이 계열의 많은 시인과 시들이 빠르게 망각 속에 묻혀져갔다. 김수영과 김춘수와 김종삼은 바로 이런 거센 비판의 폭풍을 견뎌내고 살아남은 50년대 모더니즘 시문학의 희귀한 생존자들이라 할 수 있다. 이는 그들이 남긴 뛰어난 시적 성과물로 볼 때 당연한 귀결이 아닐 수 없다. 그러나 이들 개성적인 세 시인을 거점 삼아 50년대 모더니즘 시문학의 전체적 지도를 작성하려고 한다면 아무래도 허전함을 면하기 어려울 듯하다. 지도 한켠의 공백이 너무 커 보이기 때문이다. 김수영 김춘수 김종삼 이들 세 시인이 그리고 있는 삼각형의 구도 맞은편에 전봉건이란 또다른 꼭짓점을 설정하여 사각형의 구도를 완성해야 비로소 50년대 모더니즘 시의 유산에 대한 보다 정당한 평가가 가능해질 것으로 여겨진다. 이는 전봉건의 시가 시류의 부침에 따라 잠시 주목을 받다가 덧없이 사라져버리고 만 여타 시인들의 그것과는 구별되는 내구력을 갖추고 있을 뿐 아니라 동시대의 다른 모더니스트들의 시세계와도 구별되는 독자성을 보유하고 있기 때문이다.

  그렇다면 유사한 노선을 추구했음에도 불구하고 전봉건을 김수영 김춘수 김종삼이란 모더니즘 계열의 다른 세 시인과 구분되게 해주는 요인은 무엇인가. 지난 연대의 시적 지형도를 편성함에 있어서 우리는 흔히 김수영을 50년대 모더니즘의 한 극에 위치시키고 나머지 세 시인을 반대편의 극에 몰아넣는 참여/순수라는 낡은 이분법을 적용하고 싶은 유혹에 빠지기 쉽다. 도식화시켜 이야기하자면, 한편에 모더니즘의 협소한 틀에서 빠져나온 현실참여형의 시인이 있고 다른 한편에 예술의 자율성이란 미망에서 벗어나지 못한 현실도피형의 시인들이 있다. 그러나 이런 분류는 그 단순성만큼이나 설득력 있는 설명이 되지는 못한다. 이보다는 다양한 각도에서 이들 네 시인을 상호비교함으로써 그 대립적 자질들을 추출해보는 것이 더 타당할 뿐 아니라 생산적일 것이다. 예를 들어 의미/무의미라는 지향점을 설정하여 이들 시인에 적용해보면 김수영 전봉건 대 김춘수 김종삼이란 의외의 구도가 형성된다. 김춘수와 김종삼이 시에서 의미를 끊임없이 지우고 비우고 무화시키고자 했다면, 그래서 끝내 모든 의미의 불순물이 제거된 순수의 경지, 무의미의 영도(零度)상태를 희구했다면, 김수영과 전봉건은 자신의 시가 의미의 포화상태에 이르도록 밀어붙이는 시작법을 선보였다. 요설과 능변, 서사와 웅변이 넘쳐나는 이들의 시는 소수의 예외를 제외하곤 최소한으로 말하기를 선호한 김춘수 김종삼의 단정한 시와 대조된다. 김현이 "사실상 김수영씨와 전봉건씨는 김춘수씨와 다르게 주장하고 설명하는 시를 썼고 쓰고 있는 시인들이다. 그들은 의미의 시에 매달려 있다"(김현, 1975년, 58쪽)라고 한 것은 의미심장한 지적이 아닐 수 없다. 물론 정작 그들이 지향하는 '의미의 시'는 전혀 다른 방향을 가리키고 있었다. 김수영이 구체적이고 일상적인 현실과의 대결을 통해 의미를 추출해내려 했다면, 전봉건은 심미적이고 관념적인 의미를 현실에 부과하고자 하는 태도를 취했다. 이런 편차에도 불구하고 어쨌든 김수영과 전봉건의 시에는, 섬약성과 내면성을 특징으로 하는 김춘수와 김종삼의 여성주의적 시에서는 느낄 수 없는 남성적 호흡과 스케일이 담겨 있다.[1]

그런가 하면 이들 네 시인을 시에 접근하는 태도를 통해 다른 방식으로 이원화할 수도 있다. 즉 김종삼과 전봉건의 시쓰기가 자연적 생리적 성격을 강하게 띠고 있었다면 김수영과 김춘수의 시쓰기는 한결 자각적이고 인공적인 편이었다. 이는 김종삼이 산문을 거의 쓰지 않았고, 전봉건 역시 시론을 포함해서 상당한 분량의 산문을 남기고 있지만 그 또한 본격적인 것이라기보다는 일반 독자를 대상으로 한 입문서 수준의 소박한 글이라는 점과 연관된다. 반면 김수영과 김춘수의 경우 이들의 산문은 자신의 시론과 떼려야 뗄 수 없는 긴밀한 관계를 맺고 있다고 할 만큼 시에 대한 사유와 실제 시작 행위가 상호침투하며 공존하는 모습을 보여주고 있다. 김수영과 김춘수가 시에 대한 어떤 이념형을 염두에 두고 시를 써나갔다면, 그래서 조작성이 강하게 느껴진다면, 김종삼과 전봉건의 시는 상대적으로 생래적이고 체질적인 자연발생의 산물이라는 느낌을 주고 있다. 그 결과 김수영과 김춘수의 시가 탈서정-탈낭만주의라는 모더니즘의 일반 원칙에 근접해 있는 인상을 준다면, 김종삼과 전봉건은 모더니즘적 외양에도 불구하고 심층적으로는 서정적이고 낭만주의적인 특성을 유지하고 있다. 우리는 김종삼과 전봉건의 시에서 재래의

1) 몇몇 평자는 전봉건의 시에 나오는 여성 취향과 관능적 충동을 들어 그의 시세계가 전반적으로 '여성주의적'이라고 규정지었다. 그러나 여성성에 대한 탐닉과 여성주의적 성향은 전혀 다른 것으로서, 어느 면 반대되는 측면마저 있다고 해야 할 것이다(한국의 지식인들이 가진 고정관념 중의 하나는 에로티시즘을 흔히 여성성, 여성주의와 관련지어 생각한다는 것이다. 마치 남성은 에로티시즘 같은 하찮은(?) 것의 오염으로부터 벗어나 있는 존재라는 듯이. 당연한 이야기지만 여성적 에로티시즘이 있듯이 남성적 에로티시즘도 존재한다). 전봉건의 시는 거칠고 단순하고 선이 굵은 것과는 다른 차원에서의 남성성을 구현하고 있다. 한 후배 시인의 다음과 같은 인상기는, 비록 시상의 스케일에 국한된 지적이긴 하지만, 이러한 면을 잘 포착하고 있다. "시상(詩想)의 스케일 면에서도 전봉건 시인은 서정가곡보다는 큰 바다의 물결을 몰고 다니는 심포니 오케스트라의 지휘자 같다. (……) 그가 「사랑을 위한 되풀이」 「춘향연가」 「속의 바다」와 같이 700~1200행에 이르는 실험적인 장시를 삼십대에서 사십대 초반 사이에 썼다는 사실은, 대가풍(大家風)의 재능을 그의 손이 달달하게 펼쳐 보인 좋은 예라고 생각된다. 단형시를 대부분 쓰다 간 한국의 소가풍(小家風) 시인들과 그의 시가 질을 달리하고 있음을 잘 말해주고 있는 것이다."(조정권, 1986년, 220쪽)

영탄적 정조와는 구분되지만 서구문학에 대한 교양에 기초한 낭만적 정서가 관류하고 있음을 쉽게 알아볼 수 있다.

김종삼과 전봉건의 시에 숨어 있는 이러한 낭만적 성향은 우선적으로 이들의 타고난 기질에서 기인한 것이지만 이들이 이북 출신으로, 평생을 고향을 떠난 실향민으로, 뿌리 뽑힌 존재로 보내야 했다는 전기적 사실과도 맞물려 있는 것으로 보인다. 동족상잔의 비극이나 분단 현실을 바라보는 시선에 있어서도 이들은 전형적인 서울내기인 김수영이나 경상남도의 바닷가 출신인 김춘수와는 아무래도 다른 실존적 체험의 빛깔을 내비치고 있다. 분단이나 통일 같은 민족문제 역시 이들에겐, 이념이나 이데올로기의 문제이기 이전에 절실한 삶의 문제였고 논리적 판단의 대상이 아니라 감성적인 애증의 대상으로 먼저 다가왔다고 할 수 있다. 태생지와 단절된 채 삶을 영위해야 했던 그들에게 '지금 이곳'은 잠시 거쳐가는 기착지나 유배지에 불과했으며 그들은 숙명적으로 '지금 이곳'을 벗어난 초월적 세계를 꿈꾸는 낭만적 영혼을 평생 간직하고 시를 썼다. 그들에게 시란 어떤 이념이나 이론으로 구축될 수 있는 성질의 것이 아니라 잃어버린 세계로 통하는 유일한 통로이자 피난처로서 언제고 돌아가 쉴 수 있는 곳, 향수의 정감이 어린 공간이었다. 그들은 거창한 이론에 의지하거나 주도면밀한 시론을 구상하기보다는 타고난 감각에 기초해 서정시의 본령을 지키는 데 주력했다. 50년대 전위적 시인 그룹의 선두주자로서 이들 네 시인이 차지하고 있는 위상은 그 미묘한 편차와 더불어 깊이 음미해볼 만한 요소를 적잖게 내장하고 있다.

2. 감각의 향연

이처럼 전후 모더니즘이란 공통의 시적 지반에 탯줄을 대고 있으면서도 이들 네 시인은 시간의 흐름과 더불어 서로 교차하기도 하고 길항하기도 하면서 상이한 시적 궤적을 그려나간다. 여기서 우리가 던질 수 있는 질문은, 각기 다른 이들의 시세계를 떠받치고 있는 힘이 무엇인가라는 점이다. 흔히 김수영은 현실에 대한 가열한 비판의식이, 김춘수는 존재에 대한 탐구가, 김종삼은 보헤미아니즘으로 집약되는 방황과 소외의식이 그 해답으로 주어지곤 한다. 그렇다면 이들과 구분되는 전봉건 고유의 시적 근원은 무엇이 될 수 있을까. 감각적 리리시즘이 그 답변이 될 것이다. 이 시인의 시에서, 이제는 상당 부분 효력을 상실한 관념의 표백이나 현란하지만 공허한 면도 없지 않은 수사를 걷어낼 때 전면화되는 것은 신선하면서도 생기 있는 감각의 분출이다. 그의 시는 감각의 충만함(senseous fullness)이라는 점에서 전통적으로 우리 시가 절대적으로 부족함을 면치 못하고 있는 영역을 채워주고 있다.[2] 널리 알려진 다음과 같은 작품을 보도록 하자.

피아노에 앉은
여자의 두 손에서는
끊임없이
열 마리씩
스무 마리씩
신선한 물고기가
튀는 빛의 꼬리를 물고
쏟아진다.

나는 바다로 가서

---

2) 전봉건에 대해 김춘수는 심미의식과 휴머니스틱한 인생론을 겸비한 "훌륭한 테크니샹"(1957년, 309쪽)이라고 평하고 있으며 조정권은 서정시인으로서의 천부적 재능을 타고난 "언어의 테크니션"(1986년, 221쪽)이라고 말하고 있다. 그런가 하면 오세영은 "이어령이 50년대를 대표하는 산문체 스타일리스트라면, 전봉건은 그 시대 대표적인 운문체 스타일리스트"(2005년, 276쪽)라고 언급하고 있다. 테크니션이나 스타일리스트라는 규정은 이 시인의 언어를 다루는 빼어난 감각과 시의 형태적 요소에 대한 남다른 고려를 아우른 말로 여겨진다. 일부 시에서 노출되는 장식적 수사의 과잉을 제외한다면, 물 불 공기 흙이란 4원소를 활달하게 넘나드는 물질적 상상력에 기초한 이 시인의 언어감각은 지금도 신선함을 잃지 않고 있다.

가장 신나게 시퍼런
파도의 칼날 하나를
집어들었다.

—「피아노」 전문

시인은 이 작품에서 소리를 물질화하는 마술을 선보이고 있다. 소리는 볼 수도 만질 수도 없는 것이지만 이 시에서 피아노의 선율은 눈부신 물고기가 되어 튀어오르고 시퍼런 칼날이 되어 집어들 수 있는 존재가 된다. 청각적 이미지가 시각적 이미지로, 다시 촉각적, 근육감각적 이미지로 변주되면서 피아노 소리가 울려퍼지는 공간은 거대한 바다—어장(漁場)으로 탈바꿈하며, 가만히 한곳에 앉아 연주하고 듣는 "여자"와 "나"의 정적인 동작은 물고기를 낚고 그것을 요리하기 위해 칼을 빼드는 역동적인 행위가 된다. 물고기가 쏟아져나오는 신생과 풍요의 제의는 파도의 칼날 하나를 집어드는, 처형을 집행하는 죽음의 제식과 맞물려 있다. 여자의 두 손에서는 물고기가 쏟아지는 반면 남자는 손으로 파도의 칼날 하나를 집어든다. 이 상반된 동작은 피아노를 사이에 두고 벌어지는 "여자"와 "나" 사이의 상징적 성행위를 암시한다. 음악을 통한 이러한 성적 결합은 삶과 죽음의 끝없는 순환과 더불어 다수성과 단일성의 궁극적 통합을 나타내고 있다. 시각과 청각이, 생물과 무생물이, 고체와 액체가, 원형(圓形)과 예각이 서로 경계를 허물고 넘나든다. 피아노는 말 그대로 관능의 음악을 들려주고 있는 것이다.[3]

이 시가 보여주는 관능은 이둡거나 칙칙한 분위기를 동반하지 않은 경쾌함과 즐거움으로 가득 차 있다. 그 관능은 피아노의 선율을 따라 가볍게 기화하는 관능, 예술적으로 승화된 관능이다. 이 시인의 시에서 이

---

3) 시인은 시작노트 성격의 글에서 장시와 다른 "짧은 형태의 시"에 대한 관심을 표명하면서 "투명한 표현" "손으로 만져지는 표현"(1985년, 238쪽)에 도달하고 싶다고 말하고 있다. 투명한, 손으로 만져지는 표현이란 감각의 깊이를 통해서만 포착할 수 있는 언어의 마술에 해당한다. 그만큼 이 시인에게 언어는 육체적인 것, 실제적 향유의 대상이었다고 할 수 있다.

러한 에로스의 부름은 거의 원초적이어서 모든 시공간을 관능의 음악으로 물들이고 채운다. 바다 음악 꽃 여인 항아리 불꽃 비상하는 새 같은, 이 시인의 작품에 자주 등장하는 이미지들은 모두 세상 만물을 지배하는 에로스의 현현을 나타내고 있다. 이러한 에로티시즘은 대부분의 경우 일체의 음습함을 떨쳐버린 건강한 낙천성으로 충만해 있다.

장미를 하얀빛이게 하는 것이 무엇인가
나를 바다로 가게 하는 것이 무엇인가
장미를 빨간빛이게 하는 것이 무엇인가
바다를 무수히 현란한 칼날이게 하는 것이 무엇인가
장미를 노란빛이게 하는 것이 무엇인가
내가 바다 칼날에 맞아 피 뿜게 하는 것이 무엇인가
장미를 검은빛이게 하는 것이 무엇인가
피 뿜으며 바다 속 어두운 주검의 자리 거기 떠 있는 내 전부에 아직도 무수한 현란의 칼날을 내리게 하는 것이 무엇인가
장미를 노란빛이게 하는 것이 무엇인가
내가 죽어서 더욱 진한 바다 속 어두운 주검의 자리 비로소 그 주검의 목젖을 찢고 진주 하나를 생기게 하는 것이 무엇인가
그때 장미를 빨간빛이게 하는 것이 무엇인가
그때 바다를 하늘의 목젖 가르며 솟아오르는 수없이 현란한 칼날이게 하는 것이 무엇인가
장미를 하얀빛이게 하는 것이 무엇인가
나를 또다시 바다로 가게 하는 것이 무엇인가

—「태양」 전문

거듭 반복되는 수사적 의문법으로 구성된 이 작품은 다양한 색채 이미지와 더불어 그 물음에 대한 해답이 시의 종결에도 불구하고 끝내 해소되지 않는다는 점에 묘미가 있다. 굳이 갖다붙이자면, 제목의 '태양'이, 반복되는 질문에 대한 답이 될지 모른다. 50년대 유행한 실존주의

문학의 대표작 가운데 하나인 『이방인』에서 주인공이 왜 살인을 범했느냐는 물음에 태양 때문이라는 유명한 답변을 내놓았듯이, 이 시에서 장미가 그토록 다양한 여러 가지 색깔로 피어나는 것도, 화자인 "나"가 바다로 가서 죽음을 맞이하고 그 목젖에서 진주가 생겨나는 일련의 과정을 겪는 것도 어쩌면 다 태양 때문이라는 것이다. 꽃이 피어나는 것처럼 화자가 바다에 이끌리는 것도, 바다에 잠긴 주검에서 진주가 생겨나는 것도 합리적이고 구체적인 이유를 댈 수 없는 본능적이고 무의식적이고 영속적인 어떤 힘, 다시 말해서 리비도의 부름 때문이며 자연의 거대한 순환의 일부일 따름이다.

바다 태양 장미 칼날 진주 등 이 시에 등장하는 모든 대상들은 우주적 에로스의 열기로 들끓고 있다. 태양은 천상의 장미이고 바다는 수없이 많은 현란한 칼날로 이루어져 있다. 장미의 다양한 색깔을 결정짓는 힘과 화자를 바다로 가게 하는 힘은 전혀 다른 것 같지만 실은 동일한 것이다. 이러한 자연의 숨은 힘이 만물을 주재하며 서로 다른 존재를 한데 끌어모은다. 또한 그 힘은 바다의 칼날에 찔려 죽은 주검에서 진주를 솟아오르게 한다는 구절에서 볼 수 있듯이 죽음 속에서 새로운 탄생을 가능케 한다. 매일 우리가 보는 태양은 바로 이러한 우주적 죽음의 제의를 통과하고 생겨난 진주-장미의 출현에 다름아니다. 바다는 우주적 모태이며, 거기로 가서 거듭 죽고 다시 태어나는 화자의 운명은 죽음을 딛고 면면히 지속되는 생의 의지에 대한 찬가라 할 수 있다.

3. 원체험의 공간

지금까지 살펴본 대로 전봉건의 시는 재래의 감성적 주정적 서정시와 구분되는 것은 물론 우리 현대문학사에서 모더니즘의 상표처럼 되어버린 주지적 경향과도 일정한 거리를 유지하고 있다. 그의 시는 감성이나 이성보다 훨씬 근원적이고 원초적인 감각에 그 닻침을 드리우고 거기서 시적 자양분을 길어내고 있다. 그는 감각으로써 사유하며 관능의 힘으로 개인적인 것이든 시대적인 것이든 주어진 현실 조건을 넘어서고자 한다. 그런 의미에서 그는 50년대 시문학에서 보기 드문 이미지의 선명성과 상상력의 역동성을 보여준 시인이라 할 만하다. 흥미로운 것은 시인의 이런 특성이 데뷔 이전 습작 시절에 씌어진 아주 초기의 작품에 이미 각인되어 있다는 사실이다.

> 1) 저고리
>   하이얀
>   가슴에
>   나부낀
>   장밋빛
>   고름……
>
> ―「무제」 전문

> 2) 새
>   랑 나비
>   랑 새
>   랑 너
>   랑 나비
>   랑 새
>   랑
>
> ―「한 소절」 전문

이들 시가 우리에게 놀라움을 준다면 그것은 다음의 두 가지 이유 때문일 것이다. 첫째는 습작 시절의 작품인데도 매우 높은 완성도를 보여주고 있다는 점이다. 물론 그 완성도는 시의 물리적 길이가 짧고 내용이 단순한 데서 기인한 면도 있지만 이 시가 씌어질 당시의 시대적 조건 때문에 그가 속한 세대의 우리말 구사 실력이 전반적으로 취약했다는 점을 감안하면 이는 인상적인 바가 있다. 시인 자신의 다음과 같은 고백을 읽어볼 필요가 있다.

내가 시나 소설에 접촉하고 관심을 가지게 되고 한 발자국 더 나아가서
그런 것을 내 자신이 써보고자 하게 된 동기를 나에게 준 책들은 일본 것
이다. 국민학교·중학교, 이렇게 초등·중등학교에서의 모든 지식을 일본
책에서 얻게 된 나는 시 소설에 관한 지식도 일본어로써 흡수케 되었던
것이다. 그러니까 나의 시문학의 출발은 일본어에서부터 시작되었다. 따
라서 나의 첫 작품도 일본어로 씌어졌던 것이다. (……) 해방이 되자 나
는 나의 모국어로 시를 써야 하게 되었다. 그렇지만 나의 국어 실력은 겨
우 '가갸거겨'를 간신히 판독할 수 있을 정도에 불과하여 '나는 당신에게
로 간다' 하는 글이면 '나 는 당 신 에 게 로 간 다'고 이렇게 한 자 한 자
씩 띄어 읽고 나서야 그 전체의 의미를 종합 이해하는 형편이었다.(전봉
건, 1957년, 403쪽)

한국어/일본어라는 이중 언어의 굴레 속에서 고민해야 했던 그가 한
국어로 더듬거리며 시 습작을 한 지 얼마 되지 않아서 「무제」나 「한 소
절」 같은 수준의 작품을 쓸 수 있었다는 것은, 시인으로서의 조숙성과
언어에 대한 민감성을 잘 보여준다. 이들 시는 이미지와 색채의 선명한
대조나 유음이나 비음의 어울림에서 느껴지는 언어의 물질성에 대한 남
다른 감각과 더불어 시행 배치에서 감지할 수 있듯 회화적인 조형미까
지 고려하고 있음이 드러난다. 1)의 하이얀/장밋빛, 가슴/고름의 대조
나 2)의 "랑"이라는 접속조사의 경쾌한 활용은 언어의 감각성 유희성에
대한 이 시인의 예민한 의식을 짐작하게 한다. 시는 의미의 전달이기 이
전에 소리의 음악이요 시각적 현상이란 것을 시인은 이미 체득하고 있
는 것으로 보인다.
이들 습작시가 전해주는 또다른 놀라움은 그의 시를 지배하고 있는
강렬한 탐미성과 낙천성에서 찾아진다. 전봉건의 시에 대한 지금까지의
대부분의 평가는 주로 '한국전쟁'을 중심으로 펼쳐졌다. 시인의 전기적
사실이나 상당량을 차지하는 전쟁시편 및 실향의식을 노래한 시편 들은,

이 시인의 시세계를 결정지은 가장 중요한 요소로 동족상잔의 비극을 들게 만들고 있다. 그래서 전봉건의 시에서 한국전쟁은 일종의 원체험에 해당된다는 식의 평가가 나오곤 했다. 그러나 이 시인의 시를 전체적으로 살펴보면 한국전쟁보다 더 근원적이고 지속적인 원체험이 존재한다는 사실을 알 수 있다. 그것은 청년기에 경험한 전쟁의 비극보다 더 오래 거슬러올라가는 고향에서 보낸 유소년기의 체험을 가리킨다.[4] 그 체험은 밝고 생기 넘치는 관능성에 대한 경도 및 순수하고 무구한 세계에 대한 희구와 연결돼 있다. 그의 데뷔작 중의 하나인 다음 작품에서 볼 수 있는 향일성의 상상력은 시인의 이러한 성향이 반영된 것이다.

부드러움을 한없이 펴는 비둘기같이
상냥한 손을 주십시오.

빛나는 바람 속에서 태양을 바라
꽃피고 익은 젖가슴을 주십시오.

---

4) 50년대 활발한 평론활동을 펼친 이철범은 전봉건의 유소년 시절의 분위기와 시의 상관관계에 대해 다음과 같은 회상기를 남기고 있다. "전봉건은 자기의 시의 밑바닥을 흐르는 옵티미즘을 이렇게 얘기하고 있다. 아마도 자기의 시는 어렸을 때, 고향의 풍토에서 찾아든 체취에서 싹튼 것이 아닌가 생각한다는 것이다. 그는 어렸을 때, 陽德과 孟山에서 자랐다는데, 첫째 그 지방의 물이 참 맑다는 것이다. 그 물이 여름에는 얼음처럼 찬데 겨울이 되면 김이 무럭무럭 난다고 한다. 그리고 주변에 울창한 신선한 나무들, 거기서 그는 자연의 그 생생한 감각, 그 건강성을 모름지기 느꼈다는 것이다. 그 건강성이 언제나 자기의 시의 저변에 흐르고 있음을 부인할 수 없다고 한다."(이철범, 1977년, 239쪽) 이러한 건강성, 생의 충일을 향한 갈망은 이 시인의 시 속에서 향일성의 상상력과 관능적 충동으로 다양하게 변주되어 나타난다. 김훈의 다음과 같은 지적은 그래서 나온 것이다. "순진무구하게 꿈꾸는 밝은 소망의 세계야말로 그의 시의 본질을 이루는 시상이다. 또한 푸른 생명에 대한 사랑도 그의 시에 지속적으로 나타나는 중심, 시상이다. (……) 전쟁 체험을 묘사한 그의 초기시들에서도 밝고 맑은 소망과 푸른 생명에 대한 사랑의 시상들은 여러 가지 다양한 사물들과 결합되어 풍성한 시세계를 형성하고 있다."(김훈, 1989년, 157쪽)

샛말간 들이랑 하늘이랑…… 바다랑

그런 냄새가 나는 입김을 주십시오.

불타는 사과인 양

즐거운 말을 주십시오.

오! ……나에게 내 자신의 모습을 주십시오.

—「원願」 전문

    화자는 "상냥한 손" "꽃 피고 익은 젖가슴" "그런 냄새가 나는 입김"
을 달라고 한 다음 "즐거운 말"을 달라고 하고 "나에게 내 자신의 모습
을" 달라고 기원한다. 시인으로서의 서원을 표명한 이 작품은 무한히 밝
고 환하며 즐거운 세계 앞에서 바로 그런 세계를 노래할 수 있는 "말"을
달라는 청원을 하는 것으로 전개된다. 꽃 피는 말, 불타는 말, 즐거운
말, 그러한 말을 가지게 될 때 그는 비로소 그가 그토록 꿈꾸었던 진정
한 그 자신이 될 수 있을 것이기 때문이다. 서정시란 시인에게 있어 자
기 자신을 찾아 헤매는 도정이며 그 도정의 안내자는 결국 말, 언어가
될 수밖에 없다. 시인으로서의 본격적인 출발을 알리는 이 작품이 자신
에게 적합한 말에 대한 소망으로 이루어진 것은 상징적이다.
    따라서 이 시인의 시에서 관능이 차지하는 역할을 시대적 조건에 대한
반작용 정도로 여기는 소극적 관점에서 벗어날 필요가 있다. 예컨대 이
광호는 전봉건의 시를 해석하며 다음과 같이 말하고 있다. "폐허의 염토
위에서 낭만적 목가를 꿈꾸었던 그 관능의 음악은 전쟁의 포성에 대한
강력한 시적 반명제이다. 전봉건의 시에서 되풀이 울려퍼지는 관능의 음
악은, 6·25 체험의 비극성과 50년대의 질곡을 논리정연한 이성적 사유를
통해서가 아니라 일종의 신화적 사유를 통해 돌파하려는 것이다."(이광
호, 1994년, 275쪽) 이러한 지적은 물론 일면적 진실을 담고 있지만, 사실
의 전후관계를 따져보면 원인과 결과의 관계를 거꾸로 해석하는 우를 범
하고 있다. 즉 전쟁이나 시대적 질곡을 넘어서기 위해 그것에 대한 방법

론적 대응의 일환으로 관능의 음악이 불려나온 것이 아니라, 관능의 음악으로 충만한 자아가 불현듯 전쟁이나 시대적 질곡의 현장에 내던져졌고 또 거기 합당한 대응을 했다고 보는 것이 더 사실에 부합된다는 것이다. 이 시인의 경우 관능의 음악은 전쟁 이전에 이미 발아단계에 이르렀고 전쟁이나 암담한 시대 현실을 통과하며 다양한 변주 양상을 보였을 따름이다.

4. 전쟁, 불붙는 암흑

전봉건은 청년기에 전쟁이란 끔찍한 체험에 휩쓸려들어간다. 다른 많은 50년대 시인들이 그렇듯이 그에게도 한국전쟁은 어떻게 해서든 작품을 통해 조명되고 해명되어야 할 무거운 숙제 같은 것이었다. 그의 전쟁시는, 전쟁 현장에서의 체험에 기초한 전장시(戰場詩)와, 전후에 전쟁을 회고하거나 전쟁의 상흔을 치유하고자 하는 의도로 씌어진 전후시로 구분될 수 있다. 전장시의 경우 두드러지는 것은, 극도의 건조함을 동반한, 대상에 대한 즉물적 포착이다. 반면 전후시에선 죽음/죽임의 만연이란 시대현상을 넘어서기 위한 상상적 조작과 의지의 피력이 전면화되고 있다.

> 1) 나는 나무를 겨누어본다
> 꼭대기의 잎사귀를 겨누어본다
> 그리고 돌멩이를 겨누어본다
> 그러다 싫어지면 쑥 총구를 높여서
> 개머리판에 뺨을 비비면
> 하늘이 가늠쇠구멍 속에 들어온다
> M1 가늠쇠구멍 속에 하늘이 벌어진다
> M1 가늠쇠구멍 속에 하늘이 작다
> 그 하늘 밑에 내가 있다

나는 하늘을 본다
작은 하늘은 눈에 해롭다
가늠쇠구멍이 흐려진다
나는 장난을 그만둔다

—「장난」 전문

2) 장미는 나에게도
　피었느냐고 당신의 편지가 왔을 때
　오월…… 나는 보았다.
　탄흔에 이슬이 아롱지었다.

　그리고 태양은 빛나고
　흙은 헤치었다.

　무수한 자국
　무수한 군화 자국을 헤치며 흙은
　녹색을 새 수목과 꽃과 새 들의 녹색을 키우고
　그 가장자리엔 흰 구름이 비꼈다.
　구름이……

—「장미의 의미」 중에서

1)은 살육의 현장을 배경으로 하고 있음에도 불구하고 참혹함이나 박
진감이 거세돼 있음을 볼 수 있다. 대신 두드러지는 것은 낯선 세계에
던져진 존재가 느끼는 이질감이다. 이와 달리 2)는 탄흔에 이슬이 아롱
지고 군화 자국을 헤치고 대지에 새로운 녹색의 생명이 성장하는 모습
을 통해 전쟁의 참화를 치유할 수 있는 자연의 유구한 생명력을 부각시
키고 있다. 1)을 비롯해서 당시 전쟁의 현장을 실제로 누비면서 경험한
것을 담은 시편들엔 다른 의용군 출신이나 종군작가단 소속 문인들의
글에선 볼 수 없는 현실감이 있다. 거기엔 직접 병사로 참여한 사람만이

가질 수 있는 체험적 진실성이 녹아 있다. 그 체험적 진실성은 그러나 전투 현장에 대한 박진감 넘치는 묘사와는 거리가 멀다. 오히려 이들 시엔 관념적으로 승전의식을 진작시키거나 애국심을 고취시키는 목적의식을 지니고 씌어진 작품에선 볼 수 없는 기묘한 공허감과 무력감이 감돌고 있다. 이 땅에서 우리 민족끼리 서로 죽고 죽이는 가공할 비극이 벌어지고 있지만 그것이 아무래도 '나의 전쟁' 혹은 '우리의 전쟁'으로 다가오지 않고, 빌려 입은 옷처럼, 외부에서 부과된 것이고 그래서 어쩔 수 없이 어색하고 겉도는 느낌을 준다는 분위기가 감돌고 있다. 이런 유형의 시에 전쟁과 관련된 외래어가 많이 차용될 뿐 아니라 BISCUITS, ONE WAY, GMC, AMBULANCE, NO PARKING, BAR, JET, DDT처럼 유독 외래어를 서양 언어의 표기방식 그대로 쓴 경우가 많은 것은 그 때문이다. 반면 전쟁이 끝난 후 폐허의 현실 속에서 지난 전쟁의 의미를 되새기는 2)의 유형에 속한 시들은 체험적 진실성보다는 이 전쟁에 대한 나름의 의미 부여와 의지의 표명이 더 중요한 시적 전략이 되고 있다. 그 당시엔 절실했겠지만, 지금에 이르러선 어느 정도 시효성을 잃은 것으로 보이는 이들 시편엔 삶에 대한 희망과 신뢰와 더불어 인간의 존엄성과 자유에 대한 갈망이 직접적으로 표명되고 있다. 그 어떤 위기와 시련이 닥쳐와도 자연의 유구함과 생명의 약동은 지속되며 보편적 휴머니즘의 가치는 훼손될 수 없다는 신념이 피력돼 있다.

이 시기의 시에 대해 김현은 "그 전쟁시를 관류하여 흐르고 있는 것은 인간에 대한 강렬한 신뢰이다. 인간에 대한 신뢰라기보다는 생명력 있는 것에 대한 그것이라는 것이 더욱 올바른 표현일지 모르겠다"(김현, 1975년, 55쪽)라고 지적하고 있다. 전봉건 시세계를 관통하고 있는 "생명력 있는 것에 대한 신뢰"는 다른 말로 "재생의지"라고 할 수 있다. 한 연구자는 이 시인의 시에서 꽃 이미지가 차지하고 있는 중요성에 대해 언급하면서 "꽃이 그러한 계절의 순환감각과 더불어 전후의 폐허를 딛고 일어서는 재생의지와 결부됨으로써 그 의미가 한층 효과적으로 부각되어 있"다고 설명하고 있다. 나아가 "실상 전후시인들 가운데 전봉건이 차지하는 독자적인 위치는 이 재생의지에 있다고 해도 과

언이 아닐 정도"(송기한, 1996년, 224쪽)라고 말하고 있다.

물론 전봉건의 전쟁시나 전후시가 지닌 이런 측면에 대해서 유보적 시각이 전혀 부재한 것은 아니다. 유종호는 50년대 후반 발표된 전봉건의 한 작품을 평하면서 "전봉건씨는 이렇게 비근하기 때문에 더욱 절실한 오늘의 문제에 항시 민감했고 그 속에서 빚어지는 현대인의 운명을 노래하기를 잊지 않은 성실한 시인"이라면서 "또한 저항을 잊지 않으면서도 인간에의 신뢰를 버리지 않았"다고 그 의의를 인정하면서도 다음과 같은 충고를 덧붙이고 있다. "끝으로 씨에 대한 나의 불만을 이야기한다면, 시인으로서의 씨의 자세는 소박한 낙관론을 기조로 한 휴머니스트를 넘지 못한다는 사실이다. 좀더 강렬한 현대의식을 태반으로 한 시인으로서의 모랄을 확립하면서 쉬지 않는다면, 우리나라의 현대시에 대한 씨의 기여는 확고부동한 것이 될 것이다."(유종호, 1995년, 313쪽)

이러한 전언은 단지 "모랄의 확립"에만 그치는 문제는 아닐 것이다. 그것은 이 시기 그의 시에 나타난 생명의식이나 재생의지가 작품 내에서 자연스러운 이미지의 맥락을 통해 형상화되지 않고 다분히 신념이나 희망의 토로라는 형태로 진술되고 있다는 사실에서도 확인된다. 이는 당시의 시인에게 중요했던 것은 객관적인 상황 파악이나 그것의 문학적 반영이 아니라 그런 암담한 시대적 조건에도 불구하고 결코 포기할 수 없는 자신의 시적 신념에 대한 천명이었다는 점에서 기인했을 것이다. 다음 시에서 보여지듯, 무기질의 광물성이 아무런 매개적 단계를 거치지 않고 바로 유기적 생명체를 낳는다는 식의 시적 비전은 그런 맥락에서 읽혀져야 한다.

그후
나는 몇 번인가 너를 보았다.
창이 무너져내리는 전쟁의 거리에서도
너는 귀마저 벌어져서 웃고 있었다.
그때마다 돌멩이가 꽃을 낳았을 것이다.
모래밭은

꽃밭을 낳았을 것이다.

— 「꽃·천상의 악기·표범」 중에서

　여기서 돌멩이가 꽃을 낳고 모래밭이 꽃밭을 낳는다는 당돌한 이미지
는 그 비약적인 상상력을 따라잡기 쉽지 않다(그래서 일부에선 이 시인의
초기시를 쉬르리얼리즘과 결부시켜 해석하는 오류를 범하기도 했다). 그것
은 경험적 차원과는 무관한 것으로서 화자의 희망이 선언적으로 표출된
것일 따름이다. 현실의 처참함과 남루함이 오히려 그와 정반대되는 세계
를 회구하는 이런 이미지를 불러온 것이다. 아무리 어둠이 내리덮이고
천공의 태양마저 "피를 흘리며 타고 있는 해"(「그림」) 같은 표현처럼 죽
음의 분위기에 휩싸여 있을지라도 그런 어둠을 무찌르고 빛을 몰고 올
미래에 대한 희망은 단념될 수 없다. 전쟁의 숯검정이가 날리고 금속 철
판에 일광이 반사하는 살풍경한 세계. 전차의 캐터필러, 대포의 녹슨 포
신, 부러진 총검, 구멍 뚫린 철모, 전우의 시체가 나뒹구는 세계. 전투기
기관총 수류탄 네이팜탄 불발탄 총알 그리고 무엇보다 쇠줄기 쇠가시가
지배하는 세계. 이 "깜깜한 막장 어둠"(「어느 토요일」) 속에서도 시인은
빛을 회구하고, 모래밭처럼 메마른 불모의 땅에서도 시인은 물을 소망한
다. 아니 회구와 소망을 넘어 그것은 반드시 도래할 것이고 이미 현전해
있다고 시인은 되풀이해서 노래부른다. '사랑을 위한 되풀이'라는 첫시
집 제목이 일러주듯이 그의 시는 부재하는 대상에 대한 애타는 호소이
자 그것을 지금 이곳으로 소환하는 주문이다. 에로스란 영원히 중단될
수 없는 생명의 리듬이며 그 어떤 타나토스의 침입에도 불구하고 거듭
다시 소생하는 자연의 숨은 원리이다. "불붙는 암흑을 찢어발기며"
(「꽃·천상의 악기·표범」) 달리는 야성적인 표범의 이미지는 비참한 현실
에 대한 상상적 보상으로서 시인이 자신의 내면에서 불러낸 초월적 욕
망의 투사체인 것이다.

5. 이원적 상상세계

어둠을 이기는 빛, 죽음을 물리치는 사랑이라는 테마는 평생 반복되며 이 시인의 시세계의 변치 않는 원리로 자리잡는다. 그것은 때로 옥에 갇힌 춘향의 독백을 빌린 장시(『춘향연가』)의 형태를 하고 나타나기도 하고, 다양한 이미지의 실험적 교직이 돋보이는 연작시(『속의 바다』)의 형태를 하고 나타나기도 한다. 우수에 젖은 서정적 목소리를 들려주는 시든 내적 신념의 웅변적 노출을 주조로 한 시든, 그의 작품엔 생동하는 자연계의 물질과 인간의 관능적 욕망 사이의 교류와 충돌이 빚어내는 다양한 무늬가 아로새겨져 있다. 이 시인의 작품 중에 연가풍의 서정시가 많고 시간과 계절의 변화에 대한 남다른 감각과 감회를 다룬 시가 유독 자주 눈에 띄는 것도 이 시인 특유의 에로스적 정신의 발현인 동시에 외계의 변화에 민감하게 대응하는 내면의 촉수를 반영하고 있다. 이처럼 이 시인의 상상세계엔 음과 양, 정과 반에 해당하는 두 가지 근원적 힘이 맞물려 작동하고 있는데, 그것은 궁극적으로 생명-사랑-희망의 승리를 약속하는 방향으로 귀결된다. 전봉건의 상상세계를 잘 요약해주고 있는 다음의 두 인용이 말하고 있는 것도 그것이다.

1) 씨의 초기 시에서 우리는 어둠 속으로의 하강과 어둠으로부터의 상승이라는 두 명제가 대립됨을 알 수 있다. 이 시인의 상상력은 추락과 상승의 변증법적 체계를 드러내는 것이다. 추락의 세계는 바슐라르도 지적하듯이 심연의 세계, 암흑의 세계이며, 상승의 세계는 초월의 세계, 청색과 황금색의 세계이다. 전자는 삶의 어둠, 삶의 공허와 연결되며 후자는 삶의 밝음, 삶의 충만과 연결된다.(이승훈, 1983년, 219쪽)

2) 그의 시세계는 동그란 불의 이미지의 세계이다. 그것은 그의 초기 작품에서부터 뚜렷하게 드러난다. (……) 그 동그란 불은 그뒤의 작품들에서 입술 = 불의 입술, 꽃 = 불붙는 빛덩이, 여자 몸 = 항아리 = 꽃 같은 빛덩이, 큰 햇덩이를 받는 눈물 같은 이미지로 발전적으로 변용되어 있

다. 그 변용을 가능하게 한 것이 불-피-꽃-태양-입술의 동그람-불의 연결이다. 그의 불은 그러나 밖으로 드러나 있어 쉽게 만져지는 불이 아니다. 그것은 어둠을 밝히는 불이나 추위를 녹여주는 불이 아니라, 꽃피고 잘 익어 즐거운 불이다. 그 불은 동그란 것의 내부에 있는 불이며, 조심스럽게 잘 만지거나 헤집고 들어가야 만나게 되는 불이다.(김현, 1984년, 30쪽)

전봉건의 상상세계를 설명하는 가운데 1)이 상대적으로 이원적 대립을 강조하고 있다면 2)는 일원적 통합을 강조하고 있다. 이러한 차이는 실제 이 시인의 작품 속에서는 대립과 갈등을 통한 긴장과 그것의 해소로 적절한 효과를 획득하고 있다. 빛과 어둠은 서로 대립하지만 조만간 어둠은 빛에 자리를 양보하고, 상승과 추락은 서로 길항하지만 하강의 궤적은 자연스럽게 반전되어 상승의 곡선을 그리게 된다. 천상에 태양이 빛나듯이 모든 지상적 존재는 저마다 내부에 빛나는 중심을 갖고 있다. 외재하는 태양과 그 반사체인 내재하는 태양, 그것이 바로 꽃이며 과일이며 여자이며 악기이다. 에로스의 손길이 닿는 순간 이들은 일어나 춤을 추고 에로스의 숨결이 스치는 순간 이들은 황홀한 소리를 연주한다. "태양은 몇 개나 있어서/매일 아침 새것이 뜨는 것이었을까./어떻든 옥수수 한 대의 옥수수 씨알마다/태양은 하나씩/빛나고 있었다"(「옥수수 환상가」) "하나 둘/셋 넷……/차례차례 미끄럼틀을 타고 내려오는/아이들 웃는 얼굴 입에는/물린 태양이 있다.//그들은/하늘 꼭대기에서/내려오고 있는 것이다"(「미끄럼틀」)처럼 그의 시 속의 모든 존재들은 태양을 품고 있거나 태양 그 자체이다. 그의 시 속에 자주 출몰하는 빛덩이 불덩어리 빛보래 불길 불빛 햇덩이 같은 단어들은 그의 향일성의 상상력이 매 순간 점화하는 언어의 불꽃들이다. 그의 시 속에서 꽃은 "불붙는 빛덩이"(「손」)이며 여자의 "벌린 두 다리 사이"에선 태양이 이글거린다(「속의 바다」). 태양과 정반대되는 위치에 있는 바다마저 이 시인에겐 "감청의 불로/굽이치는 바다"(「새벽」) "종횡무진 궁구는/아흔아홉 햇덩이 바다"(「여섯 개의 바다」) "빛살의 바다"(「바다가 되는 낮은 목소리」)처럼 타오르고 빛을 낸다. 태양에서 금속성의 빛줄기가 뻗어나오듯 바다에서 칼날을 집어들 수 있는 것(「피아노」)은 그러므로 당연한 일이다.

이처럼 에로스적 상상력이 전쟁의 한복판에서 녹색의 생명을 키워내고 부드러운 젖빛 모성의 물이 흐르게 했듯이 70년대와 80년대라는 정치적 억압과 물질주의가 횡행하던 시절에도, 다시 말해 전쟁과 다른 의미에서 죽음과 죽임이 미만해 있던 시절에도 심미적 아름다움과 강인한 생명성에 대한 변함없는 의지를 표명하게 만들었다. 다만 에로스는 이제 확산이 아니라 응축의 노선을 취하며 그에 따라 시 역시 번다한 수사를 떨쳐버린 간결한 견고성을 획득하는 방향으로 나아간다. 「마카로니 웨스턴」 연작은 그러한 전환을 알리는 이정표에 해당한다.

그는 돈이 없다 그는 여자가 없다 그는 집이 없다 그는 예수와 비슷하다 있는 것이란 남루한 옷 말 한 필 여기까지도 그는 예수와 비슷하다 그리고 권총 한 자루 버러지 같은 것들을 한 놈도 남김없이 쏴 죽이는 사격의 명수 이런 점에선 그는 예수와 딴판이다 그러나 긴 머리 덥수룩한 수염에 우물 속 같은 눈이 다시 예수와 비슷하고 땅에선 죽는 일이 없는 그는 하늘에나 묻힐 사람으로서 예수와 아주 비슷하다
　　　　　　　　　　　　　　　　　　　―「마카로니 웨스턴」 전문

최동호는 「마카로니 웨스턴」 연작을 "70년대를 몰아쳤던 물질적 풍요의 광적인 추구'에 비하여 상대적으로 궁핍회되었던 정신적 삶의 황폐감"을 "정교한 시의 언어를 빌어 묘파"한 것으로 읽어낸다. "살인과 복수 그리하여 피와 모래와 섹스로 얼룩진 한 시대의 정신적 공허감"(최동호, 1991년, 132쪽)을 그린 작품이라는 것이다. 이는 다른 평자가 이 연작시에 그려진 "무서운 세계가 시인이 본 칠십년대의 한국 현실"(김현, 1984년, 31쪽)이라고 파악한 것과 동질적인 견해이다. 그러나 단지 영웅이라고도 악당이라고도 하기 어려운 마카로니 웨스턴의 주인공을 예수와 비교한 데서도 알 수 있듯이 이 연작시에 드리워진 어둠은

다른 각도에서의 해석을 요구한다. 그런 점에서 이경수의 다음과 같은 해석은 참조할 만하다. 그는 "마카로니 웨스턴은 꿈과 현실의 종합을 염원하는 시인만이 특권처럼 변신할 수 있는 악당의 모습에 다름아니다"라면서 이 연작이 "파괴가 이룩할 수 있는 지복의 경지"(이경수, 1979, 11쪽)를 구현하고 있다고 파악한다. 즉 이경수는 이 시집에 만연한 죽음 이미지를 단순히 시대 상황에 대한 알레고리로 보는 데 머물지 않고 이를 시 쓰는 행위 자체에 대한 엄밀한 자의식, 실제로 시를 쓰는 순간 시인의 내면에서 일어나는 "여러 가지 가능성에 대한 잔인한 제한"의 은유로 보고 있다. 시인은 "언어가 지닌 세습적 유산을 철저히 무화"시키고 "언어가 주는 새로운 힘은 무엇인가 보여주려"고 한다. 이러한 기도는 적의에 찬 현실에 부딪쳐 매번 좌절되며 그의 시쓰기는 고난을 초래할 수밖에 없게 된다. 이처럼 현실과 언어의 치열한 대결에 임하는 시인은 매 순간 그의 의식을 스치는 숱한 사물과 상상의 편린들에 대한 살인자이자 구원자가 될 수밖에 없다. 그래서 그는 매 순간 지운다. 시적 완성을 향한 도정은 숱한 언어의 시체 위에 간신히 어렵게 이루어지는 것이다. "눈이 내립니다/함박눈이 내립니다/소리없이 내립니다/내리면서 길을 지우고/다리를 지우고 언덕을 지웁니다/언덕 아래 강물도 지웁니다/강기슭의 집을 지우고/울타리도 지우고 창문도 지웁니다"(「눈 내리는 날」)에서 눈이 그러한 것처럼 시인은 끝없이 지우는 자, 사물과 언어의 살해자인 것이다. 이는 언뜻 보아서 초기시에 비해 후기시에선 에로스가 타나토스에 밀려나는 것으로 여겨질 수 있다. 연륜의 증가, 육체적 쇠약과 더불어 생물학적 죽음에 대한 예감이 시에 그렇게 반영된 면도 있을 것이다. 그러나 이 시인에게 늘 그렇듯이 죽음은 그 자체로 종결의 의미를 가지지 못한다. 죽음은 또다른 재탄생을 예비할 때만이 그 의미가 있다. 외롭게 칼질을 하며 부단히 자신을 죽이는, 그래서 끝내 피리로 화신하는 대나무가 시인의 상징일 수 있는 것도 그 때문이다.

대나무
잎사귀가
칼질한다.

해가 지도록 칼질한다
달이 지도록 칼질한다
날마다 낮이 다하도록 칼질하고
밤마다 밤이 다 새도록 칼질하다가
십 년 이십 년 백년 칼질하다가
대나무는 죽는다.

그렇다 대나무가 죽은 뒤
이 세상의 가장 마르고 주름진 손 하나가 와서
죽은 대나무의 뼈 단단하고 시퍼런
두 뼘만큼을 들고
바람 속을 간다.

그렇다 그뒤
물빛보다 맑은 피리 소리가 땅끝에 선다
곧바로 선다.

—「피리」 전문

이 작품에서 대나무가 보여주는 것은 죽음과 재생의 드라마이다. 대나무는 쉬지 않고 자기 자신의 육체에 칼질을 가함으로써 죽지만 바로 죽은 그 육체에서 아름다운 소리가 울려퍼지는 피리가 만들어진다. 그는 나무로서 죽고 피리, 아니 피리 소리로서 재탄생한다. 그런 의미에서 대나무는 스스로를 예술의 제단에 바치는 주체(사제)이자 그 대상(제물)이다. "죽은 대나무의 뼈 단단하고 시퍼런/두 뼘"은 이처럼 치열한 자기 살해 끝에 최후로 남겨진 핵심, 존재의 정수라 할 수 있다. 그것은 육체를 벗어버린 육체, 물질의 구속을 넘어서 승화된 불멸의 정신을 가리킨다. 이제 대나무는 "물빛보다 맑은" 소리로 현전한다. 소리는 가시적 육체의 한계에 머물지 않고 불가시적 세계를 편력하며 자신의 존재를 알린다. 그 피리 소리가 땅끝에 "곧바로 선다"는 표현은 그 소리의 원래 모태인 대나무의 수직성을 다시 한번 환기시키는 동시에 잠시의 방심도 허용하지 않는 견고한 불굴의 정신을 표상한다.

이 시는 예술의 존재방식에 대한 일종의 알레고리이다. 대나무의 고행에 가까운 행적은 진정한 예술가가 감수할 수밖에 없는 험난한 여로를 암시한다. 오직 "단단하고 시퍼런" 정신만이 "물빛보다 맑은" 소리를 낼 수 있다. 단단하고 시퍼렇게 고체화 내면화되는 응결의 운동 끝에 그와 정반대되는 투명성과 유체성의 상태에 도달하는 것이다. 젊은 시절 이 시인을 사로잡았던 관능의 시학은 후기작으로 갈수록 철저한 자기 단련과 본질 추구를 거쳐 모든 부수적인 군더더기를 쳐내고 오직 정신의 뼈만을 남기는 금욕적 정신주의로 이행한다. 시인의 만년의 상상공간의 중심을 차지하고 있었던 대상이 부동성과 항구성을 상징하는 '돌'이라는 사실은 이런 관점에서 보면 예정된 수순이라고 할 수 있다. 돌은 자기 처형/봉헌을 통해 단단하고 시퍼런 뼈만을 남긴 대나무의 다른 모습인 것이다.

6. 돌의 시학

전봉건은 후기 시편으로 올수록 견인주의에 경사되는 면모를 보인다. 이에 따라 짙은 에로티시즘으로 착색된 언어에서 벗어나 단단하면서도 견고한 이미지로 구축된 시를 선보인다. 이 시인의 상상공간에서 차지하고 있는 이미지의 역학관계를 고려해볼 때 돌은 천상의 태양의 지상적 등가물이다. 하늘에 떠 있는 불타는 태양에서 땅 위의 차갑고 단단한 돌로의 변신은 젊음의 신열이 가신 다음 이 시인이 직면한 현실의 엄중함 속에서 그가 택한 내향성의 도정을 압축하고 있다. 더욱이 그 돌은 물가

나 물속에 잠겨 있는 돌, 즉 수석(壽石/水石)이다. 그것은 물에 잠긴 태양이며, 지하=수중에 묻힌 채 성숙을 기다리고 있는 광석이다. 우리는 앞에서 「피아노」나 「태양」 같은 초기작에 대한 분석을 통해 바다=물의 공간이 이 시인의 상상 속에선 무수한 칼날로 이루어져 있다는 것을 확인한 바 있다. 물은 단지 유체성의 흐름에 그치는 것이 아니라 예각적 절단의 기능을 수행하는 금속성의 무기이기도 하다. 따라서 물살에 시달리며 둥글어진 돌은 무수히 칼질을 당하며 단단하고 시퍼런 뼈만을 남기는 대나무와 동일한 처지와 조건에 놓여 있다. 그 대나무가 죽어서 소리로 재탄생하듯 시인의 손에 들어온 돌은 때로 단단하고 고정된 외형과 달리 새 생명을 얻고 부활의 날갯짓을 한다. 그런 점에서 돌은 단지 금욕적인 평정의 상태에 머물러 있는 무기물이 아니라 부단히 변모하고 생성하며 자신을 드러낼 기회를 엿보고 있는 생명체이다.

이월 하순
산간을 흐르는
강나루에서
배를 기다리다가
나는 문득 거기가
1951년 봄 어느 날
도강작전에서 전우 K가 죽은
바로 그 자리인 것을 되살려냈다.
해 질 무렵에야
돌아온 배에 오르려다가
나는 봄눈 녹는
나루터 찬물 속에서
삭은 뼈처럼 하얀
돌 하나를 건져냈다.
날개 뼈 같은 그런 모양이었다.
벌써

어둡기 시작하는

여울 쪽에 이름 모를

새 한 마리가

날고 있었다.

—「돌 1」 전문

이 시의 화자는 강가에서 수석을 찾다가 그곳에서 있었던 한국전쟁 당시 한 전우의 죽음을 떠올린다. 해질 무렵 그 근처에서 찾은 돌은 "날개 뼈"의 형상을 하고 있다. 이어서 화자의 눈에 어두워오는 하늘을 날고 있는 새 한 마리가 들어온다. 죽은 전우, 날개 뼈 모양의 돌, 하늘을 나는 새는 현상적으론 각기 다른 존재들이지만 시인의 상상 속에선 하나로 이어져 있다. 도강작전 도중 죽은 전우의 육신은 찬물에 씻겨나가 "삭은 뼈처럼 하얀 돌"이 되었고 그 영혼은 돌에 새겨진 날개 뼈가 암시하듯 새가 되어 하늘을 날고 있는 것이다. 동서양의 많은 신화와 민담이 말해주듯이 새는 영혼의 메신저, 죽은 자의 혼이다. 화자가 건져낸 돌은 삶과 죽음, 생명과 무생명의 경계를 허물고 이 양자가 조우하는 순간을 만들어낸다. 물에 잠긴 돌이 하늘을 나는 새가 될 수 있는 것은 그 때문이다.

바다에서 신나게 시퍼런 파도의 칼날 하나를 뽑아드는 「피아노」의 화자와 죽은 전우를 추억하며 강물에서 삭은 뼈 같은 돌을 건져내는 「돌 1」의 화자는 얼마나 다르면서 또 같은가. 그 분위기는 경쾌함/침중함으로 전혀 다르지만 오랜 시간의 간격을 뛰어넘은 시인의 상상작용은 동일하다고 할 수 있다. 마찬가지로 「태양」에서 바다의 현란한 칼날에 찔려 죽은 뒤 바닷속에 가라앉은 화자의 목젖을 찢고 생겨난 진주와 「돌 1」에서 나루터 찬물 속에서 건져낸 삭은 뼈처럼 하얀 돌은 얼마나 다르면서 또 같은가. 진주가 상징하는 탐미적인 죽음과 돌이 상징하는 역사적 비극의 흔적을 담고 있는 죽음은 전혀 다르지만 돌/진주 같은 광물성의 대상에 삶의 생기를 불어넣고 싶어하는 시인의 무의식적 욕구는 여전하다고 볼 수 있다. 몸 가진 것들이 죽음의 통과제의를 거친 후 돌/진주가 되듯이 둔중한 돌은 시인의 상상력에 의해 수면 바깥으로 끌려나온 후 새가 되어 천상을 날게 되는 것이다. 가시적인 것과 비가시적인 것, 생명과 무생명, 천상과 지상은 늘 자리바꿈을 하며 순환의 궤적을 그린다.

이처럼 이 시인의 시에서 돌은 오랜 인고 끝에 도달한 정신의 마지막 결정체이다. 동시에 그것은 오랜 세월을 두고 자연이 새겨놓은 흔적을 담고 있다. 돌은 그 자체로 하나의 상형문자이다. 그것은 그것을 읽어내는 사람에게 자연과 역사의 숨은 이야기를 들려준다.

> 지난 여름 어느 날의 일이다.
> 마지막고개 너머 목벌리 돌밭에서
> 한 돌꾼이 캔 것은 상당한 크기의 먹돌이었다.
> 강물에 담갔더니 검은 어둠이 우러나왔다.
> 오래 묵은 어둠은 다시 우러나오고 다시 우러나오고
> 다시 우러나왔다.
> 한여름 휘황한 날빛 아래
> 짙푸른 강물을 깜깜하게 물들이었다.
> 이윽고 속 깊이 검은 먹돌
> 땅속에 묻히었던 면에는
> 목탁 든 검정 장삼 한 스님이
> 오래 삭은 양각으로 떠올랐다.
>
> ―「돌 3」 중에서

이 시에서 화자가 돌을 발견한 장소는 옛날에 처형장이 있었던 곳이다. 화자의 상상에 따르면 그 돌밭은 "쑥대강이처럼 흩어져 피 흘리는 머리마다 떨어져 묻히고/처형의 칼은 강물에 헹구어 씻었던" 곳이다. 이곳에서 한 돌꾼이 캐낸 돌은 강물에 담갔더니 계속해서 검은 어둠이 우러나온다. 짙푸른 강물을 깜깜하게 물들이는 그 어둠은 물론 그 옛날 그곳에서 희생된 모든 사람의 핏물일 것이다. 피-어둠의 결합은 이 시인의 시에서 그리 낯선 것이 아니다. 전쟁 시편에선 "피냄새에 절은 어슴푸레한 어둠" "피로써 얼룩진 암흑" "피냄새 얼룩진 검은 어둠" 같은 구절이 쉽게 찾아진다. 썩은 피걸레, 피울음, 핏방울, 핏덩이 등 전쟁의 참상을 증언하는 이미지는 부단히 반복되며 그것은 "피는 붉은 것이 아니고 검은빛이더군요. 그후로 나는 피의 어둠에도 갇혀서 살았습니다" (「여섯 개의 바다」)라거나 "죽는 산양이/토하는 것은 검은 피일 테지/왜 핏빛 피가 아닌가/(……)/검은 핀가 왜 검은 핀가"(「속의 바다」)에 등장하는 검은 피로 변주된다. 이 피-어둠은 그러나 자생적인 것이 아니라 바다-태양의 이면일 따름이다. 이 시인의 상상력 속에서 피-어둠은 언제나 바다-태양으로 변모할 준비가 되어 있다. 비극의 극한에서 낙관적 전망을 끌어내고자 하는 시인은 추락과 오염에 머물러 있는 존재를 상승과 정화의 단계를 거쳐 맑고 빛나는 존재로 탈바꿈시키는 이미지의 연금술을 구사한다. 위 시에서 핏물이 다 씻겨나갈 때쯤 해서야 돌의 다른 한쪽 면에 양각된 모습이 떠오른다. 돌에 새겨진 "목탁 든 검정 장삼 한 스님"은 아마도 그곳에서 죽은 억울한 희생자들의 혼령을 천도한 사제를 나타낼 것이다. 깊은 물보다 더 깊은 역사의 어둠 속에서 마침내 그 모습을 드러낸 스님의 초상은 폭력과 피로 점철된 역사를 견디고 세상을, 생명을, 마침내는 역사 자체를 지속하게 만드는 힘이 무엇인가 말해주고 있다. 검은 피-어둠을 다 풀어내자 비로소 무겁게 하강하는 돌의 질료적 특성을 거슬러 그 표면에 새겨진 스님의 모습이 생생하게 "떠오른"다. 이처럼 화자는 돌에 새겨진 그림-문자를 판독함으로써 일상의 세계 저편에 숨어 있는 존재의 힘에 다가서고 있다.

햇살에게 말을 하면서 갔더니
바람을 만나 바람에게 말을 하면서
갔더니 비를 만나 비에게 말을 하면서
갔더니 나무를 만나 나무에게 말을 하면서
갔더니 어둠을 만나 어둠에게 말을
하면서 갔더니 새를 만나 새에게
말을 하면서 갔더니 강물을 만나

강물에게 말을 하면서 갔더니
돌을 만났다.

이제는 내가 말을 들을 차례다.

—「돌 52」 전문

천상의 별들만큼이나 지상의 돌들에게도 저마다 신비로운 사연과 유래가 깃들어 있다. 오직 들을 줄 아는 사람에게 돌은 자신의 소리를 전할 것이다. 그 돌은 차갑고 단단하게 보이지만 그 내부엔 불이, 바다가, 별이 잠들어 있다. 언젠가 돌은 내부에 간직한 물을 지상 가득히 풀어놓을 것이고 새가 되어 날아오를 것이며 하늘의 해와 달과 별이 되어 빛날 것이다. 캄캄한 어둠 속엔 돌이 묻혀 있으며 어두운 심연에서 솟아오른 돌은 연금술사들이 추구한 현자의 돌(philosopher's stone)이 그러하듯이 우주의 이원적 힘의 조화를 상징하고 있다. 전봉건 시인이 만년에 도달한 돌의 시학은 심원하게 침묵하고 있는 대자연의 한 모퉁이에 놓인 돌에서 삶의 비의를 발견하고자 하는 구도자의 순례를 의미하고 있다.

7. 남는 문제들

전봉건이 남긴 시편들은 전후 모더니즘의 차원을 넘어 20세기 한국 현내시사를 전제직, 입제적으로 파악하려 할 때 반드시 고려하지 않으면 안 될 뛰어난 성과물로 여겨진다. 감각적 리리시즘에 바탕을 둔 그의 시는 과격한 모더니즘적 실험성보다는 개개 작품의 심미적 완성도를 중시했고, 언어의 질감과 시의 형태적 조형미를 최대한 살리는 방향으로 나아갔다. 50년대 씌어진 모더니즘 계열의 시 가운데 상당수가 사이비 난해시의 오명을 뒤집어쓰고 폐기처분된 사례에 비춰볼 때 전봉건의 시가 지닌 전통성과 모더니즘의 적절한 조화는 한결 돋보인다. 그는 특정 이념이나 작시법을 앞세우지 않고 자신의 내면이 요구하는 바에 따라 차분히 그러나 집중적으로 작품을 써나갔다. 그는 '나사의 회전'처럼 하나의 주제를 거의 시집 한 권 분량이 될 만큼 연작시의 형태로 되풀이해서 파고들곤 했다. 이러한 '되풀이'는 그의 시적 호흡이 그만큼 유장하다는 것을 알려줌과 더불어 그의 시적 사유가 가지고 있는 치밀성을 일러준다. 그는 새로운 것을 찾아 날렵하게 이동하는 편력형의 시인이라기보다는 그의 사유와 상상력이 선호하는 지점을 계속 맴돌며 천착하는 끈기 있는 탐색형의 시인이었다. 그의 시세계는 소리의 울림이 주는 감각적 쾌락에 탐닉하던 초기시에서 전쟁의 포연과 전후의 폐허가 준 충격과 불안을 사랑과 희망의 언어로 극복하고자 한 중기시를 거쳐 시를 쓰기 어려운 암담한 시대 현실 속에서 정신적 단련과 견인주의로 버텨내는 과정을 그린 후기시로 변모해왔다.

전봉건의 시적 궤적을 따라가보고자 한 이 글은, 당연한 이야기가 되겠지만, 이 시인의 시세계의 전모를 드러내는 데는 미치지 못했다. 그것은 무엇보다 이 시인의 시세계가 방대하고 다면적이기 때문이다. 그의 시세계는 즐거운 독서의 대상이 됨은 물론 후학들의 접근을 기다리는 많은 연구거리를 내장하고 있다. 이 글에서 미처 다루지 못한 사항 몇 가지를 기술하고자 한다.

첫째, 『북의 고향』과 「6·25」 연작시에 대한 본격적인 접근이 이루어지지 못했다. 시인이 만년에 쓴 이 시편들은 실향민의 입장에서 평생을 보내야 했던 이 시인의 실존적 고뇌와 슬픔이 때로는 담담하게 때로는 절절하게 묻어나오는 작품들이다. 될 수 있는 대로 이데올로기적 문제를 배제하고 남북문제에 접근하려 한 이들 시편은 소박하면서도 애틋한 감흥을 던져주는 가작들을 다수 포함하고 있다. 후기에 쓴 이들 시편과 시인이 젊은 날에 쓴 전쟁시편이 어떻게 만나고 갈라지는지 살펴보는 것도 흥미로운 작업이 될 것이다.

둘째, 젊은 날에 쓴 「사랑을 위한 되풀이」 「춘향연가」 「속의 바다」를 비롯해서 이 시인은 많은 분량의 장시와 연작시를 남겼다. 따라서 이 시인의 시에서 장시와 연작시가 차지하는 의미와 비중에 대한 별도의 고찰이 필요할 것이다. 이와 함께 50년대의 다른 시인들, 예를 들어 「타령

조」나 「처용단장」의 김춘수, 「구곡」의 김구용이나 「하여지향」의 송욱, 「화형둔주곡」의 성찬경 등 다른 모더니즘 계열의 시인들이 펴낸 연작시나 장시와 어떤 공통점과 차이점을 가지고 있는지 따져보는 작업도 이루어져야 할 것이다. 더 나아가 50년대 시인들과 달리 60년대 이후 등단한 시인들은, 김지하의 담시를 예외로 한다면, 왜 장시에 별로 흥미를 느끼지 못했고 생산도 저조했는지 고찰해볼 필요가 있다.

셋째, 전봉건의 시에 나타난 관능·감각·성적 욕망이 비슷한 주제를 다룬 다른 선후배 시인들의 상상력과 어떻게 다른 독자성을 구비하고 있는지 계보학적 추적을 해볼 수 있다. 이때 『화사집』의 서정주나 「장미」 『월정가』의 송욱, 『고통의 축제』의 정현종, 『모기들은 혼자서도 소리를 친다』의 김형영 등은 좋은 비교대상이 될 것이다. 시대적 편차와 개인적 기질의 차이가 어떻게 다른 상상의 풍경과 감각의 무대를 연출하는지 알아보는 것은 단선적이고 단색조에 머물러 있는 한국 시문학사를 보다 다채롭고 역동적으로 바라볼 수 있는 시야를 열어줄지 모른다.

넷째, 전봉건과 김수영 사이에 오간 이른바 '사기시' 논쟁에 대한 재평가가 있어야 할 것이다. 이 논쟁은 문학사적으로 당사자 간에 오간 거칠고 격렬한 표현과 진행과정에 비해 정작 그 생산성은 높지 않은 논쟁으로 치부돼왔다. 현상적으로 그런 면이 전혀 없는 것은 아니다. 그러나 전봉건이 김수영의 진의를 잘 파악하지 못했고 이론적으로 허술했다는 식의 인상주의적 비평을 넘어 이 논쟁을 깊이 있게 바라볼 필요가 있다고 여겨진다. 논쟁의 승패 여부를 떠나 50년대 모더니즘 시의 공과를 평가하는 데 있어 이 논쟁이 상당한 영향을 미치는 요소를 갖고 있다는 점에서 보다 심도 있는 분석이 요구된다.

전봉건의 시에 대한 본격적인 접근은 이제 시작 단계에 있다고 할 수 있다. 이론의 도움 없이 그는 오직 시만으로 50년대에서 80년대에 이르는 치열했던 시의 전장에서 살아남았다. 그리고 이제 그는 시문학사 속에서 다시 부활할 준비를 마쳤다. 그의 이름이 지난 연대의 문학사 속에 박제화되지 않고 살아 있는 현재형의 시인으로 되살아나기 위해선 그의 텍스트가 거듭 다시 읽히고 연구되어야 할 것이다. 그의 시편들은 충분

히 그럴 만한 가치와 매력을 구비하고 있다. 이 전집과 더불어 전봉건은
21세기 시인으로 다시 태어날 것이다.

참고 문헌

- 김춘수, 「전후 십오 년의 한국시」, 『한국전후문제시집』, 신구문화사, 1957
- 김현, 「전봉건을 찾아서」, 『시인을 찾아서』, 민음사, 1975
- 김현, 「전봉건에 대한 두 개의 글」, 『책읽기의 괴로움』, 민음사, 1984
- 김훈, 「전후시의 한 모델」, 『한국 현대시 연구』, 민음사, 1989
- 송기한, 「시간의 해체와 재생의지 ― 박인환 전봉건의 경우」, 『한국전후시 와 시간의식』, 태학사, 1996
- 오세영, 「장시의 개념과 가능성 ― 전봉건론」, 『20세기 한국시인론』, 월인, 2005
- 유종호, 「불모의 도식 ―1957년의 시」, 『비순수의 선언』, 민음사, 1995
- 이경수, 「없음을 통한 있음의 시세계」, 『피리』, 문학예술사, 1979
- 이광호, 「폐허의 세계와 관능의 형식 ― 전봉건론」, 『1950년대의 시인들』, 나남, 1994
- 이승훈, 「추락과 상승의 시학」, 『새들에게』, 고려원, 1983
- 이철범, 「시인론」, 『현대와 현대시』, 문학과지성사, 1977
- 전봉건, 「시작 노트」, 『한국전후문제시집』, 신구문화사, 1957
- 전봉건, 「단상」, 『전봉건 시선』, 탐구당, 1985
- 조정권, 「하프를 잃어버린 올페우스」, 『트럼펫 천사』, 어문각, 1986
- 최동호, 「실존하는 삶의 역사성 ― 전봉건의 시에 대하여」, 『평정의 시학 을 위하여』, 민음사, 1991

작가 연보

1928년   10월 3일 평안남도 안주군 동면 명학리 10번지에서 부친 전형순
          (全亨淳)님과 모친 최성준(崔成俊)님의 막내(7남)로 태어남. 이후
          관리인 부친을 따라 도내의 여러 군을 전전하면서 유년기와 소년
          기를 보냄. 당시 심상소학교(현재의 초등학교)를 졸업할 무렵에는
          소년소설 등을 탐독하다가 중학교 입학시험에 낙방하기도 함.
1945년   평양 숭인중학 졸업. 중학교 재학시 가형인 전봉래(全鳳來)를 통
          해 문학의 세례를 받음. 암파문고(岩波文庫)에서 나온『젊은 베
          르테르의 슬픔』을 권유받은 후 닥치는 대로 형의 책을 읽어치움.
1946년   해방 이듬해가 되는 이해 여름 바다로 38선을 넘어 남으로 옴.
1950년   『문예』지에서 1월호에「원」「사월」(서정주 천)이, 5월호에「축
          도」(김영랑 천)가 추천을 받아 등단한 뒤, 잠시 경기도 양주군
          갈매국민학교에서 준교사를 지냄. 6·25전쟁이 일어남으로 징
          집되어 군에 입대함.
1951년   1월 부산에서 피난생활을 하던 가형 전봉래가 다량의 수면제
          를 먹고 숨진 채 발견됨. 위생병으로 복무하던 전봉건은 중공
          군 총공격 때 중동부전선에서 부상을 입고 제대함. 이후 대구
          의 피난민수용소에서 지냄. 이 무렵 김종삼, 이철범, 최계락 등
          과 사귐. 또한 음악다실 '르네상스'의 레코드를 황운헌과 함께
          정리한 인연으로 이곳에 상당 기간 기식함.
1953년   환도와 더불어 서울에 옴. 출판사 '희망사'에 취직함으로써 출
          판계에 발을 들여놓음. 그뒤 '신세계'를 거쳐 '삼중당' '태평
          양화장품' '여상' 등에서 일함.
1957년   한국시인협회 창립에 참여하고 동회의 기관지『현대시』창간
          호의 편집 실무를 담당함. 김광림, 김종삼과 함께 3인 시집『전
          쟁과 음악과 희망과』(자유세계사)를 펴냄. 김광림이 '전쟁과'
          를, 김종삼이 '음악과'를, 전봉건이 '희망과'를 각각 소시집 제

목으로 선택함.

1959년   시집『사랑을 위한 되풀이』(춘조사)를 상재하고 제3회 한국시
인협회상을 받음.

1961년   시론집『시를 찾아서』(청운출판사)를 상재함.

1962년   동인회『현대시』에 참가하고 동명의 동인지 편집을 맡음.

1964년   『문학춘추』(삼중당)지가 창간되면서 편집 책임을 맡음. 이때
박재삼과 함께 일함. 이 무렵 라디오드라마에도 손을 대어 시
극『꽃소라』등을 씀.

1965년   『세대』지에서 김수영과 「사기론(詐欺論)」을 두고 논쟁을 벌임.

1967년   장시집『춘향연가』(성문각)를 상재함.

1969년   『현대시학』지를 창간하여 주간직을 맡음.

1970년   시집『속의 바다』(문원사)를 상재함.

1979년   시집『피리』(문학예술사)를 상재함.

1980년   시선집『꿈속의 뼈』(근역서제)를 상재함.『피리』로 대한민국문
학상 수상.

1982년   시집『북의 고향』(명지사)을 상재함.

1983년   시선집『새들에게』(고려원)를 상재함.

1984년   시집『돌』(현대문학사)을 상재함. 대한민국문화예술상 수상.

1905년   시선집『전봉건 시선』(탐구당), 장시집『사랑을 위한 되풀이』(혜
진서관)를 상재함.

1986년   시화집『트럼펫 천사』(어문각), 수필집『플루트와 갈매기』(어문
각)를 상재함.

1987년   시선집『아지랭이 그리고 아픔』(혜원출판사)『기다리기』(문학
사상사), 수필집『뱃길 끊긴 나루에서』(고려원)를 상재함. 12월
31일 서울대학병원에 지병인 당뇨가 악화되어 입원.

1988년   계속 발표하던 연작시 「6·25」를 끝맺지 못하고 6월 13일 작고함.

지은이 **전봉건(全鳳健, 1928~1988)**

전후 모더니즘을 대표하는 시인인 전봉건은 평안남도 안주에서 태어났으며, 1950년 『문예』지에서 서정주와 김영랑의 추천을 받아 등단했다. 그의 시세계는 참혹한 전쟁의 현실 속에서 관능적 서정과 희망의 언어를 노래한 초기시에서, 암담한 시대 현실을 관통하여 정신적 단련과 견인주의를 추구한 후기시로 변모해왔다.

시집 『사랑을 위한 되풀이』 『춘향연가』 『속의 바다』 『피리』 『북의 고향』 『돌』, 시선집 『꿈속의 뼈』 『새들에게』 『전봉건 시선』 『트럼펫 천사』 『아지랑이 그리고 아픔』 『기다리기』 등이 있다. 한국시인협회상, 대한민국문학상, 대한민국문화예술상을 수상했다.

그는 출판 기획자나 잡지 편집자로서도 인상적인 활동을 펼쳤는데, 특히 그가 창간한 시 월간지 『현대시학』은 열악한 여건 속에서도 국내 시 전문지 가운데 가장 오랜 역사를 자랑하고 있다.

엮은이 **남진우**

시인, 문학평론가, 명지대학교 문예창작과 교수. 시집 『깊은 곳에 그물을 드리우라』 『죽은 자를 위한 기도』 『타오르는 책』 『새벽 세시의 사자 한 마리』, 평론집 『바벨탑의 언어』 『신성한 숲』 『숲으로 된 성벽』 『그리고 신은 시인을 창조했다』 등이 있다. 대산문학상, 현대문학상, 팔봉비평문학상 등을 수상했다.

전봉건 시전집

ⓒ 전봉건 2008

초판인쇄 │ 2008년 12월 1일
초판발행 │ 2008년 12월 15일

지은이 전봉건 │ 엮은이 남진우 │ 펴낸이 강병선

책임편집 조연주 서현아 │ 디자인 윤종윤 유현아
마케팅 장으뜸 방미연 정민호 신정민 │ 제작 안정숙 차동현 김정후

펴낸곳 (주)문학동네
출판등록 1993년 10월 22일 제406-2003-000045호
주소 413-756 경기도 파주시 교하읍 문발리 파주출판도시 513-8
전자우편 editor@munhak.com │ 전화번호 031)955-8888 │ 팩스 031)955-8855

ISBN 978-89-546-0729-2 03810

www.munhak.com